Jojo Moyes est romancière et journaliste. Elle a travaillé à la rédaction de l'*Independent* pendant dix ans avant de se consacrer à l'écriture. Ses romans ont été salués unanimement par la critique et lui ont déjà valu de nombreuses récompenses littéraires. Elle vit en Angleterre, dans l'Essex, avec son mari et ses trois enfants.

Du même auteur, chez Milady :

Avant toi
La Dernière Lettre de son amant
Jamais deux sans toi

www.milady.fr

Jojo Moyes

Jamais deux sans toi

Traduit de l'anglais (Grande-Bretagne) par Alix Paupy

Milady

Milady est un label des éditions Bragelonne

ISBN : 978-2-8112-1495-1

Bragelonne – Milady
60-62, rue d'Hauteville – 75010 Paris

E-mail : info@milady.fr
Site Internet : www.milady.fr

À Charles, comme toujours.

Prologue

ED

Ed Nicholls buvait un café en compagnie de Ronan dans la salle des graphistes lorsque Sidney entra. Un homme qu'il reconnut vaguement se tenait derrière lui. Un autre Costard.

— Ça fait des heures qu'on vous cherche partout, dit Sidney.

— Eh bien ça y est, vous nous avez trouvés, répliqua Ed.

— Pas Ronan, vous !

Ed les observa un instant, puis lança au plafond sa balle en mousse avant de la rattraper. Il échangea un regard en coulisse avec Ronan. Cela faisait bien dix-huit mois qu'Investacorp avait racheté la moitié des actions de la société, mais Ed et Ronan les appelaient toujours les Costards. C'était l'un des surnoms les plus gentils qu'ils leur donnaient en privé.

— Connaissez-vous une femme du nom de Deanna Lewis ?

— Pourquoi ?

— Lui avez-vous communiqué des informations sur le lancement du nouveau logiciel ?

— Quoi ?

— C'est une simple question.

Le regard d'Ed passa alternativement d'un Costard à l'autre. L'atmosphère était étrangement électrique. Son estomac, comme un ascenseur surchargé, amorça une lente descente vers ses pieds.

— Il est possible qu'on ait un peu parlé boulot. Je ne me souviens de rien en particulier.

— Deanna Lewis ? répéta Ronan.

— Vous devez être très clair à ce sujet, Ed. Lui avez-vous révélé la moindre information au sujet du lancement du SFAX ?

— Non. Peut-être. Pourquoi ?

— La police est en bas, en train de fouiller votre bureau avec deux agents de la *Financial Services Authority*. Le frère de Deanna Lewis a été arrêté pour délit d'initié sur la base d'informations fournies par vos soins.

— Deanna Lewis ? *Notre* Deanna Lewis ? balbutia Ronan en essuyant ses lunettes, chose qu'il ne faisait qu'en cas d'extrême anxiété.

— Les fonds spéculatifs de son frère lui ont rapporté 2,6 millions de dollars dès le premier jour de transactions. À elle seule, elle a encaissé 190 000 dollars sur son compte personnel.

— Les fonds spéculatifs de son frère ?

— Je ne comprends pas, intervint Ronan.

— Je vous explique : la FSA possède un enregistrement de Deanna Lewis en train de parler à son frère du lancement du SFAX. À l'entendre, Ed lui a annoncé que ça allait être énorme. Et devinez quoi ? Deux jours plus tard, son frère fait partie des plus gros acheteurs d'actions. Alors je vous repose la question : que lui avez-vous dit exactement ?

Ronan le regardait fixement. Ed s'efforça de reprendre ses esprits. Il avala sa salive, gêné à l'idée que tout le monde l'ait entendu. À l'autre bout de la salle, des membres de l'équipe de développement jetaient des regards indiscrets par-dessus les cloisons de leurs boxes.

— Je ne lui ai rien dit… Je ne sais pas… J'ai peut-être laissé échapper quelque chose… C'était quand même pas un secret d'État…

— Si, c'était un putain de secret d'État, Ed! répliqua Sidney. C'est ce qu'on appelle un délit d'initié! Elle a dit à son frère que vous lui aviez donné des dates, des heures. Vous lui avez dit que l'entreprise allait gagner une fortune.

— Elle a menti! Elle raconte n'importe quoi! On a seulement… passé un moment ensemble.

— Vous vouliez vous la taper et vous avez cherché à l'impressionner?

— Ça ne s'est pas passé comme ça.

— Tu as couché avec Deanna Lewis?

Ed se sentait comme transpercé par le regard myope de Ronan.

Sidney leva les mains.

— Vous allez devoir prendre contact avec votre avocat.

— Mais qu'est-ce qu'on me reproche au juste? demanda Ed. Ce n'est pas comme si j'y avais gagné quoi que ce soit. Je ne savais même pas que son frère était dans la finance.

Sidney se retourna. Les visages au-dessus des cloisons disparurent instantanément. Il baissa la voix.

— Vous devez y aller, maintenant. On va vous interroger au poste de police.

— Quoi? Mais c'est de la folie! J'ai une réunion dans vingt minutes. Je ne peux pas aller au poste de police!

— Vous êtes suspendu jusqu'à ce qu'on ait tiré tout ça au clair.

— Vous vous foutez de moi? s'écria Ed avec un ricanement nerveux. Vous ne pouvez pas me suspendre de mes fonctions. C'est *ma* société!

Il jeta en l'air sa balle en mousse et la rattrapa en leur tournant le dos. Personne ne bougea.

—Je refuse de partir. C'est notre société. Dis-leur, Ronan.

Il se tourna d'abord vers son ami, mais celui-ci regardait obstinément ses chaussures. Il se tourna ensuite vers Sidney, qui secoua la tête. Il se tourna alors vers les deux hommes en uniforme qui étaient apparus derrière lui. Il se tourna en désespoir de cause vers sa secrétaire, qui s'était plaqué la main sur la bouche, et enfin vers le passage qui s'ouvrait déjà entre lui et la porte. La balle en mousse retomba à ses pieds dans un bruit sourd.

1

JESS

Jess Thomas et Nathalie Benson se laissèrent tomber sur les sièges de la camionnette, garée hors de vue de la maison de Nathalie. Cette dernière s'était remise à fumer. Elle avait arrêté pour la quatrième fois six semaines auparavant.

— Quatre-vingts livres assurées par semaine ! Et les congés payés par-dessus le marché, râlait Nathalie. Bordel de merde ! Il faut vraiment que je mette la main sur la pétasse qui a laissé traîner cette boucle d'oreille, pour la remercier de nous avoir fait perdre le job du siècle !

— Elle ne savait peut-être pas qu'il était marié.

— Oh si, elle savait !

Avant de rencontrer Dean, Nathalie avait vécu pendant deux ans avec un homme qui s'était avéré avoir non pas une, mais deux familles à l'autre bout de Southampton.

— Est-ce que tu connais un célibataire normalement constitué qui serait capable de couvrir son lit de coussins assortis ?

— Oui : Neil Brewster.

— Tu as regardé la collection de disques de Neil Brewster ? répliqua Nathalie. 67 % de Judy Garland et 33 % de Pet Shop Boys – le comble du ringard.

Cela faisait quatre ans qu'elles faisaient des ménages ensemble, du lundi au vendredi. À l'époque, le centre de villégiature de Beachfront était à mi-chemin entre le paradis et le chantier de construction. Les promoteurs immobiliers avaient promis l'accès à la piscine aux familles du quartier, et avaient assuré à tout le monde qu'un grand lotissement haut de gamme serait profitable à leur petite ville portuaire.

Leur raison sociale, *Benson & Thomas Cleaning*, était peinte au pochoir en lettres délavées sur leur véhicule. Nathalie avait ajouté un slogan de son cru en dessous : « Besoin d'un astiquage ? Appelez-nous ! » Elle avait fini par l'effacer le jour où Jess lui avait fait remarquer que la moitié des coups de fil qu'elles recevaient n'avaient rien à voir avec le ménage.

À présent, la quasi-totalité de leurs clients étaient des résidents du lotissement de Beachfront. Presque personne en ville n'avait les moyens – ou l'envie – d'engager une femme de ménage, hormis les médecins, les avocats et les clients occasionnels tels que la vieille Mme Humphrey, qui ne pouvait entretenir seule son intérieur en raison de son arthrite. Le travail avait ses bons côtés : pas de patron, une gestion autonome de son emploi du temps et la possibilité de choisir la plupart des clients. Le mauvais côté, étrangement, ne provenait pas des mauvais clients (il y en avait toujours au moins un) ou du fait que récurer des toilettes vous donnait l'impression d'être un peu plus bas sur l'échelle sociale que ce que vous aviez prévu. Jess ne voyait pas d'inconvénient à extraire des tuyaux des cheveux qui n'étaient pas les siens, et ne se formalisait même plus de voir que les gens qui louaient une maison de vacances se sentaient obligés de vivre comme des porcs pendant une semaine.

Ce qui lui déplaisait, c'était qu'on finissait systématiquement par en apprendre beaucoup plus sur la vie des gens que ce qu'on aurait souhaité.

Jess aurait pu vous parler de la secrète addiction au shopping de Mme Eldridge, comme en témoignaient les tickets de caisse pour des chaussures de créateur qu'elle entassait dans la poubelle de sa salle de bains et les sacs de vêtements jamais portés qu'elle fourrait dans son placard sans même enlever les étiquettes. Elle aurait pu vous dire que Lena Thompson essayait d'avoir un bébé depuis quatre ans et faisait deux tests de grossesse par mois. Elle aurait pu vous révéler que M. Mitchell, dans la grande maison derrière l'église, avait un salaire à six chiffres (il laissait ses fiches de paie sur le guéridon de l'entrée ; Nathalie aurait juré que c'était délibéré) et que sa fille fumait en cachette dans la salle de bains.

Si elle avait voulu, Jess aurait pu dresser une liste de femmes qui se donnaient toujours l'air impeccable – les cheveux parfaitement coiffés, les ongles vernis, la nuque légèrement aspergée d'un parfum hors de prix – et qui ne se gênaient pas pour abandonner leurs culottes sales sur le sol, à la vue de tous. Ou d'ados qui laissaient traîner des serviettes raidies qu'elle ne pouvait ramasser qu'avec des pincettes. Il y avait des couples qui dormaient chaque nuit dans des lits séparés et qui lui demandaient de changer les draps de la chambre d'amis car ils avaient « énormément d'invités en ce moment », et des toilettes qui nécessitaient un masque à gaz et un panneau « vapeurs toxiques ».

De temps en temps, on avait une gentille cliente comme Lisa Ritter, chez qui on venait passer l'aspirateur et d'où on repartait avec une boucle d'oreille en diamant et un tas d'informations dont on se serait bien passé.

— Ce doit être à ma fille. Elle a dû l'oublier la dernière fois qu'elle est passée me voir, avait dit Lisa Ritter, la voix tremblante, en examinant le bijou qu'elle tenait au creux de la main. Elle en a une paire comme ça.

— Bien sûr, avait dit Jess. Elle a sûrement glissé sous la porte de votre chambre. Ou bien quelqu'un l'a emportée sous sa chaussure. On s'était dit que ce devait être quelque chose comme ça. Je suis désolée. Si j'avais su que cette boucle d'oreille ne vous appartenait pas, je ne vous aurais pas embêtée avec.

Lorsque Mme Ritter lui avait tourné le dos, elle avait su que c'était terminé. On ne remerciait jamais le porteur de mauvaises nouvelles.

Au bout de la rue, un bambin potelé tomba au sol. Après un bref silence, il se mit à hurler. Sa mère, chargée de sacs de courses, resta debout à le regarder, muette de désarroi.

— Écoute, tu as entendu ce qu'elle a dit la semaine dernière… Lisa Ritter préférerait encore changer de coiffeur plutôt que se débarrasser de nous.

Nathalie lui jeta un regard sous-entendant que Jess serait capable de voir le bon côté d'une apocalypse nucléaire.

— Plutôt que se débarrasser des «femmes de ménage», tu veux dire. Ce n'est pas la même chose. Pour elle, que ce soit nous ou *Speedicleanz*, c'est du pareil au même. Pour elle, on sera toujours les femmes de ménage qui ont découvert la vérité sur son mari infidèle. Pour ce genre de personne, c'est très grave. Il n'y a que les apparences qui comptent.

La mère de famille laissa tomber ses sacs et se baissa pour ramasser l'enfant. Jess posa ses pieds nus sur le tableau de bord et se prit le visage entre les mains.

— Et merde.

— En plus, sa maison était toujours impeccable, soupira Nathalie en regardant par la fenêtre d'un air maussade. Il suffisait de faire la poussière deux fois par semaine.

— Et elle ne payait jamais en retard.

Jess ne cessait de revoir cette foutue boucle d'oreille en diamant. Pourquoi ne s'étaient-elles pas contentées de faire comme si de rien n'était? Elles auraient mieux fait de la voler.

— Bon, d'accord, elle ne va plus vouloir de nous. Et si on changeait de sujet, Nath? Je ne peux pas me permettre de pleurer avant d'aller bosser au bar.

— D'accord. Alors est-ce que Marty t'a appelée cette semaine?

— Je ne voulais pas changer de sujet pour parler de *ça*.

— Il a appelé?

Jess soupira.

— Ouais.

— Et il avait une excuse pour ne pas avoir appelé la semaine dernière? demanda Nathalie en chassant les pieds de Jess du tableau de bord.

— Non, répondit Jess, qui sentait le regard de son amie posé sur elle. Et non, il ne m'a pas envoyé d'argent.

— Tu dois lui réclamer une pension alimentaire! Tu ne peux pas continuer comme ça. Tu élèves ses enfants, il doit t'envoyer de l'argent.

Toujours la même dispute.

— Il est… il ne va pas bien, bafouilla Jess. Je ne veux pas lui mettre la pression. Il n'a pas encore retrouvé de travail.

— Peut-être, mais tu vas avoir besoin de cet argent. Surtout tant qu'on ne se sera pas trouvé une nouvelle Lisa Ritter. Au fait, comment va Nicky?

— Je suis passée chez Jason Fisher pour parler à sa mère.

— Tu rigoles ? Cette femme me fout les jetons. Elle t'a dit qu'elle allait obliger Jason à laisser Nicky tranquille ?

— Un truc dans le genre…

Nathalie en resta bouche bée.

— Elle m'a dit que si je me pointais encore une fois devant sa porte, elle me faisait la tête au carré. À moi et à mes… comment elle a dit ? Moi et mes « gamins dégénérés ».

Jess abaissa le pare-soleil pour se recoiffer devant le miroir, rassemblant ses cheveux en une queue-de-cheval.

— Oh, et elle a aussi dit que son petit Jason ne ferait pas de mal à une mouche.

— Classique.

— Heureusement, j'avais pris Norman avec moi. Il a fait une énorme crotte à côté de leur Toyota, et j'avais malencontreusement oublié d'emporter un sac en plastique pour ramasser.

Jess reposa les pieds sur le tableau de bord. Nathalie les repoussa et passa sur la surface un torchon humide.

— Sérieusement, Jess. Ça fait combien de temps que Marty est parti ? Deux ans ? Tu es jeune, tu ne peux pas perdre ton temps à attendre qu'il se reprenne en main. Tu dois te remettre en selle.

— Me remettre en selle… Charmant !

— Liam Stubbs en pince pour toi. Tu pourrais le chevaucher.

— Toute personne possédant une paire de chromosomes X est susceptible de chevaucher Liam Stubbs, rétorqua Jess en remontant sa vitre. Je suis bien mieux en compagnie de mes bouquins. Et puis je pense que les enfants ont déjà une vie assez chaotique sans avoir en plus envie de jouer à « Dis bonjour à ton nouveau papa ! »

Elle leva les yeux au ciel et ne put réprimer une grimace.

— Bon ! Je vais faire du thé, puis je me prépare pour aller au bar. Je vais aussi passer quelques coups de fil, au cas où un client aurait besoin de nous faire faire des heures supplémentaires. Et puis, on ne sait jamais, Lisa Ritter ne va peut-être pas nous virer.

Nathalie baissa la vitre et exhala une longue bouffée de fumée.

— Mais bien sûr, Dorothy. Et notre prochain job, ce sera de nettoyer la cité d'Émeraude au bout de la route de brique jaune.

Au 14, Seacove Avenue, des explosions étouffées résonnaient dans toute la maison. Tanzie avait récemment calculé que, depuis ses seize ans, Nicky avait passé 88 % de son temps libre dans sa chambre. Jess pouvait difficilement l'en blâmer.

Elle déposa son matériel de nettoyage dans l'entrée, accrocha sa veste au portemanteau et monta à l'étage. Comme toujours, elle eut un petit pincement au cœur en constatant l'état du tapis. Elle ouvrit la porte de la chambre de Nicky. Ce dernier était occupé à tirer sur quelqu'un, les écouteurs sur les oreilles ; l'odeur de l'herbe était si forte que Jess chancela.

— Nicky ! appela-t-elle tandis qu'il faisait exploser son ennemi dans une grêle de balles. Nicky !

Elle s'avança vers lui et lui retira ses écouteurs. Il se retourna, déconcerté, comme si elle venait de l'arracher à un profond sommeil.

— Alors, on travaille dur ?

— Je fais une pause dans mes révisions.

Elle s'empara d'un cendrier, qu'elle lui agita sous le nez.

— Je croyais t'avoir dit…

— C'était hier soir. Je n'arrivais pas à dormir.

—Pas dans la maison, Nicky.

Il était inutile de lui interdire de fumer. Dans le quartier, tout le monde le faisait. Jess se disait qu'elle avait de la chance qu'il n'ait commencé qu'à quinze ans.

—Tanzie n'est pas encore rentrée ? demanda-t-elle en se baissant pour ramasser les chaussettes sales et les tasses qui traînaient par terre.

—Non. Oh. L'école a appelé à midi.

—Pourquoi ?

Il tapa quelques mots sur son clavier et se tourna vers elle.

—Je ne sais pas. Pour l'école.

Elle souleva une mèche de ses cheveux teints en noir et la vit : une marque récente sur sa pommette. Il baissa la tête.

—Ça va ?

Il haussa les épaules et détourna le regard.

—Ils s'en sont encore pris à toi ?

—Ça va.

—Pourquoi tu ne m'as pas appelée ?

—Je n'avais plus de crédit.

Il se pencha en arrière pour lancer une grenade. Une boule de feu emplit l'écran. Il remit ses écouteurs.

Nicky vivait chez Jess depuis huit ans. C'était le fils que Marty avait eu avec Della, une femme avec qui il avait eu une brève aventure à l'adolescence. Nicky était arrivé silencieux et méfiant, grand et dégingandé, avec un appétit insatiable. Sa mère, qui s'était liée à un nouveau groupe, avait fini par disparaître quelque part dans les Midlands avec un dénommé Big Al, qui ne regardait jamais personne dans les yeux et serrait perpétuellement dans son énorme poing une canette de Tennent's Extra. Lorsqu'une assistante sociale avait appelé pour annoncer qu'on avait retrouvé

Nicky en train de dormir dans les vestiaires de l'école, Jess avait accepté de le prendre avec eux.

—Exactement ce qu'il te faut, avait dit Nathalie. Une bouche de plus à nourrir.

—C'est mon beau-fils.

—Tu l'as vu deux fois en quatre ans. Et tu n'as même pas vingt ans.

—Que veux-tu que je te dise ? La cellule familiale a évolué.

Plus tard, Jess s'était demandé si ça n'avait pas été la goutte d'eau qui avait fait déborder le vase, celle qui avait poussé Marty à abandonner toute responsabilité envers sa famille. Mais derrière les apparences – cheveux noir corbeau et œil charbonneux –, Nicky avait bon fond. Il était gentil avec Tanzie et, dans ses bons jours, il parlait et riait et allait même parfois jusqu'à prendre maladroitement Jess dans ses bras. Elle était heureuse de l'avoir, même si elle avait parfois l'impression d'avoir simplement ajouté à sa vie un nouvel objet d'inquiétude.

Elle sortit dans le jardin, son portable à la main, et prit une grande inspiration.

—Euh… allô ? Jessica Thomas à l'appareil. Vous avez essayé de me joindre.

Pas de réponse.

—Est-ce que Tanzie… Est-ce que tout va bien ?

—Oh oui, ne vous inquiétez pas. Je suis désolé. J'aurais dû vous laisser un message. Je suis M. Tsvangarai, le professeur de mathématiques de Tanzie.

—Oh.

Elle le connaissait de vue : un homme de haute taille, en costume gris. L'air d'un croque-mort.

19

— Je voulais vous parler parce qu'il y a quelques semaines, j'ai eu une discussion très intéressante avec un ancien collègue qui enseigne à présent à Sainte-Anne.

— Sainte-Anne ? répéta Jess en fronçant les sourcils. L'école privée ?

— Exactement. Ils ont un programme de bourse pour les enfants dotés de capacités exceptionnelles en mathématiques. Et comme vous le savez, Tanzie est une élève extrêmement douée.

— Parce qu'elle est bonne en maths.

— Plus que bonne. Je ne sais pas si elle vous en a parlé, mais nous lui avons fait passer l'épreuve de qualification la semaine dernière. Je ne sais pas si vous avez reçu le courrier que je vous ai envoyé.

Une mouette traversa le ciel. Les yeux plissés face au soleil, Jess la regarda passer. Quelques jardins plus loin, Terry Blackstone accompagnait la radio en chantant à tue-tête. D'après la légende, il pouvait faire toute la discographie de Rod Stewart s'il se croyait seul.

— On a reçu les résultats ce matin, et elle s'en est très bien sortie. Extrêmement bien, pour ne rien vous cacher. Si vous êtes d'accord, le jury souhaiterait lui proposer un entretien pour une place subventionnée.

Elle ne put s'empêcher de répéter bêtement :

— Une place subventionnée ?

— Pour certains enfants surdoués, Sainte-Anne renonce à une partie significative des frais de scolarité. Tanzie pourrait en profiter pour bénéficier d'un enseignement de premier ordre. Cette petite a un don pour les mathématiques, madame Thomas. Je pense vraiment que ce serait une formidable opportunité pour elle.

— Sainte-Anne ? Mais… elle devrait traverser toute la ville en bus pour y aller. Et il lui faudrait un uniforme et tout ce qui va avec. D'ailleurs, elle ne connaît personne là-bas.

— Elle se ferait vite des amies. Mais ce ne sont là que des détails, madame Thomas. Attendons de voir ce que propose l'école. Tanzie est une élève brillante.

Il s'interrompit. Puis, comme elle ne disait rien, il baissa la voix :

— Cela fait près de vingt-deux ans que j'enseigne, madame Thomas, et je n'avais encore jamais vu un enfant saisir aussi rapidement les concepts mathématiques. Je n'ai plus rien à lui apprendre. Les algorithmes, les probabilités, les nombres premiers…

— OK. Là, vous m'avez perdue, monsieur Tsvangarai.

Il laissa échapper un petit éclat de rire.

— Je vous tiens au courant.

Elle raccrocha et se laissa tomber sur une chaise de jardin en plastique blanc couverte de mousse verte, regardant sans les voir les rideaux du salon, que Marty avait toujours trouvés trop jaunes, le vieux tricycle en plastique rouge qu'elle n'avait jamais pu se résoudre à jeter, les mégots du voisin qui jonchaient son allée comme autant de confettis, les planches pourries de la barrière à travers lesquelles le chien persistait à passer la tête. Et soudain, malgré son éternel optimisme qui agaçait tant Nathalie, Jess se rendit compte que ses yeux étaient pleins de larmes.

Beaucoup de choses terribles vous tombent dessus lorsque le père de vos enfants vous quitte : les problèmes d'argent, la colère que vous réprimez pour le bien des enfants, la façon dont vous traitent la plupart de vos amies en couple, comme si vous étiez devenue une voleuse de mari potentielle… Mais, pire que tout, pire que les incessants problèmes financiers, se retrouver seule à élever ses enfants quand on a totalement perdu pied est un grand, très grand moment de solitude.

2

Tanzie

Il y avait vingt-six voitures dans le parking de Sainte-Anne. Deux rangées de treize véhicules à quatre roues, qui tournaient à un angle moyen de 41° pour se garer.

Tanzie les observait en traversant la rue avec maman. Les gens téléphonaient en conduisant ou parlaient à des bébés blonds aux yeux écarquillés assis sur la banquette arrière. Maman leva le menton et fit sauter les clés de la maison dans sa main libre, comme si c'était des clés de voiture et qu'elle venait de se garer un peu plus loin. Elle ne cessait de jeter des regards furtifs aux alentours. Tanzie devina qu'elle craignait de tomber sur un de ses clients de ménage, qui lui demanderait ce qu'elle faisait là.

Tanzie n'était jamais entrée à Sainte-Anne, mais elle était passée devant en bus au moins dix fois pour aller chez le dentiste. Vue de l'extérieur, l'école n'était qu'une haie interminable, taillée à angle droit (elle se demandait même si le jardinier se servait d'un rapporteur), et quelques grands arbres aux branches tombantes qui balayaient le terrain de jeu comme pour servir de cabane aux enfants.

Les élèves de Sainte-Anne ne se jetaient pas leurs sacs à la tête et ne se poussaient pas contre le mur pour se voler l'argent du déjeuner. Il n'y avait pas de professeurs à l'air épuisé pour faire entrer des troupeaux d'adolescents dans les salles de classe. Les filles n'avaient pas roulé leur jupe six fois sur les hanches pour les raccourcir. Personne ne fumait. Maman serra brièvement sa main dans la sienne. Tanzie ne comprenait pas pourquoi elle avait l'air aussi nerveuse.

—C'est joli, tu ne trouves pas, maman?

—Oui, acquiesça-t-elle d'une voix mourante.

—M. Tsvangarai m'a dit que tous les élèves de terminale qui ont pris maths en spécialité n'ont eu que des A ou des A+. C'est super, tu ne trouves pas?

—Incroyable.

Tanzie tira un peu sur la main de maman, pressée d'arriver au bureau du directeur.

—Tu crois que je vais manquer à Norman quand je finirai tard?

—Quand tu finiras tard?

—À Sainte-Anne, on finit tous les jours à 18 heures. Et il y a le club de maths le mardi et le jeudi. Il faut absolument que j'y aille.

Maman baissa les yeux vers elle. Elle semblait vraiment fatiguée. Ces jours-ci, elle l'était en permanence. Elle se composa un de ses sourires qui n'en étaient pas vraiment un, et elles entrèrent.

—Bonjour, madame Thomas. Bonjour, Costanza. Ravi de vous rencontrer. Je vous en prie, asseyez-vous.

Le bureau du directeur disposait d'un haut plafond orné de rosettes en plâtre blanc et de petits boutons de rose, disposés tous les trente centimètres avec une précision géométrique. La pièce était garnie de meubles anciens et d'une large fenêtre en saillie, par laquelle on apercevait un homme juché sur une tondeuse motorisée qui parcourait tranquillement un terrain de cricket. Sur une petite table, on avait déposé un plateau de café et de biscuits, visiblement faits maison. Maman faisait les mêmes avant que papa s'en aille.

Tanzie s'assit au bord du canapé et observa longuement les deux hommes installés en face d'elle. Le moustachu avait le même sourire que l'infirmière avant qu'elle vous fasse une piqûre. Maman avait posé son sac sur ses genoux, la main sur le coin que Norman avait mâchouillé. Sa jambe tressautait nerveusement.

— Je vous présente M. Cruikshank. Il dirige le département de mathématiques. Je suis M. Daly, directeur de cet établissement depuis maintenant deux ans.

Tanzie leva les yeux de son biscuit.

— Vous étudiez la théorie des cordes ? demanda-t-elle.

— Oui, répondit M. Cruikshank.

— Et les probabilités ?

— Aussi.

M. Cruikshank se pencha en avant.

— Nous avons examiné les résultats de votre test. Et nous pensons, Costanza, que vous devriez passer l'épreuve de mathématiques du brevet des collèges dès l'an prochain. Je pense que les problèmes niveau bac vous amuseraient beaucoup.

Elle le dévisagea.

— Vous avez des sujets ?

— J'en ai quelques-uns dans mon bureau. Voudriez-vous les voir ?

Tanzie n'arrivait pas à croire qu'il lui posait la question. Elle songea un instant à répondre « Non, tu crois ? » comme Nicky, mais elle jugea plus sage de hocher la tête.

M. Daly tendit à maman une tasse de café.

— Je ne vais pas tourner autour du pot, madame Thomas. Vous êtes consciente des aptitudes exceptionnelles de votre fille. Nous n'avons vu qu'une fois des résultats similaires aux siens, et cet élève est devenu professeur à Trinity College.

Il poursuivit son discours, tant et si bien que l'attention de Tanzie se mit à divaguer :

— … pour un groupe d'élèves très restreint qui ont fait preuve de capacités hors du commun, nous avons mis en place une nouvelle bourse pour favoriser l'égalité des chances, *bla, bla, bla*. Elle offre à des élèves qui n'auraient pas les moyens d'intégrer une école comme celle-ci l'opportunité d'exploiter leur potentiel en… *bla, bla, bla*. Bien sûr, nous sommes très curieux de voir jusqu'où Costanza peut aller dans le domaine des mathématiques, mais nous voudrions également nous assurer qu'elle s'épanouisse dans les autres disciplines. Nous offrons à nos élèves un parcours complet en sport et en musique, *bla, bla, bla*… De nombreux enfants sont aussi doués en langues, *bla, bla, bla*… et du théâtre. Les jeunes filles de son âge en raffolent.

— Il n'y a que les maths que j'aime vraiment, leur dit-elle. Et les chiens.

— Nous n'avons pas grand-chose à proposer en matière de chiens, mais nous pouvons vous offrir de nombreuses opportunités de vous épanouir dans le champ des mathématiques. Cependant, je pense que vous pourriez découvrir de nouveaux centres d'intérêt. Jouez-vous d'un instrument de musique ?

Elle fit « non » de la tête.

— Pratiquez-vous une langue étrangère ?

Un silence pesant s'installa.

— D'autres centres d'intérêt ?

— On va à la piscine le vendredi, intervint maman.

— On n'y est pas allées depuis que papa est parti.

Maman sourit, l'air un peu gênée.

— On y est allées, Tanzie.

— Oui, une fois. Le 13 mai. Mais maintenant, tu travailles le vendredi.

M. Cruikshank quitta la pièce, puis revint une minute plus tard avec ses sujets. Tanzie fourra le dernier biscuit dans sa bouche, puis se leva pour aller s'asseoir à côté de lui. Il en avait toute une pile. Des questions qu'elle n'avait même pas encore abordées !

Elle se mit à parcourir les pages avec lui, s'arrêtant sur ce qu'elle connaissait déjà. En arrière-plan, elle entendait les voix de maman et du directeur, comme venues de très loin.

Apparemment, tout se passait bien. Tanzie reporta son attention sur les thématiques proposées.

— Oui, disait à voix basse M. Cruikshank, le doigt posé sur une page. Mais les processus de renouvellement ont une caractéristique curieuse : si on attend un quelconque temps t prédéterminé avant d'observer la longueur de l'intervalle contenant t, on doit alors s'attendre à ce qu'il soit plus grand qu'un intervalle de renouvellement de taille moyenne.

Elle savait tout ça !

— Alors les singes mettraient plus longtemps à taper Macbeth ?

— C'est ça, répondit-il avec un sourire. Je ne pensais pas que vous auriez déjà étudié la théorie du renouvellement.

— Je ne l'ai pas vraiment étudiée. Mais M. Tsvangarai m'en a parlé une fois, et j'ai fait des recherches sur Internet. J'ai adoré cette histoire de singes.

Elle feuilleta encore quelques pages. Les nombres lui chantaient aux oreilles. Elle entendait presque son cerveau fredonner à l'unisson. Cette école était faite pour elle.

— Maman, dit-elle.

Elle n'avait pas l'habitude d'interrompre des adultes, mais elle était trop excitée pour penser à être polie.

—Maman, tu crois que je pourrais avoir des manuels de maths comme ceux-là ?

M. Daly leva les yeux. Il ne semblait pas se soucier de son impolitesse.

—M. Cruikshank, avons-nous des exemplaires en trop ?

—Vous pouvez prendre ceux-ci.

Il les lui offrait ! Comme ça ! Dehors, une cloche sonna et elle entendit des enfants passer sous la fenêtre du bureau, leurs chaussures crissant sur le gravier.

—Et donc… quelle est la suite du programme ? demanda maman.

—Eh bien, nous serions heureux d'offrir à Costanza… à Tanzie… une bourse.

M. Daly saisit un dossier en papier glacé posé sur le bureau.

—Voici votre brochure, ainsi que toute la documentation. La bourse couvre 90 % des frais de scolarité. C'est la plus généreuse que cette école ait jamais octroyée. D'habitude, étant donné la taille de la liste d'attente, nous n'offrons jamais plus de 50 %.

Il fit glisser le plateau de biscuits en direction de Tanzie. Comme par magie, il était de nouveau rempli. C'était vraiment la meilleure école du monde.

—90 %, répéta maman en reposant son biscuit dans sa soucoupe.

—J'ai bien conscience que malgré cette aide, une inscription représenterait pour vous une dépense considérable. Sans compter l'uniforme, le trajet et tous les extras qu'elle pourrait demander, comme les cours de musique ou les voyages scolaires. Mais j'insiste sur le fait qu'il s'agit là d'une opportunité unique. Nous serions enchantés de vous avoir, Tanzie, ajouta-t-il en se penchant sur son bureau. Votre professeur de mathématiques nous a confié que c'était un vrai bonheur de travailler avec vous.

—J'aime l'école, dit-elle en tendant la main vers le plateau. Je sais bien que tout le monde trouve ça bizarre, mais je préfère être à l'école plutôt qu'à la maison.

Tous éclatèrent d'un rire gêné.

—Pas à cause de toi, maman, précisa-t-elle en attrapant un autre biscuit. Mais tu dois beaucoup travailler.

Tout le monde se tut.

—Comme nous tous en ce moment, dit M. Cruikshank.

—Bien, conclut M. Daly, vous avez sûrement besoin d'y réfléchir. Et je suis sûr que vous avez d'autres questions à nous poser. Mais terminons d'abord notre café, puis j'irai chercher une de nos élèves pour vous faire visiter l'école. Vous pourrez ensuite en parler entre vous.

Tanzie était dans le jardin, occupée à jeter une balle à Norman. Elle avait décidé qu'un jour, il apprendrait à rapporter. Elle avait lu quelque part que la répétition multipliait par quatre la probabilité qu'un animal apprenne à faire quelque chose. Malheureusement, elle n'était pas certaine que Norman sache compter.

Ils avaient recueilli Norman à la fourrière après que papa était parti et que maman était restée éveillée pendant onze nuits d'affilée, paniquée à l'idée qu'ils se feraient assassiner dans leurs lits dès que tout le monde aurait compris qu'il n'y avait plus d'homme à la maison. Les employés de la fourrière avaient garanti que Norman était un super chien de garde, adorable avec les enfants.

—Mais il est tellement gros, avait objecté maman.

—C'est justement ce qui fait de lui un excellent moyen de dissuasion, avaient-ils argué avec de grands sourires. Et est-ce qu'on vous a dit qu'il est très gentil avec les enfants?

Deux ans plus tard, maman disait que Norman n'était qu'un énorme tube digestif sur pattes. Il bavait sur les coussins, hurlait dans son sommeil, et passait ses journées à traîner dans la maison en laissant derrière lui des touffes de poils et des odeurs nauséabondes. Maman disait que les gens de la fourrière n'avaient pas menti : personne n'oserait jamais s'introduire chez eux, de peur de mourir asphyxié.

Elle avait abandonné l'idée de chasser l'animal de la chambre de Tanzie : lorsque celle-ci s'éveillait au matin, le gros chien était systématiquement étendu sur les trois quarts du lit, ses pattes poilues étirées sur la couverture, la laissant frissonner sous un minuscule coin de couette. Maman râlait toujours contre les poils et le manque d'hygiène, mais Tanzie s'en fichait.

Elle n'avait que deux ans quand Nicky était arrivé. Tanzie était allée au lit un soir pour se réveiller le lendemain matin dans la chambre d'amis, et maman lui avait annoncé qu'il était son frère et qu'il allait vivre avec eux. Un jour, Tanzie lui avait demandé ce qu'ils avaient comme gènes en commun. « Le gène du raté bizarroïde », lui avait-il répondu. Il devait plaisanter, mais elle ne s'y connaissait pas assez en génétique pour en être absolument sûre.

Elle se rinçait les mains au robinet du jardin quand elle les entendit parler. La fenêtre de Nicky était ouverte, et leurs voix portaient jusqu'à elle.

—Tu as payé la facture d'eau ? demanda Nicky.

—Non. Je n'ai pas eu le temps d'aller à la poste.

—C'est marqué « dernier rappel ».

—Je sais.

Maman parlait sèchement, comme toujours quand il était question d'argent. Il y eut un silence. Norman prit la balle entre ses dents et la laissa tomber à ses pieds. Elle resta posée là, toute sale et pleine de bave.

—Je suis désolée, Nicky. Pour le moment, il faut juste que… que j'expédie cette conversation. Je m'en occupe demain matin. Promis. Tu veux parler à ton père ?

Tanzie savait ce qu'il allait répondre. Nicky ne voulait plus parler à papa.

—Salut.

Tanzie se plaça juste sous la fenêtre et ne bougea plus. C'était la voix de papa sur Skype. Il semblait nerveux.

—Tout va bien ?

Tanzie se demanda s'il pensait que quelque chose de grave était arrivé. S'il la croyait malade, peut-être finirait-il par revenir. Un jour, elle avait vu un film à la télé, où les parents divorcés d'une petite fille se remettaient ensemble parce qu'elle avait une leucémie. Mais elle ne voulait pas vraiment d'une leucémie, parce que les piqûres la faisaient s'évanouir et qu'elle aimait bien ses cheveux.

—Très bien, répondit maman, omettant de signaler que Nicky s'était fait battre à l'école.

—Qu'est-ce qui se passe ?

Un silence.

—Ta mère a redécoré la maison ? demanda maman.

—Quoi ?

—Il y a un nouveau papier peint derrière toi.

—Oh. Ça.

Un nouveau papier peint chez grand-mère ? Tanzie se sentit un peu mal à l'aise. Papa et mamie vivaient dans une maison qu'elle ne reconnaîtrait peut-être pas. Cela faisait 348 jours qu'elle n'avait pas vu papa. Et 433 jours qu'elle n'avait pas vu mamie.

—Il faut que je te parle de l'école de Tanzie.

—Pourquoi ? Qu'est-ce qu'elle a fait ?

—Rien de ce que tu penses, Marty. On lui a offert une bourse pour Sainte-Anne.

— Sainte-Anne?

— D'après eux, elle a des capacités hors normes en mathématiques.

— Sainte-Anne, répéta-t-il comme s'il n'en croyait pas ses oreilles. Je savais qu'elle était bonne, mais…

Il semblait vraiment fier. Tanzie s'appuya contre le mur et se mit sur la pointe des pieds pour mieux entendre la conversation. Si elle entrait à Sainte-Anne, il reviendrait peut-être.

— Notre petite fille dans une école de bourges, hein? dit-il d'une voix gonflée d'orgueil.

Tanzie l'imaginait, savourant à l'avance ce qu'il allait raconter à ses amis au bar. Sauf qu'il n'irait pas au bar. Il disait toujours à maman qu'il n'avait pas les moyens de prendre du bon temps.

— Alors où est le problème?

— Eh bien, c'est une bourse importante… mais ça ne couvre pas tout.

— C'est-à-dire?

— C'est-à-dire qu'on doit toujours trouver cinq cents livres par trimestre. Sans compter l'uniforme. Et encore cinq cents livres de frais de dossier.

Le silence se fit si pesant que Tanzie se demanda si l'ordinateur n'était pas tombé en panne.

— Ils m'ont dit qu'au bout d'un an, on peut demander une aide. Une sorte de bourse du mérite. Mais en gros, on doit trouver deux mille livres pour la première année.

Papa se mit à rire. À gorge déployée.

— Tu plaisantes?

— Non.

— Et où est-ce que je suis censé trouver deux mille livres, Jess?

— Je me suis dit que je…

— Je n'ai pas encore trouvé de vrai travail. Il ne se passe rien, ici. Je… je suis tout juste en train de me remettre. Je suis navré, ma belle, mais ce n'est pas la peine.

— Ta mère ne peut pas nous aider ? Elle doit bien avoir des économies. Je peux lui parler ?

— Non. Elle est… sortie. Et je ne veux pas que tu lui prennes son argent. Elle a assez de soucis comme ça.

— Je ne lui prends pas son argent, Marty. Je me disais juste qu'elle pourrait peut-être avoir envie d'aider ses uniques petits-enfants.

— Ce ne sont plus ses uniques petits-enfants. Elena a eu un petit garçon.

Tanzie se figea.

— Je ne savais même pas qu'Elena était enceinte.

— Ouais, je comptais te le dire, puis ça m'est sorti de la tête.

Tanzie avait un petit cousin. Et elle ne le savait même pas. Norman se coucha à ses pieds. Il leva sur elle ses grands yeux marron, puis se laissa rouler sur le dos avec un grognement épuisé, comme si rester couché par terre constituait pour lui une tâche harassante.

— Et… et si on vendait la Rolls ?

— Je ne peux pas vendre la Rolls. Je voulais justement me remettre aux mariages.

— Mais elle prend la rouille dans le garage depuis deux ans !

— Je sais. Je vais venir la chercher. C'est juste qu'ici, je n'ai nulle part où la garer.

Le ton était monté. Leurs conversations se terminaient souvent ainsi. Tanzie entendit maman prendre une grande inspiration.

— Tu peux au moins y réfléchir, Marty ? Elle tient vraiment à aller dans cette école. C'est très important pour elle. Quand le prof de maths lui en a parlé, tout son visage s'est illuminé. Je n'avais pas vu ça depuis…

— Depuis que je suis parti.

— Ce n'est pas ce que je voulais dire.

— Donc tout est ma faute.

— Non, tout n'est pas ta faute, Marty. Mais je ne vais pas faire comme si ton départ avait été une partie de plaisir pour eux. Tanzie ne comprend pas pourquoi tu ne viens jamais la voir.

— Je ne peux pas payer le trajet, Jess. Tu le sais. Ce n'est pas la peine de remettre ça sur le tapis. J'ai été malade.

— Je sais.

— Elle peut venir me voir quand elle veut. Je te l'ai dit. Envoie-les-moi tous les deux pendant les vacances.

— Je ne peux pas. Ils sont trop jeunes pour voyager seuls. Et je ne peux pas payer le train pour nous tous.

— Et je suppose que ça aussi, c'est ma faute.

— Oh, bon sang !

Tanzie s'enfonça les ongles dans les paumes des mains. Norman attendait toujours patiemment, les yeux levés vers elle.

— Je ne veux pas me disputer avec toi, Marty, dit maman d'une voix lente et claire, comme un prof qui essaierait d'expliquer à un élève une notion qu'il était censé connaître. Je voudrais juste que tu te demandes s'il n'y a pas un moyen, n'importe lequel, pour que tu apportes ta pierre à l'édifice. Ça pourrait changer la vie de Tanzie. Elle n'aurait pas besoin de galérer autant que… autant que nous.

— Ça, tu n'en sais rien.

— Quoi ?

— Tu ne regardes jamais les infos, Jess ? Même ceux qui font des études sont au chômage. Peu importe l'éducation qu'on a reçue. Dans tous les cas, elle va galérer. Non, reprit-il

34

après une pause. Ça ne sert à rien qu'on s'endette jusqu'au cou juste pour ça. Évidemment, on prétend dans ces écoles que c'est une chance exceptionnelle, que Tanzie est exceptionnelle, que ça va lui ouvrir toutes les portes si elle vient chez eux, et cætera, et cætera. C'est leur boulot.

Maman ne répondit pas.

— Non, si elle est aussi brillante qu'ils le disent, elle s'en sortira toute seule. Elle ira à MacArthur, comme tout le monde.

— Oui, comme tous ces petits cons qui passent leur temps à s'en prendre à Nicky. Et toutes ces filles maquillées à la truelle qui sèchent le sport pour ne pas risquer de se casser un ongle. Ça ne marchera pas pour elle, Marty. Ce n'est pas possible.

— Je vois que madame est devenue snob...

— Non, madame s'est simplement faite à l'idée que sa fille est un peu différente des autres. Et qu'elle a besoin d'une école adaptée.

— Je ne peux pas, Jess. Désolé.

Il semblait distrait à présent, comme si un problème plus urgent venait d'accaparer son attention.

— Écoute, il faut que j'y aille. Dis-lui de m'appeler sur Skype dimanche prochain.

Il y eut un long silence.

Tanzie compta jusqu'à quatorze.

Elle entendit la porte s'ouvrir, puis la voix de Nicky :

— Je vois que ça s'est bien passé...

Tanzie s'accroupit pour gratter le ventre de Norman. Elle ferma les yeux pour ne pas voir la grosse larme qui s'écrasa sur le pelage de l'animal.

— On a joué au Loto dernièrement ?

— Non.

Cette fois, le silence s'éternisa pendant neuf secondes. Puis la voix de maman résonna dans l'air :

— On ferait peut-être bien de s'y mettre.

3

Ed

Deanna Lewis. Peut-être pas la plus jolie, mais sans doute la mieux placée dans le classement des filles du campus avec qui Ed et Ronan auraient bien couché sans être ivres morts. Comme si elle avait daigné leur adresser un seul regard.

C'était à peine si elle avait remarqué son existence durant leurs trois années d'université, hormis ce jour pluvieux, à la gare, où elle lui avait demandé de la ramener dans sa Mini. Il avait été si intimidé qu'il n'avait pu dire un mot de tout le trajet, à part un « pas de problème » étranglé quand elle l'avait remercié une fois arrivée à destination. À eux seuls, ces trois mots avaient réussi à couvrir deux octaves. Elle s'était baissée pour arracher un papier de bonbon collé sous sa semelle, le laissant délicatement retomber au sol, avant de claquer la portière.

Si Ed l'avait mal vécu, ç'avait été pire pour Ronan. Son amour lui avait pesé comme des haltères de dessin animé. Il lui avait écrit des poèmes, envoyé des bouquets anonymes pour la Saint-Valentin, souri dans la queue du restaurant universitaire, s'efforçant de dissimuler sa déception lorsqu'elle ne le remarquait pas. Après la remise des diplômes, ils avaient monté leur entreprise, cessé de penser aux femmes pour se consacrer aux logiciels, et Deanna Lewis avait été reléguée au rang de simple souvenir.

—Oh… Deanna Lewis, soupiraient-ils parfois, le regard lointain, comme s'ils la voyaient flotter au ralenti au-dessus du bar.

Et, trois mois auparavant, environ six mois après que Lara l'avait quitté en emportant avec elle l'appartement de Rome, la moitié de ses actions et son goût pour les relations, Deanna Lewis l'avait ajouté sur Facebook. Après quelques années passées à New York, elle était de retour en Angleterre et voulait retrouver ses anciens amis de fac. Se souvenait-il de Reena ? De Sam ? Était-il disponible pour aller boire un verre ?

Avec un peu de recul, Ed s'était senti coupable de ne pas en avoir parlé à Ronan. Son ami, s'était-il dit, était trop occupé à mettre en place les nouvelles mises à jour. Sans compter qu'il avait mis des années à oublier Deanna et que sa relation avec une bénévole de la soupe populaire en était encore à ses balbutiements. Mais en vérité, cela faisait bien trop longtemps qu'Ed n'avait pas eu de rendez-vous avec une femme, et une partie de lui voulait que Deanna Lewis voie l'homme qu'il était devenu depuis la vente de l'entreprise, un an auparavant.

Car l'argent avait le pouvoir de changer beaucoup de choses : non seulement ses vêtements, mais aussi tout l'aspect de sa peau et de son corps. Ed Nicholls n'avait plus rien à voir avec le geek réservé de la Mini. Il ne portait aucun signe ostentatoire de richesse, mais il savait qu'à trente-trois ans, elle formait comme une aura invisible flottant autour de lui.

Ils se retrouvèrent dans un bar de Soho. Elle s'excusa : Reena s'était décommandée à la dernière minute. Cette dernière venait d'avoir un bébé, lui apprit-elle en haussant un sourcil vaguement moqueur. Ed se rendit compte beaucoup plus tard que Sam ne s'était jamais montré. Deanna ne demanda pas ce qu'était devenu Ronan.

Il était incapable de détourner les yeux de son visage. C'était toujours la même, mais en mieux. Ses boucles brunes rebondissaient sur ses épaules, comme dans une publicité pour un shampooing. Elle était plus gentille que dans son souvenir, plus humaine : même les filles les plus en vue devaient revenir à la réalité une fois sorties de l'université. Elle riait à toutes ses plaisanteries. Elle semblait surprise de constater qu'il n'était plus le même que dans ses souvenirs. Il se sentait bien.

Ils se quittèrent au bout de quelques heures. Il ne s'attendait pas vraiment à avoir de ses nouvelles, mais elle l'appela deux jours plus tard. Cette fois, ils se rendirent en boîte de nuit. Lorsqu'elle leva les mains au-dessus de sa tête pour danser, il dut faire tous les efforts du monde pour ne pas se la représenter attachée dans un lit. Elle sortait tout juste d'une rupture, lui expliqua-t-elle après son troisième verre. La séparation avait été très douloureuse. Elle n'était pas sûre de vouloir s'impliquer dans une relation sérieuse. Il répondit par les monosyllabes appropriés. Il lui parla de Lara, son ex-femme, et du jour où elle l'avait accusé d'être amoureux de son travail et déclaré qu'elle devait le quitter avant de devenir folle.

— Elle fait un peu dans le mélodrame, fit remarquer Deanna.

— C'est une actrice italienne, il va de soi que tout en elle est mélodramatique.

— *Était*, corrigea-t-elle sans le quitter des yeux.

Elle regardait sa bouche quand il parlait, ce qui était étrangement gênant. Il lui parla de son entreprise : les premiers essais qu'il avait faits avec Ronan dans sa chambre, les bugs du logiciel, les rendez-vous avec un magnat des médias venu spécialement du Texas dans son jet privé, qui les avait traités de tous les noms quand ils avaient refusé son offre de rachat.

Il lui parla du jour où ils avaient été cotés en bourse : assis sur le bord de sa baignoire, son portable à la main, il avait vu le prix des actions s'envoler et s'était mis à trembler de tous ses membres lorsqu'il avait compris à quel point sa vie allait en être bouleversée.

— Tu es si riche que ça ?

— Disons que je ne m'en sors pas trop mal.

Conscient d'être à deux doigts de passer pour un sale con, il ajouta :

— Enfin… je m'en sortais mieux jusqu'à mon divorce, évidemment… Mais ça va. Tu sais, l'argent ne m'intéresse pas vraiment. J'aime ce que je fais, c'est tout. J'aime mon entreprise. J'aime avoir des idées et pouvoir les concrétiser.

— Alors pourquoi tu as vendu ?

— La compagnie devenait trop grande à mon goût, et on m'a dit que si je vendais, les mecs en costard s'occuperaient de gérer tout l'aspect financier. C'est une partie du travail qui ne m'a jamais intéressé. Tu as de très jolis cheveux, ajouta-t-il en plongeant son regard dans le sien.

Qu'est-ce qui lui avait pris de dire un truc pareil ?

Elle l'avait embrassé dans le taxi. Deanna Lewis avait posé sur sa joue une fine main manucurée et l'avait embrassé. Même si cela faisait plus de douze ans qu'ils avaient quitté l'université – douze années durant lesquelles Ed Nicholls avait connu un bref mariage avec un mannequin –, une petite voix dans sa tête ne cessait de répéter : «Deanna Lewis est en train de m'embrasser. Deanna Lewis est en train de m'embrasser.» Et elle ne s'arrêta pas là : oubliant visiblement la présence du chauffeur, elle remonta sa jupe, glissa sur lui une longue jambe fuselée et se colla tout contre lui, glissant les mains sous sa chemise jusqu'à lui faire perdre la voix et la raison. Les mots lui revinrent seulement une fois qu'il fut arrivé à son appartement. Il n'attendit pas qu'on lui rende sa monnaie, et ne vérifia même pas ce que contenait la liasse de billets qu'il tendit au chauffeur.

Leur nuit fut inoubliable. Bon sang, elle était douée! Elle avait des mouvements d'actrice porno. Avec Lara, durant les derniers mois de leur mariage, on aurait dit que faire l'amour avec lui était une faveur qu'elle daignait lui accorder en fonction d'un certain nombre de facteurs connus d'elle seule : s'il avait fait assez attention à elle dans la journée ou passé suffisamment de temps avec elle ; s'il l'avait emmenée au restaurant ou compris pourquoi il l'avait blessée.

Lorsque Deanna Lewis regardait son corps nu, ses yeux semblaient s'illuminer d'une lueur avide. Oh, bon sang. Deanna Lewis.

Elle revint le vendredi soir. Elle portait une petite culotte coquine, avec des rubans sur les côtés qu'on pouvait dénouer pour les laisser cascader sur ses cuisses comme de petits ruisseaux. Après l'amour, elle roula un joint. Il n'avait pas l'habitude de fumer, mais il fut pris d'un agréable vertige ; il avait passé les doigts dans sa chevelure soyeuse et avait eu, pour la première fois depuis le départ de Lara, l'impression que la vie avait quelque chose à lui offrir.

Puis elle avait dit :

— J'ai parlé de nous à mes parents.

— Tes parents ?

— Ça ne te dérange pas, j'espère ? C'est juste que ça m'a fait tellement de bien… d'avoir l'impression de… de faire de nouveau partie de quelque chose. Tu vois ce que je veux dire ?

Ed se surprit à contempler un point au plafond.

Ce n'est rien, se dit-il pour se rassurer. *Des tas de gens racontent des trucs à leurs parents. Même au bout de deux semaines.*

—J'étais tellement déprimée. Et maintenant, je me sens… heureuse, lui confia-t-elle avec un sourire radieux. Follement heureuse. Je me réveille et je pense à toi. Comme si, à partir de maintenant, tout ne pouvait qu'aller bien.

Sa bouche était étrangement sèche. Peut-être à cause du joint.

—Déprimée? répéta-t-il.

—Mais ça va beaucoup mieux. Mes parents ont pris soin de moi. Après le dernier épisode, ils m'ont emmenée voir un médecin qui m'a trouvé le bon traitement. Apparemment, les pilules lèvent un peu les inhibitions, mais personne ne va s'en plaindre! s'exclama-t-elle avant d'éclater de rire.

Il lui tendit le joint.

—C'est juste que je ressens les choses très intensément, tu comprends? D'après mon psy, j'ai une sensibilité surdéveloppée. Il y a des gens qui rebondissent facilement dans la vie, mais ce n'est pas mon cas. Parfois, je lis un article sur un animal mort ou un enfant assassiné quelque part dans un autre pays, et je vais pleurer toute la journée. Littéralement. J'étais déjà comme ça à la fac. Tu ne te souviens pas?

—Non.

Elle posa la main sur son pénis, mais Ed eut la soudaine impression que ce contact n'aurait pas l'effet escompté.

Elle leva les yeux vers lui. Ses cheveux lui couvraient une partie du visage. Elle souffla dessus.

—Ça fiche un coup, quand on perd à la fois son travail et sa maison. Tu n'as pas idée de ce que ça fait, d'être complètement fauché.

Elle l'observa longuement, comme si elle se demandait si elle pouvait se permettre de tout lui raconter.

— Et quand je dis fauché, c'est fauché.

— Que… comment ça ?

— Eh bien… je dois un paquet de fric à mon ex, mais je lui ai dit que je ne pouvais pas le rembourser. Je ne peux plus me servir de ma carte de crédit. Et il n'arrête pas de m'appeler, il ne veut pas me lâcher. C'est très stressant. Il ne comprend pas à quel point ça m'angoisse.

— Tu lui dois combien ?

Elle lui donna le chiffre. Le voyant bouche bée, elle ajouta :

— Et n'essaie surtout pas de me faire un prêt ; jamais je n'emprunterais de l'argent à mon petit ami. Mais c'est un cauchemar…

Ed essaya de faire abstraction de l'expression « petit ami ».

Il la regarda et vit sa lèvre inférieure se mettre à trembler. Il avala sa salive.

— Euh… ça va ?

Le sourire qu'elle lui adressa fut trop rapide, trop éclatant.

— Oui, très bien ! Je vais beaucoup mieux, maintenant, ajouta-t-elle en faisant courir un doigt sur son torse. Tu n'imagines pas le bien que ça me fait de dîner dans de beaux restaurants sans avoir à me demander comment je vais payer la note, déclara-t-elle avant de lui déposer un baiser sur le téton.

Cette nuit-là, elle dormit dans ses bras. Ed resta éveillé jusqu'au matin, regrettant de ne pouvoir appeler Ronan.

Elle revint le vendredi suivant. Et celui d'après. Elle ne releva pas ses allusions sur tout ce qu'il avait à faire pendant le week-end. Son père lui avait donné de l'argent pour le dîner.

—Il est tellement soulagé de me revoir sourire, expliqua-t-elle.

En sortant de la station de métro, il prétendit être enrhumé. Il valait peut-être mieux ne pas l'embrasser.

—Ça ne me dérange pas. Ce qui est à toi est à moi, répliqua-t-elle avant de se coller à son visage pendant vingt bonnes secondes.

Ils mangeaient à la pizzeria du coin. Ed s'était mis à ressentir une vague panique dès qu'il l'apercevait. Un rien suffisait à éveiller en elle des «émotions» : la vue d'un bus rouge la mettait en joie, elle avait les larmes aux yeux quand elle apercevait une plante fanée dans la vitrine d'un café. Elle était excessive en tout. Elle était parfois si occupée à parler qu'elle en oubliait de fermer la bouche pour manger. Chez lui, elle laissait toujours la porte des toilettes ouverte. Lorsqu'elle urinait, on aurait dit qu'une jument se soulageait.

Il n'était pas prêt pour ça. Ed voulait être seul dans son appartement. L'ordre et le silence de sa routine habituelle lui manquaient. Il n'arrivait pas à croire qu'il ait pu un jour se sentir seul.

Ce soir-là, il avait repoussé ses avances.

—Je suis vraiment trop fatigué.

—Je suis sûre que je peux te remettre en forme…

Elle s'était mise à creuser un tunnel sous la couette. S'ensuivit une mêlée qui aurait pu être comique en d'autres circonstances : elle, toute prête à prendre en bouche ses organes génitaux, et lui tentant désespérément de la faire remonter en la tirant par les aisselles.

—Vraiment. Deanna. Ce n'est… ce n'est pas le moment.

— Bon, d'accord. On peut seulement se câliner. Au moins, maintenant, je sais que tu ne m'aimes pas uniquement pour mon corps!

Elle tira sur son bras pour le placer autour d'elle et émit un gémissement de plaisir semblable à celui d'un petit animal.

Ed Nicholls resta couché là, les yeux ouverts dans l'obscurité. Il prit une grande inspiration.

— Deanna… euh… le week-end prochain, je dois partir pour le travail.

— Dans un coin sympa? demanda-t-elle en faisant courir un doigt le long de sa cuisse.

— Euh… À Genève.

— Oh, super! Est-ce que je peux m'embarquer clandestinement dans ta valise? Je pourrais rester t'attendre dans ta chambre d'hôtel. Pour te soulager après une dure journée de travail.

Du bout du doigt, elle lui caressa le visage. Il fit tout son possible pour ne pas tressaillir.

— Vraiment? C'est gentil. Mais il ne s'agit pas de ce genre de voyage.

— Tu as tellement de chance… Moi, j'adore voyager. Si je n'étais pas aussi fauchée, je sauterais tout de suite dans un avion.

— Ah bon?

— C'est ma passion. J'aime être un esprit libre, aller où ma fantaisie me pousse.

Elle prit une cigarette dans le paquet posé sur la table de chevet et l'alluma.

Il resta un instant immobile, songeur.

— Est-ce que tu as déjà acheté des actions?

Elle se laissa rouler sur le côté et s'appuya sur l'oreiller.

—N'essaie pas de me pousser à jouer en bourse, Ed. Je suis trop fauchée pour me permettre de parier le peu qu'il me reste.

C'était sorti avant qu'il sache vraiment ce qu'il disait :

—Il ne s'agit pas vraiment d'un pari.

—Quoi ?

—On va lancer un truc. Dans quelques semaines.

—Un truc ?

—Je ne peux pas t'en dire plus. Mais ça fait un moment qu'on travaille là-dessus. Ça va faire grimper nos actions en flèche.

Elle resta silencieuse.

—Je sais que je ne t'ai pas beaucoup parlé de mon travail, reprit-il, mais ça représente une sacrée somme.

Elle ne semblait pas convaincue.

—Tu me demandes de miser mes dernières livres sur un truc dont je ne connais même pas le nom ?

—Tu n'as pas besoin de connaître le nom. Tout ce que tu dois faire, c'est acheter des actions dans ma société. Tu investis quelques centaines de livres, et je te garantis que tu auras de quoi rembourser ton ex en moins de deux semaines. Après ça, tu seras libre ! Tu pourras faire ce que tu voudras ! Voyager dans le monde entier !

Un long silence s'installa.

—C'est comme ça que tu gagnes tout ton argent, Ed Nicholls ? Tu séduis des femmes et tu les pousses à acheter tes actions ?

—Non, ce n'est pas…

Elle se tourna vers lui, et il vit qu'elle plaisantait. Elle lui passa la main sur la joue.

—Tu es si gentil avec moi. Et c'est une si charmante attention. Mais je n'ai pas quelques centaines de livres sous la main.

Les mots sortirent tout seuls :

— Je te prêterai la somme. Si tu gagnes de l'argent, tu pourras me rembourser. Si ça ne marche pas, je ne pourrai m'en prendre qu'à moi-même pour t'avoir donné des conseils foireux.

Elle éclata de rire, puis s'arrêta net en comprenant qu'il était sérieux.

— Tu ferais ça pour moi ?

Ed haussa les épaules.

— Tu veux que je te dise ? Cinq mille livres de plus ou de moins, ça ne change pas grand-chose pour moi en ce moment.

Et je serais prêt à payer dix fois cette somme pour avoir la garantie que tu t'en ailles.

Elle ouvrit de grands yeux.

— Waouh ! C'est la chose la plus gentille qu'on ait jamais faite pour moi.

— Oh… ça, j'en doute.

Avant qu'elle s'en aille le lendemain matin, il lui fit un chèque. Elle était en train de s'attacher les cheveux devant le miroir de l'entrée, en faisant des grimaces à son reflet. Il émanait d'elle une vague odeur de pomme.

— Laisse le nom en blanc, dit-elle lorsqu'elle comprit ce qu'il faisait. Je demanderai à mon frère de s'en occuper. Il comprend mieux que moi tous ces trucs de bourse et d'actions. Qu'est-ce que je dois acheter, déjà ?

— Tu es sérieuse ?

— Je ne peux pas m'en empêcher. Je n'arrive pas à penser clairement quand tu es près de moi, dit-elle en passant la main sur son boxer. Je te rembourse dès que possible. Promis.

— Comme tu veux. Mais surtout… tu n'en parles à personne, d'accord ? rappela-t-il d'une voix faussement enjouée qui parut résonner dans l'appartement, étouffant la sonnette d'alarme qui retentissait sous son crâne.

Après cela, Ed répondit à presque tous ses mails. Il lui expliqua qu'il avait apprécié de passer du temps avec quelqu'un qui comprenait le désarroi qu'on ressentait au sortir d'une relation sérieuse, et à quel point il avait besoin d'être un peu seul. Ses messages à elle restaient courts et évasifs. Étrangement, elle ne dit rien de précis au sujet du lancement de produit ou du fait que ses actions avaient crevé le plafond. Elle devait avoir gagné plus de 100 000 livres. Peut-être avait-elle perdu le chèque. Peut-être était-elle partie en Guadeloupe. Chaque fois qu'il y songeait, son estomac faisait des nœuds. Alors il essayait de ne pas y penser.

Il changea de numéro de portable, se répétant qu'il n'avait pas fait exprès d'oublier de lui donner le nouveau. Finalement, ses mails se firent de plus en plus rares. Deux mois passèrent. Ronan et lui sortaient et se plaignaient des Costards ; en l'écoutant énumérer les qualités et les défauts de la fille de la soupe populaire, Ed avait l'impression d'avoir reçu une bonne leçon. Ou d'avoir esquivé une balle. Il ne savait pas trop.

Puis, deux semaines après le lancement du SFAX, alors qu'il était étendu sur un sofa dans la salle des créatifs, lançant lascivement une balle en mousse au plafond en écoutant Ronan disserter sur le meilleur moyen de résoudre un bug, Sidney, le directeur financier, était entré. Ed avait compris qu'on pouvait s'attirer des problèmes bien plus sérieux qu'une compagne un peu envahissante.

—Ed ?
—Quoi ?

Il y eut une courte pause.

—C'est comme ça que tu réponds au téléphone ? Sérieusement ? À ton âge, tu ne crois pas qu'il serait temps de développer un minimum d'aptitudes sociales ?

—Salut Gemma, soupira Ed en s'asseyant sur son lit.

—Tu étais censé m'appeler. Il y a une semaine. Je commençais à me dire que tu étais peut-être coincé sous un gros meuble.

Il regarda autour de lui. Sa veste était posée sur le dossier d'une chaise. Le réveil indiquait 19 h 15. Il se massa la nuque.

—Ouais. Bon. J'ai eu quelques soucis.

—J'ai essayé de t'appeler au travail. Ils ont dit que tu étais chez toi. Tu es malade ?

—Non, je suis seulement… en train de bosser sur quelque chose.

—Alors tu vas avoir le temps de venir voir papa ?

Il ferma les yeux.

—Je suis très occupé en ce moment…

Le silence qui s'ensuivit fut lourd de sens. Il visualisa sa sœur à l'autre bout de la ligne, la mâchoire serrée.

—Il demande à te voir depuis des lustres.

—Je vais venir, Gem. C'est juste que j'ai… j'ai des trucs à régler.

—On a tous des trucs à régler. Appelle-le, d'accord ? Même si tu n'as pas le temps de prendre une de tes dix-huit voitures de luxe pour venir le voir. Appelle-le. Il est à l'hôpital, dans le service Victoria. Ils lui passeront la communication si tu appelles.

—Je n'ai que deux voitures. Mais c'est d'accord.

Contrairement à ce qu'il pensait, elle ne raccrocha pas. Il crut entendre un léger soupir.

—Je suis crevée, Ed. Mes chefs n'ont pas très envie de me voir prendre des jours de congé. Du coup, j'y vais tous les week-ends. Maman arrive tout juste à tenir le coup. J'aurais vraiment besoin d'un peu de soutien.

Il se sentit soudain coupable. Sa sœur n'avait pas l'habitude de se plaindre.

— Je t'ai dit que j'essaierai de venir.

— Tu l'as déjà dit la semaine dernière. Écoute, tu n'en aurais que pour quatre heures de route…

— Je ne suis pas à Londres.

— Ah bon ? Où es-tu ?

Par la fenêtre, il regarda le ciel qui s'obscurcissait.

— Sur la côte sud.

— Tu es en vacances ?

— Non. C'est compliqué.

— Ça ne peut pas être si compliqué que ça. Ce n'est pas comme si tu étais marié et que tu avais des enfants.

— Ouais. Merci de me le rappeler.

— Oh, arrête ! C'est toi le patron, non ? C'est toi qui définis les règles ? Accorde-toi deux semaines de vacances !

Il ne répondit pas.

— Tu es bizarre, fit-elle remarquer après un long silence.

Ed prit une grande inspiration.

— Je vais trouver un moyen, assura-t-il. Je te le promets.

— Et appelle maman.

— Oui.

Il y eut un clic, puis plus rien.

Ed resta un moment à contempler le téléphone, puis composa le numéro de son avocat. Il tomba directement sur la messagerie.

Les inspecteurs de police avaient ouvert jusqu'au dernier tiroir de son appartement. Ils n'avaient pas tout retourné, comme dans les films, mais avaient procédé avec méthode, munis de gants, inspectant ses piles de tee-shirts, parcourant le moindre dossier. On avait emporté ses deux ordinateurs portables, ses cartes mémoire et ses deux téléphones.

— Quittez la ville, Ed, lui avait conseillé son avocat. Et essayez de ne pas trop y penser. Je vous appellerai si vous êtes convoqué.

Apparemment, ils avaient aussi fouillé sa maison de vacances. Il avait si peu d'affaires dans cet endroit que cela n'avait pas dû leur prendre plus d'une heure.

Ed parcourut sa chambre du regard. Il posa les yeux sur la couette toute neuve, en lin beige, que les femmes de ménage avaient sorti du placard dans la matinée, et sur les tiroirs où il avait entassé une garde-robe d'urgence : jeans, slips, chaussettes et tee-shirts.

Sidney, lui aussi, lui avait dit de s'éloigner :

— S'il y a des fuites, avait-il déclaré, vous allez faire dégringoler le prix des actions.

Ronan ne lui avait plus reparlé depuis le jour où la police était venue au bureau.

Il posa le téléphone. Gemma était la seule avec qui il pouvait discuter sans devoir expliquer ce qui s'était passé. De toute façon, tous ses contacts étaient dans l'informatique et, hormis Ronan, il ne savait pas trop lesquelles de ces personnes il pouvait véritablement qualifier d'amis. Les yeux dans le vague, il songea que la semaine passée, il s'était rendu pas moins de quatre fois à Londres pour la simple raison que, sans travail, il était totalement désœuvré. Il repensa à ce qui s'était passé la veille au soir : sa colère avait été telle, contre Deanna Lewis, contre Sidney, contre le chaos qu'était devenue sa vie, qu'il avait violemment jeté une pleine bouteille de vin blanc contre le mur. Il songea aux probabilités que cela arrive encore s'il restait seul à ne rien faire.

Il enfila sa veste, attrapa ses clés et sortit.

4

JESS

Tanzie avait toujours été un peu différente. À un an, elle alignait ses cubes en rangées géométriques ou les organisait en motifs réguliers avant d'en retirer certains pour créer de nouvelles formes. À deux ans, elle était déjà obsédée par les chiffres. Avant même d'avoir commencé l'école, elle avait compulsé tous les manuels de mathématiques de la bibliothèque et expliquait à Jess que la multiplication était « juste une autre manière de faire des additions ». À six ans, elle était en mesure de décrire ce qu'était une tessellation.

Marty n'aimait pas ça. Ça le mettait mal à l'aise. Mais, à bien y réfléchir, tout ce qui n'était pas « normal » le mettait mal à l'aise. C'était malgré tout ce qui rendait Tanzie heureuse : progresser tant bien que mal dans la résolution de problèmes dont le seul énoncé laissait ses parents perplexes. La mère de Marty, lors des rares occasions où elle leur avait rendu visite, avait qualifié Tanzie de bûcheuse – et au ton de sa voix, on devinait que c'était loin d'être un compliment.

— Alors, qu'est-ce que tu vas faire ?

— Pour le moment, je ne peux pas faire grand-chose.

— Ça ne te fera pas bizarre, si elle se met à traîner avec des gosses des écoles privées ?

— Je ne sais pas. Peut-être. Mais ce serait mon problème. Pas le sien.

— Et si elle s'éloigne de toi ? Si elle commence à avoir honte de son milieu ? Je dis ça, je ne dis rien, mais il ne faudrait pas qu'elle oublie d'où elle vient.

Jess regarda longuement Nathalie, qui conduisait la camionnette.

— Elle vient du quartier le plus pourri d'Échecville, Nat. Je serais ravie si elle pouvait oublier ça.

Un phénomène étrange s'était produit lorsque Jess avait raconté à Nathalie son rendez-vous à Sainte-Anne. Cette dernière semblait avoir pris la nouvelle comme un affront personnel. Toute la matinée, elle n'avait cessé de répéter que ses gamins étaient très épanouis à l'école du quartier, qu'elle était bien contente qu'ils soient « normaux » et que c'était mauvais pour un enfant d'être « différent ».

Tanzie, de son côté, débordait d'un enthousiasme que Jess ne lui avait pas vu depuis des mois. Elle avait 20/20 de moyenne en mathématiques et 19/20 en logique (et avait même été très embêtée par le point manquant). M. Tsvangarai, qui avait appelé Jess pour lui annoncer la nouvelle, lui avait assuré qu'on pouvait trouver d'autres sources de financement. Ce n'était qu'un détail, ne cessait-il de répéter. Jess, quant à elle, ne pouvait s'empêcher de penser que les gens qui voyaient l'argent comme un « détail » étaient ceux qui n'avaient jamais eu à s'en préoccuper.

— Et puis elle va devoir porter cet uniforme de sainte nitouche, ajouta Nathalie en garant la camionnette à l'entrée de Beachfront.

— Elle ne portera pas d'uniforme, répliqua sèchement Jess.

— Alors les autres gamins vont se moquer d'elle parce qu'elle ne sera pas comme eux.

— Elle ne portera pas d'uniforme de sainte nitouche parce qu'elle n'ira pas dans cette foutue école. Je n'ai pas les moyens de l'envoyer là-bas, Nathalie. OK ?

Jess descendit de la camionnette, claqua la portière et partit en trombe pour ne pas avoir à en entendre davantage.

Il n'y avait que les gens de la ville pour appeler Beachfront le « quartier de vacances ». Les promoteurs immobiliers qualifiaient le lotissement de « centre de villégiature », pour bien le différencier du camping pour caravanes de *Sea Bright*, un fouillis chaotique de mobil-homes délabrés perchés au sommet de la colline. Beachfront se résumait à un étalage immaculé de maisons d'architecte, disposées le long de sentiers impeccablement manucurés. Il y avait un club de sport, un spa, des courts de tennis, un immense complexe de natation, une poignée de boutiques hors de prix et une petite épicerie permettant aux résidents de ne pas s'aventurer dans les confins moins hospitaliers de la ville.

Le mardi, le jeudi et le vendredi, *Benson & Thomas* nettoyaient les deux locations saisonnières du club-house, puis passaient aux propriétés plus récentes : six maisons modernes à façade de verre, qui surplombaient la mer au sommet d'une falaise de craie.

Dans son allée, M. Nicholls avait garé une Audi immaculée qu'elles n'avaient jamais vu bouger de son emplacement. Sa sœur était venue une fois, en compagnie de deux jeunes enfants et d'un mari grisonnant (ils avaient laissé la maison impeccable et bien rangée). M. Nicholls lui-même était rarement présent et, depuis un an qu'elles faisaient le ménage chez lui, il ne s'était pas servi une seule fois de la cuisine ou de la buanderie. Jess gagnait un peu plus en s'occupant du linge, lavant et repassant chaque semaine des draps et des serviettes à l'intention d'invités qui ne venaient jamais.

La maison était immense : ses sols carrelés résonnaient sous les pas, ses murs abritaient un matériel de sonorisation hors de prix, et sa façade de verre faisait face à la large courbe bleue de l'horizon. Malheureusement, il n'y avait pas la moindre photo sur le mur, ni rien qui suggérait que la bâtisse était habitée. Nathalie disait toujours que même lorsque M. Nicholls était là, on aurait cru qu'il campait dans sa propre maison. Il avait dû y recevoir des femmes – une fois, Nathalie avait trouvé un bâton de rouge à lèvres dans la salle de bains, et l'année précédente, elles avaient découvert sous le lit une petite culotte en dentelle (La Perla) et un haut de bikini – mais les indices le concernant se faisaient rares.

— Il est là, murmura Nathalie.

Lorsqu'elles refermèrent la porte d'entrée, une voix masculine résonna dans le couloir, forte et énervée. Nathalie fit la grimace.

— C'est le ménage ! cria-t-elle.

Il n'eut aucune réaction.

La dispute se poursuivit pendant tout le temps qu'elles mirent à nettoyer la cuisine. Il s'était servi d'une tasse, et la poubelle contenait deux barquettes vides de plats à emporter. Il y avait du verre brisé dans un coin, près du frigo – de petits éclats verts, comme si quelqu'un avait ramassé les plus gros morceaux sans prendre la peine de s'occuper du reste – et du vin sur les murs. Jess nettoya soigneusement les éclaboussures. Nathalie et elle travaillèrent en silence, communiquant par murmures, tentant de faire comme si elles ne l'entendaient pas.

Jess passa dans le salon pour épousseter les cadres avec un chiffon doux, et en déplaça certains de quelques centimètres pour bien montrer que le travail avait été fait.

Dehors, sur la terrasse, elle découvrit une bouteille vide de Jack Daniel's avec un seul verre ; elle les ramassa et les ramena à l'intérieur. Elle songea à Nicky, qui était rentré de l'école la veille avec une oreille écorchée et les genoux pleins de terre. D'un haussement d'épaules, il s'était soustrait à toutes ses tentatives pour en parler. À présent, le monde où il préférait vivre était peuplé d'adolescents que Jess n'avait jamais rencontrés et qu'elle ne verrait jamais, qui se faisaient appeler Sk8r ou Term-N-ator et qui passaient leur temps à se tirer dessus et à s'éviscérer pour s'amuser. Mais comment l'en blâmer ? Sa vie réelle était autrement plus hostile.

Depuis l'entretien à Sainte-Anne, Jess n'avait pas dormi, ne cessant de refaire des calculs dans sa tête, ajoutant et retranchant des chiffres d'une manière qui aurait fait rire Tanzie. En pensée, elle avait vendu toutes ses affaires et dressé une liste des personnes susceptibles de l'aider. Malheureusement, les seuls individus en mesure de lui prêter la somme requise étaient les requins qui parcouraient le voisinage avec leurs taux d'intérêt exorbitants. Elle avait vu des voisins emprunter de l'argent à ces gentils représentants, qui s'étaient aussitôt transformés en infâmes usuriers. Les mots de Marty ne cessaient de lui revenir en mémoire. Le collège MacArthur était-il si mauvais ? Certains élèves y obtenaient quand même de bons résultats. Elle ne voyait pas pourquoi Tanzie ne ferait pas partie de ceux-là si elle se maintenait hors de portée des fauteurs de trouble.

Il fallait voir les choses en face : Jess allait devoir annoncer à sa fille qu'elle était incapable de payer ses études à Sainte-Anne. Jess Thomas, la femme qui trouvait une solution adaptée à chaque problème, qui avait passé sa vie à dire aux enfants que tout allait bien se passer, était forcée d'admettre qu'elle avait échoué.

Elle tira l'aspirateur le long du couloir, grimaçant lorsque l'engin lui heurta le tibia, et frappa à la porte du bureau pour savoir si M. Nicholls voulait qu'elle nettoie la pièce. Seul le silence lui répondit. Au moment où elle frappait de nouveau, il se mit à hurler : « Oui, Sidney, j'en ai parfaitement conscience ! Vous me l'avez déjà dit quinze fois, mais ça ne signifie pas… »

C'était trop tard : Jess avait commencé à pousser le battant. Elle s'apprêtait à s'excuser, mais l'homme leva la paume dans sa direction sans même lui accorder un regard, comme s'il avait affaire à une sorte de chien d'appartement (*pas bouger !*). Puis il fit un pas en avant pour lui claquer la porte au nez. Le bruit se réverbéra dans toute la maison.

Jess resta plantée là, figée de stupeur, rouge d'embarras.

— Je t'avais pourtant prévenue, lui dit Nathalie, qui récurait furieusement la salle de bains de la chambre d'amis. Ces écoles privées ne leur apprennent pas les bonnes manières.

Quarante minutes plus tard, Jess rassembla les serviettes et les draps blancs immaculés de M. Nicholls, les fourrant dans son sac plus vigoureusement que nécessaire. Elle descendit au rez-de-chaussée et posa le sac dans l'entrée, à côté de son matériel. Nathalie était occupée à polir les poignées de porte. C'était une de ses manies. Elle ne supportait pas les traces de doigts sur les robinets et les poignées de porte.

— Monsieur Nicholls, on s'en va !

Debout dans la cuisine, ce dernier regardait la mer par la fenêtre, une main posée sur le sommet de la tête, comme s'il avait oublié leur présence. Il était grand, brun, et portait des lunettes censées être à la mode mais qui lui donnaient un faux air de Woody Allen. Son corps semblait mince et athlétique, mais il portait son costume comme un gamin de douze ans qu'on a forcé à se mettre sur son trente et un pour le traîner à un baptême.

— Monsieur Nicholls ?

Il secoua la tête, puis poussa un léger soupir et les rejoignit dans l'entrée.

— Oui, allez-y, répondit-il d'un air distrait, sans cesser de consulter l'écran de son téléphone.

— Merci.

Elles attendirent.

— Euh… on aimerait avoir notre argent, s'il vous plaît, dit Jess.

Nathalie, qui avait terminé son polissage, plia et déplia son chiffon. Elle avait horreur de parler d'argent.

— Je croyais que le syndic vous avait payées.

— Ils ne nous ont rien donné depuis trois semaines. Il n'y a jamais personne au bureau. Si vous voulez qu'on continue à venir, vous devez être à jour dans vos paiements.

Il fouilla dans ses poches et sortit son portefeuille.

— D'accord. Combien je vous dois ?

— Treize livres fois trois semaines. Et trois semaines de lessive.

Il haussa les sourcils.

— On a laissé un message sur votre répondeur la semaine dernière.

Il secoua la tête, comme si on ne pouvait raisonnablement pas lui demander de se souvenir de ce genre de détails.

— Ça fait combien ?

— En tout, 135 livres.

Il compta ses billets.

— Je n'ai pas tout ça en liquide. Écoutez, je vous en donne soixante maintenant et je vous envoie un chèque pour le reste. D'accord ?

En d'autres circonstances, Jess aurait accepté. Après tout, ce n'était pas comme s'il cherchait à les arnaquer. Mais elle en eut soudain assez de ces gens riches qui payaient toujours en retard, présumant que comme pour eux, soixante-quinze livres représentaient pour elle une somme négligeable. Elle en eut assez de ces clients pour qui elle était si insignifiante qu'ils pensaient pouvoir lui claquer une porte au nez sans même prendre la peine de s'excuser.

—Non, répliqua-t-elle d'une voix étrangement claire. Il me faut cet argent maintenant, s'il vous plaît.

Pour la première fois, il croisa son regard. Derrière elle, Nathalie frottait machinalement une poignée de porte.

—J'ai des factures à régler. Et ceux qui me les ont envoyées ne vont pas me laisser repousser le paiement semaine après semaine.

Il ôta ses lunettes et fronça les sourcils, comme si elle se montrait particulièrement difficile. Elle le détesta plus encore.

—Je vais voir à l'étage, dit-il enfin en disparaissant dans l'escalier.

Elles l'attendirent dans un silence embarrassé, écoutant des tiroirs se refermer brutalement et des cintres cliqueter dans une armoire. Enfin, il redescendit avec une poignée de billets.

Il en sélectionna quelques-uns, qu'il tendit à Jess sans la regarder. Elle s'apprêtait à dire quelque chose – comme par exemple qu'il n'était pas obligé de se comporter comme un connard fini, ou que la vie serait plus douce pour tout le monde si les gens se traitaient mutuellement comme des êtres humains – mais juste au moment où elle ouvrait la bouche, le téléphone de M. Nicholls se mit à sonner. Sans un mot, ce dernier fit volte-face et s'éloigna dans le couloir.

— C'est quoi, ce truc dans le panier de Norman ?

— Rien.

Jess rangeait ses courses, vidant ses sacs tout en gardant un œil sur l'horloge. Elle faisait trois heures de service au *Feathers* en fin de journée et n'avait qu'une heure devant elle pour préparer le thé et se changer. Elle balança deux boîtes de conserve au fond du placard, les dissimulant derrière un paquet de céréales. Elle ne supportait plus la joyeuse étiquette « format économique » du supermarché.

Nicky tira sur le mystérieux morceau de tissu, si bien que le chien se leva à contrecœur.

— Une serviette blanche ? Jess, ça coûte cher, ce genre de serviette. Elle est pleine de poils de chien. Et de bave, ajouta-t-il en la tenant entre deux doigts.

— Je la laverai plus tard, répliqua-t-elle sans le regarder.

— C'est à papa ?

— Non, ce n'est pas à ton père.

— Je ne comprends pas…

— Ça m'aide à me sentir mieux, OK ? Tu peux mettre ça au frigo ?

Il s'adossa au plan de travail.

— Shona Bryant s'est moquée de Tanzie à l'arrêt de bus. À cause de ses vêtements.

— Qu'est-ce qu'ils ont, ses vêtements ? demanda Jess, une boîte de tomates à la main.

— C'est toi qui les as faits. Et tu as cousu plein de sequins dessus.

— Tanzie aime tout ce qui brille. Et puis comment cette gamine sait que c'est moi qui les ai faits ?

— Elle a demandé à Tanzie où elle les avait achetés, et Tanzie le lui a dit. Tu sais comment elle est.

Il prit un paquet de corn-flakes des mains de Jess et le rangea dans le placard.

— Shona Bryant, c'est la fille qui disait que notre maison était bizarre parce qu'on avait trop de livres, ajouta-t-il.

— Shona Bryant est une idiote.

Il se pencha pour caresser Norman.

— Oh. Et on a reçu un rappel pour la facture d'électricité.

— Combien ? soupira Jess.

Il fouilla dans la pile de courrier posée sur le buffet.

— En tout, ça fait un peu plus de deux cents livres.

— Je me débrouillerai.

Nicky ouvrit le frigo.

— Tu devrais vendre la voiture.

— Je ne peux pas. Ton père en a besoin.

Parfois, Jess ne savait pas vraiment pourquoi elle persistait à défendre son mari.

— Maintenant, monte dans ta chambre, ajouta-t-elle. J'attends quelqu'un.

Par la fenêtre, elle voyait déjà Aileen remonter l'allée du jardin.

— Tu as appelé Aileen Trent ? demanda Nicky en suivant son regard.

Jess ne put s'empêcher de rougir.

— Juste pour cette fois.

Il la dévisagea.

— Je croyais qu'on n'avait pas d'argent.

— Écoute, c'est pour changer les idées de Tanzie quand je lui aurai dit qu'elle ne pourra pas aller à cette école.

Jess avait pris sa décision en rentrant à la maison. Toute cette histoire d'école privée était ridicule. Ils avaient déjà du mal à se maintenir la tête hors de l'eau.

Il ne la quitta pas des yeux.

— Oui, mais Aileen Trent… Tu disais que…

— Nicky, c'est toi-même qui viens de me dire que les autres enfants se moquent de Tanzie à cause de ses vêtements. Parfois… Parfois, la fin justifie les moyens.

L'adolescent continua à la regarder assez longtemps pour qu'elle se sente vraiment mal à l'aise. Puis il monta dans sa chambre.

— J'ai préparé une jolie sélection d'articles griffés. Vous savez que les jeunes filles adorent les marques de créateur. J'ai aussi pris la liberté d'apporter quelques petites choses avec des sequins, puisque je sais que votre Tanzie a un faible pour tout ce qui brille.

Aileen avait pris sa voix de vendeuse, très claire et maniérée. C'était assez étrange venant d'une femme qui s'était régulièrement fait chasser *manu militari* du débit de boissons du quartier. Assise en tailleur sur le sol, elle sortit de son cabas noir une sélection de vêtements, qu'elle étala avec soin sur le tapis.

— Voici un petit haut Hollister. En ce moment, les filles ne jurent que par ça. Beaucoup trop cher en boutique. J'ai d'autres articles de créateur dans mon deuxième sac, mais vous avez bien précisé que vous ne vouliez pas faire dans le haut de gamme. Oh, deux sucres, s'il vous plaît.

Une fois par semaine, Aileen faisait le tour du quartier avec ses cabas. Jess lui avait toujours répondu par un ferme « merci, mais non merci ». Tout le monde savait d'où Aileen tenait ses « bonnes affaires ».

Mais ça, c'était avant.

Elle examina les deux petits hauts qu'on lui proposait, l'un à rayures scintillantes, l'autre rose pastel. Elle imaginait déjà Tanzie dedans.

— Combien ?

— Dix pour le haut, cinq pour le tee-shirt, et vingt pour le pantalon. Vous pouvez voir sur l'étiquette que le prix en magasin est de 85 livres. C'est une très bonne affaire.

— Je ne peux pas acheter tout ça.

— Bon, comme vous êtes une nouvelle cliente, je peux vous faire une petite réduction, déclara Aileen en s'emparant de son carnet. Si vous prenez les trois articles, je vous laisse le jean. Gratuitement, précisa-t-elle avec un sourire. Trente-cinq livres pour une tenue complète, chaussures comprises ! Et rien que ce mois-ci, j'ajoute un petit bracelet. Ce n'est pas chez *T.J. Maxx* que vous trouverez ces prix !

Jess considéra un instant les vêtements étalés sur le sol. Elle aurait donné cher pour un sourire de Tanzie. Elle voulait que sa fille prenne conscience que la vie recélait une multitude de petits plaisirs inattendus. Elle voulait lui offrir de quoi se consoler.

— Attendez une minute.

Elle passa dans la cuisine et sortit du placard la boîte de chocolats où elle gardait l'argent pour l'électricité. Elle compta les pièces, puis les déposa dans la main moite d'Aileen sans se laisser le temps de réfléchir à ce qu'elle faisait.

— C'est un plaisir de faire affaire avec vous, dit Aileen en repliant les invendus pour les ranger soigneusement dans son sac. Je repasse dans deux semaines. D'ici là, s'il vous faut quoi que ce soit, vous savez où me trouver.

— Je crois que ce sera tout, merci.

La vieille femme adressa à Jess un regard entendu.

Elles disent toutes ça, ma chérie.

Lorsque Jess entra dans sa chambre, Nicky ne détacha pas son regard de l'ordinateur.

— Nathalie doit ramener Tanzie après son club de maths. Tu vas pouvoir rester là tout seul ?

— Bien sûr.

— Sans fumer ?

— Mmh.

— Tu vas faire tes devoirs ?

— Bien sûr.

Parfois, Jess se plaisait à imaginer le genre de mère qu'elle pourrait être si elle ne passait pas son temps à travailler. Elle ferait des gâteaux, serait plus souriante, superviserait les enfants pendant leurs devoirs. Elle ferait les choses qu'ils voulaient faire avec elle, au lieu de passer son temps à leur répondre :

« Désolé, mon chou, mais je dois préparer le dîner. »

« Oui, quand j'aurai fait la lessive. »

« Je dois y aller, ma chérie. Redemande-moi ça quand je serai rentrée du travail. »

Elle regarda Nicky, et eut un mauvais pressentiment en voyant son expression indéchiffrable.

— N'oublie pas de sortir le chien. Mais ne va pas te promener du côté du magasin d'alcool.

— Comme si j'en avais l'intention…

— Ne passe pas toute la soirée sur ton ordinateur. Et remonte-moi ce pantalon avant que je te coince le slip entre les fesses, ajouta-t-elle en tirant sur l'arrière de son jean.

Il se retourna, et elle vit sur ses lèvres comme l'ombre d'un sourire. En sortant de sa chambre, Jess se rendit compte qu'elle ne se souvenait pas de la dernière fois qu'elle l'avait vu sourire.

5

NICKY

Mon père est un putain d'enfoiré.

6

JESS

L e *Feathers* était un petit bar coincé entre la bibliothèque (fermée depuis le mois de janvier) et le *fish and chips*. À l'intérieur, on aurait pu se croire en 1989. Den, le patron, était en permanence affublé d'un vieux tee-shirt de groupe, d'un jean élimé et, en hiver, de son perfecto. Les soirs tranquilles, il faisait subir aux plus malchanceux d'interminables explications sur les mérites respectifs d'une Fender Stratocaster et d'une Rickenbacker 330, ou récitait avec le respect dû à un grand poète les paroles de « Money for Nothing ».

Le *Feathers* n'avait pas la prétention à l'élégance des pubs de Beachfront, pas plus qu'il n'offrait de menus familiaux ou de fruits de mer accompagnés de bons vins. Den proposait à ses clients divers cadavres d'animaux accompagnés de frites, et s'esclaffait bruyamment dès que quiconque avait le malheur de prononcer le mot « salade ». Il n'y avait rien de plus avant-gardiste dans son bar que du Tom Petty dans le jukebox et une vieille cible de fléchettes sur le mur.

C'était pourtant une recette qui marchait : le *Feathers* était plein à craquer toute l'année, ce qui était rare dans une ville de bord de mer.

— Roxanne est là ? demanda Jess en commençant à ranger les paquets de chips tandis que Den émergeait de la cave, où il venait de descendre un nouveau tonneau de véritable bière anglaise.

— Non. Elle a un truc à faire avec sa mère. Elles vont voir une guérisseuse, ajouta-t-il après un instant de réflexion. Ou une voyante. Non, une psychiatre. Une psychologue !

— Une médium ?

— Celle qui te dit des trucs que tu sais déjà et qui s'attend à ce que tu aies l'air vachement impressionné.

— Une voyante, alors.

— Trente livres le billet d'entrée ! Tout ça pour rester assis, un verre de piquette à la main, et crier « oui ! » quand on leur demande si quelqu'un dans le public a un frère ou une sœur dont le nom commence par un J.

Avec un grognement, il claqua la porte de la cave.

— Moi aussi, je peux prédire l'avenir, poursuivit-il. Et je ne vais pas te prendre trente livres pour ça. Tiens, je mets ma main à couper que la soi-disant voyante est chez elle en ce moment, et qu'elle se frotte les mains en pensant à la bande de pigeons qu'elle vient de rouler !

Jess sortit les verres propres du lave-vaisselle pour les ranger sur les rayons derrière le bar.

— Tu y crois, toi, à toutes ces conneries ?

— Non.

— Bien sûr. Toi, au moins, tu es une fille sensée. Des fois, je ne sais pas quoi lui dire, à Roxanne. Et sa mère est encore pire. Elle s'est mis dans la tête qu'un ange gardien la suit partout. Un ange ! Et elle est persuadée qu'il la protège ! En tout cas, il ne l'a pas empêchée de dépenser toutes ses allocs en télé-achat ! Il aurait quand même pu lui taper sur l'épaule pour lui dire : « Dis donc, Maureen ! Tu n'as pas vraiment besoin d'une housse de table à repasser avec la photo d'un chien imprimée dessus. Je t'assure, ma chérie. Mets plutôt cet argent de côté pour ta retraite. »

Si misérable que se sentait Jess, elle ne put s'empêcher de rire.

— Dis donc, tu es en avance, fit remarquer Den en consultant sa montre.

— Urgence de garde-robe, répliqua Chelsea en jetant son sac à main sous le bar. J'ai rendez-vous avec un mec du site de rencontre, annonça-t-elle à Jess en ignorant ostensiblement la présence de Den. Il est canon.

Tous les hommes avec qui Chelsea chattait sur Internet étaient canon. Jusqu'au jour où elle les rencontrait.

— Il s'appelle David. Il cherche une femme qui aime faire la cuisine, le ménage et le repassage. Et voyager de temps en temps.

— Jusqu'au supermarché ? demanda Den.

Chelsea ne releva pas sa remarque. Elle saisit un torchon et se mit à essuyer les verres.

— Tu devrais t'inscrire sur ce site, Jess. Ça te ferait sortir un peu, au lieu de moisir ici avec tous ces vieux schnocks.

— Tu sais ce qu'ils te disent, les vieux schnocks ? rétorqua Den.

C'était un soir de match. Den allait donc offrir à la ronde des chips et des cubes de fromage et, s'il se sentait particulièrement généreux, des mini-friands à la viande. Jess avait pris l'habitude, avec la bénédiction de Den, d'emporter à la maison les restes de fromage, jusqu'au jour où Nathalie lui avait révélé le pourcentage d'hommes qui ne se lavaient pas les mains après être allés aux toilettes.

Le bar était plein à craquer, on donna le coup d'envoi, et la soirée commença sans fausse note. Jess servait des pintes pendant les pages de pub et pensait, comme toujours, à ses problèmes d'argent. Elle avait jusqu'à la fin du mois de juin, lui avaient-ils dit à Sainte-Anne. Si Tanzie n'était pas inscrite d'ici là, c'était terminé. Plongée dans ses pensées, elle ne remarqua la présence de Den que lorsque ce dernier posa un bol de chips sur le bar.

—Ah, je voulais te dire : la semaine prochaine, on nous livre une nouvelle caisse enregistreuse. Avec un écran tactile.

—Une nouvelle caisse ? Pourquoi ?

—Celle-ci est plus vieille que moi. Et toutes les serveuses ne savent pas faire les additions aussi bien que toi, Jess. La dernière fois que Chelsea était toute seule, il me manquait onze livres à la fin de la journée. Demande-lui d'additionner un double gin, une pinte de Webster et un paquet de cacahuètes, et elle se met à loucher. Et puis, il faut vivre avec son temps, ajouta-t-il en passant la main sur un écran imaginaire. La précision de l'électronique. Tu vas adorer. Tu n'auras plus besoin de te servir de ton cerveau. Comme Chelsea.

—Je ne pourrais pas garder celle-là ? Je suis nulle avec les ordinateurs.

—On va vous faire une formation. Une demi-journée. Non rémunérée, malheureusement. Il y a un mec qui doit venir pour ça.

—Non rémunérée ?

—Oh, ça va, il s'agit juste de tapoter un écran. Comme dans *Minority Report*, mais sans les chauves. Mais on aura quand même Pete. *Pete !*

Liam Stubbs arriva à 19 h 15. Voyant Jess adossée au bar, il se pencha pour lui glisser à l'oreille :

—Salut, beauté.

—Oh. Encore toi, dit-elle sans se retourner.

—Quel accueil ! Une pinte de Stella, s'il te plaît, Jess.

Il parcourut le bar du regard avant d'ajouter :

— Avec ce que tu as de mieux à offrir.

— On a de très bonnes cacahuètes grillées à sec.

— Je pensais justement à quelque chose d'un peu moins sec.

— Alors ce sera juste une pinte.

— On joue toujours les inaccessibles, hein ?

Jess connaissait Liam depuis le collège. Il faisait partie de ces hommes qui vous brisaient le cœur en miettes si vous les laissiez faire ; le genre de garçon aux yeux bleus et au verbe facile, qui vous ignorait superbement jusqu'à vos quinze ans, vous faisait rire et vous mettait dans son lit dès l'instant où vous enleviez votre appareil dentaire, puis ne vous accordait plus qu'un petit signe de la main assorti d'un clin d'œil lorsqu'il vous croisait. Il avait les cheveux châtains, les pommettes hautes et la peau légèrement hâlée. Il était chauffeur de taxi la nuit et tenait un stand de fleuriste au marché le vendredi. Chaque fois que Jess passait devant son étalage, il murmurait : « Toi et moi. Derrière les dahlias. Tout de suite », juste assez sérieusement pour la faire trébucher. Sa femme l'avait quitté à peu près au moment où Marty était parti. (« Tout ça pour une petite histoire d'infidélité en série ; les femmes en font vraiment des tonnes pour pas grand-chose. »). Et il y avait de cela six mois, après une nocturne spéciale au bar, il avait fini dans les toilettes des femmes avec ses mains sous la chemise de Jess, qui s'était retrouvée avec un sourire idiot scotché sur le visage pendant des jours.

Jess était sortie dans la cour pour mettre à la poubelle des sachets de chips vides lorsque Liam apparut près de la porte de derrière. Il s'avança vers elle, l'obligeant à s'adosser au mur. Son corps à deux doigts du sien, il murmura :

— Je n'arrête pas de penser à toi.

Il tenait sa cigarette éloignée du visage de Jess – sa façon à lui d'être un gentleman.

— Je parie que tu dis ça à toutes les filles.

— J'aime te regarder travailler. La moitié du temps, je regarde le match, et l'autre moitié, je m'imagine en train de te prendre sauvagement sur le bar.

— Qui a dit que le romantisme était mort ?

Bon sang, qu'il sentait bon ! Jess essaya de se dégager avant de faire quelque chose qu'elle pourrait regretter. Être aussi proche de Liam Stubbs ramenait à la vie des parties d'elle-même dont elle avait presque oublié l'existence.

— Alors laisse-moi être romantique. Laisse-moi t'inviter à sortir. Rien que toi et moi. Un vrai rencard. S'il te plaît, Jess. Ça pourrait marcher.

— Quoi ? lança Jess en s'écartant de lui.

— Tu as très bien entendu.

Elle le dévisagea.

— Tu veux vivre une vraie relation avec moi ?

— Tu dis ça comme si c'était un gros mot.

— Le devoir m'appelle, Liam.

— Pourquoi tu ne veux pas sortir avec moi ? insista-t-il en se rapprochant. Tu sais bien que tous les deux, on a une super alchimie…, ajouta-t-il dans un murmure.

— Je sais surtout que j'ai deux enfants et deux boulots, et que tu passes ta vie dans ta voiture. Je ne nous donne même pas trois semaines avant qu'on commence à se disputer, le cul vissé au canapé, pour savoir qui doit sortir les poubelles. Et alors, conclut-elle avec un charmant sourire, adieu le romantisme.

Il attrapa une mèche de ses cheveux, qu'il laissa glisser entre ses doigts.

— Tu es tellement cynique, soupira-t-il dans un doux grognement. Tu vas me briser le cœur, Jess Thomas.

— Et toi, tu vas finir par me faire virer.

— Ça veut dire qu'un petit coup en douce derrière les poubelles n'est pas envisageable ?

Elle se libéra pour s'éloigner vers la porte du bar, essayant vainement de ne pas rougir. Puis elle s'arrêta, prise d'une pensée soudaine.

— Dis donc, Liam !

Il cessa de regarder la cigarette qu'il était en train d'écraser.

— Tu n'aurais pas cinq cents livres à me prêter, par hasard ?

— Si je les avais, bébé, je te les donnerais volontiers.

Il lui souffla un baiser avant qu'elle disparaisse à l'intérieur.

Elle faisait le tour de la salle pour ramasser les verres vides, les joues toujours écarlates, quand elle l'aperçut. Elle mit un moment avant de le reconnaître. Il était assis seul dans un coin. Trois pintes vides lui tenaient compagnie.

Vêtu d'un jean et d'un tee-shirt, Converse aux pieds, il ne quittait pas des yeux son téléphone, donnant à l'occasion une chiquenaude à l'écran ou relevant la tête lorsque les acclamations de la foule signalaient un but. Soudain, il prit sa bière et la vida d'un trait. Il avait dû se dire qu'en jean, il se mêlerait à la foule, mais il aurait aussi bien pu inscrire la mention « touriste » au feutre indélébile sur son front. Trop d'argent ; un style négligé étudié qu'on n'obtient qu'à grands frais. En le voyant lever les yeux vers le bar, elle se détourna en vitesse, sentant son humeur s'assombrir.

— Je vais chercher des chips, annonça-t-elle à Chelsea en ouvrant la porte de la cave. Beurk, marmonna-t-elle en descendant les marches. Beurk. Beurk. Beurk.

Lorsqu'elle remonta, il avait de nouveau une pinte sur sa table et les yeux baissés sur son portable.

La soirée s'étirait en longueur. Chelsea parlait de ses options Internet, M. Nicholls alignait les pintes, et Jess s'arrangeait pour disparaître dès que ce dernier s'approchait du comptoir – tout en évitant soigneusement de croiser le regard de Liam. À 22 ou 23 heures, il n'y avait plus qu'une poignée de traînards – les récidivistes, comme les appelait Den. Chelsea enfila son manteau.

— Tu vas où ?

Chelsea se pencha pour se remettre du rouge à lèvres devant le miroir.

— Den a dit que je pouvais partir un peu plus tôt ce soir, dit-elle en faisant la moue. J'ai un rencard.

— Un rencard ? À cette heure-ci ?

— Ça se passe chez David. Pas de panique, ajouta-t-elle en voyant Jess froncer les sourcils. Ma sœur m'accompagne. Il a dit que ce serait sympa qu'on se fasse une petite soirée tous les trois.

— Chels, dis-moi, tu connais l'expression « plan cul » ?

— Quoi ?

Jess la dévisagea un moment.

— Non, rien… Passe une bonne soirée.

Elle remplissait le lave-vaisselle quand il apparut au comptoir. Les yeux mi-clos, il tanguait doucement, comme s'il s'apprêtait à improviser une petite danse.

— Une pinte, s'il vous plaît.

Elle casa deux verres au fond de la machine.

— On ne sert plus. Il est 23 heures passées.

Il leva les yeux vers l'horloge et protesta d'une voix pâteuse :

— Il est 22 h 59.

— Vous avez assez bu comme ça.

Il cligna lentement des yeux et la dévisagea. Ses cheveux coupés court rebiquaient légèrement sur le côté.

—Et vous êtes qui, vous, pour me dire comment je dois boire?

—La personne qui vous sert à boire. C'est comme ça que ça marche, rétorqua Jess en soutenant son regard. Vous ne me reconnaissez même pas, pas vrai?

—Je devrais?

Elle le regarda encore un instant.

—Attendez une minute.

Elle sortit de derrière le bar, s'approcha de la porte battante et, sous son regard médusé, l'ouvrit et la laissa se refermer devant elle, levant la main comme si elle s'apprêtait à dire quelque chose.

Elle rouvrit la porte et se planta devant lui.

—Vous me remettez, maintenant?

Il cligna des yeux.

—Vous êtes… Je vous ai vue ce matin?

—Oui. La femme de ménage.

Il se passa la main dans les cheveux.

—Ah. Le coup de la porte. J'étais juste… j'étais dans une discussion pas très facile.

—« Pas maintenant, merci », ça marche aussi très bien, je trouve.

—Vous avez raison.

Il s'appuya contre le bar. Jess s'efforça de ne pas rire lorsque son coude glissa sur le bord du comptoir.

—Je dois prendre ça pour des excuses?

Il la regarda d'un air vaseux.

—Je suis désolé. Je suis vraiment, vraiment, vraiment désolé. Mille fois désolé, Ô Dame du Bar. Maintenant, puis-je avoir un dernier verre?

—Non. Il est 23 heures passées.

—Oui mais ça, c'est seulement parce que vous m'avez fait parler.

—Je ne peux pas rester là à attendre que vous ayez descendu votre dixième pinte. Je dois rentrer chez moi.

—Alors donnez-moi juste un shot de vodka. S'il vous plaît, j'ai besoin d'un dernier verre. Tenez. Vous pouvez garder la monnaie, dit-il en abattant un billet de vingt livres sur le comptoir.

Le mouvement trop violent le fit vaciller.

—Juste un. Ou plutôt un double. Je le boirai en deux secondes. Une seconde.

—Non. Vous avez assez bu comme ça.

La voix de Den résonna depuis la cuisine :

—Allez, Jess, sers-lui donc son verre et qu'on en finisse, bon sang !

Jess resta immobile un moment, la mâchoire serrée, puis se retourna pour verser deux mesures de vodka dans un verre à shooter. Elle encaissa le billet, puis posa sans mot dire la monnaie sur le bar. Il vida son verre, puis se retourna en titubant.

—Vous oubliez votre monnaie.

—Gardez-la.

—Je n'en veux pas.

—Alors mettez-la dans la tirelire des œuvres de bienfaisance.

Elle ramassa les pièces et les lui fourra dans la main.

—L'œuvre de bienfaisance préférée de Den, c'est le Fonds de Solidarité pour le Financement des Vacances de Den Harris à Memphis, dit-elle. Alors merci de récupérer votre monnaie.

Il cligna des yeux et esquissa deux pas chancelants vers la droite tandis qu'elle lui ouvrait la porte. Elle vit alors ce qu'il venait de sortir de sa poche. Ainsi que l'Audi rutilante garée dans le parking.

—Vous n'avez quand même pas l'intention de conduire, j'espère ?

—Ça va aller, assura-t-il avec un grand geste de la main, faisant tomber ses clés. De toute façon, ici, il n'y a pas de voitures la nuit.

—Vous n'êtes pas en état de prendre le volant.

—On est dans un trou paumé, au cas où vous ne l'auriez pas remarqué. Je suis à des kilomètres de tout, ajouta-t-il en levant les bras au ciel. Coincé au milieu de nulle part ! Je roulerai très, très doucement, reprit-il en se penchant vers elle, lui soufflant au visage son haleine chargée d'alcool.

Il était tellement saoul que lui arracher ses clés des mains fut un jeu d'enfant.

—Non, dit-elle d'un ton sans réplique. Je ne veux pas avoir votre mort sur la conscience. Revenez à l'intérieur, je vous appelle un taxi.

—Rendez-moi mes clés.

—Non.

—Vous m'avez volé mes clés.

—Dites plutôt que je vous épargne une suspension du permis de conduire.

Les clés à présent hors de sa portée, elle rentra dans le bar.

—Oh, fait chier, grommela-t-il, comme si elle venait s'ajouter à une longue liste d'emmerdements.

Elle eut envie de le gifler.

—Je vous appelle un taxi. Restez assis là. Je vous rendrai vos clés lorsque vous serez dans la voiture.

Elle envoya un texto à Liam.

Ça veut dire que j'ai ma chance ? répondit-il.

Seulement si tu les aimes poilus et bourrés.

Lorsqu'elle ressortit, M. Nicholls avait disparu. Sa voiture n'avait pas bougé. Elle l'appela deux fois, se demandant s'il était parti derrière un buisson pour se soulager, puis baissa les yeux et l'aperçut, profondément endormi sur un banc.

Elle envisagea un instant de le laisser là. Mais il faisait froid et la brume marine était imprévisible, sans compter qu'il risquait de se réveiller délesté de son portefeuille.

—Je ne prends pas ce genre de paquet, déclara Liam à travers la vitre du conducteur quand son taxi s'arrêta sur le parking.

—Ça va, il est juste endormi. Je peux te donner son adresse.

—J'ai dit non. Le dernier ronfleur que j'ai pris en charge s'est réveillé et a vomi partout sur ma banquette toute neuve. Et après ça, il se sentait tellement mieux qu'il est parti en courant sans payer.

—Il habite à Beachfront, il ne risque pas de partir sans payer. Oh, s'il te plaît, Liam ! Il est tard. Tout ce que je veux, c'est rentrer chez moi.

—Alors laisse-le ici. Désolé, Jess.

—Et si je reste avec lui dans la voiture jusqu'à ce que tu le déposes ? S'il vomit, je nettoie. Après, tu pourras me ramener chez moi. Il a de quoi payer la course.

Elle ramassa la monnaie de M. Nicholls là où il l'avait laissée tomber, sur le sol à côté du banc, et compta les pièces.

—Treize livres. C'est suffisant, non ?

Il fit la grimace.

—Ah, Jess… Ne me rends pas les choses plus difficiles…

—S'il te plaît, Liam, supplia-t-elle en posant la main sur son bras. Je t'en prie…

Il regarda d'un air pensif à travers le pare-brise.

—Bon, OK, soupira-t-il enfin.

Jess se pencha sur le visage endormi de M. Nicholls, puis se redressa et hocha la tête.

—Il dit qu'il est d'accord.

Liam secoua la tête. L'air charmeur qu'il avait arboré plus tôt dans la soirée avait disparu.

—Allez, viens, Liam! Aide-moi à l'embarquer! Je dois rentrer à la maison.

M. Nicholls était couché sur la banquette arrière, la tête sur les genoux de Jess, comme un enfant malade. Elle ne savait pas où placer ses mains. Elle les posa sur le dossier et passa tout le trajet à prier pour qu'il ne vomisse pas. Dès qu'il grognait ou s'agitait dans son sommeil, elle ouvrait une fenêtre ou se penchait sur lui pour examiner son visage.

Je vous l'interdis, lui disait-elle en silence. Je vous l'interdis.

Puis, alors qu'ils n'étaient plus qu'à deux minutes de Beachfront, elle reçut un texto. Il provenait de Belinda, sa voisine. Elle tressaillit en lisant le message :

Des garçons s'en sont encore pris à Nicky. Ils l'ont attaqué devant la friterie. Nigel l'a emmené à l'hôpital.

Un bloc de glace se forma dans sa poitrine.

J'arrive, tapa-t-elle.

Nigel va rester à son chevet jusqu'à ce que tu arrives. Je reste ici avec Tanzie.

Merci Belinda. Je fais au plus vite.

M. Nicholls remua et poussa un long ronflement. Elle le regarda, avec sa coupe de cheveux soignée et son jean impeccable, et se sentit soudain bouillir de rage. Sans lui, elle serait déjà rentrée depuis longtemps. Sans lui, elle se serait chargée de promener le chien. Pas Nicky.

—Nous y voilà.

Jess indiqua à Liam la maison de M. Nicholls. Ils le traînèrent jusqu'à sa porte, les bras passés sur leurs épaules,

78

Jess sentant ses genoux vaciller sous son poids. Il était étonnamment lourd. Il sembla vaguement se réveiller lorsqu'elle fouilla dans son trousseau, tentant de trouver la bonne clé, avant de se dire qu'il serait peut-être plus simple de se servir de la sienne.

— Je le mets où? demanda Liam, essoufflé.

— Sur le canapé. Je ne vais pas le traîner à l'étage.

Elle le plaça brutalement en position latérale de sécurité. Elle lui ôta ses lunettes, le couvrit d'une veste qui traînait là et posa ses clés bien en évidence sur le guéridon qu'elle avait dépoussiéré le matin même.

Puis, enfin, les mots purent sortir de sa bouche:

— Liam, est-ce que tu peux me déposer à l'hôpital? Nicky a eu un accident.

La voiture filait en silence dans les rues désertes. Son esprit tournait à plein régime. Elle avait peur de ce qu'elle allait découvrir. Était-il gravement blessé? Tanzie avait-elle vu quelque chose? Et puis, derrière la peur, des questions stupides, prosaïques: allait-elle rester coincée pendant des heures à l'hôpital? Combien allait lui coûter le taxi?

— Tu veux que je t'attende? demanda Liam en s'arrêtant devant les urgences.

Avant même qu'il ait coupé le moteur, Jess traversait déjà le parking au pas de course.

Ils l'avaient installé dans un box, un peu à l'écart. Lorsque l'infirmière la fit passer derrière le rideau, Nigel bondit de sa chaise en plastique, son visage d'ordinaire placide tendu par l'anxiété. Nicky était couché, la pommette couverte d'un pansement, un début d'œil au beurre noir lui colorant la paupière. Un bandage temporaire lui ceignait le crâne.

Elle déploya des efforts surhumains pour contenir les sanglots qui lui montaient à la gorge.

—Il a seulement besoin de quelques points de suture, mais ils veulent le garder en observation. Pour vérifier s'il n'a pas de fracture, annonça Nigel d'un air gêné. Il n'a pas voulu que j'appelle la police. Si tout va bien pour toi, ajouta-t-il avec un geste vague en direction de la porte, je vais retrouver Belinda. Il se fait tard…

Jess murmura des remerciements et s'approcha de Nicky. Elle posa la main sur la couverture, à hauteur de son épaule.

—Tanzie va bien, murmura-t-il sans la regarder.

—Je sais, mon chou, dit-elle en prenant place sur la chaise en plastique que Nigel venait de quitter. Qu'est-ce qui s'est passé ?

Il haussa les épaules. Nicky ne voulait jamais en parler. Et après tout, à quoi bon ? Tout le monde savait ce qu'il en était. Tu as l'air bizarre, tu te fais tabasser. Tu persistes à avoir l'air bizarre, ils continuent à s'en prendre à toi. C'est la logique écrasante, immuable, des petites villes.

Pour une fois, Jess ne savait pas quoi lui dire. Elle ne pouvait pas lui répéter que tout allait bien, parce que ç'aurait été mentir. Elle ne pouvait pas lui assurer que la police allait arrêter les Fisher, parce que ça n'arrivait jamais. Elle ne pouvait même pas lui promettre que les choses allaient s'arranger en un rien de temps, car pour un adolescent, c'était déjà un exploit de se projeter quelques semaines plus tard, et tous deux savaient parfaitement que rien n'allait s'arranger d'ici là.

—Il va bien ? demanda Liam alors qu'elle revenait lentement vers la voiture.

L'adrénaline redescendue, Jess se sentait sur le point de tomber d'épuisement. Elle ouvrit la portière arrière pour récupérer sa veste et son sac. Liam la suivit des yeux dans le rétroviseur.

— Ses jours ne sont pas en danger.

— Quels petits cons, grommela-t-il. J'ai discuté avec ton voisin. Quelqu'un doit faire quelque chose. Je me serais bien chargé de leur donner une leçon, mais je ne peux pas me permettre de perdre ma licence. Ces gamins s'ennuient, voilà le problème. Ils ne savent pas quoi faire, alors ils s'en prennent aux autres. N'oublie rien dans la voiture, Jess.

Elle monta dans le taxi pour attraper son manteau, et sentit quelque chose rouler sous son pied. Un petit objet semi-rigide et cylindrique. Elle tâtonna sur le tapis de sol et dénicha un gros rouleau de billets. Elle resta un instant stupéfaite, puis regarda ce qui était tombé à côté. Un badge plastifié, de ceux dont on se sert dans les bureaux. Les deux objets avaient dû glisser de la poche de M. Nicholls quand il dormait sur la banquette. Avant de pouvoir y réfléchir, elle les fourra au fond de son sac.

— Combien je te dois ? demanda-t-elle en fouillant dans son portefeuille.

— Rien, répondit Liam. Tu as assez de soucis comme ça. Appelle un de mes collègues quand tu voudras rentrer. Cadeau de la maison.

— Mais…

— Il n'y a pas de « mais ». Vas-y maintenant, Jess. Prends soin de ton gamin. On se verra au bar.

Elle se sentait sur le point de pleurer de gratitude. Elle resta plantée là, une main levée, tandis qu'il faisait le tour du parking en lui criant par la fenêtre du conducteur :

— Mais tu devrais quand même lui dire que s'il essayait d'avoir l'air un peu plus normal, il ne se ferait pas tabasser aussi souvent.

7

Jess

Au petit matin, Jess se mit à somnoler sur sa chaise en plastique, s'éveillant régulièrement à cause de l'inconfort et des bruits de tragédies lointaines qui se déroulaient de l'autre côté du rideau. Elle observa Nicky, recousu de frais, qui dormait enfin, et se demanda comment elle était censée le protéger. Elle se demanda ce qui pouvait bien se passer dans sa tête. Elle se demanda, avec un nœud dans l'estomac, ce qui allait leur arriver. À 7 heures, une infirmière passa la tête derrière le rideau et annonça qu'elle avait préparé du thé et des toasts. Très gênée par cette attention, Jess eut du mal à retenir ses larmes. Le médecin fit son apparition peu après 8 heures pour l'informer qu'ils allaient sûrement devoir garder Nicky une nuit supplémentaire, pour vérifier qu'il n'avait pas d'hémorragie interne. Ils avaient aperçu une ombre suspecte en bas de la radio et voulaient s'assurer qu'il n'y avait rien d'inquiétant. Il vaudrait mieux que Jess rentre chez elle et se repose un peu. Nathalie l'appela pour la prévenir qu'elle avait emmené Tanzie à l'école en même temps que ses enfants et que tout allait bien.

Tout allait bien.

Elle descendit du bus deux arrêts avant la maison pour se rendre chez Leanne Fisher. Elle frappa à la porte et lui dit, le plus poliment possible, que si Jason s'approchait encore une fois de Nicky, elle appellerait la police. Leanne Fisher lui cracha dessus et se mit à hurler que si Jess ne foutait pas le camp immédiatement, elle balancerait une brique dans sa putain de fenêtre. Un éclat de rire retentit à l'intérieur de la maison, et Jess s'en alla.

Elle s'était attendue à ce genre de réponse.

Elle rentra dans sa maison vide. Elle avait payé la facture d'eau avec l'argent du loyer. Elle avait payé l'électricité avec l'argent des ménages. Elle prit une douche, se changea et partit au *Feathers* faire le service de midi, tellement perdue dans ses pensées que Stewart Pringle garda la main posée sur ses fesses pendant dix bonnes secondes avant qu'elle s'en rende compte. Elle lui versa lentement sur les pieds son demi de Best Bitter.

— Qu'est-ce qui t'a pris ? aboya Den, attiré par les cris de Stewart.

— Si ça ne te dérange pas, j'aimerais que tu prennes ma place et que tu le laisses te coller des mains au cul, répliqua-t-elle avant de se remettre à essuyer les verres.

— Là, elle marque un point, fit remarquer Den.

Avant que Tanzie rentre de l'école, elle passa l'aspirateur dans toute la maison. Après sa nuit blanche, elle aurait dû être dans un état proche du coma, mais elle était si énervée qu'elle avait fait son ménage deux fois plus vite que la normale. Elle lavait, pliait et triait pour s'empêcher d'aller dans le garage prendre la vieille masse de Marty et retourner chez les Fisher pour y commettre un meurtre. Elle faisait le ménage pour s'empêcher de sortir dans son petit jardin envahi par les mauvaises herbes, lever la tête vers le ciel et se mettre à hurler, encore et encore, sans savoir si elle serait un jour capable de s'arrêter.

Lorsqu'elle entendit des bruits de pas remonter l'allée, la maison était envahie d'un nuage toxique d'encaustique et de détergent. Elle prit deux grandes inspirations, toussota, puis se força à en reprendre une autre avant d'ouvrir la porte, en affichant un sourire rassurant. Nathalie était sur le perron, les mains sur les épaules de Tanzie. La petite fille s'avança vers elle, passa les bras autour de sa taille et la serra fort, les yeux fermés.

— Ton frère va bien, ma chérie, lui dit Jess en lui caressant les cheveux. Tout va bien. Ce n'était qu'une bagarre débile entre mecs.

Nathalie lui posa la main sur le bras et secoua la tête.

— Fais attention, dit-elle avant de partir.

Jess prépara un sandwich à Tanzie et la regarda s'installer au fond du jardin pour travailler ses algorithmes. Elle se promit de lui annoncer la nouvelle pour Sainte-Anne dès le lendemain matin. Oui, le lendemain.

Puis elle disparut dans la salle de bains pour défaire le rouleau de billets qu'elle avait trouvé dans le taxi de M. Nicholls. Quatre cent quatre-vingts livres. Elle ferma la porte à clé et étala les billets en piles bien nettes sur le sol.

Jess savait ce qu'elle était censée faire. Bien sûr qu'elle le savait. Cet argent ne lui appartenait pas. C'était une leçon qu'elle avait sans cesse répétée aux enfants : ne pas voler. Ne pas s'approprier le bien d'autrui. Faites ce qui est juste, et vous en serez toujours récompensés.

Faites ce qui est juste.

Mais une petite voix s'était mise à murmurer, comme un écho lointain, au fond de son esprit :

Pourquoi devrais-tu rendre cet argent ? Il ne va pas lui manquer. Ce type s'est endormi dans le parking, puis dans

le taxi, puis dans sa maison. Les billets auraient pu tomber
n'importe où. Après tout, si tu les as trouvés, c'est le fruit d'un
heureux hasard. Et si quelqu'un d'autre les avait ramassés ?
Tu crois peut-être que cette personne aurait restitué cet argent
à son propriétaire ?

Le badge indiquait qu'il travaillait dans une entreprise
nommée *Mayfly*. Il se prénommait Ed.

Elle allait rendre cet argent à M. Nicholls. Son esprit
tournoyait en rythme avec le cycle d'essorage de sa machine.

Avant, l'argent ne faisait pas partie des préoccupations
de Jess. Marty travaillait cinq jours par semaine pour une
compagnie de taxi, gérait toutes les finances, et il pouvait se
permettre d'aller au pub plusieurs soirs par semaine tandis
que Jess s'offrait quelques sorties en compagnie de Nathalie.
Parfois, ils partaient en vacances. Il y avait des hauts et des
bas, mais ils s'en sortaient bien.

Puis Marty en eut assez de se contenter d'une vie
médiocre. Lors de vacances en camping au Pays de Galles,
durant lesquelles il avait plu sans discontinuer pendant
huit jours, son mari avait visiblement pris le mauvais temps
comme une attaque personnelle.

—Pourquoi on ne peut pas aller en Espagne, ou quelque
part où il fait chaud ? marmonnait-il en regardant tomber
la pluie par l'ouverture de la tente détrempée. C'est de la
merde, ces vacances !

Puis il en eut assez de son travail. Il se plaignait sans
cesse : les autres chauffeurs étaient tous contre lui ; le
compteur faussé ; les passagers radins.

Puis il se lança dans des combines : les tee-shirts
contrefaits d'un groupe sorti du top 50 aussi vite qu'il
y était entré, l'escroquerie de la vente pyramidale qu'il
rejoignit deux semaines trop tard… Un soir, il rentra

du bar en annonçant triomphalement que leur avenir était dans l'import-export. Il avait rencontré un homme prêt à leur procurer de l'électroménager à bas prix en provenance d'Inde, qu'ils pourraient ensuite revendre à un de ses contacts. Et puis – surprise, surprise – le contact en question se défila et les quelques personnes à qui Marty avait pu vendre ses appareils se plaignirent que les plombs avaient sauté à la première utilisation. Ce qui restait du stock rouilla dans le garage, si bien que leurs maigres économies se trouvèrent englouties dans un tas d'articles électroménagers inutilisables qu'ils durent charger, à raison de quinze par semaine, dans la voiture de Marty pour les envoyer à la déchetterie.

Puis arriva la Rolls-Royce. Pour la première fois, Jess avait cru déceler un peu de bon sens dans ce projet : Marty comptait la peindre en gris métallisé, puis louer ses services de chauffeur pour les mariages et les enterrements. Il acheta la voiture sur eBay, partit la chercher dans les Midlands et fit la moitié du chemin du retour avant qu'elle tombe en panne. Un problème avec le démarreur, diagnostiqua le mécanicien après un coup d'œil sous le capot. Mais plus il regarda, plus il trouva de défaillances. Le premier hiver, une souris fit son nid dans la garniture des sièges, si bien qu'ils durent remplacer toute la banquette arrière. Il s'avéra alors que les banquettes de Rolls-Royce étaient à peu près la seule chose au monde qu'on ne trouvait pas sur eBay. La voiture était alors restée au garage, leur rappelant chaque jour leur échec.

Jess avait pris en main les finances du ménage lorsque Marty avait commencé à passer le plus clair de son temps au lit. La dépression était une maladie, tout le monde le disait. Cependant, à en croire ses amis, il ne semblait pas vraiment en souffrir les deux soirs par semaine où il parvenait à se traîner jusqu'au bar.

Une fois que Jess eut extrait de leurs enveloppes toutes les relances de la banque et déniché leur livret d'épargne au fond d'un tiroir, elle prit enfin conscience de l'ampleur du désastre. Elle essaya d'en parler à Marty, mais il se contenta d'enfouir la tête sous son oreiller en gémissant qu'il ne pouvait pas lutter. Peu après, il eut l'idée de passer quelques semaines chez sa mère. Pour être honnête, Jess fut soulagée à la perspective de le voir s'éloigner. Elle avait déjà assez de mal à gérer Tanzie, Nicky – qui était alors un spectre maigre et taciturne – et deux boulots.

— Vas-y, lui avait-elle dit en lui caressant la tête. Pars donc quelques semaines. Un peu de répit te fera du bien.

Il l'avait regardée en silence, les yeux cernés de rouge, et avait serré sa main dans la sienne.

Deux ans avaient passé. Ni lui ni elle n'avaient sérieusement envisagé la possibilité de son retour.

Avec Tanzie, elle essaya de se comporter comme si tout était normal : elle lui demanda ce qu'elle avait mangé chez Nathalie et lui raconta ce qu'avait fait Norman pendant sa promenade ; elle lui brossa les cheveux, puis s'assit sur son lit et lui fit la lecture d'un vieux *Harry Potter*, comme avec une enfant bien plus jeune. Pour une fois, Tanzie s'abstint de dire qu'elle préférerait faire des maths.

Lorsque Jess fut certaine que Tanzie était bien endormie, elle appela l'hôpital. L'infirmière lui annonça que les jours de Nicky n'étaient pas en danger : les radios n'avaient montré aucun signe de perforation du poumon, et la petite fracture faciale allait guérir d'elle-même.

Elle passa un coup de fil à Marty, qui l'écouta en silence, puis demanda :

— Il se met toujours tous ces trucs sur le visage ?

— Un peu de mascara, oui.

Il y eut un long silence.

— Ne dis pas ça, Marty. Je te préviens, ne dis pas ça.

Elle raccrocha sans lui en laisser l'occasion.

Puis, à 22 h 15, la police appela pour lui apprendre que Jason Fisher avait nié toute implication dans l'agression de Nicky.

— Il y a quatorze témoins, protesta-t-elle d'une voix tendue par ses efforts pour ne pas crier. Y compris l'homme qui tient la friterie. Ils se sont jetés sur mon fils. Ils étaient quatre.

— Oui, madame, mais les témoins n'ont d'utilité que s'ils sont en mesure d'identifier les responsables. Et M. Brent n'a pas pu voir précisément qui se battait.

Il poussa un soupir, comme si elle aurait dû savoir à quoi s'attendre avec des adolescents.

— Et je dois vous informer, madame, que les Fisher affirment que c'est votre fils qui a provoqué la bagarre.

— Il est à peu près aussi susceptible de provoquer une bagarre que le Dalaï-Lama ! On parle d'un garçon qui n'est même pas capable de mettre une couette dans sa housse sans avoir peur de blesser quelqu'un !

— Nous ne pouvons intervenir que s'il y a des preuves, madame.

Les Fisher. Vu leur réputation, elle aurait de la chance si un seul témoin « se souvenait » de ce qu'il avait vu.

Jess se prit la tête entre les mains. Ils ne laisseraient jamais tomber. Et après Nicky, ce serait le tour de Tanzie, dès qu'elle entrerait au collège. Avec son goût immodéré pour les maths, son étrangeté et sa candeur, elle serait une cible de choix. Jess eut soudain très froid. Elle songea à la masse de Marty qui l'attendait dans le garage, et au bien que ça lui ferait d'aller à la maison des Fisher et de…

Le téléphone sonna. Elle décrocha d'un geste vif.

— Quoi encore ? Vous allez me dire qu'il s'est tabassé tout seul, maintenant ? C'est ça ?

— Madame Thomas ?

Elle cligna des yeux.

— Madame Thomas ? C'est M. Tsvangarai.

— Oh, monsieur Tsvangarai, je suis désolée. Vous… vous ne tombez vraiment pas au bon moment…

Elle leva une main à hauteur de ses yeux. Elle tremblait.

— Je suis désolé de vous appeler si tard, mais il s'agit d'une affaire urgente. J'ai trouvé quelque chose qui pourrait vous intéresser. Une olympiade mathématique !

— Une quoi ?

— Il s'agit d'une nouvelle compétition de mathématiques, destinée aux élèves doués. Ça se déroule en Écosse. Nous pouvons encore y inscrire Tanzie.

— Une compétition de maths ? répéta Jess en fermant les yeux. Vous savez, c'est très gentil, monsieur Tsvangarai, mais il se passe beaucoup de choses ici en ce moment, et je ne crois pas que je…

— Madame Thomas, les prix s'élèvent à 500, 1 000 et 5 000 livres. Cinq mille livres ! Si elle gagne, vous aurez au moins de quoi lui payer sa première année à Sainte-Anne.

— Redites-moi ça ?

Jess s'assit pour le laisser tout lui expliquer en détail.

— C'est sérieux ?

— Très sérieux.

— Et vous pensez vraiment qu'elle pourrait gagner ?

— Il y a une catégorie pour les enfants de son âge. Je ne vois pas comment elle pourrait échouer.

Cinq mille livres, chantait une voix dans sa tête. De quoi lui payer les deux premières années.

— Où est le piège ?

— Il n'y a pas de piège. Enfin, il faut un niveau très avancé, évidemment, mais je ne pense pas que ce soit un problème pour Tanzie.

Elle se leva, puis se rassit.

— Et, bien sûr, vous allez devoir faire le trajet jusqu'en Écosse.

— Un détail, monsieur Tsvangarai. Un détail.

La tête lui tournait.

— C'est pour de vrai, n'est-ce pas ? Ce n'est pas une blague ?

— Je ne suis pas du genre à blaguer, madame Thomas.

— Oh putain ! *Putain !* Monsieur Tsvangarai, vous êtes un trésor !

Il eut un petit rire gêné.

— Et donc… Qu'est-ce qu'on fait, maintenant ?

— Eh bien, j'ai envoyé aux organisateurs quelques échantillons du travail de Tanzie, et ils ont renoncé à lui faire passer le test de qualification. Apparemment, ils tiennent beaucoup à avoir des enfants venus d'écoles publiques. Et entre vous et moi, c'est bien sûr un énorme avantage pour Tanzie d'être une fille. Mais nous devons donner une réponse rapidement. Vous comprenez, l'olympiade de cette année n'a lieu que dans cinq jours.

Cinq jours. Et la date limite pour s'inscrire à Sainte-Anne, c'était demain.

Elle resta plantée au milieu de la pièce, songeuse. Puis elle courut à l'étage, sortit l'argent de M. Nicholls de sa cachette au milieu des collants et, sans se laisser le temps de réfléchir, le fourra dans une enveloppe. Elle rédigea une lettre d'accompagnement et écrivit l'adresse en lettres soignées, avec la mention «à remettre en main propre».

Elle rembourserait tout. Jusqu'au dernier penny.

Mais pour le moment, elle n'avait pas le choix.

Ce soir-là, Jess s'assit à la table de la cuisine pour élaborer un itinéraire. Elle consulta les tarifs des trains pour Édimbourg, éclata d'un rire hystérique, puis calcula le prix de trois tickets de car (187 livres, y compris les 13 qu'il lui faudrait pour arriver à la gare) et d'une semaine de chenil pour Norman (94 livres). Elle pressa les paumes de ses mains sur ses yeux brûlants et les y maintint un moment. Puis elle retrouva les clés de la Rolls-Royce, entra dans le garage, épousseta les crottes de souris qui parsemaient le siège du conducteur et tourna la clé dans le contact.

Le moteur se mit en route à la troisième tentative.

Assise dans le garage humide, entourée de vieux meubles de jardin, de pièces automobiles et de seaux en plastique, Jess laissa tourner le moteur. Puis elle se pencha en avant pour décoller du pare-brise la vignette délavée. Elle était périmée depuis près de deux ans. Et elle n'avait pas d'assurance.

Elle coupa le contact et resta assise dans le noir, laissant l'odeur d'essence se dissiper peu à peu dans l'atmosphère.

Fais ce qui est juste, se sermonna-t-elle pour la centième fois.

8

Ed

Ed.Nicholls@mayfly.com : N'oublie pas ce que je t'ai dit. Je peux te renvoyer les renseignements si tu as perdu ma carte.

Deanna1@yahoo.com : Je n'oublierai pas. Toute la soirée est gravée dans mon esprit ;-)

Ed.Nicholls@mayfly.com : Alors, tu l'as fait ?

Deanna1@yahoo.com : À l'instant.

Ed.Nicholls@mayfly.com : Tiens-moi au courant de ce que ça donne ! J'espère que ça va marcher !

Deanna1@yahoo.com : Vu tes performances habituelles, le contraire m'étonnerait ! ;-)

Deanna1@yahoo.com : Ce que tu as fait pour moi, personne ne l'avait jamais fait.

Ed.Nicholls@mayfly.com : Ce n'était rien. Vraiment.

Deanna1@yahoo.com : On se revoit le week-end prochain ?

Ed.Nicholls@mayfly.com : Je suis un peu occupé en ce moment, mais je te tiens au courant.

Deanna1@yahoo.com : Dommage. Je trouvais que ça collait bien entre nous ;-)

L'inspecteur laissa à Ed le temps de lire les deux pages de mails avant de les passer à Wilkes, son avocat.

—Avez-vous quelque chose à ajouter, monsieur Nicholls?

Il y avait quelque chose de mortifiant à voir des messages privés imprimés sur un document officiel : l'empressement de ses premières réponses, les doubles sens à peine voilés, les smileys… Quel âge avait-il? Quatorze ans?

—Vous n'êtes pas obligé de déclarer quoi que ce soit, intervint Paul.

—Cet échange peut signifier tout et n'importe quoi, soupira Ed en repoussant les documents sur le bureau. «Tiens-moi au courant de ce que ça donne.» Il pourrait très bien s'agir de pratiques sexuelles. Ce pourrait être une sorte de relation sexuelle par mail.

—À 11 h 14 du matin?

—Et alors?

—Dans un open-space?

—Je n'ai pas ce genre d'inhibitions.

L'inspecteur ôta ses lunettes et lui jeta un regard dur.

—Une relation sexuelle par mail? Vraiment? C'est ce que vous faisiez?

—Non. Pas dans ce cas précis. Mais ce n'est pas la question.

—C'est exactement la question, monsieur Nicholls. Il y en a des pages entières. Vous parlez de rester en contact… «pour savoir si je peux encore t'aider. »

—Ce n'est pas ce que vous croyez. Elle était dépressive. Elle avait du mal à se débarrasser de son ex. Tout ce que je voulais, c'était… lui faciliter un peu les choses. C'est ce que je me tue à vous dire.

—J'aurais encore quelques questions…

Des questions, ils en avaient. Ils voulaient savoir combien de fois il avait vu Deanna. Où ils étaient allés. La nature exacte de leur relation. Ils refusèrent de le croire quand il affirma ne pas savoir grand-chose de son existence et n'avoir jamais entendu parler de son frère.

—Oh, allons! protesta Ed. Vous n'avez jamais eu une relation purement sexuelle avec une femme?

—À en croire Mlle Lewis, votre relation n'était pas purement sexuelle, comme vous dites. Selon elle, vous vous connaissiez depuis la fac et étiez engagés dans une relation «intime et intense». Elle affirme que vous avez insisté pour qu'elle achète ces actions et qu'elle n'avait pas idée qu'en suivant votre conseil, elle commettait une infraction.

—Mais elle… elle a menti! Je ne l'ai obligée à rien!

—Donc vous admettez lui avoir donné l'information.

—Non, ce n'est pas ce que je dis! J'ai seulement…

—Mon client estime qu'il ne peut être tenu responsable des idées que se faisait Mlle Lewis au sujet de leur couple, intervint Paul. Ni des informations qu'elle a pu transmettre à son frère.

—Nous n'étions pas en couple.

L'inspecteur haussa les épaules.

—Vous savez quoi? Je me contrefiche de la nature de vos relations. Je ne veux pas du compte-rendu de vos parties de jambes en l'air. Ce qui m'intéresse, monsieur Nicholls, c'est de savoir si vous avez donné à cette jeune femme l'information censée lui «rapporter un sacré paquet», comme elle l'a écrit à un ami le 28 février dernier. Et vu le contenu de son compte en banque, ainsi que celui de son frère, je peux vous dire qu'en effet, elle a ramassé «un sacré paquet».

Une heure plus tard, après avoir payé sa caution, Ed était assis dans le bureau de Paul, un verre de whisky à la main.

Il s'était étrangement accoutumé à déguster des alcools forts au beau milieu de la journée.

— Je ne suis pas responsable de ce qu'elle est allée raconter à son frère ! Je ne suis pas tenu de vérifier si mes partenaires potentielles ont un frère qui travaille dans la finance ! J'essayais seulement de l'aider.

— Je n'en doute pas. Mais la SFA et la SOCA ne vont pas chercher à savoir quelles étaient vos motivations. Mlle Lewis et son frère ont gagné des sommes folles, et ce illégalement et en se basant sur des informations que vous lui avez transmises.

— On ne pourrait pas arrêter avec les acronymes ? Je n'ai pas la moindre idée de ce dont vous me parlez.

— Alors essayez d'imaginer tous les organismes sérieux qui s'occupent de délits financiers. Ou de délits tout court. En gros, ce sont eux qui enquêtent sur vous en ce moment.

— À vous entendre, on pourrait croire que je vais vraiment être inculpé, marmonna Ed en posant son verre sur la table.

— C'est très probable, oui. Et je pense qu'on va se retrouver assez vite au tribunal. Ils n'aiment pas faire traîner ce genre d'affaires.

Ed le dévisagea. Puis il se prit la tête entre les mains.

— C'est un cauchemar. Je voulais seulement… je voulais seulement qu'elle s'en aille, Paul. C'est tout.

— Alors notre meilleur espoir pour le moment, c'est de pouvoir les convaincre que vous n'êtes qu'un geek qui s'est laissé dépasser par les événements.

— Super…

— Vous avez une meilleure idée ?

Ed secoua la tête.

— Alors laissez-moi faire et restez tranquille.

—Mais je dois faire quelque chose, Paul ! Je dois me remettre au travail. Je ne sais pas quoi faire quand je ne travaille pas. Je vais devenir dingue si je reste coincé là-bas, à Trifouillis-les-Oies.

—Peut-être, mais si j'étais vous, je ne bougerais pas pour le moment. Si la SFA choisit de tout divulguer à la presse, l'affaire va nous péter à la figure. Les journalistes ne vont plus nous lâcher. Le mieux que vous puissiez faire, c'est de rester planqué à « Trifouillis-les-Oies », comme vous dites, pour encore une semaine ou deux, conclut Paul en griffonnant quelques mots sur son calepin.

Ed déchiffra son écriture à l'envers.

—Vous pensez vraiment que ça paraîtra dans les journaux ?

—Je ne sais pas. Probablement. Toujours est-il que vous seriez bien inspiré d'en parler à votre famille, pour qu'ils aient le temps de se préparer à toute publicité négative.

Ed posa les mains sur ses genoux.

—Je ne peux pas.

—Vous ne pouvez pas quoi ?

—En parler à mon père. Il est malade. Ça le…

Il secoua la tête. Lorsque enfin il leva les yeux, Paul le regardait fixement.

—C'est vous que ça regarde. Mais, je le répète, je pense que le plus sage pour vous serait de vous maintenir hors de portée des journalistes. De toute évidence, *Mayfly* ne veut pas vous voir à proximité de ses bureaux tant que tout ça n'est pas réglé. Il y a trop d'argent en jeu. Vous devez vous tenir à l'écart de toute personne associée à l'entreprise. Pas de coups de fil. Pas de mails. Et si quelqu'un vous localise, pour l'amour de Dieu, ne dites rien. À personne.

Il referma son stylo, marquant ainsi la fin de la conversation.

— Donc en gros, je dois me planquer au milieu de nulle part, la fermer et me tourner les pouces jusqu'à ce qu'on me jette en prison ?

Paul se leva et ferma le dossier posé sur son bureau.

— Nous avons mis notre meilleure équipe sur l'affaire. Nous ferons tout notre possible pour que ça ne se termine pas comme ça.

Ed cligna des yeux, debout sur les marches devant le bureau de Paul, entouré de bâtiments en verre teinté, de coursiers au visage en sueur, de femmes aux jambes nues qui allaient en riant manger des sandwichs au parc… Soudain, son ancienne vie lui manqua terriblement. La machine à expresso dans son bureau, sa secrétaire qui descendait acheter des sushis, son appartement avec vue sur la ville, et même les Costards et leurs sempiternels discours sur les pertes et les profits. Il n'avait jamais comparé sa vie à celle des autres, mais à présent, il se sentait vaguement envieux des gens qui l'entouraient, avec leurs soucis quotidiens, leurs métros à prendre et leurs familles à retrouver en rentrant le soir. Et lui, que lui restait-il ? Coincé dans une maison vide pendant des semaines, sans personne à qui parler, avec pour seule distraction la perspective d'un procès imminent.

Le travail lui manquait plus que sa femme lui avait jamais manqué ; il lui manquait comme une maîtresse peut manquer à un homme marié. Sa routine lui manquait. Il repensa à la semaine passée, quand il s'était réveillé sur son canapé sans aucun souvenir de la soirée, la bouche aussi sèche que si on l'avait bourrée de coton hydrophile, ses lunettes proprement repliées et posées sur la table basse. C'était la troisième fois en trois semaines qu'il se saoulait au point d'oublier comment il était rentré chez lui, et la troisième fois qu'il avait émergé de son coma les poches vides.

Il ralluma son téléphone portable (un neuf, avec seulement trois contacts importés). Il avait reçu deux messages vocaux de Gemma. Personne d'autre ne l'avait appelé. Ed soupira et appuya sur «supprimer», puis s'éloigna sur le trottoir baigné de soleil. Il n'avait pas l'habitude de boire. Lara disait toujours que l'alcool faisait grossir et se plaignait de ses ronflements dès qu'il avait bu plus de deux verres. Mais à présent, il avait besoin d'un remontant.

Durant de longues heures, Ed resta assis à ne rien faire dans son appartement vide. Puis il sortit manger une pizza et reprit sa voiture pour rentrer à Beachfront. Sur la route pour sortir de Londres, la silhouette de Deanna Lewis ne cessa de danser devant ses yeux. Comment avait-il pu être aussi stupide? Pourquoi n'avait-il pas envisagé la possibilité qu'elle en parle à quelqu'un? Et si la vérité était bien plus sinistre? Et si elle et son frère avaient tout manigancé? Et si elle avait élaboré une machination digne d'une folle furieuse pour se venger d'avoir été plaquée?

À chaque kilomètre qui passait, Ed s'énervait un peu plus. Tant qu'à faire, il aurait aussi bien pu lui donner les clés de son appartement et ses coordonnées bancaires – comme avec son ex-femme – et la laisser tout prendre. Au moins, il n'aurait pas perdu son travail et son meilleur ami. Peu après la sortie de Godalming, bouillonnant de rage, Ed gara son véhicule sur une bande d'arrêt d'urgence et composa son numéro. La police avait réquisitionné son vieux portable, avec tous ses contacts, mais il pensait se souvenir du numéro de Deanna. Il savait déjà quoi lui dire : «Mais qu'est-ce qui t'a pris, bon sang?»

Le numéro n'était plus attribué.

Ed s'arrêta sur une aire de repos, son portable à la main, laissant sa colère retomber doucement. Il hésita, puis appela Ronan. Son numéro faisait partie des rares qu'il connaissait par cœur.

Après plusieurs sonneries, son ami décrocha.

—Ronan…

—Je n'ai pas le droit de te parler, Ed.

Il semblait épuisé.

—Ouais. Je sais. Mais je… je voulais juste te dire…

—Me dire quoi? Qu'est-ce que tu as à me dire, Ed?

Face à la soudaine colère qui perçait dans la voix de son ami, Ed se tut.

—Tu sais quoi? Ce truc de délit d'initié, je m'en fous. Même si, apparemment, c'est un putain de désastre pour la compagnie. Mais tu étais mon ami, Ed. Mon plus vieil ami. Je ne t'aurais jamais fait un coup pareil.

Il y eut un déclic, et la communication coupa.

Ed resta assis là un moment, la tête posée sur le volant. Il attendit que le bourdonnement dans son crâne se dissipe, puis mit son clignotant, démarra lentement et reprit la route de Beachfront.

—Qu'est-ce que tu veux, Lara?

—Eh, bébé! Comment ça va?

—Pas terrible.

—Oh non! Qu'est-ce qui t'arrive?

Il ne savait pas si c'était typique des Italiennes, mais son ex-femme avait une façon bien à elle de vous réconforter: elle vous tenait tendrement la tête entre ses mains, passait ses doigts dans vos cheveux, vous dorlotait comme une maman. À la fin de leur mariage, cette attitude lui tapait sur les nerfs, mais à présent, sur une route déserte au milieu de la nuit, il se sentait étrangement nostalgique.

—C'est… le travail.

—Oh. Le travail, le singea-t-elle d'une voix soudain moins douce.

—Et toi, Lara, comment ça va ?

—Ma mère me rend folle. Et j'ai quelques soucis avec le toit de l'appartement.

—Tu as trouvé du boulot ?

Elle fit siffler ses dents contre sa lèvre inférieure.

—On m'a rappelée pour un spectacle dans le West End, mais ces connards m'ont dit que j'avais l'air trop vieille. Trop vieille !

—Tu n'as pas l'air trop vieille…

—Je le sais bien ! Si je veux, je peux me donner l'air d'avoir seize ans ! Bébé, il faut vraiment que je te parle de ce problème de toit…

—Lara, c'est ton appartement. Je te l'ai laissé après le divorce.

—Mais ils disent que ça va coûter très cher. Très cher ! Et je n'ai plus rien.

—Qu'est-ce qui est arrivé à l'argent du divorce ? demanda-t-il en s'efforçant de ne pas élever la voix.

—Il ne me reste plus rien. Mon frère avait besoin d'argent pour lancer son affaire, et tu sais que Papi est en mauvaise santé. Et puis j'avais des cartes de crédit…

—Plus rien ?

—Je n'ai pas de quoi faire réparer le toit. Ça va fuir cet hiver, ils me l'ont dit. Eduardo…

—Tu peux toujours revendre la photo que tu as volée dans mon appartement en décembre…

Son avocat avait insinué qu'il ne pouvait s'en prendre qu'à lui-même pour ne pas avoir changé les serrures. Apparemment, tout le monde le faisait.

—J'étais triste, Eduardo. Tu me manques. Tout ce que je voulais, c'était un souvenir de toi.

—Bien sûr. Un souvenir de l'homme que tu ne pouvais plus voir en peinture.

—Quand j'ai dit ça, j'étais en colère.

Elle le prononçait «coulère». À la fin de leur mariage, elle était toujours en «coulère». Il se frotta les yeux et mit le clignotant pour prendre la sortie vers la route côtière.

—Je voulais juste quelques souvenirs du temps où on était heureux.

—Eh bien la prochaine fois, au lieu de me voler un tirage en édition limitée d'un portrait de Mao Tsé-toung d'une valeur de 14 000 livres, tu pourrais emporter, je ne sais pas, une photo encadrée de nous deux…

—Ça ne te fait rien quand je te dis que je n'ai personne vers qui me tourner? souffla-t-elle en un murmure si intime que c'en était presque insoutenable.

Elle savait parfaitement l'effet que ça lui faisait.

Ed jeta un coup d'œil dans le rétroviseur.

—Pourquoi tu ne demandes pas à Jim Leonards?

—Quoi?

—Sa femme m'a appelé. Bizarrement, elle n'avait pas l'air ravie.

—Ça n'est arrivé qu'une fois! Une fois, je suis sortie avec lui! Et les hommes avec qui je sors, ça ne regarde que moi!

Ed se la représentait très bien, une main parfaitement manucurée levée vers le ciel, les doigts écartés, exaspérée de devoir parler à «l'homme le plus exaspérant du monde».

—Tu m'as quittée! Est-ce que je suis censée rester une nonne toute ma vie?

—C'est toi qui m'as quitté, Lara. Le 27 mai dernier, en rentrant de Paris. Tu te souviens?

—Un détail! Tu déformes toujours tout ce que je dis en chipotant sur des détails! C'est justement pour ça que j'ai dû te quitter!

—Je croyais que c'était parce que je n'aimais que mon travail et que j'étais un robot incapable de comprendre les relations humaines?

—Je t'ai quitté parce que tu as une petite bite! Une toute petite bite! Comme une cuvette!

—Une crevette, tu veux dire?

—Crevette. Écrevisse. Le plus petit des deux! Minuscule!

—Alors une crevette fera l'affaire. Mais tu sais, après m'avoir volé une photo hors de prix, tu aurais au moins pu m'accorder un homard… Enfin, c'est toi qui vois.

Il ne savait toujours pas ce que signifiaient ces jurons en italien.

Pendant plusieurs kilomètres, il conduisit machinalement, la tête ailleurs. Puis il soupira, alluma la radio et reporta son attention sur la route noire qui semblait s'étendre à l'infini devant lui.

Gemma l'appela juste au moment où il bifurquait sur la route côtière. Ed décrocha sans réfléchir.

—Non, ne me dis rien: tu es très occupé.

—Je conduis.

—Et tu as un kit mains libres. Maman voudrait savoir si tu seras là pour le repas d'anniversaire.

—Quel repas d'anniversaire?

—Voyons, Ed! Je t'en parle depuis des mois.

—Je suis désolé, je n'ai pas mon agenda sous la main.

Gemma prit une grande inspiration.

—Maman nous reçoit tous à déjeuner à la maison. Papa sort de l'hôpital rien que pour ça. Elle voudrait que tu sois là. Tu avais dit que tu pourrais te libérer.

—Ah. Oui.

—Quoi, oui ? Oui, tu te souviens ? Ou oui, tu vas venir ? Il tapota nerveusement le volant.

—Je ne sais pas.

—Écoute, Ed : hier, papa a demandé à te voir. Je lui ai dit que tu étais pris par un gros projet, mais il ne va pas bien du tout. C'est vraiment important pour lui. Pour eux.

—Gemma, je t'ai expliqué…

La voix de sa sœur explosa à l'intérieur de la voiture :

—Ouais, je sais, tu es occupé ! Tu m'as déjà dit que tu avais des soucis !

—Gemma, j'ai vraiment des problèmes ! Tu n'as pas idée de ce qui se passe en ce moment !

—Oh non, il n'y a pas une chance que je puisse comprendre, n'est-ce pas ? Après tout, je ne suis qu'une stupide assistante sociale même pas foutue d'avoir un salaire à six chiffres ! C'est de ton père qu'il s'agit, Ed. Tu sais, l'homme qui a tout sacrifié pour t'offrir une éducation dans une putain d'école privée ! Il n'en a plus pour très longtemps. Alors tu vas te pointer là-bas et dire les choses qu'un fils est censé dire à son père mourant, OK ?

—Il n'est pas mourant.

—Et comment tu pourrais le savoir ? Ça fait deux mois que tu n'es pas venu !

—Écoute, je vais venir. Mais je dois seulement…

—Ne me raconte pas de conneries. C'est toi le patron. C'est toi qui décides. Alors tu décides de venir, ou je te jure que…

—Je ne t'entends pas, Gem. Désolé, ça capte mal ici. Je…

Il se mit à faire des bruits de parasites.

— Ce n'est qu'un déjeuner, reprit-elle avec sa voix d'assistante sociale, calme et conciliante. Rien qu'un déjeuner, Ed.

Il repéra de loin une voiture de police et jeta un coup d'œil au compteur de vitesse. Une Rolls-Royce crasseuse, un phare éteint, était arrêtée au bord de la route sous la lumière orange d'un lampadaire. Une petite fille était debout à côté, tenant en laisse un chien gigantesque. Elle tourna la tête sur son passage.

— Alors oui, je comprends que tu as plein d'obligations et que ton travail est très important pour toi. Tout le monde comprend ça, monsieur le crack de l'informatique. Mais est-ce qu'un simple déjeuner en famille, c'est trop te demander ?

— Deux secondes, Gem. Il y a un accident sur la route.

À côté de la petite fille se tenait un adolescent (ou était-ce une adolescente ?) à l'allure spectrale, avec une abondante chevelure noire et les épaules voûtées. Et, face à un policier qui prenait des notes sur son calepin, il y avait une autre enfant… Non, une femme. Une petite femme, les cheveux attachés en une grossière queue-de-cheval, qui levait les bras au ciel d'un air exaspéré – un geste qui lui rappela Lara.

Tou es si agaçant !

Il parcourut encore quelques centaines de mètres avant de se rendre compte qu'il connaissait cette femme. Il se creusa la tête : au bar ? au centre de villégiature ? Soudain, il la revit lui arracher des mains ses clés de voiture devant le bar, puis lui enlever ses lunettes dans sa salle de séjour. Que diable faisait-elle sur la route, en compagnie de deux enfants, à cette heure avancée de la nuit ? Il s'arrêta et jeta un coup d'œil dans le rétroviseur : il pouvait à peine les distinguer. La petite fille s'était assise dans l'ombre, sur l'accotement, le chien formant une montagne noire à ses côtés.

—Ed ? Tout va bien ? dit la voix de Gemma, brisant le silence.

Plus tard, il ne se souvint plus vraiment des raisons qui l'avaient poussé à s'arrêter. Peut-être était-ce une simple tentative de retarder son retour dans cette maison vide. Peut-être qu'étant donné le chaos qu'était devenue sa vie, prendre part à une telle scène lui semblait presque aller de soi. Peut-être voulait-il simplement se convaincre, contre toute évidence, qu'il n'était pas le dernier des salopards.

—Gem, je vais devoir te rappeler. C'est quelqu'un que je connais.

Il fit un rapide demi-tour et remonta la route faiblement éclairée jusqu'à rejoindre la voiture de police. Il se gara de l'autre côté de la chaussée.

—Bonsoir, dit-il en abaissant sa vitre. Je peux vous aider ?

9

TANZIE

La bonne humeur de Tanzie se dissipa instantanément lorsqu'elle aperçut le visage enflé de Nicky. Ce qu'elle voyait ne ressemblait pas à son frère, et elle eut toutes les peines du monde à ne pas détourner le regard. Ses yeux persistaient à vouloir se poser sur ces stupides chevaux mal dessinés scotchés sur le mur d'en face. Elle voulait lui parler du concours de mathématiques et de son inscription à Sainte-Anne, mais elle en fut incapable – pas avec cette odeur d'hôpital, pas avec l'œil de Nicky qui avait cette drôle de couleur.

Ce sont les Fisher qui ont fait ça, ce sont les Fisher qui ont fait ça, se répétait Tanzie en boucle. Cette idée lui faisait peur, parce qu'elle n'arrivait pas à croire que des garçons qu'ils connaissaient avaient pu faire une chose pareille, quelle qu'en soit la raison.

Lorsque Nicky se leva pour quitter l'hôpital, elle glissa sa main dans la sienne. Et bien qu'en temps normal, il l'aurait repoussée d'un «Dégage, morveuse», il se contenta de lui serrer doucement les doigts.

Comme d'habitude, maman dut se disputer avec le personnel de l'hôpital : non, elle n'était pas la vraie mère de Nicky, mais c'était tout comme ; non, il n'était pas suivi par une assistante sociale. Ces remarques faisaient toujours un drôle d'effet à Tanzie, comme si Nicky n'était pas un vrai membre de la famille – alors qu'il l'était.

Nicky sortit de la chambre, très lentement, et songea à remercier l'infirmière.

—C'est un bon garçon, fit remarquer cette dernière. Très poli.

Maman ramassait ses affaires.

—C'est ça le pire, dit-elle. Tout ce qu'il veut, c'est qu'on le laisse tranquille.

—Mais ce n'est pas vraiment comme ça que ça marche par ici, hein ? soupira l'infirmière. Tu feras bien attention à ton frère ? demanda-t-elle à Tanzie avec un sourire.

En les suivant vers la sortie, Tanzie se demanda ce que révélait sur leur famille le fait que toutes leurs conversations semblaient se terminer par des regards bizarres et les mots « fais attention ».

Maman prépara le dîner et donna à Nicky trois pilules de couleurs différentes. Puis ils s'installèrent sur le canapé pour regarder la télé. Il y avait *Total Wipeout*, qui habituellement faisait rire Nicky comme une baleine, mais il avait à peine prononcé trois mots depuis qu'ils étaient rentrés et Tanzie se doutait bien que ce n'était pas seulement parce que sa mâchoire lui faisait mal. Maman était occupée à l'étage. Tanzie l'entendait ouvrir des tiroirs, aller et venir sur le palier. Elle était si occupée qu'elle ne remarquait pas que l'heure du coucher était passée depuis longtemps.

Tout doucement, Tanzie se mit à tapoter Nicky du bout du doigt.

—Est-ce que ça fait mal ?

—Est-ce que quoi fait mal ?

—Ton visage.

—Comment ça?

—Eh bien… il a une drôle de forme.

—Le tien aussi. Est-ce que ça te fait mal?

—Très drôle…

—Ça va, Titch. Laisse tomber. Vraiment, ajouta-t-il devant son regard insistant. Oublie ça. Je vais bien.

Maman entra dans le salon et mit sa laisse à Norman. Ce dernier, couché sur le canapé, ne voulait pas se lever, et elle dut s'y prendre à quatre fois pour le traîner jusqu'à la porte. Tanzie s'apprêta à lui demander si elle l'emmenait en promenade, mais un candidat de l'émission tomba dans une mare de boue et Tanzie oublia de poser la question. Puis maman revint.

—Bon, les enfants, prenez vos vestes.

—Nos vestes? Pour quoi faire?

—Parce qu'on part en Écosse, répondit-elle comme si c'était parfaitement normal.

Nicky ne quitta pas la télé des yeux.

—On part en Écosse…?

—Ouaip. En voiture.

—Mais on n'a pas de voiture.

—On prend la Rolls.

Nicky échangea un bref regard avec Tanzie, puis se tourna vers maman.

—Mais tu n'as pas d'assurance.

—Je conduis depuis mes douze ans et je n'ai jamais eu un seul accident. Écoute, on va rester sur les routes secondaires et faire le plus gros du trajet de nuit. Tant qu'on ne se fait pas contrôler, tout ira bien.

Tous deux la dévisagèrent.

—Mais tu dis toujours que…

—Je sais. Mais parfois, la fin justifie les moyens.

—Qu'est-ce que ça veut dire?

Maman leva les mains au ciel.

—Nicky, il y a un concours de maths qui pourrait nous changer la vie, et ça se passe en Écosse. Et pour le moment, on n'a pas l'argent pour se payer le train. Voilà la vérité. Je sais que ce n'est pas l'idéal d'y aller par la route, et je ne dis pas que c'est bien, mais à moins que l'un de vous ait une meilleure idée, on monte en voiture et on y va.

—Mais on ne doit pas faire nos valises?

—Tout est déjà dans la voiture.

Tanzie savait que Nicky partageait sa pensée: cette fois, maman était devenue folle. Mais elle avait lu quelque part que les fous étaient comme des somnambules – il valait mieux ne pas les déranger. Elle se contenta donc de hocher la tête, comme si tout était parfaitement logique. Elle attrapa sa veste, et ils sortirent par la porte de derrière pour entrer dans le garage. Norman, assis sur la banquette arrière, les regardait avec l'air de dire: «Je sais. Moi aussi.» L'habitacle sentait un peu le renfermé, et elle ne voulait pas mettre les mains sur les sièges parce qu'elle avait lu quelque part que les souris faisaient pipi tout le temps, sans s'arrêter, et que le pipi de souris pouvait vous transmettre environ huit cents maladies différentes.

—Est-ce que je peux aller chercher mes gants? demanda-t-elle. Si je fais très vite?

Maman la dévisagea comme si elle était devenue folle, puis hocha la tête. Lorsque Tanzie eut retrouvé ses gants, elle se sentit tout de suite un peu mieux.

L'air dégoûté, Nicky s'installa sur le siège avant et essuya du bout des doigts la poussière qui s'était accumulée sur le tableau de bord.

Maman ouvrit la porte du garage, fit démarrer le moteur et sortit prudemment en marche arrière. Puis elle descendit de voiture pour verrouiller soigneusement la porte du garage et revint à pas lents, l'air songeur.

—Tanzie? Tu as du papier et un stylo?

Elle fouilla dans son sac et lui tendit ce qu'elle demandait. Maman ne voulait pas qu'elle voie ce qu'elle écrivait, mais Tanzie regarda en douce entre les sièges :

Fisher, espèce de petite raclure, j'ai dit à la police que si quelqu'un entrait par effraction, ce serait toi.

Elle sortit de la voiture et punaisa le papier en bas de la porte, là où il ne serait pas visible depuis la rue. Puis elle se rassit sur le siège conducteur en partie rongé par les souris et, avec un vrombissement sourd, la Rolls partit dans la nuit.

Ils ne tardèrent pas à comprendre que maman ne savait plus conduire : elle effectuait à contretemps des manœuvres que même Tanzie connaissait – rétroviseur, clignotant – et conduisait penchée sur le volant, les mains crispées comme ces grands-mères qui conduisaient à vingt kilomètres-heure en centre-ville et éraflaient leurs portières contre les piliers du parking municipal.

Ils passèrent devant la Rose et la Couronne, la zone industrielle avec le lavage automatique et le grand magasin de tapis. Tanzie colla le nez à la vitre. Ils venaient officiellement de quitter la ville. La dernière fois qu'elle avait quitté la ville, c'était pour un voyage scolaire à Durdle Door, et Melanie Abbott s'était vomi dessus, amorçant une réaction en chaîne dans tout le car.

—On reste calme, se murmurait maman à elle-même. Tranquille.

—Tu n'as pas vraiment l'air calme, fit remarquer Nicky.

Il jouait avec sa Nintendo, remuant si vite les pouces de chaque côté du petit écran lumineux que Tanzie ne parvenait pas à suivre ses mouvements.

—Nicky, j'ai besoin de toi comme copilote. Ce n'est pas le moment de jouer.

—Il suffit d'aller vers le nord.

—Mais c'est où, le nord ? Ça fait des années que je n'ai pas conduit dans la région. J'ai besoin que tu m'indiques la route.

Il jeta un coup d'œil à un panneau.

—On doit prendre la M3 ?

—Je ne sais pas. C'est ce que je te demande !

—Fais voir, intervint Tanzie en se penchant entre les sièges pour prendre la carte des mains de Nicky. Dans quel sens je dois la tenir ?

Ils firent deux fois le tour du rond-point pendant qu'elle se débattait avec la carte, puis partirent pour de bon. Tanzie se souvenait vaguement de cette route : ils étaient déjà passés par là une fois, quand papa et maman essayaient de vendre des climatiseurs.

—Tu peux allumer la lumière à l'arrière, maman ? demanda-t-elle. Je n'arrive pas à lire la carte.

Maman se retourna.

—Le bouton doit être au-dessus de ta tête.

Tanzie appuya dessus à tâtons. Elle aurait pu enlever ses gants, songea-t-elle. Les souris ne savaient pas marcher la tête en bas. Pas comme les araignées.

—Ça ne marche pas.

—Nicky, tu vas devoir lire la carte. Nicky ! répéta-t-elle en se tournant vers lui, exaspérée.

—Ouais. Deux secondes. Il faut juste que j'attrape les étoiles. Elles valent 5 000 points.

Tanzie plia la carte du mieux qu'elle put et la passa entre les sièges. Nicky était penché sur sa console, absorbé dans sa partie. Rien de plus dur à attraper que les étoiles.

— Tu vas arrêter avec ce truc, oui ?

Il soupira et ferma la console d'un coup sec. Ils passèrent devant un bar que Tanzie ne reconnut pas, puis devant un hôtel. Maman disait qu'ils cherchaient la M3, mais ça faisait un bon moment que Tanzie ne voyait plus de panneaux annonçant la M3. À côté d'elle, Norman se mit à geindre ; d'après ses calculs, ils en avaient environ pour trente-huit secondes avant que maman se plaigne du bruit.

Elle en compta vingt-sept.

— Tanzie, s'il te plaît, fais taire ce chien. Je n'arrive pas à me concentrer. Nicky, j'ai vraiment besoin que tu lises cette carte.

— Il bave partout. Je crois qu'il a besoin de sortir, fit remarquer Tanzie.

Nicky plissa les yeux pour mieux voir les panneaux.

— Si tu continues sur cette route, je crois qu'on va arriver à Southampton.

— Mais c'est la mauvaise direction !

— C'est ce que je dis.

L'odeur d'essence était très forte. Tanzie se demanda s'il y avait une fuite. Elle plaqua son gant sur son nez.

— Je pense qu'on devrait retourner d'où on vient et repartir, dit Nicky.

En grommelant, maman prit la sortie suivante. Tous trois s'efforcèrent de faire abstraction des grincements qui résonnèrent lorsqu'elle tourna le volant pour revenir de l'autre côté de la quatre voies.

— Tanzie. S'il te plaît, fais quelque chose pour le chien. S'il te plaît.

La pédale d'embrayage était si dure que maman devait presque se mettre debout dessus pour changer de vitesse.

—Qu'est-ce que je fais, Nicky? Je sors ici? demanda-t-elle en désignant l'embranchement qui menait en ville.

—Oh, non! Norman a pété! Maman, je ne peux plus respirer!

Tanzie se souvenait à présent que maman avait toujours détesté conduire. Elle ne traitait pas les informations assez vite – sans compter que l'odeur qui se répandait dans la voiture était si pestilentielle que n'importe qui aurait eu du mal à réfléchir correctement.

Tanzie eut un haut-le-cœur.

—Je vais mourir!

Norman tourna vers elle sa grosse tête, le regard triste, comme s'il était blessé par sa remarque.

—Mais il y a deux carrefours! Je prends celui-là ou le suivant?

—Le suivant. Oh, non, désolé: celui-là.

—Quoi?

Maman prit le virage sur les chapeaux de roues, évitant de justesse le bas-côté herbu. La voiture cahota en montant sur le bord du trottoir, et Tanzie dut cesser de se boucher le nez pour attraper Norman par le collier.

—Bon sang, tu ne pouvais pas…

—Je voulais dire le suivant. Cette route ne part pas du tout dans la bonne direction.

—Bon Dieu, Nicky! Ça fait presque une demi-heure qu'on est sur la route, et on est encore plus loin d'arriver que quand on est partis. Je…

C'est alors que Tanzie aperçut le gyrophare. Elle pria pour que la voiture de police passe sans s'arrêter, mais celle-ci s'approcha de plus en plus près jusqu'à ce qu'une lumière bleue emplisse leur habitacle.

Nicky, mal à l'aise, se retourna sur son siège.

—Euh… Jess, je crois qu'ils veulent que tu gares la voiture.

—Merde. Merde merde merde. Tanzie, tu ne m'as pas entendue.

Maman prit une grande inspiration, ajusta ses mains sur le volant et commença à ralentir.

Nicky se ratatina sur son siège.

—Euh… Jess?

—Pas maintenant, Nicky.

La voiture de police s'arrêtait, elle aussi. Les paumes de Tanzie étaient moites.

Tout va bien se passer.

—J'imagine que ce n'est pas le moment de te le dire, mais j'ai mon paquet d'herbe sur moi.

10

JESS

E lle était là, debout sur le bas-côté d'une quatre voies à 23 h 30, face à deux policiers qui la traitaient, non pas comme une criminelle, mais pire encore : comme une demeurée. Toutes les questions qu'ils lui posaient avaient un petit côté condescendant : « Ça vous prend souvent d'emmener votre famille faire un tour en voiture à une heure pareille, madame ? Avec un seul phare en état de marche ? Vous ne saviez pas que votre vignette était périmée depuis deux ans ? » Et ils n'avaient pas encore remarqué qu'elle roulait sans assurance...

Nicky transpirait, s'attendant à tout moment à ce qu'ils trouvent son stock. Tanzie, quant à elle, était un spectre pâle et silencieux posté à quelques pas de là, sa veste à sequins scintillant à la lumière des phares tandis qu'elle serrait Norman dans ses bras pour se rassurer.

Jess ne pouvait s'en prendre qu'à elle-même. La situation pouvait difficilement être pire.

Puis M. Nicholls arriva.

Elle sentit le peu de couleurs qui lui restaient disparaître de son visage lorsqu'il baissa sa vitre. Et un million de pensées lui traversa l'esprit. Qui s'occuperait des enfants quand elle serait en prison ? Si Marty obtenait la garde, se rappellerait-il que les pieds de Tanzie n'avaient pas fini leur croissance ? Et s'il s'en souvenait, lui achèterait-il de nouvelles chaussures avant que ses ongles de pied se replient sur ses orteils ? Qui allait s'occuper de Norman ? Pourquoi n'avait-elle pas pris la bonne décision dès le début en rendant à Ed Nicholls son rouleau de billets ? Ce dernier s'apprêtait-il à révéler aux policiers que, pour couronner le tout, elle était une voleuse ?

Mais il n'en fit rien. Il lui proposa son aide.

Le Policier Numéro Un se tourna lentement vers lui pour le dévisager. C'était un homme au torse puissant et à l'allure martiale – le genre à se prendre très au sérieux et à s'attendre à ce que les autres en fassent autant.

—Vous êtes ?

—Edward Nicholls. Je connais cette femme. Qu'est-ce qui se passe ? Une panne ?

Il regardait la Rolls comme s'il ne parvenait pas à croire qu'un pareil tas de ferraille ait pu prendre la route.

—On peut dire ça comme ça, dit le Policier Numéro Deux.

—Vignette périmée, murmura Jess en essayant de ne pas prêter attention à son cœur qui tambourinait dans sa poitrine. J'essayais d'emmener les enfants quelque part. Mais maintenant, j'imagine que je vais devoir les ramener à la maison.

—Vous n'irez nulle part dans cette voiture, répliqua le Policier Numéro Un. Elle est confisquée. La dépanneuse va arriver. Il est interdit de rouler sur une route publique sans une vignette valide, madame. Ce qui implique également que votre police d'assurance sera annulée.

—Je ne suis pas assurée.

Les deux policiers ouvrirent des yeux ronds comme des soucoupes.

— La voiture n'est pas assurée. Je ne suis pas assurée, répéta-t-elle.

Elle sentait le regard de M. Nicholls posé sur elle. Mais après tout, autant leur dire la vérité. De toute façon, ils s'en seraient aperçus bien assez tôt.

— On a eu quelques soucis, reprit-elle. Je n'avais pas d'autre moyen d'emmener les enfants du point A au point B.

— Vous êtes consciente que conduire une voiture sans vignette ni assurance est un délit passible d'une peine de prison ?

— Et ce n'est pas ma voiture, ajouta Jess en donnant un coup de pied dans un caillou. C'est le premier truc que vous allez voir en consultant votre base de données.

— Avez-vous volé ce véhicule, madame ?

— Non, je n'ai pas volé le véhicule. Ça fait deux ans qu'il prend la rouille dans mon garage.

— Vous ne répondez pas à ma question.

— Elle appartient à mon ex-mari.

— Est-il au courant que vous l'avez empruntée ?

— Il ne serait même pas au courant si j'avais changé de sexe et me faisais appeler Sid ! Il vit dans le nord du Yorkshire depuis…

— Vous savez, vous devriez peut-être arrêter de parler, intervint M. Nicholls en se passant la main sur le sommet du crâne.

— Vous êtes son avocat ?

— Est-ce qu'il lui en faut un ?

— Conduire sans vignette ni assurance est une infraction passible de…

— Ouais. On sait. Bon, avant d'en dire plus, je pense que vous pourriez avoir besoin de quelques conseils…

— Jess, dit-elle.

— Jess.

Ed se tourna vers les policiers.

— Messieurs, avez-vous vraiment besoin d'emmener cette femme au commissariat ? Parce que visiblement, elle est navrée. Et vu l'heure, je pense que les enfants ont envie de rentrer à la maison.

— Elle sera poursuivie pour avoir conduit sans vignette ni assurance. Votre nom et votre adresse, madame ?

Jess donna les renseignements au Policier Numéro Un.

— Oui, la voiture est bien enregistrée à cette adresse, dit-il après avoir vérifié dans sa base de données. Mais elle est déclarée comme véhicule hors route, ce qui signifie…

— Qu'on ne peut pas la conduire sur la voie publique. Je sais.

— En ce cas, c'est dommage que vous n'y ayez pas songé avant de partir, pas vrai ?

Il lui jeta le genre de regard dont se servent les instituteurs pour gronder les enfants de huit ans. Quelque chose dans ce regard mit Jess en colère.

— Vous savez quoi ? rétorqua-t-elle. Vous pensez vraiment que j'aurais pris la voiture avec mes enfants à onze heures du soir si ça n'avait pas été absolument nécessaire ? Vous pensez vraiment que je me suis dit, ce soir, dans ma petite maison : « Tiens, si je prenais mes enfants et mon chien et que j'allais nous fourrer dans un sac d'embrouilles pour… »

— Ce que vous avez cru faire, madame, ce n'est pas mon problème. Mon problème, c'est que vous avez conduit un véhicule non assuré et potentiellement dangereux sur la voie publique.

— J'étais désespérée, d'accord ? Et ce n'est pas la peine de me chercher dans votre foutue base de données, parce que je n'ai jamais enfreint la loi…

— Ou que vous ne vous êtes jamais fait prendre.

Les deux policiers la dévisageaient. Sur le bas-côté, Norman se coucha sur le ventre en poussant un profond soupir. Tanzie observait la scène en silence, les yeux grands ouverts.

Oh, bon sang, songea Jess.

Elle marmonna des excuses.

— Vous serez poursuivie pour avoir conduit un véhicule sans les documents nécessaires, madame Thomas, dit le Policier Numéro Un en lui tendant une liasse de papiers. Je me dois de vous informer que vous recevrez une convocation au tribunal et que vous êtes passible d'une amende de 5 000 livres.

— Cinq mille livres ? s'esclaffa-t-elle nerveusement.

— Et vous devrez payer pour faire sortir cette chose de la fourrière. L'amende est de 15 livres pour chaque jour qu'elle y passe.

— Parfait. Et comment je suis censée faire sortir la voiture de la fourrière si je n'ai pas le droit de la conduire ?

— Je vous conseille de récupérer toutes vos affaires avant l'arrivée de la dépanneuse. Une fois là-bas, nous ne pourrons pas être tenus responsables s'il arrive quoi que ce soit au contenu du véhicule.

— Bien sûr. Parce qu'évidemment, ce serait stupide d'espérer que le contenu de mon coffre puisse être en sécurité entre les mains de la police, marmonna-t-elle.

— Mais maman, comment on va rentrer ?

Il y eut un court silence. Les policiers se retournèrent.

— Je peux vous emmener, répondit M. Nicholls.

Jess fit un pas en arrière.

— Oh. Non. Non, merci. Ça va aller. On va marcher. Ce n'est pas très loin.

Tanzie la regarda un instant en plissant les yeux, comme pour déterminer si elle était sérieuse, puis se leva péniblement. Jess se souvint que sous sa veste, Tanzie était en pyjama. M. Nicholls suivit son regard.

— Je vais dans cette direction, dit-il en désignant la ville d'un signe de tête. Vous savez où j'habite.

Tanzie et Nicky ne répondirent pas, mais Jess vit Nicky boitiller jusqu'à la Rolls et commencer à en sortir les bagages. Elle ne pouvait pas l'obliger à porter tout ça jusqu'à la maison. Ils en avaient au moins pour trois kilomètres.

— Merci, dit-elle avec raideur. C'est très gentil.

Elle ne pouvait le regarder dans les yeux.

— Qu'est-ce qui est arrivé à votre fils ? demanda le Policier Numéro Deux.

— Regardez dans votre base de données, rétorqua-t-elle sèchement en ramassant un sac.

Ils s'éloignèrent en silence de la voiture de police. Jess, assise sur le siège passager dans la voiture immaculée de M. Nicholls, regardait droit devant elle. Elle ne s'était jamais sentie aussi mal à l'aise. Sur la banquette arrière, les enfants étaient plongés dans un silence stupéfait. Elle les avait déçus. Sur le bord de la route, les haies se changèrent peu à peu en barrières et en murs de briques, et la route obscure se borda de lampadaires. Elle avait peine à croire que cela ne faisait qu'une heure et demie qu'ils étaient partis. Ça semblait faire une éternité. Une amende de 5 000 livres. Un retrait quasi assuré du permis de conduire. Une convocation au tribunal. Marty allait péter un câble. Et elle avait ruiné toutes les chances de Tanzie d'entrer à Sainte-Anne.

Jess sentit un nœud se former dans sa gorge.

— Vous allez bien ?

— Ça va.

Elle évita soigneusement de croiser le regard de M. Nicholls. Il n'était pas au courant pour l'argent. Bien sûr qu'il n'était pas au courant. Pendant un bref instant de panique après avoir accepté de monter dans sa voiture, elle s'était demandé s'il ne s'agissait pas d'un piège ; s'il n'allait pas attendre que les policiers soient partis, puis leur faire subir quelque chose d'horrible pour se venger.

Mais c'était pire encore : il essayait seulement de lui venir en aide.

— Euh… il faudrait que vous tourniez à gauche à la prochaine. C'est par là qu'on habite. Allez jusqu'au bout de la rue, tournez à gauche, puis la deuxième à droite.

Depuis cinq bonnes minutes, ils avaient laissé derrière eux le quartier pittoresque de la ville. Ici, à Danehall, les arbres étaient nus même en été, et des voitures brûlées gisaient sur des piles de briques comme des sculptures modernes montées sur de petits piédestaux. Selon la rue, les maisons pouvaient avoir trois styles : mitoyennes, recouvertes de crépi, ou minuscules avec des murs en briques marron et des fenêtres en P.V.C. M. Nicholls bifurqua à gauche et s'engagea dans Seacole Avenue, puis ralentit lorsqu'elle montra sa maison du doigt. Elle se retourna vers la banquette arrière et vit que durant le court trajet, Tanzie s'était assoupie, la bouche entrouverte, la tête posée sur le dos de Norman, lui-même à moitié couché sur Nicky. Ce dernier regardait par la fenêtre d'un air impassible.

— Au fait, vous alliez où comme ça ?

— En Écosse. C'est une longue histoire.

Il attendit.

Elle sentit sa jambe se mettre à tressauter.

— Je dois emmener ma fille à une olympiade de maths. Les billets de train étaient trop chers. Mais pas autant que se faire arrêter par les flics, apparemment.

— Une olympiade de maths ?

— Oui, je sais. Moi non plus, je ne savais pas que ça existait avant la semaine dernière. Je vous l'ai dit, c'est une longue histoire.

— Alors qu'est-ce que vous allez faire ?

Jess se tourna vers Tanzie, qui ronflait doucement sur la banquette arrière. Elle haussa les épaules. Elle ne trouvait pas les mots.

M. Nicholls aperçut soudain le visage de Nicky. Il ouvrit des yeux ronds, comme s'il le voyait vraiment pour la première fois.

— Ouais. Ça aussi, c'est une longue histoire.

— Ça commence à faire beaucoup.

Jess ne parvenait pas à déterminer s'il était plongé dans ses pensées ou s'il attendait simplement qu'elle sorte de la voiture.

— Merci de nous avoir ramenés. C'était très gentil de votre part.

— Ce n'est rien. J'avais une dette envers vous. Je suis presque sûr que c'est vous qui m'avez reconduit chez moi l'autre soir. Je me suis réveillé sur mon canapé, avec ma voiture toujours bien rangée dans le parking du bar et la pire gueule de bois de ma vie. J'ai aussi le vague souvenir de m'être conduit comme un sale con, ajouta-t-il après un instant de réflexion. Peut-être même pour la deuxième fois.

— Ce n'est rien, dit-elle en sentant le sang lui monter aux oreilles. Vraiment.

Nicky ouvrit la portière, dérangeant Tanzie dans son sommeil. Elle se frotta les yeux et tourna vers Jess un regard embrumé. Puis elle vit où elle se trouvait, et les événements de la soirée s'inscrivirent peu à peu sur son visage.

— Ça veut dire qu'on n'y va pas ? demanda-t-elle.

Jess rassembla les sacs à ses pieds. Ce n'était pas une conversation qu'elle voulait avoir en public.

— Rentrons, Tanzie. Il est tard.

— Ça veut dire qu'on ne va pas en Écosse ?

Jess adressa à M. Nicholls un sourire gêné.

— Merci encore, dit-elle en soulevant ses sacs pour les poser sur le trottoir.

L'atmosphère s'était étonnamment rafraîchie. Nicky les attendait à côté du portail.

— Ça veut dire que je ne vais pas aller à Sainte-Anne ? demanda Tanzie d'une toute petite voix.

Jess s'efforça de sourire.

— On en parlera plus tard, ma chérie.

— Mais comment on va faire ? demanda Nicky.

— Pas maintenant, Nicky. On rentre.

— Tu dois 5 000 livres à la police. Comment on va faire pour aller en Écosse ?

— Les enfants, s'il vous plaît… On ne peut pas juste rentrer à la maison ?

Avec un grognement, Norman se souleva de la banquette arrière et sortit de la voiture en se dandinant.

— Tu n'as pas dit qu'on allait trouver une solution ! s'écria Tanzie d'une voix paniquée. D'habitude, tu dis toujours qu'on va trouver une solution !

— On va trouver une solution, répliqua Jess en sortant du coffre les sacs de couchage.

— Tu n'as pas cette voix-là quand tu vas vraiment trouver une solution, gémit Tanzie, qui se mit à pleurer.

C'était si inattendu que Jess resta quelques secondes sans rien faire, choquée.

— Prends-moi ça.

Elle jeta les sacs de couchage à Nicky et se pencha dans la voiture pour essayer d'en extraire la petite fille.

— Elle est fatiguée, expliqua-t-elle en passant un bras autour des épaules de Tanzie.

Celle-ci se dégagea.

— Je suis vraiment désolée, reprit Jess.

À cet instant, le portable de M. Nicholls se mit à sonner.

— Gemma, soupira-t-il d'un air las, comme s'il s'y était attendu.

Jess entendit une sorte de bourdonnement énervé, comme s'il y avait une guêpe coincée dans le téléphone.

— Je sais, dit-il à voix basse.

— Tout ce que je veux, c'est aller à Sainte-Anne, pleurait Tanzie.

Ses lunettes avaient glissé – Jess n'avait pas eu le temps de l'emmener chez l'opticien pour les faire resserrer – et elle s'était caché les yeux avec les mains.

— S'il te plaît, laisse-moi y aller. S'il te plaît, maman. Je serai très gentille.

— Chut.

Un nœud se forma dans la gorge de Jess. Tanzie ne l'avait jamais suppliée pour obtenir quoi que ce soit.

— Tanzie…

Sur le trottoir, Nicky se détourna, comme si la scène lui était insoutenable.

M. Nicholls dit dans son téléphone quelques mots qu'elle ne put comprendre. Tanzie s'était mise à sangloter. Elle refusait de bouger.

— Viens, ma puce, dit-elle en la tirant vers elle.

Tanzie s'était agrippée à la portière.

— S'il te plaît, maman. S'il te plaît, s'il te plaît !

— Tanzie, tu ne peux pas rester dans cette voiture.

— S'il te plaît…

— Viens, ma chérie. Sors de là.

— Je vous y emmènerai, dit M. Nicholls.

Jess sursauta, se cognant la tête au plafond de la voiture.

— Quoi ?!

—Je vous conduirai en Écosse.

Il venait de couper la communication et contemplait le volant d'un air songeur.

—De toute façon, il faut que j'aille dans le nord de l'Angleterre, ajouta-t-il. L'Écosse n'est pas beaucoup plus loin. Je vous y emmènerai.

Tout le monde se tut. Un éclat de rire retentit au bout de la rue, suivi d'un bruit de portière. Jess resserra sa queue-de-cheval.

—Écoutez, c'est vraiment gentil de votre part, mais on ne peut pas accepter.

—Si, intervint soudain Nicky. Si, Jess, on peut accepter. Vraiment, ajouta-t-il en jetant à Tanzie un regard lourd de sens.

—Mais on ne se connaît même pas. Je ne peux pas vous demander de…

—Ce n'est pas grand-chose, assura M. Nicholls sans la regarder.

Tanzie renifla et se frotta le nez.

—S'il te plaît ? Maman ?

Jess la regarda un instant, ainsi que le visage contusionné de Nicky, puis se tourna vers M. Nicholls. Elle n'avait jamais ressenti une telle envie de partir en courant.

—Je n'ai rien à vous offrir en échange, dit-elle d'une voix brisée. Rien du tout.

Il haussa un sourcil et désigna le chien d'un signe de tête.

—Même pas de quoi passer l'aspirateur sur ma banquette arrière ?

Elle poussa un soupir de soulagement, peut-être un peu trop bruyant pour être diplomatique.

—Bon… d'accord. Ça, je peux le faire.

— Très bien. Alors je propose que nous prenions tous quelques heures de sommeil, et je passe vous prendre demain matin.

11

Ed

Quinze minutes après avoir quitté le quartier de Danehall, Edward Nicholls commença à se demander ce qui lui avait pris. Il venait d'accepter d'emmener jusqu'en Écosse une femme de ménage irritable accompagnée de deux enfants bizarres et d'un énorme chien puant. Qu'est-ce qui avait bien pu lui passer par la tête? Il entendait encore la voix de Gemma, l'intonation sceptique avec laquelle elle avait répété sa phrase:

— Tu vas conduire à l'autre bout du pays une petite fille que tu ne connais pas avec toute sa famille, et il s'agit d'une « urgence ». Mais bien sûr…

Il avait même entendu les guillemets.

— Elle est mignonne? avait-elle ajouté après un bref silence.

— Qui ça?

— La mère. Une grosse poitrine? De longs cils? Le genre « damoiselle en détresse »?

— Ça n'a rien à voir. Euh…

Il n'avait rien pu ajouter avec la principale intéressée à moins d'un mètre de lui.

— Je vais prendre ça pour un « oui », avait-elle soupiré. Bon sang, Ed…

Au matin, décida-t-il, il ferait une apparition chez Jess, s'excuserait et lui expliquerait qu'il avait eu un impondérable. Elle comprendrait. Elle aussi devait trouver ça bizarre de partager la voiture d'un inconnu : on ne pouvait pas dire qu'elle avait joyeusement sauté sur sa proposition.

Il leur donnerait quelques livres pour payer le train de la petite. Après tout, il n'était pas responsable si cette femme – Jess ? – avait décidé de conduire une voiture sans vignette ni assurance. Si on regardait le tableau dans son ensemble (les flics, les enfants bizarres, la virée nocturne), on voyait bien que c'était le genre de femme à vous attirer des ennuis. Et des ennuis, Ed Nicholls en avait déjà assez comme ça.

Ces résolutions en tête, il fit sa toilette, se brossa les dents et se mit au lit. Pour la première fois depuis des semaines, il dormit d'un sommeil paisible.

Il se gara devant leur portail peu après 9 heures. Il avait prévu d'arriver plus tôt, mais il avait oublié l'emplacement exact de la maison, et vu que le parc de logements sociaux était une masse tentaculaire de rues parfaitement identiques, il avait conduit au hasard pendant près d'une demi-heure avant de reconnaître Seacole Avenue.

La matinée était humide et immobile ; l'atmosphère pesante et moite. La rue était déserte, à l'exception d'un chat roux qui s'avançait à pas de loup sur le trottoir, la queue en point d'interrogation. Danehall semblait un peu moins hostile de jour, mais il se surprit à vérifier à deux fois qu'il avait bien verrouillé la portière de sa voiture.

Il observa un instant la façade. Des drapeaux décoratifs roses et blancs étaient accrochés dans l'une des chambres de l'étage, et deux paniers suspendus se balançaient mollement sous le porche. Dans l'allée du voisin était garée une voiture recouverte d'une bâche. Puis il aperçut le chien.

Bon Dieu! La taille de l'animal! Ed le revit en train de baver sur sa banquette arrière. Quand il avait repris sa voiture ce matin-là, l'habitacle était toujours vaguement imprégné de son odeur.

Il ouvrit prudemment le portail, craignant que le chien ne lui saute dessus, mais ce dernier se contenta de tourner son énorme tête d'un air indifférent avant de se laisser tomber sur le côté dans l'ombre d'un arbre couvert de lierre et de lever mollement la patte dans l'espoir de se faire gratter le ventre.

— Merci, mais je vais passer mon tour, lui dit Ed.

Il remonta l'allée et s'arrêta devant la porte. Il avait préparé son petit discours :

Bonjour. Je suis vraiment désolé, mais quelque chose de très important est arrivé au travail, et j'ai bien peur de ne pas pouvoir prendre mes deux jours de congé. Malgré tout, je serais heureux de contribuer au financement de cette olympiade. Je trouve ça formidable que votre fille se donne tant de mal pour ses études. Voilà pour son billet de train.

Ses excuses lui semblaient soudain bien moins convaincantes que la veille au soir, mais il n'y pouvait plus rien. Il s'apprêtait à frapper quand il aperçut le petit mot punaisé à la porte, à moitié arraché et battant dans la brise :

Fisher, petit salopard, j'ai tout dit à la police.

Alors qu'il relevait la tête, la porte s'ouvrit. La petite fille était là.

— On est prêts, déclara-t-elle en plissant les yeux, la tête penchée sur le côté. Maman disait que vous n'alliez pas venir, mais je savais que si, alors je ne l'ai pas laissée défaire les sacs avant 10 heures. Et vous êtes arrivé vingt-trois minutes avant, soit trente-trois minutes plus tôt que ce que j'avais estimé.

Il cligna des yeux.

— Maman ! cria la petite fille en ouvrant grand la porte.

Jess s'était arrêtée net au milieu du couloir. Elle portait un short en jean et une chemise aux manches roulées, et s'était attaché les cheveux en queue-de-cheval. Elle n'avait pas l'allure d'une femme qui s'apprête à partir à l'autre bout du pays.

— Bonjour, la salua Ed avec un sourire gêné.

— Oh.

Elle secoua la tête, et Ed comprit que la fillette avait dit vrai : elle ne s'attendait pas à le voir débarquer.

— Je vous offrirais bien un café, mais j'ai jeté tout ce qu'il nous restait de lait hier soir, avant de partir.

Le garçon passa furtivement en se frottant les yeux. Son visage était toujours enflé et teinté d'innombrables nuances de mauve et de jaune. Il contempla la pile de sacs et de paniers qui s'entassaient dans l'entrée et demanda :

— On prend lesquels ?

— Tous, répondit la petite fille. J'ai aussi pris la couverture de Norman.

Jess observait Ed avec circonspection. Il parvint à ouvrir la bouche, mais aucun son n'en sortit. Sur toute la longueur du couloir étaient alignés de vieux livres de poche.

— Vous pouvez prendre ça, monsieur Nicholls ? demanda la petite fille en traînant un gros sac vers lui. J'ai essayé de le porter tout à l'heure, parce que Nicky ne peut rien soulever pour le moment, mais il est trop lourd pour moi.

— Bien sûr.

Il s'accroupit machinalement, puis marqua un temps d'arrêt avant de soulever le sac : comment allait-il s'en sortir ?

—Écoutez… monsieur Nicholls…

Jess avait l'air aussi mal à l'aise que lui.

—À propos de ce voyage…, poursuivit-elle.

La porte d'entrée de la maison voisine s'ouvrit alors en grand sur une femme en tee-shirt et pantalon de jogging. Elle brandissait une batte de base-ball.

—Lâche ça! rugit-elle.

Il se figea.

—Les mains en l'air!

—Nath! hurla Jess. Ne le frappe pas!

Il leva lentement les mains en se retournant pour lui faire face.

—Qu'est-ce que…

La femme venait d'apercevoir Jess.

—Jess? Oh, mon Dieu! J'ai cru qu'il y avait quelqu'un chez toi.

—Oui, il y a quelqu'un chez moi : moi.

Elle abaissa la batte, puis jeta à Ed un regard mortifié.

—Oh, mon Dieu! C'est… Oh mon Dieu, mon Dieu, je suis vraiment désolée. Je vous ai vu à la porte d'entrée et je vous ai pris pour un voleur. J'ai cru que vous étiez…

Elle partit d'un rire nerveux, puis adressa à Jess une grimace désespérée.

Ed soupira. La femme cacha la batte dans son dos et tenta un sourire.

—Vous savez comment c'est dans le quartier…

Il fit un pas en arrière et hocha la tête.

—Bon… Il faut que j'aille chercher mon téléphone, bafouilla-t-il. Je l'ai laissé dans la voiture.

Il passa à côté d'elle, les mains levées, et sortit. Il ouvrit et referma la portière de sa voiture, essayant de réfléchir clairement en dépit de la sonnette d'alarme qui résonnait à ses oreilles.

Va-t'en ! lui disait une petite voix. *File ! Tu n'auras plus jamais à la revoir. Tu n'as pas besoin de ça, surtout en ce moment.*

Ed aimait l'ordre. Il aimait savoir à quoi s'en tenir. Tout chez cette femme dénotait une certaine… absence de limites, qui le rendait nerveux.

En remontant l'allée, il les entendit parler derrière la porte entrebâillée, leurs voix portant facilement dans le petit jardin.

— Je vais lui dire non.

— Tu ne peux pas refuser, Jess ! protesta le garçon. Pourquoi tu ferais ça ?

— Parce que c'est trop compliqué. Je travaille pour lui.

— Tu nettoies sa maison. C'est différent.

— Et puis on ne le connaît même pas. Après ça, comment veux-tu que j'apprenne à Tanzie à ne pas monter dans la voiture d'un inconnu ?

— Il a des lunettes. Il n'a pas vraiment une tête de tueur en série.

— Des lunettes ? Dis ça aux victimes de Dennis Nilsen. Et de Harold Shipman.

— Tu connais beaucoup trop de serial killers. Et s'il tente quoi que ce soit, on lui lâchera Norman dessus.

— Mais bien sûr… Norman a toujours tellement bien protégé la famille…

— Mais ça, M. Nicholls ne le sait pas, pas vrai ?

— Écoute, c'est juste un pauvre type qui s'est laissé entraîner dans le drame d'hier soir. Il est évident qu'il n'a aucune envie de nous emmener. On va… on va l'annoncer gentiment à Tanzie.

Tanzie. Ed la regarda courir dans le jardin, ses longs cheveux voletant derrière elle. Il regarda Norman revenir d'un pas lourd vers la porte d'entrée, mi-chien mi-yack, laissant une intermittente traînée de bave derrière lui.

—Je le fatigue un peu pour qu'il dorme pendant le voyage, dit la fillette en apparaissant devant lui, rouge et essoufflée.

—Très bien.

—Je suis vraiment très bonne en maths, vous savez. On va à une olympiade pour que je gagne l'argent pour m'inscrire dans une école où je pourrai faire des maths niveau terminale. Vous savez c'est quoi mon nom, converti en binaire?

Il la dévisagea.

—Tanzie, c'est ton nom complet?

—Non. Mais c'est comme ça qu'on m'appelle.

—Bon. D'accord. 01010100 01100001 01101110 01111010 01101001 01100101.

—Vous avez dit 101 à la fin? Ou 001?

—101.

Autrefois, il jouait souvent à ce petit jeu avec Ronan.

—Waouh! Vous avez bon!

Elle passa devant lui et poussa la porte d'entrée.

—Je ne suis jamais allée en Écosse. Nicky n'arrête pas de me dire que c'est infesté de meutes de moutons sauvages. Mais ce n'est pas vrai, hein?

—À ma connaissance, ils sont tous apprivoisés.

Tanzie le scruta un moment. Puis elle lui adressa un sourire rayonnant.

Ed comprit qu'il allait partir en Écosse.

Les deux femmes se turent lorsqu'il passa la porte. Sous leurs yeux incrédules, il prit un sac dans chaque main.

—J'ai quelques affaires à aller chercher avant qu'on parte, dit-il. Et vous avez oublié Gary Ridgway, le tueur de Green River. Mais ne vous en faites pas : ces trois-là étaient myopes, et je suis hypermétrope.

Ils mirent une demi-heure à quitter la ville. Les feux de circulation étaient en panne au sommet de la colline, ce qui, associé à la circulation des vacances de Pâques, faisait rouler la file de voitures à une allure d'escargots en colère. Jess, assise sur le siège passager, était plongée dans un silence gêné, les mains serrées entre les cuisses.

Ed avait mis la climatisation, mais ça ne suffisait pas à couvrir l'odeur du chien. Il l'éteignit donc et ouvrit les quatre fenêtres. Tanzie ne cessait de jacasser :

« Vous êtes déjà allé en Écosse ? »

« De quelle ville vous venez ? »

« Vous avez une maison là-bas ? »

« Alors pourquoi vous restez ici ? »

Il avait du travail. C'était plus simple que de répondre : « J'attends un procès qui m'enverra peut-être en prison pendant sept longues années. »

— Vous avez une femme ?

— Plus maintenant.

— Vous l'avez trompée ?

— Tanzie ! intervint Jess.

Il cligna des yeux, surpris par la question. Puis jeta un coup d'œil dans le rétroviseur.

— Non.

— Dans le *Jeremy Kyle Show*, les gens se trompent tout le temps les uns les autres. Des fois, ils ont un bébé et ils doivent faire un test A.D.N. Le plus souvent, quand le test est positif, la femme a l'air de vouloir frapper quelqu'un. Mais la plupart du temps, elles se mettent juste à pleurer.

Tanzie regarda par la fenêtre en plissant les yeux.

— Elles sont un peu folles, ces femmes-là, poursuivit-elle. Parce que leurs maris ont tous eu un bébé avec une autre. Ou bien ils ont eu des tas de maîtresses. Du coup, statistiquement, les chances qu'ils recommencent sont extrêmement élevées. Mais elles n'ont jamais l'air de penser aux statistiques.

— Je ne regarde pas vraiment Jeremy Kyle, répliqua-t-il distraitement en jetant un coup d'œil au G.P.S.

— Moi non plus. Seulement quand je vais chez Nathalie, quand maman travaille. Elle enregistre l'émission pendant qu'elle fait le ménage pour la regarder le soir. Elle a quarante-sept épisodes sur son disque dur.

— Tanzie! l'interrompit Jess. M. Nicholls a besoin de se concentrer.

— Ça va, dit-il.

Jess s'entortillait les cheveux entre les doigts. Elle avait remonté les pieds sur le siège. Ed détestait les gens qui mettaient les pieds sur les sièges. Même s'ils enlevaient leurs chaussures.

— Alors pourquoi votre femme vous a-t-elle quitté?

— Tanzie!

— Quoi? Je suis seulement polie. Tu dis toujours que faire la conversation, c'est la moindre des politesses.

— Je suis désolée, s'excusa Jess.

— Ce n'est rien. Vraiment.

Il répondit à Tanzie en la regardant dans le rétroviseur:

— Elle trouvait que je travaillais trop.

— Elles ne disent jamais ça dans *Jeremy Kyle*.

La circulation se fluidifia à l'entrée de la quatre voies. C'était une belle journée et Ed était tenté de prendre la route côtière, mais il ne voulait pas se retrouver de nouveau coincé dans les bouchons. Le chien gémissait, le garçon était penché sur sa console, très concentré, et Tanzie s'était tue. Il alluma la radio et, pendant une minute ou deux, se surprit à penser que tout allait bien se passer. S'il n'y avait pas trop d'embouteillages, ce ne serait qu'une journée de vacances où il pourrait un peu oublier sa vie. Et c'était toujours mieux qu'être coincé à la maison.

— Le G.P.S. indique que s'il n'y a pas de bouchons, on y sera dans huit heures, dit-il.

— Par l'autoroute ?

— Euh… oui. Même une Audi de luxe ne peut pas voler.

Il tenta un sourire, pour lui montrer qu'il plaisantait, mais Jess resta sérieuse.

— Euh… Il va y avoir un petit problème…

— Un problème ?

— Tanzie est malade quand on roule trop vite.

— Vite comment ? Cent vingt kilomètres-heure ? Cent trente ?

— Euh… plutôt quatre-vingts. Peut-être même soixante-dix.

Ed jeta un coup d'œil dans le rétroviseur. Était-ce le fruit de son imagination, ou la fillette avait-elle légèrement pâli ? Elle regardait fixement par la fenêtre, la main posée sur la tête du chien.

— Soixante-dix ?

Il ralentit.

— Vous plaisantez ? Vous êtes en train de me dire qu'on va devoir aller en Écosse par les départementales ?

— Non. Enfin, oui, peut-être. On ne sait jamais, ça lui est peut-être passé. Mais elle ne voyage pas souvent en voiture et on a eu de gros problèmes avec ça, et… je n'ai pas envie de salir votre belle voiture.

Ed jeta un nouveau regard dans le rétroviseur.

— On ne peut pas emprunter les petites routes, c'est ridicule ! Ça nous prendrait des jours ! Mais ça devrait aller, cette voiture est toute neuve. Elle a des suspensions incroyables. Personne n'est jamais malade dedans.

— Vous n'avez pas d'enfants, pas vrai ? demanda-t-elle en regardant droit devant elle.

— Pourquoi cette question ?

— Pour rien…

Il leur fallut une bonne demi-heure pour désinfecter et shampouiner la banquette arrière, et même après ça, Ed ne pouvait passer la tête dans l'habitacle sans y déceler de légers relents de vomi. Pour le nettoyage, Jess avait emprunté une bassine dans une station-service et s'était servie du shampooing qu'elle avait déniché dans le sac de Tanzie. Nicky s'était installé sur l'accotement, dissimulé sous une paire d'immenses lunettes de soleil, et Tanzie s'était assise à côté du chien, serrant contre sa bouche un mouchoir roulé en boule.

— Je suis désolée, ne cessait de répéter Jess, la mâchoire serrée, les manches de sa chemise roulées sur les bras.

— Ce n'est pas grave. C'est vous qui nettoyez.

— Je la ferai lessiver à mes frais une fois qu'on sera rentrés.

Il haussa un sourcil. Il venait d'étaler un sac-poubelle sur la banquette pour que les enfants ne se mouillent pas en se rasseyant.

— Bon, d'accord, je le ferai moi-même, soupira-t-elle. De toute façon, ça sentira meilleur.

Quelque temps plus tard, ils remontèrent en voiture. Personne ne fit la moindre remarque sur l'odeur. Ed s'assura que sa vitre était ouverte au maximum et entreprit de reprogrammer le G.P.S.

—Bon, dit-il. L'Écosse. Par les départementales. Glasgow ou Édimbourg ? demanda-t-il en appuyant sur le bouton « destination ».

—Aberdeen.

Il lança à Jess un long regard dépité.

—Aberdeen. Évidemment.

Il regarda droit devant lui, essayant de ne pas laisser le désespoir percer dans sa voix :

—Tout le monde va bien ? On a de l'eau ? Du plastique sur les sièges ? Les sacs à vomi sont en place ? Très bien. C'est reparti !

En reprenant la route, Ed entendait la voix de sa sœur résonner à son oreille.

Ha ha ha ! Bien fait pour toi, Ed !

Il se mit à pleuvoir un peu après Portsmouth. Ed suivait les routes de campagne, évitant soigneusement de dépasser les soixante kilomètres-heure, sentant sur son visage le léger crachat des gouttes d'eau qui entraient par les quelques centimètres de fenêtre qu'il n'avait pu se résoudre à fermer. Il se rendait compte qu'il devait se concentrer en permanence pour ne pas appuyer trop fort sur l'accélérateur. C'était une frustration constante de rouler à cette allure, comme avoir une démangeaison dans un endroit qu'on ne pouvait gratter. En désespoir de cause, il finit par allumer le régulateur de vitesse.

À cette allure, il eut le temps d'observer Jess en douce. Elle restait silencieuse, évitant soigneusement de croiser son regard, comme s'il avait fait quelque chose pour la contrarier. Il se souvint de son attitude lorsqu'elle l'avait pris à partie dans son entrée, réclamant son argent, le menton levé – elle était vraiment très petite. Et elle semblait toujours le prendre pour un connard. *Courage*, se dit-il. *Deux jours, trois maximum. Après, tu n'auras plus à la revoir.*

—Et donc… vous faites le ménage dans beaucoup de maisons ?

—Oui, répondit-elle avec un léger froncement de sourcils.

—Vous avez beaucoup de clients réguliers ?

—Seulement des résidences secondaires.

—Est-ce que… Est-ce que c'est quelque chose que vous aviez envie de faire ?

—Vous me demandez si j'ai toujours rêvé de devenir femme de ménage ? demanda-t-elle en haussant un sourcil, ne semblant pas en croire ses oreilles. Euh… non. Je voulais être plongeuse professionnelle. Mais j'ai eu Tanzie et je n'ai pas réussi à faire flotter le landau.

—OK, question stupide.

Elle se frotta le nez.

—Ce n'est pas un boulot de rêve, non. Mais ça va. Ça me laisse le temps de m'occuper des enfants, et j'apprécie la plupart des gens chez qui je travaille.

La plupart.

—Vous arrivez à en vivre ?

Elle se tourna brusquement vers lui.

—Qu'est-ce que vous voulez dire par là ?

—Rien de plus que ce que j'ai dit. Vous arrivez à en vivre ? Est-ce que c'est bien payé ?

Elle détourna les yeux.

—On s'en sort.

—Non, ce n'est pas vrai, objecta Tanzie dans son dos.

—Tanzie !

—Tu dis toujours qu'on n'a pas d'argent.

—C'est une façon de parler, rétorqua Jess, rougissante.

—Et vous, vous faites quoi dans la vie, monsieur Nicholls ? demanda Tanzie.

—Je travaille dans une entreprise qui crée des logiciels. Tu sais ce qu'est un logiciel ?

—Oui, bien sûr.

Nicky leva la tête. Dans le rétroviseur, Ed le vit enlever ses écouteurs. Lorsque le garçon croisa son regard, il détourna les yeux.

—Vous créez des jeux ?

—Non, pas de jeux.

—Quoi, alors ?

—Eh bien, depuis quelques années, on travaille sur un logiciel qui pourrait constituer le premier pas vers une société sans argent liquide.

—Ça marcherait comment ?

—C'est très simple : lorsque tu fais tes courses ou que tu paies une facture, tu te sers de ton portable, avec une sorte de code-barres numérique, et pour chaque transaction, tu paies une toute petite somme, comme 0,01 livre.

—Donc il faudrait payer pour payer ? demanda Jess. Personne ne voudra de ça.

—C'est là que vous vous trompez. Ça plaira aux banques, évidemment. Mais ça plaira aussi aux commerçants, qui apprécieront qu'un système unique de paiement remplace les cartes, le liquide, les chèques… Et ça plaira au consommateur, qui paiera moins par transaction qu'avec une carte de crédit. Tout le monde en profite.

—Tout le monde ne se sert pas d'une carte de crédit.

—Alors ce sera seulement relié à votre compte en banque. Vous n'aurez rien à faire.

—Et donc, si toutes les banques et tous les commerces adoptent ce système, on n'aurait plus le choix.

—C'est une vision à très long terme.

Il y eut un court silence. Jess remonta les genoux sous son menton et les entoura de ses bras.

— Donc en gros, les riches deviennent plus riches – les banques et les commerçants – et les pauvres plus pauvres.

— En théorie, peut-être. Mais c'est là qu'est l'astuce : la somme déboursée sera si infime que vous ne la remarquerez même pas. Et ce sera très pratique.

Jess marmonna quelque chose qu'il ne comprit pas.

— Combien vous avez dit que ça ferait ? demanda Tanzie.

— Un penny par transaction.

— Pour combien de transactions par jour ?

— Vingt ? Cinquante ? Ça dépend.

— Donc ça fait 50 pence par jour.

— Exactement. Autant dire rien du tout.

— Trois livres cinquante par semaine, dit Jess.

— Cent quatre-vingt-deux livres par an, renchérit Tanzie. Sauf en cas d'année bissextile.

— Grand maximum. Même vous, vous ne pouvez pas dire que ça fait beaucoup.

Jess se retourna sur son siège.

— Qu'est-ce qu'on peut se payer avec 182 livres, Tanzie ?

— Deux pantalons pour l'école, quatre chemises, une paire de chaussures. Un survêtement et cinq paires de chaussettes blanches. Si on les achète au supermarché, ça fait 85,97 livres. Avec les cent livres qui restent, on fait 9,2 jours de courses alimentaires, plus ou moins selon si on invite quelqu'un et si maman achète une bouteille de vin. De la marque du supermarché.

Tanzie marqua une pause.

— Ou bien un mois d'impôts locaux pour une propriété de catégorie D. On est bien en catégorie D, maman ?

— Oui. À moins que notre catégorie soit réévaluée.

— Ou trois jours de vacances hors saison au village de vacances du Kent. Cent soixante-quinze livres TTC. C'est là qu'on est allés l'an dernier, ajouta-t-elle en passant la tête entre les sièges avant. On a eu une nuit gratuite parce que maman a reprisé les rideaux. Et il y avait un toboggan aquatique.

Il y eut un nouveau silence.

Ed s'apprêtait à prendre la parole quand la tête de Tanzie apparut de nouveau entre les sièges :

— Ou tout un mois de ménage d'une maison de quatre chambres, avec lessive des draps et des serviettes, aux tarifs actuels de maman. Ça fait 3 heures de ménage et 1,3 heure de lessive, précisa-t-elle avant de se rasseoir, apparemment satisfaite.

Ils poursuivirent en silence sur quelques kilomètres, tournèrent à droite à un carrefour, puis à gauche sur une route étroite. Ed voulait dire quelque chose, mais il resta sans voix. Derrière lui, Nicky remit ses écouteurs. Le soleil disparut quelques secondes derrière un nuage.

— Enfin, dit Jess en posant ses pieds nus sur le tableau de bord et en se penchant en avant pour allumer l'autoradio, on espère quand même que vous ferez du bon travail, hein ?

12

JESS

La grand-mère de Jess disait souvent que la clé pour une vie heureuse, c'était d'avoir la mémoire courte. Bien sûr, c'était avant qu'elle perde la tête et commence à oublier où elle habitait, mais Jess comprenait son point de vue. Elle devait oublier ce rouleau de billets. Elle n'allait jamais supporter de rester coincée dans une voiture avec M. Nicholls si elle s'autorisait à trop y songer. Autrefois, Marty lui disait toujours qu'elle était la plus mauvaise menteuse au monde : ses sentiments se lisaient sur son visage. Des aveux complets allaient lui échapper dans les heures à venir. C'était ça ou devenir folle et commencer à arracher la mousse des sièges avec ses ongles.

Assise dans la voiture, elle se laissait bercer par le jacassement incessant de Tanzie et se répétait qu'elle trouverait un moyen de le rembourser. Elle prélèverait la somme sur les gains de sa fille. Elle trouverait une solution. En attendant, elle devait simplement échanger avec lui des banalités quelques heures par jour.

De temps en temps, elle jetait un coup d'œil aux enfants assis sur la banquette arrière.

Qu'est-ce que j'aurais pu faire d'autre ? se demandait-elle.

Ça n'aurait pas dû être aussi difficile de s'installer confortablement et profiter du voyage. Les routes de campagne étaient bordées de fleurs sauvages, et lorsque la pluie cessa, les nuages s'écartèrent pour laisser place à un ciel bleu azur digne d'une carte postale des années 1950. Tanzie n'était plus malade, et à chaque kilomètre qui passait, ses oreilles semblaient s'éloigner un peu plus de ses épaules. Jess se rendait compte à présent que cela faisait des mois qu'elle ne s'était pas réellement détendue. Des mois que sa vie était bercée par la lancinante mélodie de ses inquiétudes : que préparaient les Fisher ? Que se passait-il dans la tête de Nicky ? Qu'allait-elle faire pour Tanzie ? Et la sinistre percussion qui rythmait le tout : l'argent, l'argent, l'argent.

— Ça va ? demanda M. Nicholls.

Tirée de ses pensées, Jess murmura :

— Ça va, merci.

Ils hochèrent la tête, gênés. Lui non plus ne s'était pas détendu. C'était évident à la façon dont il contractait la mâchoire et dont ses mains étaient crispées sur le volant. Jess ne savait pas ce qui lui avait pris de les conduire jusqu'en Écosse, mais elle était certaine qu'il regrettait sa décision.

— Euh… C'est possible que vous arrêtiez de tapoter ?

— De tapoter ?

— Avec vos pieds. Sur le tableau de bord.

Elle regarda ses pieds.

— Ça me déconcentre, expliqua-t-il.

— Vous voulez que j'arrête de tapoter ?

Il garda les yeux rivés sur le pare-brise.

— Oui. S'il vous plaît.

Elle redescendit les pieds, mais elle ne se sentait pas à l'aise. Au bout d'un moment, elle les remonta pour les caler sous elle, sur le siège. Elle posa la tête contre la vitre.

— Votre main.

— Quoi ?

— Votre main. Vous tapotez votre genou.

Elle ne s'en était même pas rendu compte.

— Vous voulez que je reste totalement immobile pendant que vous conduisez ?

— Ce n'est pas ce que je dis. Mais les tapotements m'empêchent de me concentrer.

— Vous ne pouvez pas conduire si je bouge une seule partie de mon corps ?

— Ce n'est pas ça.

— Alors quoi ?

— Les tapotements. Je trouve ça… exaspérant.

Jess prit une profonde inspiration.

— Les enfants, que personne ne bouge. OK ? Il ne faut pas énerver M. Nicholls.

— Les enfants ne font pas ça, rétorqua-t-il doucement. Il n'y a que vous, en fait.

— C'est vrai que tu t'agites beaucoup, maman.

— Merci, Tanzie.

Jess croisa les mains devant elle. Elle serra les dents et se concentra pour rester parfaitement immobile. Elle ferma les yeux et tenta de se vider l'esprit de toute pensée négative : l'argent, la voiture de Marty et ses inquiétudes pour les enfants. Elle se détacha autant que possible de ces préoccupations. Et alors que la brise entrant par la fenêtre ouverte passait sur son visage et que la musique lui emplissait les oreilles, l'espace d'un instant, elle se sentit comme une femme dont la vie n'aurait rien à voir avec la sienne.

Ils s'arrêtèrent pour dîner dans un pub à la périphérie d'Oxford et poussèrent des soupirs de soulagement en sortant de la voiture, se faisant craquer les articulations et étirant leurs jambes engourdies. M. Nicholls disparut dans le pub, et Jess s'assit à une table de pique-nique pour déballer les sandwichs qu'elle avait préparés à la hâte au matin, quand il s'était avéré que contre toute attente, il allait les emmener.

— De la pâte à tartiner Marmite ? s'écria Nicky, dégoûté, en écartant deux tranches de pain.

— J'étais pressée.

— On n'a rien d'autre ?

— De la confiture.

Il poussa un soupir et plongea la main dans le sac à pique-nique. Tanzie, assise de l'autre côté de la table, était déjà perdue dans ses exercices de maths. Elle n'avait pas pu les lire dans la voiture parce que cela lui donnait la nausée, mais elle voulait profiter de la moindre occasion pour travailler. Jess la regarda griffonner des équations sur son cahier d'exercices, très concentrée, et se demanda pour la centième fois de quelle planète elle débarquait.

— Et voilà, dit M. Nicholls en revenant avec un plateau. Je me suis dit qu'on pouvait tous prendre une boisson.

Il fit glisser vers les enfants deux bouteilles de coca.

— Je ne savais pas ce que vous aimiez, expliqua-t-il à Jess, donc j'ai pris une petite sélection.

Il avait ramené une bouteille de bière italienne, quelque chose qui ressemblait à un demi de cidre, un verre de vin blanc, un coca, une limonade et une bouteille de jus d'orange. Il avait pris pour lui une eau minérale. Au milieu du plateau se dressait une petite montagne de chips de différentes saveurs.

— Vous avez acheté tout ça ?

— Il y avait beaucoup de queue, je ne pouvais pas revenir vous demander ce que vous vouliez.

— Je… je n'ai pas assez de monnaie.

— Oh, ça va, ce n'est qu'un verre. Ce n'est pas comme si je vous offrais une maison.

À cet instant, son portable se mit à sonner. Il décrocha et partit d'un pas vif à l'autre bout du parking, sa main libre plaquée sur la nuque.

— Tu veux que je lui demande s'il a envie d'un de nos sandwichs ? proposa Tanzie.

Jess le regarda s'éloigner, une main plongée au fond de sa poche, jusqu'à ce qu'il soit hors de vue.

— Pas maintenant, dit-elle.

Nicky se taisait. Lorsqu'elle lui demanda où il avait le plus mal, il marmonna qu'il allait bien.

— Tout va s'arranger, lui promit Jess en lui tendant la main. Vraiment. On va prendre une pause, s'occuper de Tanzie et faire des projets. Parfois, on a besoin de s'éloigner un peu pour trier tout ce qu'on a dans la tête. Et alors, tout devient plus clair.

— Je ne pense pas que le problème vienne de ce que j'ai dans la tête.

Elle lui donna ses analgésiques et le regarda les avaler avec une gorgée de coca.

Puis il partit promener le chien, le dos voûté, traînant les pieds. Elle se demanda s'il avait des cigarettes. Il était d'une humeur massacrante depuis que sa Nintendo était tombée en panne de batterie, trente kilomètres plus tôt. Jess n'était pas certaine qu'il sache comment s'occuper l'esprit quand il n'était pas chirurgicalement attaché à une console de jeu.

Elles le regardèrent s'éloigner en silence.

Jess songea à la manière dont ses rares sourires s'étaient encore raréfiés, à sa méfiance, à sa vulnérabilité. Elle se souvint de son visage résigné, inexpressif, dans sa chambre d'hôpital. Qui avait dit qu'une mère ne pouvait être plus heureuse que son enfant le plus malheureux ?

Tanzie se pencha sur ses papiers.

— Quand j'aurai l'âge de Nicky, je crois que j'irai vivre ailleurs.

Jess la dévisagea :

— Quoi ?

— Je pense que je pourrais aller vivre dans une université. Je n'ai pas envie de grandir dans le même quartier que les Fisher.

Elle inscrivit un chiffre sur son cahier, puis effaça une décimale et la remplaça par un quatre.

— Ils me font un peu peur, ajouta-t-elle d'une petite voix.

— Les Fisher ?

— J'ai fait un cauchemar avec eux.

Jess avala sa salive.

— Tu n'as pas à avoir peur, dit-elle. Ce ne sont que des idiots. Des lâches. Des rien du tout.

— Ils n'ont pas l'air d'être rien du tout.

— Tanzie, je vais trouver un moyen de les arrêter. D'accord ? Tu n'as pas besoin de faire des cauchemars. Je vais tout arranger.

Elles restèrent assises sans mot dire. La route était silencieuse, à l'exception du ronflement lointain d'un tracteur. Des oiseaux tournoyaient au-dessus de leurs têtes dans un ciel d'un bleu infini. M. Nicholls revenait lentement vers elles. Il s'était redressé, comme s'il venait de prendre une ferme décision, et tenait son téléphone au creux de la main. Jess se frotta les yeux.

— Je crois que j'ai fini mes équations complexes. Tu veux voir ?

Tanzie lui tendit une feuille remplie de chiffres. Jess regarda le joli visage ouvert et confiant de la fillette. Elle se pencha sur elle et lui redressa ses lunettes.

149

— Oui, dit-elle avec un grand sourire. J'adorerais jeter un coup d'œil.

L'étape suivante de leur voyage leur prit deux heures et demie. M. Nicholls reçut deux coups de fil durant le trajet, le premier d'une femme nommée Gemma, à qui il raccrocha au nez (son ex-femme?) et le second visiblement en rapport avec son travail. Une femme à l'accent italien l'appela juste au moment où ils s'arrêtaient dans une station essence, et aux mots «Eduardo chéri», M. Nicholls arracha son téléphone du support mains libres et sortit près de la pompe.

— Non, Lara, soupira-t-il en leur tournant le dos. On en a déjà parlé… Eh bien ton avocat se trompe… Non, me comparer à un homard n'y changera rien!

Nicky dormit pendant une heure, ses cheveux d'un noir bleuté retombant sur sa pommette enflée, l'air serein dans son sommeil. Tanzie chantonnait doucement en caressant le chien. Ce dernier dormait également, lâchant des pets sonores qui empestaient la voiture. Personne ne s'en plaignit : ça avait au moins l'avantage de masquer les relents de vomi.

— Est-ce que les enfants ont besoin de manger quelque chose? demanda M. Nicholls lorsqu'ils arrivèrent enfin en périphérie d'une grande ville.

De hauts immeubles de bureaux ponctuaient chaque kilomètre, leurs façades flambant neuves portant des noms dont Jess n'avait jamais entendu parler : *Accyss*, *Technologica*, *Avanta*… Les rues étaient bordées d'interminables étendues de parkings. Il n'y avait pas le moindre piéton en vue.

— On peut chercher un McDonald's, proposa Ed. Il doit y en avoir des tas, par ici.

— On ne va jamais au McDonald's, dit Jess.

— Vous n'allez jamais au McDonald's?

— Non. Je peux le répéter, si vous voulez : on ne va jamais au McDonald's.

— Vous êtes végétarienne ?

— Non. On ne pourrait pas simplement trouver un supermarché ? Je vais faire des sandwichs.

— Si c'est une question d'argent, le McDonald's devrait nous coûter moins cher.

— Ce n'est pas une question d'argent.

Jess ne pouvait pas lui dire qu'en tant que parent isolé, il y avait certaines choses qu'elle ne pouvait pas faire. En gros, tout ce à quoi les gens s'attendaient de la part d'une mère célibataire : demander des allocations, fumer, vivre dans un H.L.M., nourrir ses enfants à base de McDonald's. S'il y avait certaines choses auxquelles elle ne pouvait échapper, elle s'arrangeait pour éviter les autres.

Il poussa un soupir, le regard rivé droit devant lui.

— D'accord, bon, on peut commencer par chercher un hôtel, puis on verra s'ils ont un restaurant.

— J'avais prévu de dormir dans la voiture.

M. Nicholls s'arrêta sur le bord de la route et se tourna vers elle.

— Dormir dans la voiture ?

— On a Norman, expliqua-t-elle plus sèchement que nécessaire, en colère d'être aussi mal à l'aise. Aucun hôtel ne va l'accepter. On sera très bien ici.

Il sortit son portable et se mit à taper sur l'écran.

— Je vais trouver un endroit qui accepte les chiens. Il doit bien y en avoir un quelque part, même si on doit aller un peu plus loin.

Elle se sentit rougir.

— En fait, je préférerais que vous vous absteniez.

Il continua à pianoter sur son écran.

— Vraiment. On... on n'a pas d'argent pour l'hôtel.

Le doigt de M. Nicholls se figea sur son portable.

—C'est de la folie. Vous ne pouvez pas dormir dans ma voiture.

—Ce n'est que pour quelques nuits. Ça va aller. On aurait dormi dans la Rolls. C'est pour ça que j'ai pris des sacs de couchage.

Tanzie les observait depuis la banquette arrière.

—J'ai un budget journalier. Et j'aimerais m'y tenir. Si ça ne vous dérange pas. Douze livres par jour pour la nourriture. Maximum.

Il la dévisagea comme si elle était folle.

—Mais ça ne vous empêche pas de vous prendre une chambre, ajouta-t-elle.

Elle ne voulait pas lui dire qu'en fait, elle préférerait qu'il en prenne une.

—C'est idiot, dit-il enfin.

Ils roulèrent en silence sur encore quelques kilomètres. M. Nicholls semblait bouillonner intérieurement. Étrangement, Jess préférait ça. Et si Tanzie se débrouillait aussi bien que tout le monde semblait le croire à cette olympiade, ils pourraient dépenser une partie de ses gains en billets de train. La perspective de se séparer de M. Nicholls lui provoqua un tel regain de bonne humeur qu'elle ne dit rien lorsqu'il s'arrêta devant l'hôtel.

—Je reviens dans une minute, dit-il avant de traverser le parking.

Il avait emporté les clés de voiture, les faisant cliqueter nerveusement dans sa main.

—Est-ce qu'on dort à l'hôtel ? demanda Tanzie en se frottant les yeux.

—M. Nicholls va y dormir. Nous, on reste dans la voiture. Ce sera une super aventure !

Il y eut un bref silence.

—Super! grinça Nicky.

Jess savait qu'il n'était pas bien installé. Mais elle ne pouvait rien y faire.

—Nicky, tu peux t'allonger sur la banquette arrière. Tanzie et moi, on va dormir à l'avant. Ce sera très bien.

M. Nicholls ressortit, la main levée en visière pour s'abriter les yeux des rayons du soleil couchant. Elle remarqua qu'il portait exactement les mêmes vêtements que ce soir-là au bar.

—Il leur reste une chambre. Avec des lits jumeaux. Vous pouvez la prendre, je vais voir si je peux trouver autre chose un peu plus loin.

—Oh, non. Je vous l'ai dit. Je ne peux rien accepter de plus de votre part.

—Je ne le fais pas pour vous. Je le fais pour vos enfants.

—Non, répéta-t-elle en tentant d'avoir l'air un peu plus diplomate. C'est gentil, mais on sera très bien ici.

Il se passa la main dans les cheveux.

—Vous savez quoi? Je ne peux pas dormir dans une chambre d'hôtel en sachant qu'un jeune garçon qui vient de sortir de l'hôpital dort à l'arrière d'une voiture à moins de dix mètres de moi. Nicky peut prendre l'autre lit.

—Non, dit-elle par réflexe.

—Pourquoi?

Elle ne put lui répondre. Il fronça les sourcils.

—Je ne suis pas un pervers, si c'est ça qui vous fait peur.

—Ce n'est pas ce que j'ai dit.

—Alors pourquoi ne pas laisser votre fils partager ma chambre? Il est aussi grand que moi, bon sang!

Jess rougit.

—Il a eu des ennuis dernièrement. J'ai besoin de garder un œil sur lui.

—C'est quoi, un pervers? demanda Tanzie.

—Je pourrais en profiter pour recharger ma console, dit Nicky depuis la banquette arrière.

—Vous savez quoi? lâcha M. Nicholls. Cette conversation est ridicule. J'ai faim. Je vais chercher quelque chose à manger. Nicky, tu veux dormir dans la voiture ou à l'hôtel? ajouta-t-il en passant la tête par la portière.

Nicky jeta à Jess un regard de travers.

—À l'hôtel. Et moi non plus, je ne suis pas un pervers.

—Et moi, je suis un pervers? demanda Tanzie.

—D'accord, dit M. Nicholls. C'est réglé. Nicky et Tanzie dorment à l'hôtel. Jess, vous pouvez dormir par terre dans la chambre.

—Mais je ne peux pas vous laisser nous payer une nuit d'hôtel et vous forcer à dormir dans la voiture! Surtout que le chien va passer la nuit à hurler. Il ne vous connaît pas.

M. Nicholls leva les yeux au ciel. Visiblement, il était à bout de patience.

—Très bien. Les enfants dorment à l'hôtel, et je dors dans la voiture avec vous et le chien. Et tout le monde est content.

Il ne semblait pas content du tout.

—Je n'ai jamais dormi à l'hôtel. Est-ce que j'ai déjà dormi à l'hôtel, maman?

Il y eut un bref silence. Jess sentait la situation lui échapper.

—Je m'occuperai de Tanzie, dit Nicky.

Il semblait plein d'espoir. Son visage, là où il n'était pas blessé, avait pris une teinte cireuse.

—Et j'ai bien besoin de prendre un bain, ajouta-t-il.

—Tu vas me lire une histoire?

—Seulement s'il y a des zombies dedans, répliqua-t-il avec un demi-sourire.

— Bon, d'accord, soupira Jess en essayant de réprimer la vague de nausée qui l'assaillait.

La supérette était tapie dans l'ombre d'un supermarché, la vitrine couverte de points d'exclamation fluorescents et d'offres promotionnelles pour des croquettes de poisson et des sodas. Jess acheta des petits pains et du fromage, des chips et des pommes à un prix exorbitant, puis prépara aux enfants un dîner de pique-nique qu'ils mangèrent sur la pente herbue qui longeait le parking. De l'autre côté, sur la route, les voitures se succédaient en vrombissant, filant vers le sud dans une brume violette. Jess offrit à M. Nicholls une portion de leur repas. Il jeta un coup d'œil dans son sac, la remercia mais lui indiqua qu'il mangerait au restaurant.

Dès qu'il fut hors de vue, Jess se détendit. Elle installa les enfants dans leur chambre, un peu mélancolique à l'idée de ne pas pouvoir rester avec eux. La chambre était située au rez-de-chaussée, juste en face du parking. Elle avait demandé à M. Nicholls de se garer aussi près que possible de la fenêtre, et Tanzie l'avait fait ressortir trois fois pour pouvoir lui faire des petits signes à travers le rideau et écraser son nez sur la vitre.

Nicky disparut dans la salle de bains pendant une bonne heure, laissant couler les robinets. Puis il sortit, alluma la télévision et s'étendit sur le lit, l'air à la fois épuisé et relaxé.

Jess lui donna ses cachets, fit prendre son bain à Tanzie et la fit mettre en pyjama. Avant de partir, elle leur rappela de ne pas rester debout trop tard.

— Et on ne fume pas, ajouta-t-elle. J'espère m'être bien fait comprendre.

— Comment je pourrais fumer ? répliqua Nicky. C'est toi qui as ma came.

Tanzie, couchée sur le côté, feuilletait ses manuels de maths. Jess nourrit le chien et partit le promener, puis s'assit dans la voiture côté passager, la portière ouverte, et mangea un petit pain au fromage en attendant que M. Nicholls ait fini de dîner.

Quand il fit son apparition, il était 20 h 45 et Jess peinait à lire un journal dans la lumière mourante du soir. Il tenait son téléphone d'une manière qui suggérait qu'il venait de répondre à un nouvel appel, et semblait aussi heureux de la voir qu'elle l'était de le retrouver. Il ouvrit la portière, entra et la referma.

— J'ai demandé à la réception de m'appeler si quelqu'un annule une réservation, déclara-t-il en regardant droit devant lui, à travers le pare-brise. Évidemment, je ne leur ai pas dit que j'attendrai dans leur parking.

Norman s'était aplati sur le macadam, comme s'il venait de tomber du troisième étage. Jess se demanda si elle devait le faire entrer. Sans les enfants à l'arrière, et avec la pénombre qui s'installait, elle était encore plus gênée à l'idée de se trouver dans une voiture à côté de M. Nicholls.

— Les enfants vont bien ?

— Ils sont très contents. Merci.

— Votre fils a l'air de s'être fait sacrément tabasser.

— Il va s'en remettre.

Il y eut un long silence. Il la regarda, posa les deux mains sur le volant et se renversa sur le dossier de son siège. Puis il se frotta les yeux du dos de la main et se tourna vers elle.

— OK… Est-ce que j'ai fait quelque chose pour vous contrarier ?

— Quoi ?

— Vous vous êtes comportée toute la journée comme si ma présence vous insupportait. Je me suis excusé pour ce qui s'est passé au bar l'autre soir. Je fais mon possible pour vous aider, et pourtant, j'ai toujours l'impression d'avoir fait quelque chose de travers.

— Vous… vous n'avez rien fait de mal, balbutia-t-elle.

Il la considéra un instant.

— Est-ce que vous me faites le coup de ces femmes qui vous disent « Tout va bien » alors qu'elles estiment qu'on a fait quelque chose de terrible et qu'on est censé le deviner ? Et qui se mettent très en colère si on ne devine pas ?

— Non.

— Vous voyez, maintenant je ne sais pas. Parce que ce « non » peut faire partie du « Tout va bien ».

— Je ne parle pas un langage codé. Si je dis que tout va bien, c'est que tout va bien.

— Alors est-ce qu'on peut se détendre un peu ? Vous me mettez vraiment mal à l'aise.

— Moi, je vous mets mal à l'aise ? C'est vous qui avez eu l'air de regretter d'avoir proposé de nous emmener dès l'instant où on est entrés dans la voiture. Et même avant, en fait.

La ferme, Jess, se dit-elle. *La ferme. La ferme. La ferme.*

— Je ne sais même pas pourquoi vous l'avez fait.

— De quoi ?

— Rien, répliqua-t-elle en se détournant. Oubliez ça.

Il avait les yeux rivés sur le pare-brise. Brusquement, il eut l'air très, très fatigué.

— En fait, vous pouvez juste nous déposer à la gare demain matin. On ne vous embêtera plus.

— C'est ce que vous voulez ? demanda-t-il.

Elle remonta les genoux contre sa poitrine.

— Je pense que c'est la meilleure chose à faire.

Le ciel était devenu noir autour d'eux. Deux fois, Jess ouvrit la bouche pour parler, mais rien ne vint. M. Nicholls regardait les rideaux fermés de la chambre d'hôtel, apparemment plongé dans ses pensées.

Elle songea à Nicky et Tanzie, paisiblement endormis de l'autre côté, et regretta de ne pas être avec eux. Elle avait envie de vomir. Pourquoi n'avait-elle pas pu faire semblant ? Pourquoi n'avait-elle pas pu être aimable ? Elle était stupide. Elle avait encore tout foutu en l'air.

Il commençait à faire froid. Au bout d'un long moment, elle prit le sac de couchage de Nicky sur la banquette arrière et le lui tendit.

—Tenez, dit-elle.

—Oh, fit-il en contemplant le grand motif Super Mario. Merci.

Elle appela le chien, inclina son siège et s'enroula dans le sac de couchage de Tanzie.

—Bonne nuit.

Les yeux rivés sur l'intérieur pelucheux du sac de couchage, elle respira l'odeur de voiture neuve, l'esprit confus. Où se situait la gare ? Combien allait coûter le voyage ? Ils allaient au moins devoir payer pour une autre nuit d'hôtel. Et qu'allait-elle faire du chien ? Elle entendit le léger ronflement de Norman et songea que jamais elle ne passerait l'aspirateur sur la banquette arrière.

—Il est 21 h 30, dit M. Nicholls, brisant le silence.

Jess ne bougea pas d'un pouce.

—Merde. 21 h 30. Je n'aurais jamais cru dire ça un jour, soupira-t-il, mais c'est encore pire qu'être marié.

—Quoi, est-ce que je respire trop fort ?

Il ouvrit brusquement sa portière.

—Oh, bordel de merde ! explosa-t-il avant de traverser le parking à grandes enjambées.

Jess releva la tête pour le regarder passer en courant de l'autre côté de la route et disparaître dans la supérette.

Il réapparut quelques minutes plus tard armé d'une bouteille de vin et d'un paquet de gobelets en plastique.

— Je me doute que ce vin doit être immonde, dit-il en se rasseyant sur le siège du conducteur, mais pour le moment, je n'en ai rien à cirer.

Elle contempla la bouteille sans mot dire.

— On signe une trêve, Jessica Thomas ? La journée a été longue. Et la semaine merdique. Cette voiture n'est pas assez grande pour deux personnes qui ne se parlent pas.

Il attendit. Il avait le regard fatigué, et une barbe naissante lui ombrait le menton. Ça lui donnait un air étrangement vulnérable.

Elle s'empara d'un gobelet.

— Je suis désolée. Je n'ai pas l'habitude que les gens nous viennent en aide. Ça me…

— Rend soupçonneuse ? Grincheuse ?

— J'allais dire que ça me fait penser que je devrais sortir plus souvent.

Il soupira.

— Très bien, dit-il en baissant les yeux sur la bouteille. Alors… Oh, ce n'est pas vrai !

— Quoi ?

— Je croyais que le bouchon se dévissait, grogna-t-il en fusillant la bouteille du regard comme si elle aussi avait été conçue spécialement pour le contrarier. Super. J'imagine que vous n'avez pas de tire-bouchon ?

— Non.

— Vous croyez que je peux l'échanger ?

— Vous avez gardé le ticket de caisse ?

Il laissa échapper un profond soupir, qu'elle interrompit.

— Laissez, dit-elle en lui prenant la bouteille.

Elle ouvrit sa portière et sortit. Norman leva la tête.

— Vous n'allez pas la fracasser sur mon pare-brise ?

— Non, répondit-elle en arrachant le papier aluminium. Enlevez votre chaussure.

— Quoi?

— Enlevez votre chaussure. Ça ne marchera pas avec mes tongs.

— S'il vous plaît, ne vous en servez pas comme d'un verre. Mon ex l'a fait une fois avec un de ses escarpins, et ça a été vraiment très dur de faire comme si boire ce champagne au jus de chaussette était une expérience érotique.

Elle tendit la main. Il finit par ôter sa chaussure et la lui donner. Devant lui, Jess cala la bouteille de vin dans le talon et, tenant l'ensemble avec précaution, s'approcha du mur de l'hôtel et l'y cogna durement.

— Je suppose que ce n'est pas la peine de vous demander ce que vous êtes en train de faire.

— Attendez une minute, dit-elle entre ses dents avant de cogner une nouvelle fois.

M. Nicholls secoua lentement la tête.

Elle se retourna et le fusilla du regard.

— Vous pouvez aussi essayer d'aspirer le bouchon, si vous préférez.

Il leva la main.

— Non, non. Continuez. Du verre pilé dans mes chaussettes, c'était exactement ce qu'il me manquait pour finir la journée en beauté.

Jess vérifia le bouchon et frappa encore. Et alors… un centimètre de liège jaillit du goulot. *Bang*. Un autre centimètre. Puis elle frappa une dernière fois, extirpa doucement le bouchon et le lui tendit.

Il contempla l'objet d'un regard ébahi, puis leva les yeux sur elle. Elle lui rendit sa chaussure.

— Waouh! Ça peut servir de vous connaître!

— Et je sais aussi monter des étagères, remplacer des lattes de plancher et faire une courroie de ventilateur avec un vieux collant.

— Vraiment ?

— Non, pas pour la courroie de ventilateur.

Elle remonta dans la voiture et accepta le gobelet de vin qu'il venait de lui verser.

— J'ai essayé une fois. Le collant s'est déchiré avant que j'aie pu faire trente mètres. Un vrai gâchis de Marks & Spencer à cinquante deniers. Et la voiture a senti le collant brûlé pendant des semaines, ajouta-t-elle après une gorgée.

Derrière eux, Norman gémit dans son sommeil.

— À la trêve, dit M. Nicholls en levant son verre.

— À la trêve. Vous n'allez pas conduire après ça, j'espère ?

— Pas si vous ne le faites pas.

— Très drôle.

Et soudain, l'atmosphère s'allégea insensiblement.

13

Ed

Voici donc ce que découvrit Ed au sujet de Jessica Thomas lorsque cette dernière eut bu un verre ou deux (ou plutôt quatre ou cinq) et cessé d'être aussi susceptible :

Premièrement, son fils n'était pas son fils. C'était celui de son ex et de l'ex de son ex, et puisque ces deux-là avaient abandonné l'enfant, elle était le seul adulte qui ait voulu de lui.

— C'est très généreux de votre part, dit-il.

— Pas vraiment, répliqua-t-elle. Nicky, je le considère comme mon fils. Il vit chez moi depuis ses huit ans. Il s'occupe de Tanzie. Et puis, de nos jours, presque toutes les familles sont recomposées, non ? ajouta-t-elle avec un air de défi qui lui fit penser qu'elle avait déjà eu cette conversation un bon nombre de fois.

Deuxièmement, la petite fille avait dix ans. Il s'apprêtait à faire un peu de calcul mental, mais Jess l'interrompit avant qu'il puisse dire un mot :

— Dix-sept ans.

— C'est… jeune.

— J'étais une enfant difficile. Je croyais tout savoir. Marty est entré dans ma vie, j'ai arrêté l'école et je suis tombée enceinte. Je n'ai pas toujours eu pour ambition d'être femme de ménage, vous savez. Ma mère était institutrice.

Elle le regardait droit dans les yeux en prononçant ces mots, comme si elle s'attendait à le choquer.

— OK, dit-il simplement.

— Elle est retraitée, maintenant. Elle vit en Cornouailles. On ne s'entend pas très bien. Elle n'approuve pas ce qu'elle appelle mes « choix de vie ». Je n'ai jamais pu lui expliquer qu'une fois qu'on a eu un bébé à dix-sept ans, les choix sont plutôt limités.

— Même maintenant ?

— Oui, soupira-t-elle en entortillant une mèche de cheveux entre ses doigts. Parce qu'on ne rattrape jamais vraiment le temps perdu. On n'a pas le temps de penser à ses ambitions personnelles. Quand vos amis sont à la fac, vous êtes à la maison avec un nourrisson. Quand vos amis se lancent dans une carrière, vous êtes à l'office H.L.M. en train de chercher un endroit pour vivre. Vos amis s'achètent leur première voiture et une maison, et vous essayez de trouver un job qui vous laisse le temps de vous occuper de votre enfant. Et, bien sûr, tous les boulots qu'on peut faire tenir dans les horaires d'école ont des salaires pourris. Et encore, c'était avant la crise. Oh, mais ne vous y trompez pas : je ne regrette pas d'avoir eu Tanzie, pas un seul instant. Pas plus que je ne regrette d'avoir pris Nicky. Mais si c'était à refaire, évidemment, j'aurais attendu d'avoir fait quelque chose de ma vie. J'aimerais tellement pouvoir leur donner… plus.

Elle n'avait pas pris la peine de redresser son siège pour lui parler. Appuyée sur le coude, elle s'était tournée vers lui dans son sac de couchage, ses pieds nus posés sur le tableau de bord. Ed se rendit compte que cela ne le gênait plus autant.

— Rien ne vous empêche de faire carrière, dit-il. Vous êtes jeune. Je veux dire… vous pourriez trouver une baby-sitter.

Elle éclata de rire. Un grand rire tonitruant, en complète contradiction avec sa silhouette menue. Elle s'assit tout droit sur son siège et prit une longue gorgée de vin.

— Ouais, monsieur Nicholls. Bien sûr. Bien sûr, je pourrais.

Troisièmement, elle aimait réparer les choses. Elle se demandait parfois si elle aurait pu en faire sa carrière. Elle s'occupait de petits travaux dans le parc H.L.M., changeant des prises électriques ou carrelant des salles de bains.

— C'est moi qui ai tout fait à la maison. Je suis douée pour ça. Je sais même imprimer du papier peint.

— Vous avez fabriqué votre propre papier peint ?

— Ne me regardez pas comme ça. C'était pour la chambre de Tanzie. Je lui cousais ses vêtements aussi, jusqu'à récemment.

— En fait, vous avez vécu pendant la Seconde Guerre mondiale ? Vous faites aussi des réserves de confitures et de bouts de ficelle ?

— Et vous, qu'est-ce que vous vouliez faire ?

— Ce que je fais maintenant, répondit-il.

Puis il se rendit compte qu'il n'avait pas envie d'en parler et changea de sujet.

Quatrièmement, elle avait des pieds minuscules. Si petits qu'elle devait acheter ses chaussures au rayon enfants. (Apparemment, ça coûtait moins cher.) Une fois qu'il l'eut appris, il dut se forcer à ne pas jeter à ses pieds des regards furtifs, comme une espèce de fétichiste.

Cinquièmement, avant d'avoir des enfants, elle était capable de marcher droit après avoir avalé quatre doubles vodkas d'affilée.

—Ouaip, je tenais bien l'alcool. Mais apparemment, pas assez bien pour me souvenir de prendre la pilule.

À présent, elle ne buvait presque plus d'alcool.

—Quand je travaille au bar et que quelqu'un m'offre un verre, je prends l'argent mais je ne bois pas. Et quand je suis à la maison, je ne bois pas non plus parce qu'il faut que je sois prête à réagir s'il arrive quelque chose aux enfants. Maintenant que j'y pense, ajouta-t-elle en regardant par la fenêtre, cette soirée est pour moi ce qui se rapproche le plus d'une sortie depuis… cinq mois.

—Un homme qui vous a claqué la porte au nez, deux bouteilles de piquette et un parking?

—Je n'en suis pas fière.

Elle n'expliqua pas ce qui la faisait tant s'inquiéter pour ses enfants. Il revit le visage contusionné de Nicky, et s'empêcha de lui poser la question.

Sixièmement, elle avait une cicatrice sous le menton, qu'elle s'était faite en tombant de vélo. Un bout de gravier était resté collé dans la plaie pendant deux semaines. Elle essaya de la lui montrer, mais la lumière dans la voiture n'était pas assez forte. Elle avait aussi un tatouage en bas du dos.

—Un vrai tatouage de pute, d'après Marty. Quand il l'a vu, il ne m'a plus parlé pendant deux jours. J'imagine que c'est précisément pour cette raison que je l'ai fait faire, ajouta-t-elle après un instant de réflexion.

Septièmement, son deuxième prénom était Rae. Elle devait l'épeler chaque fois.

Huitièmement, ça ne la dérangeait pas de faire des ménages, mais elle détestait au plus haut point que ses clients la traitent comme si elle était «juste» une femme de ménage. (À cet instant, il eut l'élégance de rougir légèrement.)

Neuvièmement, elle n'avait pas eu le moindre rendez-vous avec un homme pendant les deux ans qui avaient suivi le départ de son ex.

—Donc vous n'avez pas fait l'amour depuis deux ans et demi ?

—J'ai dit qu'il était parti il y a deux ans.

—Justement.

Elle se redressa sur son siège et lui jeta un regard de travers.

—En fait, ça fait trois ans et demi. Si on compte vraiment. À part une, euh… une fois l'année dernière. Et vous n'avez pas besoin d'avoir l'air aussi choqué.

—Je ne suis pas choqué, protesta-t-il en essayant de modifier son expression.

Puis il haussa les épaules.

—Trois ans et demi. Après tout, ça fait seulement, quoi… un quart de votre vie d'adulte ? Ce n'est rien du tout.

—Ouais. Merci bien.

Après ça, sans qu'il comprenne vraiment pourquoi, quelque chose changea dans l'atmosphère. Elle marmonna une phrase qu'il ne comprit pas, refit sa queue-de-cheval – elle s'attachait toujours les cheveux sans raison quand elle était mal à l'aise, avait-il remarqué, comme si elle avait besoin de s'occuper les mains – et déclara qu'il était peut-être temps de dormir.

Ed pensait qu'il allait rester éveillé pendant des heures. Il était étrangement troublant d'être ainsi installé dans une voiture, dans le noir, à quelques centimètres d'une femme attirante avec qui on venait de partager deux bouteilles de vin. Même si cette dernière était pelotonnée dans un sac de couchage Bob l'Éponge. Il contempla les étoiles par le toit ouvrant, écoutant les camions gronder sur la route de Londres, et se dit que sa vraie vie – avec son entreprise et son bureau, et les interminables répercussions de sa relation avec Deanna Lewis – était à des millions de kilomètres.

— Vous dormez ?

Il tourna la tête, se demandant depuis combien de temps elle l'observait.

— Oui.

— OK, murmura-t-elle. Jeu de la vérité.

Il leva les yeux vers le plafond.

— Allez-y.

— Vous d'abord.

Il ne trouvait rien.

— Allez, dites n'importe quoi.

— D'accord. Pourquoi vous portez des tongs ?

— C'est ça, votre question ?

— Il fait froid. On a le printemps le plus froid et le plus humide depuis l'invention de la météo, et vous portez des tongs.

— Ça vous perturbe tant que ça ?

— C'est juste que je ne comprends pas. Il est évident que vous avez froid.

Elle désigna ses orteils qui dépassaient du sac de couchage.

— C'est le printemps.

— Et alors ?

— Alors c'est le printemps. Le temps va s'adoucir.

— Donc vous portez vos tongs comme une sorte d'incantation au beau temps ?

— On peut voir ça comme ça.

Il ne trouva rien à répliquer.

— Bon, à moi.

Il attendit.

— Est-ce que vous avez envisagé de partir sans nous ce matin ?

— Non.

— Menteur !

— OK, peut-être un peu. Mais votre voisine voulait me défoncer le crâne à coups de batte de base-ball, et votre chien sent très mauvais.

— Pffft. Tous les prétextes sont bons.

Il l'entendit remuer sur son siège. Ses pieds disparurent sous le sac de couchage. Ses cheveux sentaient la noix de coco.

— Alors pourquoi vous n'êtes pas parti ?

Il réfléchit un instant. Peut-être était-ce parce qu'il ne voyait pas son visage, ou que l'alcool et l'heure tardive avaient affaibli ses défenses, mais en temps normal, jamais il ne lui aurait donné cette réponse :

— Parce que ces derniers temps, j'ai fait beaucoup de choses dont je ne suis pas très fier. Alors peut-être que quelque part, une partie de moi voulait se racheter.

Ed pensait qu'elle allait rétorquer quelque chose. Il espérait qu'elle le ferait, mais elle se tut.

Il resta étendu pendant quelques minutes, les yeux rivés sur les lumières des lampadaires, écoutant le souffle paisible de Jessica Rae Thomas, et songea à quel point cela lui manquait de simplement dormir à côté d'une femme. Souvent, il avait l'impression d'être l'homme le plus seul de la Terre. Il repensa à ses tout petits pieds et à ses ongles vernis, et se rendit compte qu'il avait probablement trop bu.

Ne sois pas stupide, Nicholls, se dit-il à lui-même avant de s'installer de manière à lui tourner le dos.

Puis il dut s'endormir, car il se mit soudain à faire très froid tandis qu'une pâle lumière grise se répandait à l'horizon. Son bras était tout engourdi, et il était si désorienté qu'il mit deux bonnes minutes à comprendre que les coups répétés qu'il entendait provenaient du gardien de l'hôtel, qui tapait sur le pare-brise pour leur signifier qu'ils ne pouvaient pas dormir là.

14

TANZIE

Il y avait quatre sortes de viennoiseries au buffet du petit déjeuner, trois sortes de jus de fruit et tout un plateau de petits paquets de céréales individuels que maman n'achetait jamais parce que ce n'était pas un format économique.

Jess avait frappé à la fenêtre de leur chambre à 8 h 15 pour leur dire d'emporter leurs manteaux pour le petit déjeuner et de dissimuler autant de victuailles que possible dans leurs poches. Ses cheveux étaient tout aplatis sur le côté, et elle n'était pas maquillée. Tanzie s'était dit qu'après tout, dormir dans la voiture n'avait pas dû être une si formidable aventure.

— Pas de beurre ni de confiture. Rien qui nécessite des couverts. Des petits pains, des muffins, ce genre de chose. Et ne vous faites pas prendre…

Elle jeta un coup d'œil derrière elle : M. Nicholls semblait se disputer avec un vigile.

— Et des pommes. C'est bon pour la santé. Et peut-être aussi quelques tranches de jambon pour Norman.

— Mais comment j'emporte le jambon ?

— Tu peux aussi prendre une saucisse. Dans une serviette.

— Ce n'est pas du vol ?

—Non.

—Mais…

—C'est juste prendre un peu d'avance sur ce que tu vas manger plus tard. Tu es seulement… imagine que tu es une cliente de l'hôtel souffrant d'un dérèglement hormonal qui te donne très, très faim.

—Mais je n'ai pas de dérèglement hormonal.

—Tu pourrais en avoir un. C'est ça qui est important. Tu as faim et tu es malade, Tanzie. Tu as payé pour ton petit déjeuner, mais tu as besoin de manger beaucoup plus que ce que tu mangerais normalement.

Tanzie croisa les bras.

—Tu dis toujours que c'est mal de voler.

—Ce n'est pas voler. C'est en avoir pour son argent.

—Mais c'est M. Nicholls qui a payé.

—Tanzie, fais ce que je te dis, s'il te plaît. Écoute, M. Nicholls et moi, on va devoir quitter le parking pendant une demi-heure. Vas-y, puis reviens dans la chambre et sois prête à partir pour 9 heures. D'accord ?

Jess passa la tête par la fenêtre et embrassa Tanzie, puis repartit vers la voiture en serrant sa veste autour d'elle. À mi-chemin, elle s'arrêta, se retourna et cria :

—Pense à te brosser les dents ! Et n'oublie pas tes livres de maths !

Nicky sortit de la salle de bains. Il portait un jean noir très serré et un tee-shirt avec l'inscription « Fuck off ».

—Tu ne vas jamais pouvoir cacher une saucisse là-dedans, fit remarquer Tanzie en contemplant son jean d'un œil critique.

—Je parie que je peux en cacher plus que toi, répliqua-t-il.

Ils échangèrent un regard.

— Pari tenu ! s'écria Tanzie en s'empressant d'aller s'habiller.

M. Nicholls les regardait d'un drôle d'air à travers son pare-brise tandis que Nicky et elle traversaient le parking. Pour être honnête, Tanzie comprenait parfaitement sa stupéfaction : Nicky, qui avait fourré deux grosses oranges et une pomme dans le devant de son jean, se dandinait comme s'il venait d'avoir un fâcheux incident dans son pantalon, et elle-même avait enfilé sa veste à sequins par-dessus son sweat pour dissimuler les petits paquets de céréales qu'elle avait fourrés dessous. Sans la veste, elle aurait eu l'air d'être enceinte. D'un robot.

Ils n'arrivaient plus à s'arrêter de rire.

— Venez, venez, leur dit maman en jetant leurs sacs de couchage dans le coffre tout en jetant des regards furtifs derrière elle. Qu'est-ce que vous avez récolté ?

M. Nicholls mit en route la voiture. Tanzie le voyait les observer dans le rétroviseur tandis qu'ils prenaient des tours pour se décharger de leur butin et le passer à maman.

Nicky sortit de sa poche un petit paquet blanc :

— Trois pains aux raisins. Attention, le glaçage a un peu collé à la serviette. Quatre saucisses et quelques tranches de bacon pour Norman. Deux morceaux de fromage, un yaourt et…

Il tira sur sa veste et se contorsionna en grimaçant pour faire sortir les fruits de son pantalon.

— Je n'arrive pas à croire que j'ai réussi à les faire tenir là-dedans, dit-il d'un ton triomphant.

— Il n'y a rien que je puisse répondre à ça et qui soit acceptable dans une conversation mère-fils, rétorqua maman.

Tanzie, quant à elle, avait ramené deux bananes, un sandwich à la confiture et six petits paquets de céréales. Elle en mangea un dans la voiture sous le regard envieux de Norman, qui laissa deux stalactites de bave se répandre sur la banquette.

— La femme qui servait les œufs pochés nous a vus, c'est sûr.

— Je lui ai dit que tu avais un dérèglement hormonal, répliqua Tanzie. Je lui ai dit que si tu ne mangeais pas deux fois l'équivalent de ton poids trois fois par jour, tu tomberais dans les pommes au milieu de leur salle à manger et que tu pourrais même en mourir.

— Sympa, dit Nicky.

— C'est toi qui gagnes en quantité, reprit Tanzie en comptant son butin, mais j'ai droit à des points en plus pour la dextérité.

Sur ces mots, elle se pencha en avant et, sous les yeux de tous, sortit avec mille précautions un gobelet de café de chacune de ses poches, maintenues en place grâce à des serviettes en papier. Elle en donna un à maman et posa l'autre dans le porte-gobelet de M. Nicholls.

— Tu es un génie! s'écria maman en enlevant le couvercle. Oh, Tanzie, tu n'imagines pas à quel point j'en avais besoin!

Elle but une gorgée, les yeux fermés. Tanzie ne savait pas si c'était parce qu'ils s'étaient aussi bien débrouillés avec le buffet ou parce que Nicky riait comme rarement il avait ri, mais rien que pour un instant, maman eut l'air vraiment heureuse pour la première fois depuis que papa était parti.

M. Nicholls les regardait fixement, comme si une bande d'aliens venait de débarquer dans sa voiture.

— OK, donc on peut faire des sandwichs pour midi avec le jambon, le fromage et les saucisses. Vous pouvez manger les viennoiseries maintenant. Les fruits, c'est pour le dessert. Vous en voulez un? demanda-t-elle à M. Nicholls en lui tendant une orange. Elle est encore un peu tiède. Mais je peux vous la peler.

—Euh… c'est gentil, répondit-il en s'arrachant à leur contemplation, mais je crois que je vais plutôt m'arrêter dans un Starbucks.

L'étape suivante de leur voyage fut assez agréable : il n'y avait pas d'embouteillages, et maman avait persuadé M. Nicholls de régler l'autoradio sur sa station préférée. Elle chantait toutes les chansons, un peu plus fort chaque fois, et parvint à entraîner avec elle Tanzie et Nicky. M. Nicholls eut d'abord l'air agacé, mais Tanzie remarqua qu'au bout de quelques kilomètres, il agitait la tête en rythme et semblait presque s'amuser. Norman, quant à lui, s'était assis bien droit sur la banquette pour mieux sentir l'air de la route ; il avait cessé de les comprimer chacun contre sa portière, ce qui était tout aussi bien.

L'ambiance rappelait un peu à Tanzie le temps où papa vivait avec eux. Parfois, ils prenaient la voiture et partaient en virée – sauf que papa conduisait toujours trop vite et qu'ils ne tombaient jamais d'accord sur les endroits où s'arrêter pour manger. Papa disait qu'il ne voyait pas pourquoi ils ne pourraient pas simplement dépenser un peu d'argent pour déjeuner dans un pub, et maman répliquait qu'elle avait déjà préparé des sandwichs et que ce serait idiot de gâcher de la nourriture. Papa disait alors à Nicky de se sortir la tête de son jeu et de profiter de ce foutu paysage, et Nicky marmonnait qu'il n'avait pas demandé à venir, ce qui avait le don d'énerver papa encore un peu plus.

Et Tanzie se dit que même si elle aimait son père, elle préférait voyager sans lui.

Au bout de deux heures, M. Nicholls déclara qu'il avait besoin de se dégourdir les jambes et Norman de faire pipi. Ils s'arrêtèrent aux abords d'un parc régional, maman sortit une partie de leur butin du matin, et ils s'assirent à l'ombre sur une vraie table de pique-nique pour déjeuner. Tanzie fit quelques révisions (les nombres premiers et les équations au second degré), puis emmena Norman se promener dans les bois. Le chien semblait très heureux, s'arrêtant toutes les deux minutes pour flairer une nouvelle piste. Le soleil ne cessait d'envoyer de petites lumières mouvantes à travers les arbres, et ils aperçurent une biche et deux faisans. On aurait dit de vraies vacances.

—Ça va, ma puce? demanda maman en s'approchant, les bras croisés.

De leur position, elles pouvaient tout juste apercevoir Nicky qui parlait à M. Nicholls, assis à la table de pique-nique, derrière les arbres.

—Tu penses y arriver?

—Je crois.

—Tu as refait tes exercices hier soir?

—Oui. Je trouve les séquences de nombres premiers un peu difficiles, mais je les ai toutes notées sur une feuille. Quand je les vois écrites, je trouve ça plus facile.

—Plus de cauchemars avec les Fisher?

—Cette nuit, répondit Tanzie, j'ai rêvé d'un chou qui faisait du skate. Il s'appelait Kevin.

Maman la regarda longuement.

—C'est très bien.

Il faisait plus frais dans la forêt, et ça sentait l'humidité – une bonne humidité, moussue, verte et vivante, pas comme celle de leur garage qui sentait juste la moisissure. Maman s'arrêta sur le sentier et se retourna.

—Je t'avais bien dit que de bonnes choses pouvaient arriver, non ?

Elle attendit que Tanzie la rejoigne.

—Demain, M. Nicholls nous dépose à Aberdeen. On va passer une nuit tranquille là-bas, puis tu vas gagner cette compétition et tu entreras dans ta nouvelle école. Après ça, j'espère que nos vies à tous vont un peu s'améliorer. Et puis c'est sympa, tu ne trouves pas ? Ce petit voyage ?

Elle ne quittait pas des yeux la voiture de M. Nicholls, et il y avait dans sa voix cette drôle d'intonation qu'elle prenait quand elle disait une chose et en pensait une autre. Tanzie remarqua qu'elle s'était maquillée dans la voiture.

—Maman, dit-elle.

—Oui ?

—La nourriture du petit déjeuner, c'est un peu comme si on l'avait volée, n'est-ce pas ? Je veux dire, proportion-nellement parlant, on a pris plus que notre part.

Maman regarda ses pieds pendant une minute, songeuse.

—Si ça t'embête vraiment, quand on aura reçu l'argent de ton prix, on mettra cinq livres dans une enveloppe et on la leur enverra. D'accord ?

—Je pense que vu tout ce qu'on a pris, ça s'approche plutôt de six livres. Probablement six livres et demie.

—Alors on leur enverra ça. Et maintenant, je pense qu'on devrait faire de gros, gros efforts pour faire un peu courir ton chien. Comme ça, (a) il sera assez fatigué pour dormir pendant toute la fin du trajet, et (b) ça le poussera à faire ses besoins ici et à ne pas péter tous les deux kilomètres.

Ils reprirent la route. Sous la pluie. M. Nicholls avait reçu un de ses fameux coups de fil, cette fois provenant d'un homme nommé Sidney, et avait parlé d'actions et de marchés financiers avec un air si sérieux que maman n'avait pas osé chanter pendant plusieurs kilomètres.

Tanzie, quant à elle, essayait de ne pas regarder ses exercices de maths (maman disait que ça la rendrait malade). Ses jambes n'arrêtaient pas de se coller à la banquette en cuir de M. Nicholls, et elle commençait à regretter d'avoir mis un short. Elle était incommodée par l'odeur fétide que Norman avait ramenée avec lui après s'être roulé par terre dans les bois, mais elle ne voulait rien dire : elle avait trop peur que M. Nicholls décide qu'il les avait assez subis, eux et leur chien puant. Elle se contenta donc de se pincer le nez et de respirer par la bouche, ne s'autorisant à ouvrir les narines qu'une fois tous les trente lampadaires.

— À quoi tu penses, Tanzie ? demanda maman en la regardant entre les sièges.

— Je réfléchissais aux permutations et aux combinaisons.

Maman sourit, de ce sourire un peu vide qu'elle lui faisait quand elle ne comprenait pas vraiment de quoi elle parlait.

— En fait, je pensais à la salade de fruits du petit déjeuner. C'est une combinaison, puisque quel que soit l'ordre dans lequel sont rangées les pommes, les poires et les bananes, ça reste une salade de fruits. Mais avec les permutations, l'ordre a son importance.

Maman souriait toujours. M. Nicholls la regarda dans le rétroviseur, puis se tourna vers maman :

— Imaginez que vous sortez des chaussettes d'un tiroir. Si vous avez six paires de couleurs différentes – donc douze chaussettes en tout – il y a six fois cinq fois quatre fois trois combinaisons différentes que vous pourriez sortir, d'accord ?

— Mais si les douze chaussettes avaient toutes une couleur différente, tu aurais un très grand nombre de combinaisons – presque un demi-milliard, ajouta Tanzie.

— Ça ressemble beaucoup à notre tiroir à chaussettes, dit maman.

M. Nicholls se tourna vers Tanzie avec un grand sourire.

—Alors, Tanzie, si tu as un tiroir avec douze chaussettes mais que tu ne peux pas les voir, combien tu dois en sortir pour être sûre qu'il y a au moins deux paires?

Tanzie se plongea dans une profonde réflexion, si bien qu'elle ne sut pas exactement à quel moment M. Nicholls avait commencé à parler à Nicky.

—Tu t'ennuies? Tu veux que je te prête mon téléphone?

—Vraiment? demanda Nicky en abandonnant sa posture voûtée.

—Bien sûr. Il est dans la poche de ma veste.

Une fois Nicky collé à un écran, maman et M. Nicholls se mirent à discuter entre eux. Peut-être même avaient-ils oublié qu'ils n'étaient pas tout seuls dans la voiture.

—Vous pensez toujours à cette histoire de chaussettes? demanda-t-elle.

—Oh, non! Ce genre de problèmes peut vous griller le cerveau. Je les laisse à votre fille.

Un bref silence s'ensuivit.

—Parlez-moi de votre femme.

—Mon ex-femme. Et non merci.

—Pourquoi pas? Vous ne l'avez pas trompée. Et j'imagine qu'elle non plus, sans quoi vous n'auriez pas fait cette tête.

—Quelle tête?

Nouveau silence. Environ dix lampadaires.

—Ça m'étonnerait que j'aie fait cette tête-là. Mais vous avez raison, elle ne m'a pas trompé. Je n'ai juste pas envie d'en parler. C'est…

—Personnel?

—Je n'aime pas parler de ma vie privée, c'est tout. Et vous, vous avez envie de parler de votre ex?

— Devant ses enfants ? Bien sûr, c'est toujours une super idée.

Tout le monde se tut pendant quelques kilomètres. Maman se mit à pianoter du bout des doigts sur la portière. Tanzie jetait des regards furtifs à M. Nicholls. Chaque fois que maman tapotait, un petit muscle tressautait sur sa mâchoire.

— Alors de quoi on peut parler ? demanda enfin maman. Je ne m'intéresse pas à l'informatique, et j'imagine que mon métier ne vous passionne pas vraiment. Je ne comprends rien aux maths, même quand il est question de chaussettes, et je n'aurai pas beaucoup d'occasions de vous montrer un champ en disant : « Oh, regardez, des vaches ! »

M. Nicholls soupira.

— Allez, faites un effort. La route est longue jusqu'en Écosse.

Il s'ensuivit un silence de trente lampadaires. Nicky prenait des photos par la fenêtre avec le téléphone de M. Nicholls.

— Lara. Italienne. Mannequin.

— Un mannequin ! s'esclaffa maman. Évidemment.

— Comment ça, « évidemment » ? demanda M. Nicholls avec humeur.

— Les hommes comme vous sortent toujours avec des mannequins, c'est bien connu.

— C'est quoi, un homme comme moi ?

Maman serra les lèvres.

— Allez, dites-le. Ça veut dire quoi, les hommes comme moi ?

— Les hommes riches.

— Je ne suis pas riche.

— Non, pas du tout…, grinça maman en secouant la tête.

— Je vous assure.

— Ça doit dépendre de votre définition de la richesse.

— Des gens riches, j'en ai vu. Et je peux vous dire que je ne le suis pas. Je ne suis pas à plaindre, certes, mais je suis loin d'être riche.

Maman se tourna vers lui. Il ne savait pas encore à qui il avait affaire.

— Est-ce que vous avez plusieurs maisons ?

Il mit le clignotant et prit un virage.

— Peut-être.

— Est-ce que vous avez plusieurs voitures ?

Il lui jeta un regard de travers.

— Oui.

— Alors vous êtes riche.

— Non. Les riches ont des jets privés et des yachts. Les riches ont des domestiques.

— Et moi, qu'est-ce que je suis ?

M. Nicholls secoua la tête.

— Vous n'êtes pas ma domestique. Vous êtes…

— Quoi ?

— J'essaie seulement d'imaginer votre réaction si je parlais de vous comme de ma domestique.

Maman éclata de rire.

— Ma servante. La gueuse qui me vide mes pots de chambre.

— Ouais. Un truc comme ça. Bon, et pour vous, qu'est-ce qui définit un homme riche ?

Maman sortit de son sac une des pommes du buffet et mordit dedans. Elle mâcha quelques instants avant de répondre :

—Les riches paient toutes leurs factures à temps, sans même y penser. Les riches peuvent prendre des vacances ou fêter Noël sans s'endetter pour les deux mois à venir. En fait, être riche, c'est ne pas être obligé de penser constamment à l'argent.

—Tout le monde pense à l'argent. Même les riches.

—Oui, mais seulement pour vous demander comment en gagner encore plus. Alors que moi, je me demande comment je vais en gagner suffisamment pour survivre une semaine de plus.

—Je n'arrive pas à croire que je vous emmène en Écosse et que vous m'engueulez parce que vous vous êtes mis dans la tête que je suis une sorte de Donald Trump, s'offusqua M. Nicholls.

—Je ne vous engueule pas.

—Noooooon…

—Je vous fais juste remarquer qu'il y a une différence entre ce que vous considérez comme de la richesse et ce qu'est vraiment la richesse.

Un silence gêné s'installa. Maman rougit, comme si elle en avait trop dit, et se mit à manger sa pomme à grosses bouchées bruyantes alors qu'elle aurait grondé Tanzie si cette dernière en avait fait autant. Tanzie ne parvenait plus à réfléchir aux permutations de chaussettes. Elle ne voulait pas que maman et M. Nicholls se disputent, pas pendant une journée qui avait si bien commencé. Aussi passa-t-elle la tête entre les sièges avant :

—J'ai lu quelque part que pour faire partie du pourcentage le plus riche d'Angleterre, il faut gagner plus de 140 000 livres par an, dit-elle gentiment. Donc si M. Nicholls ne gagne pas autant, je suppose qu'on peut dire qu'il n'est pas vraiment riche.

Elle sourit et se rassit.

Maman regarda M. Nicholls. Elle ne cessait de le regarder.

Celui-ci se gratta la tête.

— Et si on s'arrêtait pour prendre le thé? proposa-t-il enfin.

Moreton Marston semblait avoir été créé de toutes pièces à l'intention des touristes. Tout y était bâti dans la même pierre grise, et tout était très vieux. Les jardins étaient impeccables, avec des petits paniers de plantes rampantes et des petits murets tout couverts de fleurs bleues, comme une illustration dans un livre d'enfants. Les boutiques, quant à elles, semblaient tout droit sorties d'une carte de Noël. Sur la place du marché, une femme vêtue d'habits victoriens vendait des petits pains sur un plateau, se laissant prendre en photo par des groupes de touristes. Tanzie était si occupée à regarder par la fenêtre qu'elle ne vit pas tout de suite l'expression de Nicky. Ce ne fut que lorsqu'ils entrèrent dans le parking qu'elle remarqua son teint livide.

— Tu as mal aux côtes? s'enquit-elle.

— Non.

— Tu as encore une pomme coincée dans ton pantalon?

— Non, Tanzie, lâche-moi un peu!

À l'intonation de sa voix, Tanzie comprit qu'il y avait un problème. Elle se tourna vers maman, mais celle-ci était occupée à ne pas regarder M. Nicholls, qui lui-même était concentré sur sa recherche de la meilleure place où se garer. Norman, quant à lui, se contenta de lever mollement la tête, l'air de dire: «Ne cherche pas.»

Tout le monde sortit et s'étira, et M. Nicholls déclara qu'ils allaient tous prendre le thé et manger des gâteaux. Il ajouta que c'était lui qui payait et qu'il aimerait qu'on n'en fasse pas une affaire d'État. Ce n'était que du thé, après tout. Maman haussa les sourcils comme si elle s'apprêtait à dire quelque chose, puis le remercia de mauvaise grâce.

Ils prirent une table au *Salon de thé médiéval de la Truie mouchetée*, même si Tanzie était prête à parier qu'il n'y avait pas un seul salon de thé en Angleterre au Moyen Âge. Personne d'autre ne sembla s'en soucier. Nicky se leva pour aller aux toilettes, et M. Nicholls et maman se rendirent au comptoir pour choisir les pâtisseries. Restée seule, Tanzie alluma l'écran du portable de M. Nicholls, et la première chose qui s'afficha fut le profil Facebook de Nicky. Elle attendit une minute, parce que son frère était toujours très contrarié quand les gens mettaient le nez dans ses affaires, mais lorsqu'elle fut certaine qu'il était vraiment aux toilettes, elle zooma sur l'écran pour mieux lire. Elle eut soudain très froid. Les Fisher avaient posté sur tout son mur des messages et des photos montrant des hommes en train de faire des choses à d'autres hommes. Ils l'avaient traité de « maso » et de « tapette », et même si Tanzie ne savait pas ce que ces mots signifiaient, elle savait qu'ils étaient méchants et se sentit soudain très mal. Elle leva les yeux et vit maman qui revenait avec un plateau.

— Tanzie ! Fais attention avec le téléphone de M. Nicholls !

Le portable avait glissé jusqu'au bord de la table. Elle ne voulait plus y toucher. Elle se demanda si Nicky était en train de pleurer aux toilettes. À sa place, c'était ce qu'elle aurait fait.

Quand elle releva la tête, elle vit maman qui la dévisageait.

— Qu'est-ce qui se passe ?

— Rien.

Elle s'assit et posa devant Tanzie un cupcake à l'orange. Tanzie n'avait plus faim, même si le petit gâteau était couvert de pépites multicolores.

— Tanzie, qu'est-ce qui ne va pas ? Parle-moi.

Du bout du doigt, Tanzie poussa doucement le téléphone de l'autre côté de la table. Maman fronça les sourcils, puis baissa les yeux. Elle alluma l'écran, et son regard se figea.

— Bordel de merde ! s'exclama-t-elle au bout d'une minute.

M. Nicholls s'assit à côté d'elle. Il avait pris la plus grosse part de gâteau au chocolat que Tanzie avait jamais vue.

— Tout le monde a ce qu'il lui faut ? demanda-t-il.

Il semblait très content.

— Les petits salopards ! siffla maman entre ses dents.

Et Tanzie vit ses yeux s'emplir de larmes.

— Quoi ? demanda M. Nicholls avant de prendre une bouchée de gâteau.

Maman ne sembla pas l'entendre. Dans un grand raclement, elle repoussa sa chaise et partit vers les toilettes à grandes enjambées.

— Ce sont les toilettes des hommes, madame ! s'écria une femme lorsque maman ouvrit la porte.

— Je sais lire, merci ! rétorqua maman avant de disparaître à l'intérieur.

— Quoi ? Qu'est-ce qui se passe, maintenant ?

M. Nicholls avala sa bouchée à grand-peine. Il se tourna vers là où maman était partie. Puis, comme Tanzie se taisait, il regarda son téléphone et tapota deux fois sur l'écran. Il ne put en détacher son regard. Puis il fit défiler la page, comme s'il lisait tout son contenu. Tanzie était très mal à l'aise. Il n'était pas censé voir ça.

—Est-ce que… Est-ce que c'est en rapport avec ce qui est arrivé à ton frère ?

Elle avait envie de pleurer. Elle avait l'impression que les Fisher avaient ruiné cette belle journée. C'était comme s'ils les avaient suivis jusque dans cet endroit, comme s'ils n'allaient jamais les lâcher.

—Allons, dit doucement M. Nicholls quand une grosse larme s'écrasa sur la table. Ça va aller.

Il lui tendit une serviette en papier. Tanzie s'essuya les yeux, et lorsqu'elle ne put plus contenir le sanglot qui l'étouffait, il passa de son côté de la table pour la serrer dans ses bras. Il était grand et solide ; il sentait l'homme et le citron. Elle n'avait plus senti cette odeur depuis que papa était parti, et cette idée la rendit plus triste encore.

—Allons, ne pleure pas.

—Je suis désolée.

—Tu n'as pas à être désolée. Moi aussi, je pleurerais, si quelqu'un faisait ça à ma sœur. C'est… c'est…

Il éteignit son téléphone, puis secoua la tête et soupira.

—Ils lui font ça souvent ?

—Je ne sais pas, dit Tanzie en reniflant. Il ne parle pas beaucoup.

M. Nicholls attendit qu'elle ait séché ses larmes, puis revint à sa place et commanda un chocolat chaud avec des Chamallows, des copeaux de chocolat et un supplément de crème.

—Ça console de tout, déclara-t-il en lui passant la tasse. Fais-moi confiance. Je sais tout.

Et le plus bizarre, c'était qu'il avait raison.

Lorsque maman et Nicky sortirent enfin des toilettes, Tanzie avait fini le chocolat et le cupcake. Maman affichait un grand sourire, comme si tout allait bien, et avait passé le bras sur les épaules de Nicky – ce qui faisait un drôle d'effet, puisqu'il la dépassait d'une demi-tête. Nicky se glissa sur le siège voisin et baissa les yeux sur son gâteau. Tanzie regarda M. Nicholls, qui regardait Nicky. Elle se demanda s'il allait dire quelque chose au sujet de ce qu'il avait vu sur son téléphone, mais il n'en fit rien. Elle se dit que peut-être, il ne voulait pas mettre Nicky mal à l'aise. Dans tous les cas, songea-t-elle tristement, c'en était fini de cette belle journée.

Maman sortit voir comment allait Norman, qu'ils avaient attaché dehors. M. Nicholls commanda une deuxième tasse de café, qu'il se mit à touiller lentement, comme s'il avait l'esprit ailleurs. Puis il regarda Nicky sous ses sourcils froncés et lui demanda à voix basse :

— Bon. Nicky. Tu t'y connais un peu en piratage ?

Tanzie avait le sentiment qu'elle n'était pas censée écouter, aussi se concentra-t-elle très fort sur ses équations.

— Non, dit Nicky.

M. Nicholls se pencha sur la table et baissa encore la voix :

— Il n'est jamais trop tard pour commencer.

— Où est-ce qu'ils sont passés ? demanda maman en revenant.

— Ils sont partis s'enfermer dans la voiture de M. Nicholls. Il a dit qu'on ne doit pas les déranger, répondit Tanzie en suçotant le bout de son crayon.

Maman ouvrit des yeux ronds comme des soucoupes.

— M. Nicholls a dit que tu ferais cette tête. Il m'a demandé de te dire qu'il s'en occupe. Le truc sur Facebook.

— Il fait quoi ? Comment ?

— Il a aussi dit que tu dirais ça.

Elle gomma un « 2 » qui ressemblait un peu trop à un « 5 » et souffla sur son cahier.

— Il m'a dit de te demander de leur donner vingt minutes, et il t'a commandé un autre thé et une part de gâteau pour patienter. Ils vont revenir nous chercher quand ils auront fini. Et il te dit aussi que le gâteau au chocolat est vraiment bon.

Maman n'aimait pas ça. Tanzie continua à travailler ses exercices jusqu'à être satisfaite de ses réponses, laissant maman s'agiter en regardant par la fenêtre. Elle ne mangea pas de gâteau au chocolat. Elle ne toucha pas non plus au billet de cinq livres que M. Nicholls avait laissé sur la table pour lui permettre de commander, si bien que Tanzie finit par poser sa gomme dessus de peur qu'il ne s'envole si quelqu'un ouvrait la porte.

Enfin, alors que la serveuse commençait à passer le balai à côté de leur table en leur jetant des regards significatifs, la porte s'ouvrit, une clochette tinta et M. Nicholls entra avec Nicky. Ce dernier avait toujours les mains dans les poches et les cheveux dans les yeux, mais un petit sourire satisfait errait sur son visage.

Maman se leva pour les regarder tour à tour. On voyait qu'elle avait vraiment, vraiment envie de dire quelque chose mais qu'elle ne savait pas quoi.

— Vous avez goûté le gâteau au chocolat ? demanda M. Nicholls.

Son visage était parfaitement lisse et sans expression, comme le présentateur d'un jeu télévisé.

— Non.

— Dommage. Il était vraiment très bon. Merci ! Votre gâteau est divin ! cria-t-il à la serveuse, qui redevint instantanément aimable et rayonnante.

M. Nicholls et Nicky ressortirent aussitôt, traversant la route à grands pas comme des amis de toujours, laissant Tanzie et maman ramasser leurs affaires et se hâter à leur suite.

15

NICKY

Un jour, Nicky avait lu un article racontant l'histoire d'une femelle babouin née sans poils. Sa peau n'était pas uniformément noire, comme on aurait pu s'y attendre, mais mouchetée de rose. Ses yeux étaient bordés de noir, comme si elle s'était fait un super trait d'eye-liner, et elle avait un long téton rose et un noir – des nichons de singe à la David Bowie.

Mais elle était toute seule. Les babouins n'aimaient pas la différence. On la voyait, photo après photo, cherchant sa nourriture, toute nue et vulnérable, sans un seul autre singe pour lui tenir compagnie. Parce que même si tous les autres babouins savaient qu'elle était des leurs, leur haine de l'altérité était plus forte que tout sentiment d'appartenance génétique.

Nicky y songeait très souvent : il n'y avait rien de plus triste au monde qu'une femelle babouin sans poils et solitaire.

Manifestement, M. Nicholls s'apprêtait à lui faire la leçon sur les dangers des réseaux sociaux, ou à lui dire qu'il allait tout raconter à ses profs ou à la police. Mais il ouvrit la portière de sa voiture, sortit du coffre son ordinateur portable, brancha le cordon d'alimentation dans une prise à côté du levier de vitesse, puis inséra une clé 3G dans le port U.S.B.

—Bon, dit-il tandis que Nicky s'installait sur le siège passager. Raconte-moi tout ce que tu sais sur ce petit charmeur. Frères, sœurs, date de naissance, animaux de compagnie, adresse… tout ce que tu as.

—Quoi?

—On doit trouver son mot de passe. Vas-y, tu dois bien savoir quelque chose.

Il n'y avait pas de graffitis dans le parking, ni le moindre caddie de supermarché abandonné. C'était le genre d'endroit où les gens étaient prêts à faire des kilomètres rien que pour ramener un caddie. Nicky aurait mis sa main à couper qu'il y avait un de ces panneaux « Village Fleuri » à l'entrée de l'agglomération. Une femme aux cheveux gris, qui rangeait ses courses dans sa voiture d'à côté, croisa son regard et lui sourit. Un vrai sourire. Ou peut-être souriait-elle à Norman, dont la grosse tête était posée sur son épaule.

—Nicky?

—Ouais. Je réfléchis.

Il débita tout ce qu'il savait sur Fisher : son adresse, le prénom de sa sœur, celui de sa mère… Il connaissait même sa date de naissance, puisqu'il avait fêté son anniversaire trois semaines auparavant et que son père lui avait acheté un quad, qu'il avait fracassé en moins de cinq jours.

M. Nicholls ne cessait de taper sur son clavier.

—Non. Non. Continue. Il doit bien y avoir autre chose. Qu'est-ce qu'il aime comme musique? Quelle équipe de foot? Oh, regarde, il a une adresse Hotmail. Super, on peut essayer ça.

Rien ne marchait. Puis Nicky eut une inspiration soudaine :

—Tulisa. Il aime bien Tulisa. La chanteuse.

M. Nicholls tapa le nom sur son clavier, puis secoua la tête.

— Essayez «le cul de Tulisa».

M. Nicholls tapa.

— Non.

— «JeBaiseTulisa.» En un seul mot.

— Non.

— Tulisa Fisher.

— Mmm. Non. Bien tenté.

Ils réfléchirent un instant.

— On pourrait essayer son prénom, dit Nicky.

M. Nicholls secoua la tête.

— Personne n'est assez bête pour prendre son propre prénom comme mot de passe.

Nicky sourit. M. Nicholls tapa quelques lettres, puis regarda son écran d'un air incrédule.

— Tu sais quoi? dit-il enfin en se calant au fond de son siège. Tu es doué.

— Et maintenant, qu'est-ce qu'on va faire?

— On va juste s'amuser un peu avec la page Facebook de Jason Fisher. En fait non, je ne vais rien faire. Je… euh… je ne peux pas prendre le moindre risque avec mon adresse IP pour le moment. Mais je connais quelqu'un qui peut faire quelque chose.

Il composa un numéro sur son portable.

— Mais il ne saura pas que ça vient de moi?

— Comment il le saurait? Pour le moment, on se fait passer pour lui. Il n'aura rien pour remonter jusqu'à toi. Et si ça se trouve, il ne s'en rendra même pas compte. Une minute. Jez? Salut. C'est Ed… Oui. Oui, je dois me faire un peu discret en ce moment. Écoute, j'aurais besoin que tu me rendes un petit service. Ça te prendra cinq minutes.

Nicky l'écouta donner à Jez le mot de passe et l'adresse mail de Jason Fisher. Il lui expliqua que Fisher avait « attiré des ennuis » à un ami.

—Je voudrais juste que tu t'amuses un peu, d'accord ? Lis ses messages, tu te feras une idée. Je le ferais bien moi-même, mais je dois être absolument irréprochable en ce moment… Ouais, je t'expliquerai quand on se verra. Merci.

Nicky avait du mal à croire que c'était aussi facile.

—Mais est-ce qu'il ne risque pas de me hacker à son tour pour se venger ?

M. Nicholls reposa son téléphone.

—C'est un risque à courir, mais crois-moi : un garçon assez stupide pour se servir de son propre nom comme mot de passe ne doit pas être une lumière en informatique.

Ils restèrent assis dans la voiture, rafraîchissant sans cesse la page Facebook de Jason Fisher. Bon sang, Fisher était vraiment un abruti. Son mur était bourré de statuts expliquant qu'il allait « se faire » telle ou telle fille de l'école, ou que telle ou telle autre était une salope, ou qu'il allait casser la gueule d'à peu près tous ceux qui ne faisaient pas partie de sa bande. Ses messages privés étaient à peu près du même tenant. Nicky entraperçut son nom dans un message, mais M. Nicholls le lut très vite, fit défiler la page et marmonna :

—Ouais. Tu n'as pas besoin de voir celui-là.

Les seules fois où Fisher n'avait pas l'air d'un connard fini, c'était dans les messages qu'il envoyait à Chrissie Taylor. Il lui disait qu'elle lui plaisait vraiment beaucoup et lui demandait si elle voulait venir chez lui après les cours. Elle ne semblait pas très emballée, mais il persistait à lui envoyer des messages. Il disait qu'il l'emmènerait dans un endroit « carrément énorme » et qu'il pourrait emprunter la voiture de son père (en réalité, il ne pouvait pas – il était mineur). Il lui répétait qu'elle était la plus belle fille du lycée et qu'elle le rendait dingue, et que si ses potes savaient l'effet qu'elle lui faisait, ils le prendraient pour un «mongol».

—Qui a dit que le romantisme était mort? murmura M. Nicholls.

À cet instant, Jez entama sa mission. Il envoya à deux des amis de Fisher des messages expliquant qu'il était devenu pacifiste et qu'il ne voulait plus traîner avec eux. Puis vint le tour de Chrissie: il lui dit qu'il l'aimait toujours mais qu'il devait se faire soigner avant de coucher avec elle parce qu'il avait «attrapé une saloperie d'infection et le docteur dit que je dois prendre des antibiotiques. Mais ne t'inquiète pas, je serai tout beau tout propre quand on se verra, hein?»

Nicky riait si fort qu'il en avait mal aux côtes.

—Oh la vache!

«Jason» avoua à une autre fille du nom de Stacy qu'il l'aimait beaucoup et que sa maman lui avait trouvé de jolis vêtements au cas où elle voudrait sortir avec lui. Il envoya la même chose à une autre fille de sa classe nommée Angela, qu'il avait une fois traitée de «crasseuse», et supprima un nouveau message de Danny Kane, qui avait gagné des billets pour un gros match de foot et prévenait Jason qu'il pouvait en avoir un à condition de lui donner une réponse avant la fin de la journée.

Il remplaça la photo de profil de Fisher par celle d'un âne en train de braire. M. Nicholls considéra l'écran d'un air songeur, puis reprit son téléphone.

—En fait, je crois qu'on ne devrait pas toucher à sa photo, du moins pour le moment, dit-il à Jez.

—Pourquoi? demanda Nicky quand il eut raccroché. Le truc de l'âne, c'était juste excellent.

—Parce qu'il vaut mieux rester subtil. Si on se tient aux messages privés pour l'instant, il y a des chances pour qu'il ne s'en rende même pas compte. On les envoie, puis on les efface. Et on va désactiver ses notifications. Comme ça, ses amis et cette fille vont juste penser qu'il est encore plus crétin que d'habitude. Et il ne comprendra pas pourquoi.

Nicky n'arrivait pas à y croire. Il n'arrivait pas à croire que quelqu'un puisse aussi facilement s'en prendre à Jason Fisher.

Jez rappela pour les prévenir qu'il s'était déconnecté, et ils se déconnectèrent de Facebook.

— Et c'est tout ? demanda Nicky.

— Pour le moment. C'est juste pour s'amuser. Mais tu te sens déjà mieux, non ? Et Jez va nettoyer ta page de tous ces trucs que Fisher y a mis.

Un peu gêné, Nicky inspira profondément et fut pris d'une sorte de frisson. C'était vrai qu'il se sentait mieux. Bien sûr, ça n'avait pas réglé ses problèmes, mais pour une fois, ça faisait du bien de ne pas être le dindon de la farce.

Il tira sur le col de son tee-shirt et attendit que son souffle reprenne un rythme normal. M. Nicholls avait peut-être remarqué son malaise, parce qu'il regardait par la fenêtre d'un air captivé alors qu'il n'y avait rien à voir sur le parking, hormis des voitures et des petits vieux.

— Pourquoi vous faites tout ça pour nous ? Le piratage, nous emmener en Écosse… Je veux dire, vous ne nous connaissez même pas.

M. Nicholls continua à regarder à travers la vitre, et pendant un instant, il sembla se parler à lui-même plus qu'à Nicky :

— J'ai plus ou moins une dette envers ta mère. Et je n'aime pas les petites brutes. Tu sais, il n'y en a pas eu qu'à ta génération…

M. Nicholls resta assis là une minute, sans mot dire. Soudain, Nicky eut peur qu'il tente de le faire parler, comme le psychologue scolaire qui essayait de se faire passer pour son pote et lui répétait cinquante fois que tout ce qu'il dirait resterait « entre nous », jusqu'à ce que ça en devienne franchement louche.

— Je vais te dire une chose.

Nous y voilà, songea Nicky.

Il s'essuya l'épaule du plat de la main, là où Norman avait laissé quelques gouttes de bave.

— Toutes les personnes que j'ai rencontrées et qui valaient la peine d'être connues étaient un peu différentes à l'école. Tu as juste besoin de trouver des gens comme toi.

— Des gens comme moi ?

— Ta tribu.

Nicky fit la grimace.

— Tu sais, tu peux passer ta vie entière à ne te sentir nulle part à ta place. Et un jour, tu entres dans une pièce, que ce soit à l'université, dans un bureau ou dans un club, et tu te dis : « Ah, ce sont eux. » Et d'un seul coup, tu te sens chez toi.

— Je ne me sens chez moi nulle part.

— Pour l'instant.

Nicky réfléchit un moment.

— Et vous, vous avez trouvé ça où ?

— Dans les salles informatiques de la fac. J'étais le geek de base. C'est là que j'ai rencontré mon meilleur ami, Ronan. Et ensuite… dans la société que j'ai créée.

Son visage s'assombrit un instant.

— Mais moi, je suis coincé ici jusqu'à la fin du lycée, objecta Nicky en replaçant sa frange sur ses yeux. Et là où je vis, il n'y a rien de ce que vous dites, pas de tribus. Soit tu suis Fisher, soit tu te tiens en dehors de son chemin.

— Alors trouve-toi des amis sur Internet.

— Comment ?

—Je ne sais pas. Cherche des forums en ligne sur des trucs qui… qui t'intéressent. D'autres modes de vie ?

Nicky remarqua l'expression de son visage.

—Oh. Vous aussi, vous pensez que je suis gay ?

—Tout ce que je dis, c'est qu'Internet, c'est vaste. Il y a toujours quelqu'un là-dedans qui partage tes centres d'intérêt, dont la vie ressemble à la tienne.

—Personne n'a la même vie que moi.

M. Nicholls referma son ordinateur et le glissa dans son sac. Puis il débrancha tous les câbles et tourna la tête vers le salon de thé.

—On devrait rentrer. Ta mère va se demander ce qu'on mijote.

Il ouvrit la portière, puis sembla se raviser.

—Tu sais, ajouta-t-il, tu peux toujours tenir un blog.

—Un blog ?

—Tu n'as pas besoin de t'inscrire sous ton vrai nom. Mais c'est une bonne manière de raconter ce qui se passe dans ta vie. Tu y mets quelques mots-clés, et les gens te trouveront facilement. Des gens qui te ressemblent.

—Des gens qui mettent du mascara ? Et qui n'aiment ni le foot ni les comédies musicales ?

—Et qui ont d'énormes chiens puants et des génies des maths en guise de sœur. Je te parie qu'il y a au moins une personne comme ça quelque part. Enfin, ça doit bien exister, ajouta-t-il après quelques secondes de réflexion. À Hoxton, peut-être. Ou à Tupelo.

Nicky tira de nouveau sur sa frange, essayant de dissimuler son hématome qui avait pris une sale teinte jaunâtre.

—Merci, mais les blogs, c'est pas mon truc. C'est bon pour les ménagères de quarante ans qui ont envie de parler de leur divorce et de leurs chats. Ou pour les obsédées du vernis à ongles.

— Ce n'est qu'une idée en l'air…

— Vous en tenez un, vous ?

— Non, répondit M. Nicholls en sortant de la voiture. Mais moi, je n'ai envie de parler à personne.

Nicky sortit après lui. M. Nicholls pressa un bouton sur son porte-clés, et la voiture se verrouilla dans un bruit feutré.

— En attendant, conclut-il en baissant la voix, cette conversation n'a jamais eu lieu, OK ? Ça ne passerait pas très bien si quelqu'un apprenait que je montre à des gamins innocents comment pirater des comptes privés.

— Ça ne dérangerait pas Jess.

— Ce n'est pas à Jess que je pense.

Nicky soutint son regard.

— La première règle du Geek Club est : « Il est interdit de parler du Geek Club. »

— Le truc avec les chaussettes…, commença Tanzie alors qu'ils traversaient le parking.

Elle tenait à la main une serviette couverte de chiffres.

— J'ai trouvé. Si on a N chaussettes, il faut additionner une série de la fraction $1/N$ à la puissance N.

Elle ajusta ses lunettes.

— C'est exactement comme ça que j'aurais procédé, affirma M. Nicholls.

Et maman regarda Nicky avec l'air d'être entourée de gens qu'elle rencontrait pour la première fois de sa vie.

16

Tanzie

Personne n'avait vraiment envie de remonter en voiture. L'attrait de la nouveauté à la perspective de passer des heures sur la route, même dans une voiture aussi belle que celle de M. Nicholls, était rapidement retombé. Cette étape, avait annoncé maman avec la tête d'un médecin qui s'apprête à vous faire une piqûre, allait être la plus longue. Ils devaient tous s'installer confortablement et aller aux toilettes avant de partir, parce que M. Nicholls voulait arriver avant la nuit à proximité de Newcastle, où il avait trouvé un hôtel qui acceptait les chiens. Ils arriveraient aux alentours de 22 heures. Après ça, il avait calculé qu'avec une dernière journée de voiture, ils arriveraient enfin à Aberdeen. M. Nicholls leur trouverait alors un hôtel non loin de l'université, pour que Tanzie soit fraîche et dispose pour la compétition le lendemain matin.

— À moins que tu penses être assez habituée à cette voiture pour que je puisse dépasser les soixante kilomètres-heure ? demanda-t-il à Tanzie.

Elle fit « non » de la tête.

— Non, répéta-t-il, l'air déçu. Bon, très bien.

Il aperçut alors l'état de la banquette arrière et cligna des yeux, incrédule. Deux carrés de chocolat avaient fondu sur le cuir clair, et la moquette était maculée de boue séchée depuis qu'ils s'étaient promenés dans les bois. M. Nicholls croisa le regard de Tanzie et lui adressa un demi-sourire, comme pour lui signifier que ce n'était pas grave – même si elle voyait bien que ça l'était pour lui – puis se retourna vers le volant.

— C'est parti, annonça-t-il en mettant le contact.

Personne ne parla pendant près d'une heure, laissant M. Nicholls écouter une émission de radio sur les nouvelles technologies. Maman lisait un livre. Depuis la fermeture de la bibliothèque, elle achetait deux livres de poche par semaine chez Emmaüs mais n'avait jamais le temps de lire le deuxième.

L'après-midi s'éternisait et la pluie tombait en un épais rideau glacé. Tanzie regardait par la vitre et essayait de résoudre des équations de tête, mais elle peinait à se concentrer lorsqu'elle ne pouvait pas visualiser son travail. Il était environ 18 heures quand Nicky commença à s'agiter, comme s'il n'arrivait plus à trouver une position confortable.

— Quand est-ce qu'on s'arrête ?

Maman avait piqué du nez. Elle releva brusquement la tête et consulta l'horloge, comme si de rien n'était.

— Il est 18 h 10, dit M. Nicholls.

— On peut s'arrêter pour manger ? demanda Tanzie.

— J'ai vraiment besoin de marcher. Je commence à avoir mal aux côtes.

— On va faire une pause pour manger, promit M. Nicholls. On pourrait faire un détour par Leicester pour se trouver un petit restau indien.

— Je préférerais qu'on se contente de sandwichs, objecta maman. On n'a pas le temps d'aller au restaurant.

À une vitesse d'escargot, ils traversèrent un petit village, puis un autre, et suivirent les panneaux indiquant un centre commercial. La nuit commençait à tomber quand l'Audi s'arrêta enfin devant un supermarché. Maman descendit de voiture avec un soupir de soulagement et courut à l'intérieur. Ils la voyaient à travers la vitrine striée de pluie, debout devant les réfrigérateurs, prenant des articles avant de les reposer.

—Pourquoi elle n'achète pas simplement des sandwichs tout faits ? marmonna M. Nicholls en regardant sa montre. Elle aurait pu faire ça en deux minutes.

—C'est trop cher, répondit Nicky, et on ne peut pas savoir quels doigts y ont traîné. L'an dernier, Jess a travaillé quelques semaines à la sandwicherie d'un supermarché, et il paraît que sa collègue n'arrêtait pas de se curer le nez en découpant le poulet.

M. Nicholls se calma un peu.

—Je te parie à cinq contre un que ce sera du jambon premier prix, dit Nicky à Tanzie.

—À deux contre un, surenchérit Tanzie.

—Je me lance et je dis du fromage, intervint M. Nicholls. Quelles probabilités pour du fromage ?

—Ce n'est pas assez précis, répliqua Nicky. Vous devez choisir entre le fromage à tartiner ou les espèces de tranches orange de la marque du supermarché. Celles qui ont toujours un nom inventé de toutes pièces.

—Caprice des vieux.

—Moine déchaussé.

—Appétissant…

—La vache qui râle.

—Oh, quand même, elle n'est pas si terrible ! s'esclaffa M. Nicholls.

Tanzie et Nicky éclatèrent de rire.

Maman ouvrit la portière et souleva son sac de courses d'un air radieux.

— Et voilà! Ils avaient des rillettes de thon en promo. Qui veut un sandwich?

— Vous ne voulez jamais de nos sandwichs, fit remarquer maman à M. Nicholls une fois qu'ils furent repartis.

M. Nicholls mit le clignotant et bifurqua sur une route de campagne.

— Je n'aime pas ça. Ça me rappelle l'école.

— Alors vous mangez quoi?

Maman dévorait le sien. En quelques minutes, la voiture s'était remplie d'une odeur de poisson.

— À Londres? Des toasts pour le petit déj'. Éventuellement, des sushis ou des nouilles à midi. Et je commande des plats à emporter pour le soir.

— Des plats à emporter? Tous les soirs?

— Quand je ne sors pas, oui.

— Et vous sortez souvent?

— En ce moment? Jamais.

Maman le fusilla du regard.

— Bon, d'accord, sauf quand je vais me saouler dans votre bar.

— Sérieusement, vous mangez la même chose tous les jours?

M. Nicholls semblait un peu gêné.

— Je ne commande pas toujours les mêmes plats.

— Ça doit vous coûter une fortune. Et qu'est-ce que vous mangez quand vous êtes à Beachfront?

— Des plats à emporter.

— De chez Raj?

— C'est ça. Vous connaissez?

— Oh oui, je connais.

Un silence se fit.

— Quoi ? dit M. Nicholls. Vous n'y allez jamais ? Qu'est-ce qu'il y a ? C'est trop cher ? Vous allez me dire que ce n'est pas compliqué de mettre quelques pommes de terre au four ? Eh bien je n'aime pas les patates. Et je n'aime pas les sandwichs. Et je n'aime pas faire la cuisine.

C'était peut-être la faim, mais il semblait soudain devenu grincheux.

Tanzie se pencha en avant pour passer la tête entre les sièges.

— Une fois, Nathalie a trouvé un cheveu dans son poulet jalfrezi.

M. Nicholls ouvrit la bouche pour dire quelque chose, mais elle ajouta :

— Enfin, ça ressemblait plutôt à un poil.

Vingt-trois lampadaires passèrent.

— Vous vous arrêtez peut-être un peu trop sur ce genre de détails, dit enfin M. Nicholls.

Peu après Nuneaton, Tanzie se mit à passer en douce des bouts de son sandwich à Norman, parce que les rillettes de thon n'avaient pas vraiment le goût du thon et que le pain lui collait au palais. M. Nicholls s'arrêta dans une station-service.

— Leurs sandwichs vont être ignobles, l'avertit maman en jetant un coup d'œil dans la boutique. Ils sont là depuis des semaines.

— Je ne compte pas acheter un sandwich.

— Ils ont des friands ? demanda Nicky en plissant les yeux pour mieux voir à l'intérieur. J'adore les friands.

— Ils sont encore plus dégueulasses que les sandwichs. Ils sont sûrement pleins de viande de chien.

Tanzie plaqua les mains sur les oreilles de Norman.

— Si vous entrez, vous pouvez prendre du chocolat pour ces deux-là ? demanda maman à M. Nicholls en fouillant dans son sac. Un petit extra.

— Je pourrais avoir des Crunchie, s'il te plaît ? demanda Nicky, dont l'humeur était remontée en flèche.

— Et moi des Aero. À la menthe, s'il te plaît. Je peux en avoir un gros ?

Maman tendit sa monnaie à M. Nicholls, mais celui-ci s'était tourné dans l'autre direction.

— Vous pouvez y aller vous-même ? Moi, je vais faire un petit tour de l'autre côté de la route.

— Où ça ?

Il se tapota l'estomac, l'air soudain très joyeux.

— Là-bas.

Le *Keith's Kebab* avait six sièges en plastique boulonnés au sol, quatorze canettes de coca light dans la vitrine, et une enseigne au néon où le premier « b » était manquant. Par la vitre de la voiture, Tanzie vit la démarche de M. Nicholls devenir presque sautillante alors qu'il entrait dans la lumière crue du boui-boui. Il regarda longuement le mur derrière le comptoir, puis désigna un énorme morceau de viande marron qui tournait lentement sur une broche. Tanzie se demanda quel animal pouvait avoir cette forme, et le seul qui lui vint à l'esprit fut un bison. Un bison cul-de-jatte.

— Oh la vache, gémit Nicky tandis que l'homme commençait à tailler la viande. Est-ce qu'on peut en avoir un ?

— Non, répondit maman.

— Je suis sûr que M. Nicholls nous en paierait un si on lui demandait.

— M. Nicholls en fait déjà assez pour nous, répliqua sèchement maman. On ne va pas en plus lui demander de nous payer à manger. C'est compris ?

Nicky échangea avec Tanzie un regard entendu.

—D'accord, dit-il d'un air bougon.

Puis plus personne ne parla.

—Je suis désolée, dit maman au bout d'une minute. C'est juste que… je ne veux pas qu'il pense qu'on profite de la situation.

—Mais est-ce que c'est vraiment profiter si on ne fait qu'accepter ce qu'on nous propose? demanda Tanzie.

—Mange une pomme si tu as encore faim. Ou un muffin de l'hôtel. Je suis sûre qu'il en reste quelques-uns.

Sans mot dire, Nicky leva les yeux au ciel. Tanzie lâcha un soupir.

M. Nicholls ouvrit sa portière, amenant avec lui une odeur de viande bien chaude et bien grasse, ainsi qu'un kebab emballé dans un papier blanc déjà taché de graisse. Deux filets de bave descendirent aussitôt des babines de Norman.

—Vous êtes sûrs que vous n'en voulez pas? demanda-t-il gaiement en se tournant vers Nicky et Tanzie. Je n'ai demandé que très peu de sauce piquante.

—Non. C'est très gentil, mais non merci, dit maman d'un ton ferme en jetant à Nicky un regard menaçant.

—Non merci, dit Tanzie à voix basse.

L'odeur était alléchante.

—Non. Merci, répéta Nicky avant de détourner les yeux.

Les panneaux passaient comme dans un brouillard: Nuneaton, Market Bosworth, Coalville, Ashby-de-la-Zouch.

Ils auraient aussi bien pu indiquer Zanzibar ou Tanzanie, Tanzie n'aurait pas été plus avancée: elle n'avait aucune idée de l'endroit où ils se trouvaient. Elle se surprit à répéter ce nom dans sa tête.

Ashby-de-la-Zouch, Ashby-de-la-Zouch.

Elle aurait bien aimé s'appeler comme ça.

Salut ! Comment tu t'appelles ? Ashby de la Zouch. Salut Ashby ! C'est trop cool comme prénom !

Costanza Thomas… Son vrai nom avait lui aussi cinq syllabes, mais n'avait pas le même rythme. Elle envisagea Costanza de la Zouch, qui en avait six, puis Ashby Thomas, qui semblait bien plat en comparaison.

Costanza de la Zouch.

Maman lisait encore, avec la lumière allumée côté passager, et M. Nicholls n'arrêtait pas de remuer sur son siège.

— Sur la carte…, dit-il enfin. Est-ce qu'il y a un restaurant ou quelque chose à proximité ?

Cela faisait 389 lampadaires qu'ils avaient repris la route. D'habitude, ce n'était pas M. Nicholls qui demandait à s'arrêter. Tanzie ne cessait de se sentir déshydratée et de boire trop, puis avait envie de faire pipi. Norman gémissait pour sortir toutes les vingt minutes, mais on ne savait jamais s'il en avait vraiment besoin ou s'il s'ennuyait autant qu'eux et voulait seulement renifler les alentours.

— Vous avez encore faim ? demanda maman en s'arrachant à la lecture de son roman.

— Non. J'ai… besoin d'aller aux toilettes.

Maman se replongea dans son livre.

— Oh, ne faites pas attention à nous. Allez derrière un arbre.

— Pas pour ça, murmura-t-il.

— Apparemment, le prochain village, c'est Kegworth. Vous y trouverez bien un endroit. Sinon, si on prend la quatre voies, on devrait tomber sur une station-service.

— C'est loin ?

— Je ne sais pas, à dix minutes ?

— OK.

Il hocha la tête, presque pour lui-même.

— Dix minutes, ça va.

Son visage était étrangement luisant.

— Dix minutes, c'est faisable.

Nicky avait remis ses écouteurs et écoutait sa musique. Tanzie caressait les grandes oreilles duveteuses de Norman et pensait à la théorie des cordes. Puis, brusquement, M. Nicholls fit un écart et pila dans la bande d'arrêt d'urgence. Tout le monde fut projeté en avant. Norman faillit tomber de la banquette. M. Nicholls ouvrit sa portière à la volée et sortit en courant de la voiture. Tanzie se retourna juste à temps pour le voir s'accroupir près du fossé, les mains crispées sur les genoux, et se mettre à vomir. Il était impossible de ne pas l'entendre, même avec les fenêtres fermées.

— Waouh ! lâcha Nicky. La quantité ! On dirait… Oh la vache, on se croirait dans *Alien* !

— Oh mon Dieu, gémit maman.

— C'est dégoûtant, dit Tanzie.

— Vite ! s'écria maman. Nicky, où est le rouleau d'essuie-tout ?

Elle sortit de la voiture pour lui venir en aide. Il était plié en deux. Lorsqu'elle vit que Tanzie et Nicky l'observaient par la vitre arrière, elle agita la main comme pour leur signifier qu'ils n'étaient pas censés regarder, alors qu'elle avait fait exactement la même chose.

— Tu veux toujours un kebab ? demanda Tanzie à Nicky.

— Espèce de petit diable, répliqua-t-il en frissonnant.

M. Nicholls revint à la voiture avec l'allure d'un nourrisson qui vient d'apprendre à marcher. Son visage avait pris une étrange teinte jaunâtre, la sueur perlait par tous les pores de sa peau.

— Vous avez une mine affreuse, fit remarquer Tanzie.

Il se rassit sur son siège.

— Ça va aller, murmura-t-il. Maintenant, ça va aller.

Maman se pencha entre les sièges et articula sans les prononcer les mots « sac en plastique ».

— Juste au cas où, ajouta-t-elle gaiement avant de baisser sa vitre de quelques centimètres.

M. Nicholls conduisit très lentement sur quelques kilomètres. Si lentement que deux voitures passèrent leur temps à leur faire des appels de phare et qu'un conducteur klaxonna violemment en les dépassant. Parfois, il roulait sur la ligne blanche, comme s'il n'était pas très concentré, mais Tanzie avait remarqué que maman ne disait rien et se résolut à l'imiter.

— On y est bientôt ? murmurait-il sans cesse.

— Oui, disait maman, qui n'en avait probablement aucune idée.

Elle lui tapota le bras, comme elle l'aurait fait avec un enfant.

— Vous vous en sortez très bien.

Il tourna vers elle des yeux empreints d'angoisse.

— Tenez bon, dit-elle calmement.

Et puis, au bout d'un kilomètre :

— Oh, bon sang ! gémit-il avant de freiner de nouveau. Je dois…

— Un bar ! s'écria maman en montrant du doigt une lumière à peine visible à l'entrée d'un village. Regardez ! Vous pouvez le faire !

M. Nicholls écrasa l'accélérateur, si violemment que Tanzie sentit presque ses joues se déformer. Il s'arrêta en dérapant dans le parking, ouvrit la portière à la volée, descendit en titubant et se rua à l'intérieur du bar.

Ils l'attendirent dans la voiture. Le silence était si pesant qu'ils entendaient le moteur cliqueter en refroidissant.

Au bout de cinq minutes, maman se pencha pour refermer la portière côté conducteur et empêcher le froid d'entrer. Puis elle se tourna vers eux et leur sourit.

—Il était comment, cet Aero ?

—Bon.

—Moi aussi, j'aime les Aeros.

Nicky, les paupières closes, remuait la tête au rythme de la musique.

Un homme entra dans le parking en compagnie d'une femme aux cheveux attachés sur le sommet du crâne, qui scruta longuement la voiture. Maman sourit. La femme ne lui rendit pas son sourire.

Dix minutes passèrent.

—Est-ce qu'il faut que j'aille le chercher ? demanda Nicky en enlevant ses écouteurs et en jetant un coup d'œil à l'horloge.

—Il vaut mieux éviter, dit maman.

Elle s'était mise à taper nerveusement du pied.

Dix autres minutes passèrent. Enfin, alors que Tanzie était partie promener Norman autour du parking et que maman faisait des étirements sur le coffre de la voiture, M. Nicholls réapparut.

Tanzie n'avait jamais vu personne avec un teint aussi cadavérique. Il était littéralement blanc comme un linge. On aurait dit qu'on lui avait gommé les traits avec une gomme trop dure.

— Je crois qu'il va falloir qu'on s'arrête ici un moment, dit-il.

— Dans le bar ?

— Non, pas dans le bar, répondit-il en jetant un regard en arrière. Sûrement pas. On… on trouvera peut-être un endroit plus accueillant à quelques kilomètres.

— Vous voulez que je conduise ? proposa maman.

— Non ! répondirent les autres en chœur.

Elle sourit et fit de son mieux pour ne pas avoir l'air offensée.

Le *Bluebell Haven* était le seul hôtel dans un rayon de quinze kilomètres qui n'affichait pas complet. Il était composé de dix-huit mobil-homes, d'une aire de jeu avec deux balançoires et un bac à sable et d'un panneau « interdit aux chiens ».

M. Nicholls posa la tête sur le volant.

— On va trouver autre chose.

Il grimaça et se plia en deux.

— Donnez-moi juste une minute, ajouta-t-il.

— Inutile. On reste là.

— Mais vous avez dit qu'on ne pouvait pas laisser le chien dans la voiture.

— On ne le laissera pas dans la voiture. Tanzie, les lunettes noires.

Près du portail d'entrée se dressait un mobil-home portant le panneau « réception ». Maman entra en premier, laissant Tanzie l'attendre sur les marches avec ses lunettes de soleil. L'homme obèse qui s'extirpa paresseusement de son fauteuil déclara qu'elle avait de la chance, car il ne leur restait plus qu'une seule chambre et qu'ils pouvaient l'avoir pour un tarif spécial.

— Combien ? demanda maman.

—Quatre-vingts livres.

—Pour une seule nuit? Dans un mobil-home?

—On est samedi.

—Il est 19 heures et vous n'avez personne.

—Quelqu'un pourrait venir.

—Ouais, bien sûr. Il paraît que Madonna fait une tournée dans le coin et qu'elle cherche un endroit où loger ses techniciens.

—Pas la peine d'être aussi agressive.

—Pas la peine d'essayer de m'arnaquer. Trente livres, dit maman en sortant les billets de sa poche.

—Quarante.

—Trente-cinq, répliqua maman en tendant la main. C'est tout ce que j'ai. Oh, et on a un chien.

Il leva une main potelée.

—Vous avez vu le panneau? Pas de chiens ici.

—C'est un chien d'aveugle. Pour ma petite fille. Je vous rappelle qu'il est illégal de refuser une personne à cause de son handicap.

Nicky ouvrit la porte et, la tenant par le coude, guida Tanzie à l'intérieur. Elle se planta à l'entrée de la pièce, dissimulée derrière ses lunettes noires, et Norman s'assit tranquillement devant elle. Ils avaient déjà fait ça deux fois pour prendre le car pour Portsmouth après le départ de papa.

—Il est bien entraîné, lui assura maman. Il ne vous fera pas d'ennuis.

—Il est mes yeux, renchérit Tanzie. Ma vie ne serait rien sans lui.

L'homme braqua son regard sur la main de Tanzie, puis remonta vers son visage. Ses bajoues rappelaient à Tanzie celles de Norman. Elle dut se rappeler de ne surtout pas lever les yeux vers la télévision.

— Vous vous foutez de ma gueule ?

— Pas du tout, répliqua joyeusement maman.

Il secoua la tête et s'avança lourdement vers son placard à clés.

— Deuxième rangée, quatrième sur la droite. À côté des toilettes.

M. Nicholls était si malade qu'il ne semblait même pas comprendre où ils se trouvaient. Il ne cessait de gémir doucement en se tenant le ventre. Puis, dès qu'il fut en état de déchiffrer le mot « toilettes » sur la pancarte, il poussa un petit cri et disparut. Ils ne le revirent pas pendant près d'une heure.

Le mobil-home était petit et miteux, mais maman déclara que c'était mieux que rien. Il y avait deux chambres minuscules, ainsi qu'un canapé convertible dans le salon. Maman décida que Nicky et Tanzie s'installeraient dans la pièce avec les lits jumeaux, que M. Nicholls pourrait dormir dans l'autre, et qu'elle-même prendrait le canapé. Leur chambre n'était pas si mal, même si les pieds de Nicky dépassaient au bout de son lit et que tout était imprégné d'une odeur de cigarette. Maman ouvrit les fenêtres pour aérer, puis fit les lits avec les sacs de couchage et laissa couler l'eau dans la salle de bains jusqu'à ce qu'elle soit chaude – d'après elle, M. Nicholls voudrait probablement prendre une douche en rentrant.

Tanzie inspecta les toilettes chimiques, puis colla le nez à la fenêtre et compta les lumières allumées dans les autres caravanes. Seulement deux semblaient occupées.

— Quel salopard de menteur ! grommela maman.

Elle avait mis son téléphone à charger depuis exactement quinze secondes quand il se mit à sonner. Elle sursauta et répondit sans le débrancher.

—Allô ? Den ?

Sa main se plaqua sur sa bouche.

—Oh, mon Dieu. Den, je ne vais jamais pouvoir revenir à temps !

Une série d'explosions étouffées retentit à l'autre bout de la ligne.

—Je suis vraiment désolée. Je sais ce que je t'avais dit. Mais c'est un peu la folie, ici. Je suis à…

Elle fit une grimace à Tanzie.

—On est où ?

—Près d'Ashby-de-la-Zouch.

—À Ashby-de-la-Zouch, dit maman. Ashby-de-la-Zouch, répéta-t-elle, la main dans les cheveux. Je sais. Je suis vraiment désolée. Le voyage ne s'est pas passé comme prévu, notre chauffeur est tombé malade et mon portable est tombé en panne de batterie, et avec tout le… Quoi ?

Elle jeta à Tanzie un regard paniqué.

—Je ne sais pas. Probablement pas avant mardi. Peut-être même mercredi. C'est plus long que prévu.

Tanzie entendait distinctement crier dans le combiné.

—Chelsea ne peut pas le faire ? Je l'ai remplacée des tas de fois. Je sais bien qu'on est en période pleine. Je sais, Den, je suis vraiment désolée. Je t'ai dit que je…

Elle s'interrompit.

—Non, reprit-elle. Je ne peux pas rentrer avant. Non. Je suis vraiment… Comment ça ? Je ne me suis jamais absentée cette année. Je… Den ?… Den ?

Elle raccrocha et resta debout sans bouger, à contempler l'écran noir de son portable.

—C'était Den, le monsieur du bar ?

Tanzie aimait bien Den. Une fois, elle s'était assise devant le bar avec Norman un dimanche après-midi, en attendant maman, et il lui avait donné un paquet de chips de crevettes.

À cet instant, la porte s'ouvrit et M. Nicholls tomba presque à l'intérieur.

— Je vais me coucher, murmura-t-il.

Il se redressa un instant avant de s'effondrer sur les coussins fleuris du canapé. Il leva les yeux sur maman, le visage gris, les yeux profondément enfoncés dans les orbites.

— Je vais me coucher. Désolé, marmonna-t-il.

Maman s'assit à côté de lui, les yeux toujours rivés sur son portable.

Il cligna des yeux.

— Vous avez essayé de me joindre ?

— Il m'a virée, balbutia maman. Je n'arrive pas à y croire. Putain, il m'a virée.

17

JESS

L a nuit avait pris une tournure étrange, décousue. Les heures se succédaient, interminables. Jess n'avait jamais vu un homme aussi malade. Elle avait renoncé à l'idée de dormir. Elle se perdit dans la contemplation des murs couleur caramel du mobil-home, lut quelques pages, piqua du nez. M. Nicholls gémissait à côté d'elle, se levant régulièrement pour se rendre d'un pas traînant aux toilettes. Elle fermait la porte de la chambre des enfants et l'attendait, sommeillant par instants au bout du canapé, lui tendant de l'eau et des mouchoirs quand il revenait en titubant.

Peu après 3 heures du matin, M. Nicholls déclara qu'il avait besoin de prendre une douche. Elle lui fit promettre de ne pas fermer à clé la porte de la salle de bains, emporta ses vêtements à la laverie de l'hôtel (un lave-linge dans un abri de jardin) et dépensa 3,20 livres pour un cycle de soixante minutes. Elle n'avait pas assez de monnaie pour le séchage.

Il était toujours dans la douche quand elle revint à la caravane. Elle suspendit ses vêtements à des cintres au-dessus du radiateur, espérant qu'ils sèchent un peu avant le matin, puis frappa doucement à la porte. Seul le bruit de l'eau lui répondit, ainsi qu'un nuage de vapeur. Elle jeta un coup d'œil dans la pièce. La vitre était embuée, mais elle pouvait le distinguer, épuisé, affalé sur le sol. Elle attendit un instant, les yeux rivés sur son large dos pressé contre le panneau de verre, un triangle inversé très pâle, étonnamment musculeux, puis le vit lever la main pour la passer avec lassitude sur son visage.

—M. Nicholls? murmura-t-elle derrière lui. M. Nicholls?

Il se retourna et l'aperçut. Il avait les yeux cernés de rouge, la tête enfoncée dans ses épaules.

—Bordel. Je ne peux même pas me lever. Et l'eau commence à refroidir.

—Je peux vous aider?

—Non. Oui. Oh, bon sang!

—Tenez bon.

Elle leva la serviette, sans vraiment savoir si elle cherchait à ménager sa pudeur ou la sienne, entra dans la pièce et coupa l'eau de la douche, se détrempant le bras. Puis elle lui passa la serviette pour lui permettre de se couvrir et se pencha dans la cabine.

—Passez votre bras autour de mon cou.

—Vous êtes trop petite. Je vais vous faire tomber.

—Je suis plus forte que j'en ai l'air.

Il ne bougea pas.

—Vous allez devoir m'aider un peu. Je ne peux pas vous soulever comme un pompier.

Son bras mouillé se glissa autour de son cou, et il noua la serviette autour de sa taille. Jess se soutint à la cloison de la douche et, enfin, mal assurés, ils se relevèrent. Heureusement, le mobil-home était si petit qu'à chaque pas, il y avait un mur où s'appuyer. Ils titubèrent ainsi jusqu'au canapé.

—Voilà où en est ma vie, grogna-t-il en la regardant placer une bassine à côté du canapé.

— Ouaip, répliqua Jess en considérant d'un air pensif la tapisserie qui se décollait et la peinture jaunie par la nicotine. Moi non plus, ce n'est pas mon meilleur samedi soir.

Il était un peu plus de 4 heures du matin. Ses yeux fatigués la brûlaient. Elle ferma les paupières une minute.

— Merci, articula-t-il faiblement.

— Pour quoi ?

Il se redressa.

— Pour m'avoir apporté du papier toilette au milieu de la nuit. Pour avoir lavé mes vêtements. Pour m'avoir aidé à sortir de la douche. Et pour ne pas m'avoir fait remarquer que vous m'aviez prévenu et que je n'avais qu'à ne pas acheter un sandwich douteux dans un endroit avec un nom aussi ridicule que *Keith's Kebab*.

— Cela dit, je vous avais prévenu.

— Vous voyez ? Maintenant, vous gâchez tout.

Il s'installa sur le canapé, le bras posé sur les yeux. Elle essaya de ne pas trop le regarder. Elle ne se souvenait plus de la dernière fois qu'elle avait vu un homme torse nu, en dehors du malencontreux match de beach-volley que Den avait organisé au bar en août dernier.

— Allez vous coucher dans la chambre. Vous serez plus à l'aise.

Il ouvrit un œil.

— Est-ce que j'aurai un sac de couchage Bob l'Éponge ?

— Vous aurez le mien, avec des rayures roses. Mais je vous promets que ça n'aura aucune incidence sur votre virilité.

— Et vous, vous dormez où ?

— Ici. Ce sera très bien, s'empressa-t-elle d'ajouter quand il sembla vouloir protester. De toute façon, je ne pense pas dormir beaucoup.

Il se laissa mener dans la petite chambre à coucher. Il gémit en se laissant tomber sur le lit, comme si le moindre geste lui était douloureux, et elle tira doucement le sac de couchage sur lui. Il avait sous les yeux des ombres couleur de cendre.

—Je serai prêt à repartir dans quelques heures, dit-il d'une voix ensommeillée.

—Bien sûr, murmura-t-elle en remarquant la pâleur blafarde de sa peau. Prenez votre temps.

—Au fait, on est où exactement ?

—Oh, quelque part sur la route de brique jaune.

—C'est là que le dieu-lion sauve tout le monde ?

—Non, ça c'est dans *Narnia*. Celui du *Magicien d'Oz* est lâche et inutile.

—Les chiffres, on leur fait dire ce qu'on veut…, marmonna-t-il en s'endormant enfin.

Jess sortit sur la pointe des pieds et s'étendit sur l'étroit canapé, essayant de ne pas regarder l'horloge. Avec Nicky, elle avait étudié la carte pendant que M. Nicholls était aux toilettes, et ils avaient recalculé le voyage comme ils avaient pu.

On a encore le temps, se dit-elle. Puis, finalement, elle s'endormit à son tour.

La matinée était déjà bien avancée, mais rien ne bougeait dans la chambre de M. Nicholls. Jess avait songé à le réveiller, mais chaque fois qu'elle avait essayé, elle s'était souvenue de lui, affalé contre la paroi de la douche, et sa main s'était figée sur la poignée. Elle n'ouvrit la porte de sa chambre qu'une seule fois, lorsque Nicky lui fit remarquer qu'il avait très bien pu mourir étouffé dans son propre vomi. Le garçon parut presque déçu quand il s'avéra que M. Nicholls dormait seulement très profondément. Les enfants partirent promener Norman – sans oublier les lunettes noires – et achetèrent des provisions dans une supérette. Ils prirent le petit déjeuner en chuchotant. Jess prépara des sandwichs avec le pain qui restait («Oh, super», soupira Nicky), nettoya la cuisine et laissa un message vocal à Den pour s'excuser encore une fois.

Puis la porte de la petite chambre s'ouvrit en grinçant et M. Nicholls émergea en clignant des yeux, en tee-shirt et boxer. Il leva la main pour les saluer. Une longue marque d'oreiller ornait sa joue.

—Où est-ce qu'on…

—À Ashby-de-la-Zouch. Ou pas très loin.

—Il est tard?

—Il est 10 h 45.

—D'accord.

Sa mâchoire s'ombrait d'une barbe naissante, et ses cheveux étaient tout ébouriffés sur le côté. Jess fit semblant de lire son livre. Il dégageait une odeur tiède d'homme endormi. Elle avait oublié comme cette odeur pouvait être puissante.

—10 h 45.

Il se frotta le menton, puis tituba vers la fenêtre et regarda à l'extérieur.

—J'ai l'impression d'avoir dormi un million d'années, soupira-t-il en s'asseyant lourdement en face d'elle sur le canapé.

—Alerte évasion! lança soudain Nicky, debout derrière Jess.

—Quoi?

—Le petit oiseau va sortir.

M. Nicholls le dévisagea, puis se tourna vers Jess, comme pour dire : «Votre fils est devenu fou.»

Puis, suivant le regard de Nicky, Jess baissa les yeux et les détourna aussitôt.

—Oh mon Dieu!

M. Nicholls fronça les sourcils.

—Quoi, «Oh mon Dieu»?

—Vous auriez au moins pu m'inviter à dîner avant, dit-elle en se levant pour rincer la vaisselle du petit déjeuner, les oreilles brûlantes.

—Oh.

M. Nicholls baissa les yeux et se rajusta.

—Désolé.

Il se leva à son tour.

—Je, euh… Est-ce que je peux prendre une autre douche?

—On vous a gardé un peu d'eau chaude, répondit Tanzie, penchée sur sa feuille d'exercices dans un coin de la pièce. Vous sentiez très mauvais, hier soir.

Il émergea vingt minutes plus tard, les cheveux sentant le shampooing et les joues rasées de près. Jess était occupée à dissoudre du sel et du sucre dans un verre d'eau en s'efforçant de ne pas penser à certaines parties dénudées du corps de M. Nicholls. Elle lui tendit le breuvage.

—Qu'est-ce que c'est? demanda-t-il avec une grimace.

—Une solution réhydratante. Pour remplacer ce que vous avez perdu hier soir.

—Vous voulez me faire boire un verre d'eau salée? Alors que j'ai déjà été malade toute la nuit?

—Buvez, vous verrez.

Pendant qu'il avalait la mixture avec des grimaces et des haut-le-cœur, elle lui prépara des toasts et du café noir. Il s'assit à la petite table en Formica, prit une gorgée de café et quelques bouchées prudentes de pain grillé. Et dix minutes plus tard, d'une voix où perçait une certaine surprise, il reconnut qu'il se sentait un peu mieux.

—Mieux comme dans «capable de conduire sans avoir un accident»?

—Par accident, vous voulez dire…

—S'écraser dans le fossé.

—Merci pour la précision.

Il prit une autre bouchée, plus confiante.

—Mais donnez-moi encore vingt minutes, ajouta-t-il. Je préfère être sûr d'être…

—À l'abri d'un accident.

Son visage s'éclaira, et elle fut heureuse de le voir sourire.

—Oui, c'est un peu ça. Oh, bon sang, je me sens mieux!

Il but une gorgée de café avec un soupir de satisfaction, termina la première fournée de toasts et demanda s'il y en avait d'autres, puis les regarda les uns après les autres.

—Mais vous savez, dit-il, je me sentirais encore mieux si vous arrêtiez de m'observer comme une bête de foire malade pendant que je mange. Je commence à avoir peur qu'une autre partie de moi dépasse quelque part.

—Vous le sauriez, répliqua Nicky, parce qu'on se serait tous enfuis en hurlant.

—Maman a dit que vous avez presque vomi vos tripes, dit Tanzie. Je me demandais quel effet ça faisait.

Il leva les yeux vers Jess et touilla son café. Il ne détourna pas le regard jusqu'à la voir rougir.

—Tu veux que je te dise? répondit-il enfin. En ce moment, c'est comme ça que je finis la plupart de mes samedis soir.

Tanzie étudia ses feuilles d'exercices avant de les replier soigneusement.

—Le truc avec les chiffres, déclara-t-elle comme si elle poursuivait une tout autre conversation, c'est que ce ne sont pas toujours des chiffres. Par exemple, i est imaginaire. π et e sont transcendants. Mais si on les met ensemble, e puissance i fois π donne -1. Ils forment un chiffre qui n'est pas vraiment là. Parce que -1 n'est pas un chiffre : c'est un espace vide à l'endroit où un chiffre devrait se trouver.

—Oui, c'est parfaitement logique, ricana Nicky.

—Ça l'est pour moi, dit M. Nicholls. En ce moment, je me sens un peu comme un espace vide à l'endroit où un corps devrait se trouver.

Il finit son café et posa sa tasse.

—OK, je me sens bien. C'est reparti.

À chaque kilomètre qui passait, le paysage se modifiait : les collines se faisaient de plus en plus abruptes et moins bucoliques à mesure que les haies qui les ceignaient se changeaient en murs de pierres grises. Le ciel s'ouvrit, la lumière du soleil se fit plus éclatante, et ils aperçurent à l'horizon les lointains reliefs d'un paysage industriel : des usines de brique rouge et d'immenses centrales électriques crachant des nuages jaunâtres. Jess ne cessait de jeter des regards furtifs à M. Nicholls pendant qu'il conduisait, d'abord par crainte de le voir brusquement se plier en deux, puis avec une vague satisfaction à la vue des couleurs qui revenaient sur son visage.

—Je ne pense pas qu'on puisse arriver à Aberdeen aujourd'hui, annonça-t-il, une nuance d'excuse dans la voix.

—Allons aussi loin que possible et remettons la dernière étape à demain matin.

—C'est exactement ce que j'allais suggérer.

—On a encore largement le temps.

—Largement.

Elle se laissa bercer par la route, sommeillant par intermittence, essayant de faire abstraction de ses préoccupations. Elle plaça le miroir du pare-soleil de manière à surveiller discrètement Nicky sur la banquette arrière. Ses hématomes avaient presque disparu et il semblait parler plus que d'habitude, mais il se renfermait toujours en sa présence. Parfois, Jess se demandait s'il en serait ainsi pour le reste de sa vie. Elle avait beau lui répéter qu'elle l'aimait et qu'ils formaient une famille, tous ses efforts lui semblaient vains.

— Tu arrives trop tard, lui avait dit sa mère lorsque Jess lui avait annoncé qu'elle prendrait Nicky sous son aile. Chez un enfant de cet âge, les dégâts sont irréversibles. Je sais de quoi je parle.

En tant qu'institutrice, sa mère était capable de maintenir une classe de trente élèves de huit ans dans un silence narcoleptique ou de leur faire passer des examens comme un berger ferait passer une barrière à son troupeau. Mais Jess ne se souvenait pas l'avoir jamais vue lui sourire avec la simple joie d'une mère qui regarde l'enfant à qui elle a donné la vie.

Sa mère avait eu raison pour beaucoup de choses. Le jour où Jess était entrée au lycée, elle lui avait dit : « À partir de maintenant, tous les choix que tu feras seront déterminants pour ta vie future. » Ce que Jess avait compris, c'était qu'on lui demandait de s'épingler sur une planche, comme un papillon. Car le problème était là : quand on rabaisse quelqu'un en permanence, il finit par ne plus écouter même les conseils les plus sensés.

Lorsque Jess avait eu Tanzie, aussi jeune et écervelée qu'elle était, elle avait eu la sagesse de savoir qu'elle devait lui dire tous les jours à quel point elle l'aimait. Elle la câlinerait, essuierait ses larmes et s'affalerait avec elle sur le canapé avec leurs jambes emmêlées comme des spaghettis. Elle tisserait autour d'elle un cocon d'amour. Quand Tanzie était bébé, elle dormait dans les bras de Jess dans le lit conjugal. Lorsque Marty se traînait dans la chambre d'amis en grommelant qu'il n'y avait plus de place pour lui, elle l'entendait à peine.

Puis, deux ans plus tard, quand Nicky était arrivé et que tout le monde lui avait dit qu'elle était folle de prendre en charge l'enfant d'une autre, un enfant déjà grand et venant d'un milieu sensible – *tout le monde sait comment finissent ces gamins* –, elle avait fait mine de ne pas les entendre. Parce qu'elle avait tout de suite perçu en cette petite ombre méfiante, qui ne s'approchait jamais à moins de trente centimètres de quiconque, une petite part d'elle-même. Parce qu'elle savait ce qui se passait quand votre mère ne vous avait pas serré contre elle ou fait comprendre que vous étiez la personne la plus importante au monde, voire quand elle n'avait même pas remarqué votre présence quand vous étiez à la maison : une partie de vous prenait le large. Vous n'aviez pas besoin d'elle. Vous n'aviez besoin de personne. Et sans même vous en rendre compte, vous attendiez. Vous attendiez que vos proches découvrent en vous quelque chose de déplaisant, quelque chose qu'ils n'avaient pas vu en premier lieu, et qu'ils deviennent froids et disparaissent, à leur tour, comme une brume de mer. Parce qu'il devait bien y avoir quelque chose de foncièrement mauvais en vous si même votre propre mère ne vous avait pas aimé.

C'était pour cette raison que le départ de Marty ne l'avait pas dévastée. Comment l'aurait-il pu ? Il ne pouvait pas l'atteindre. Les seules personnes dont se souciait Jess, c'était ses deux enfants. Elle devait leur faire comprendre qu'ils ne seraient jamais seuls. Parce que même si le monde entier vous jetait des pierres, si vous aviez votre mère à vos côtés, vous ne vous sentiez pas seul. Une partie profondément enracinée de votre être avait conscience d'être aimé. Et de mériter cet amour. De sa vie, Jess n'avait pas accompli grand-chose dont elle pouvait s'enorgueillir, mais sa plus grande fierté était d'avoir transmis à Tanzie cette certitude. Aussi étrange que pouvait être ce petit bout de femme, Jess savait qu'elle savait.

Pour Nicky, elle y travaillait toujours.

— Vous avez faim ?

La voix de M. Nicholls la tira de son demi-sommeil.

Elle se redressa, le cou aussi raide et tordu qu'un cintre en fil de fer.

— Je suis affamée, répondit-elle en se tournant péniblement vers lui. Vous voulez vous arrêter quelque part pour déjeuner ?

Le soleil avait émergé. À gauche de la route, de larges rayons éclairaient les champs d'une lumière stroboscopique. Les doigts de Dieu, comme les appelait Tanzie. Jess attrapa la carte dans la boîte à gants, prête à chercher le restaurant le plus proche.

M. Nicholls lui jeta un petit regard embarrassé.

— En fait, vous savez quoi ? Je serais bien partant pour un de vos sandwichs.

18

Ed

*L*e *Cerf aux abois* n'apparaissait dans aucun guide, et il n'était pas difficile de comprendre pourquoi. L'hôtel se dressait à l'orée d'une lande lugubre balayée par les vents, et la vieille table de pique-nique couverte de mousse abandonnée dans le jardin devant sa façade grise suggérait, au mieux, le triomphe de l'espérance sur l'expérience. Les chambres, quant à elles, semblaient avoir été redécorées pour la dernière fois quelques décennies auparavant : papier peint rose satiné, rideaux en dentelle et figurines en porcelaine. Au bout du couloir, dans la salle de bains commune à tout l'étage, les équipements étaient d'un vert passé et couverts de dépôts calcaires. Dans la chambre à lits jumeaux, une petite télévision carrée daignait proposer trois chaînes, toutes brouillées par de légers parasites. Lorsque Nicky découvrit la poupée en plastique, vêtue d'une robe de bal au crochet, qu'un plaisantin avait assise sur le rouleau de papier toilette, il fut frappé d'admiration :

— Je l'aime beaucoup, dit-il en la levant vers la lumière pour admirer son ourlet scintillant. Elle est tellement moche qu'elle en devient cool.

Ed n'en revenait pas qu'il puisse toujours exister des endroits pareils. Mais il venait de faire huit heures de route,

Le Cerf aux abois coûtait 25 livres par nuit et par chambre —un tarif qui convenait même à Jess— et les propriétaires ne voyaient aucun inconvénient à laisser entrer Norman.

—On adore les chiens! s'écria Mme Deakins en avançant péniblement au milieu d'une petite meute de spitz nains excités.

Elle se tapota les cheveux pour vérifier la rectitude d'un chignon monumental soigneusement fixé par des dizaines d'épingles.

—On les aime plus que les humains, pas vrai, Jack?

Un grommellement indistinct monta du rez-de-chaussée.

—Ils sont beaucoup plus faciles à satisfaire. Vous pourrez mettre votre adorable gros garçon au salon avec mes petites filles pour la nuit. Elles apprécient la compagnie des mâles, ajouta-t-elle en adressant à Ed un petit clin d'œil coquin.

Elle ouvrit les portes des deux chambres et leur fit signe d'entrer.

—Monsieur et madame Nicholls, vous serez juste à côté de la chambre de vos enfants. Vous êtes les seuls clients ce soir, donc vous ne serez pas embêtés. Nous avons une sélection de céréales pour le petit déjeuner, et Jack peut vous faire des œufs et des toasts. Il fait ça très bien.

—Merci.

Elle tendit les clés à Ed, soutenant son regard une milliseconde de plus que nécessaire.

—Je devine que vous aimez vos œufs… durs. Je me trompe?

Ed se retourna pour s'assurer que c'était bien à lui qu'elle s'adressait.

—J'ai raison, n'est-ce pas?

—Euh… je les aime comme ils viennent.

Elle lui décocha un nouveau sourire, les yeux plongés dans les siens, puis redescendit au rez-de-chaussée, sa meute de petits chiens formant une marée poilue et mouvante autour de ses pieds. Du coin de l'œil, il voyait Jess ricaner.

—Sans commentaire, dit-il en laissant tomber leurs sacs sur le lit.

—Je prends le premier bain, déclara Nicky en se massant le bas du dos.

—Je dois faire mes exercices, dit Tanzie. Il me reste exactement dix-sept heures trente avant l'olympiade.

Elle prit ses manuels sous son bras et disparut dans la chambre voisine.

—On va d'abord promener Norman, ma chérie, l'arrêta Jess. Pour prendre un peu l'air. Tu dormiras mieux ce soir.

Jess ouvrit un sac et en sortit un sweat à capuche. Lorsqu'elle leva les bras pour l'enfiler, un croissant de ventre nu apparut un instant, pâle et étrangement saisissant. Puis son visage émergea par l'encolure.

—On sera parties pendant au moins une demi-heure. Mais… si vous voulez, on peut faire durer la balade un peu plus longtemps.

En ajustant sa queue-de-cheval, elle jeta un coup d'œil en direction de la cage d'escalier et haussa les sourcils.

—Si vous voyez ce que je veux dire…

—Très drôle.

Il l'entendit éclater de rire tandis qu'elles s'éloignaient. Une fois seul, il s'étendit sur le dessus-de-lit en nylon, sentant l'électricité statique lui dresser les cheveux sur la tête, et sortit son portable de sa poche.

—Alors voici la bonne nouvelle, annonça Paul Wilkes. La police vient d'achever son enquête préliminaire, qui n'a révélé aucun mobile en ce qui vous concerne. Il n'y a aucune preuve que vous ayez profité financièrement des activités en bourse de Deanna Lewis ou de son frère. Mieux encore, vous semblez n'avoir tiré aucun profit du lancement du SFAX, en dehors de ce qu'ont reçu tous les employés grâce à leurs actions. Évidemment, votre part a été plus importante étant donné le nombre de titres que vous possédez, mais ils n'ont découvert ni tentative de dissimulation, ni compte à l'étranger.

—C'est normal, je n'en ai pas.

—En revanche, l'équipe d'investigation dit avoir découvert un certain nombre de comptes en banque au nom de la famille Lewis, ce qui implique une tentative de dissimuler des transactions. Ils ont également la preuve que Michael Lewis a acheté un grand nombre d'actions juste avant l'annonce du lancement…

Paul poursuivit son exposé, mais Ed peinait à l'entendre tant le réseau était brouillé. Il se leva pour se poster à la fenêtre. Tanzie courait dans le jardin en criant joyeusement, poursuivie par les petits roquets. Jess, debout à l'écart, les bras croisés, observait la scène en riant. Norman, quant à lui, s'était couché dans l'herbe pour les regarder d'un air déconcerté, comme un récif immuable et solennel affleurant à la surface d'une mer en folie.

—Ça veut dire que je peux revenir ? demanda Ed. C'est arrangé ?

Une vision de son bureau s'imposa soudain à son esprit : un mirage dans un désert.

—Pas si vite. J'ai une moins bonne nouvelle : Michael Lewis ne s'est pas contenté d'acheter des actions ; il s'est également procuré des options.

—Des quoi ? Pour moi, c'est du chinois.

—Vous êtes sérieux ?

Il y eut un bref silence, puis :

— Les options permettent de tirer profit de son investissement en augmentant considérablement ses gains.

— Mais qu'est-ce que ça a à voir avec moi ?

— Eh bien, étant donné le niveau de profit généré par les options, l'affaire passe à la vitesse supérieure. Ce qui m'amène à la mauvaise nouvelle.

— Ce n'était pas ça, la mauvaise nouvelle ?

Paul soupira.

— Ed, pourquoi ne pas m'avoir dit que vous aviez fait un chèque à Deanna Lewis ?

Ed cligna des yeux. Le chèque.

— Elle a encaissé un chèque de 5 000 livres, signé de votre main.

— Et alors ?

— Et alors, répondit l'avocat d'une voix si lente et distincte qu'Ed l'entendit presque lever les yeux au ciel, ce chèque vous relie financièrement aux activités de Deanna Lewis. Une partie de la transaction a pu être effectuée grâce à vous.

— Mais je n'ai fait que lui prêter un peu d'argent pour l'aider ! Elle n'avait plus un sou !

— Que vous en ayez tiré profit ou non, vous avez effectué un échange financier avec Mlle Lewis, et ce juste avant le lancement du SFAX. On a pu établir que les mails ne constituaient pas des preuves concluantes, mais ça veut dire que ce n'est plus seulement sa parole contre la vôtre, Ed.

Ed laissa son regard se perdre dans la lande. Dans le jardin, Tanzie sautait partout en agitant un bâton sous le nez du chien, qui bavait. Les lunettes de travers, elle riait aux éclats. Jess la souleva par-derrière et la serra contre elle.

— Ce qui signifie ?

— Ce qui signifie, Ed, qu'il devient beaucoup plus compliqué de vous défendre.

Ed n'avait réellement déçu son père qu'une seule fois dans sa vie. Bien sûr, cela ne voulait pas dire qu'en dehors de ça, il n'était pas une déception généralisée. Il savait pertinemment que son père aurait voulu avoir un fils de la même trempe que lui : droit, déterminé, motivé. Il était cependant parvenu à surmonter son désarroi face à ce petit geek silencieux et avait décidé que, puisqu'il était incapable de le comprendre, une école privée aux frais d'inscription exorbitants se chargerait de son éducation.

Malheureusement, si les maigres économies parentales avaient pu offrir à Ed une telle éducation, il n'en avait pas été de même pour Gemma. C'était devenu le grand ressentiment inavoué de la famille. Ed se demandait souvent si ses parents auraient pris la même décision s'ils avaient eu conscience de l'immense obstacle émotionnel qu'ils dressaient ainsi devant leur fille. Il n'était jamais parvenu à la convaincre que c'était uniquement parce qu'elle était bonne en tout qu'ils n'avaient jamais ressenti le besoin de l'envoyer dans un établissement plus prestigieux. C'était lui qui passait toutes ses journées dans sa chambre ou scotché à un écran. C'était lui qui était nul en sport.

Mais non. Contre toute évidence, Bob Nicholls, ancien policier militaire et chef de la sécurité dans une petite société de construction du nord de l'Angleterre, s'était mis dans la tête qu'une dispendieuse école privée dont la devise était « Le sport fait l'homme » ferait de son fils un homme.

— C'est une chance incroyable qu'on t'offre là, Edward, répétait-il sans cesse. Ta mère et moi n'avons pas été aussi gâtés.

À la fin de sa première année, lorsqu'ils avaient découvert son bulletin scolaire où figuraient des remarques du type « un peu de motivation ne nuirait pas au résultat », « peut

mieux faire » et, pire que tout, « n'aime pas jouer en équipe »,
Ed, très gêné, avait vu son père pâlir affreusement.

Il n'avait pu se résoudre à lui dire qu'il ne se plaisait pas
dans cette école, avec ses élèves snobinards et moqueurs qui
se croyaient tout permis. Il n'avait pu se résoudre à lui dire
qu'il n'aimerait jamais le rugby, même si on s'acharnait à le
faire courir autour d'un terrain de sport. Il n'avait pas été
capable de lui expliquer que ce qui l'intéressait vraiment,
c'étaient les possibilités que lui offrait un simple écran
pixellisé. Et qu'il pensait pouvoir en faire son métier. La
déception s'était lue sur le visage de son père, et Ed avait
compris qu'il n'avait pas le choix.

— Je ferai mieux l'année prochaine, papa, avait-il
promis.

Et désormais, Ed allait devoir lui annoncer qu'il
s'attendait à tout moment à être convoqué dans un
commissariat de police de Londres.

Il essaya d'imaginer l'expression qu'afficherait son père
en apprenant que son fils allait passer en jugement pour
délit d'initié – le fils dont il se vantait à présent auprès de
ses anciens collègues de l'armée (« Je ne comprends rien à
ce qu'il fabrique, mais il paraît que toutes ces histoires de
logiciels, c'est l'avenir. »). Il le vit tourner la tête vers lui sur
son cou frêle, essayant de dissimuler le choc qui tirait ses
traits fatigués, les lèvres légèrement retroussées, comprenant
qu'il ne pouvait rien dire ni rien faire pour l'aider.

Ed prit alors une décision. Il allait demander à son
avocat de prolonger les procédures autant que possible.
Il dépenserait tout son argent jusqu'au dernier sou pour
repousser l'annonce de ses poursuites judiciaires. Il ne
pouvait pas se rendre à ce repas de famille, quel que soit
l'état de son père. C'était une faveur qu'il lui faisait. En
restant éloigné, il le protégeait.

Ed Nicholls, debout dans sa petite chambre d'hôtel rose qui sentait l'amertume et le désodorisant, face aux landes désolées, regardait une petite fille se laisser tomber dans l'herbe humide en tirant les oreilles du chien, et se demandait pourquoi — étant donné que, visiblement, il prenait la bonne décision — il se sentait aussi minable.

19

JESS

Tanzie avait le trac. Elle refusa de dîner et de descendre au rez-de-chaussée, même pour une petite pause, préférant se lover sur le couvre-lit pour se plonger dans ses exercices en piochant dans ce qui restait de leur dernier pique-nique. Jess était surprise : elle était rarement angoissée quand il était question de maths. Elle fit de son mieux pour la rassurer, mais ce n'était jamais facile quand on n'avait aucune idée de ce dont on parlait.

— On est presque arrivés, Tanzie. Tout va bien se passer. Tu n'as aucune raison de t'inquiéter.

— Tu crois que je vais réussir à dormir cette nuit ?

— Bien sûr.

— Si je ne dors pas, je pourrais tout rater demain.

— Même si tu ne dors pas de la nuit, tu t'en sortiras très bien. Et je ne t'ai jamais vue ne pas réussir à dormir.

— J'ai peur d'avoir trop peur pour dormir.

— Pas moi. Détends-toi. Ça va aller. Tout va bien se passer.

En l'embrassant, Jess s'aperçut que Tanzie s'était rongé les ongles jusqu'au sang.

M. Nicholls était dans le jardin. En pleine conversation téléphonique, il faisait les cent pas là où Tanzie avait joué avec le chien une demi-heure auparavant. Il s'arrêtait de temps à autre pour regarder l'écran de son portable, puis monta debout sur une chaise de jardin en plastique blanc, probablement à la recherche d'un meilleur réseau. Il restait là, dans un équilibre instable, jurant et gesticulant, sans se soucier des regards curieux qu'on lui jetait depuis l'intérieur.

Jess l'observait par la fenêtre, hésitant à aller l'interrompre. Le bar était presque vide, à l'exception de quelques vieillards rassemblés autour de la patronne, qui bavardait de l'autre côté du comptoir. Ils regardaient Jess d'un air indifférent, dissimulés derrière leurs pintes.

—Des soucis au travail? lui demanda Mme Deakins en suivant son regard.

—Oh. Oui. Il ne s'arrête jamais. Je vais lui apporter une bière, ajouta-t-elle avec un sourire.

Lorsqu'elle sortit, M. Nicholls était assis sur un muret de pierre, les coudes posés sur les genoux, les yeux dans le vague.

Jess lui tendit sa pinte. Il la contempla longuement avant de l'accepter.

—Merci.

Il semblait épuisé.

—Tout va bien?

—Non, répondit-il en avalant une longue gorgée de bière. Rien ne va.

Elle s'assit à quelques pas de lui.

—Je peux faire quelque chose pour vous aider?

—Non.

Ils restèrent assis en silence. L'endroit était si tranquille. Il n'y avait rien aux alentours, rien que la brise qui faisait onduler la lande et le léger bourdonnement des conversations qui leur parvenait à travers la vitre. Jess s'apprêtait à énoncer une quelconque banalité sur la beauté austère du paysage, mais la voix de M. Nicholls s'éleva dans le silence :

— Merde ! jura-t-il avec véhémence. Merde, merde et merde !

Jess tressaillit.

— Je n'arrive pas à croire que ma vie soit devenue un tel… un tel bordel, ajouta-t-il d'une voix mourante. Je n'arrive pas à croire que j'aie pu travailler comme un dingue pendant des années pour que tout tombe en miettes. Et pour quoi ? Pour quoi ?

— Ce n'est qu'une intoxication alimentaire. Vous n'allez pas…

— Rien à voir avec ce putain de kebab ! Mais je n'ai pas envie d'en parler, grogna-t-il en se plongeant la tête entre les mains.

— Comme vous voudrez.

— Non. C'est justement ça, le problème. Je n'ai le droit d'en parler à personne.

Elle ne le regarda pas.

— À personne.

Elle étendit les jambes et leva les yeux vers le soleil couchant.

— Mais moi, je ne compte pas. Je ne suis qu'une domestique.

Il soupira.

— Oh, et puis merde, dit-il encore une fois.

Il lui raconta tout, la tête baissée, passant sans cesse les mains dans ses courts cheveux bruns. Il lui parla d'une petite amie qu'il avait été incapable de plaquer, et de sa vie qui s'était effondrée. Il lui parla de sa société, où il aurait dû se trouver en ce moment même, à célébrer le résultat de six années d'un travail acharné. Il lui expliqua qu'au lieu de ça, il devait se mettre en quarantaine, et affronter seul la perspective d'un procès. Il lui parla de son père et de son avocat, qui venait de l'appeler pour l'informer que peu après son retour, il serait convoqué dans un commissariat de Londres pour y être accusé de délit d'initié, ce qui pouvait lui valoir jusqu'à vingt ans d'emprisonnement. Quand il eut terminé, elle-même se sentait épuisée.

—J'ai tout perdu. Tout ce pour quoi j'ai toujours travaillé. Tout ce qui comptait pour moi. Je n'ai même plus le droit d'entrer dans mon propre bureau. Je ne peux même plus revenir dans mon appartement, de peur que la presse ait vent de l'affaire et que je laisse échapper des informations. Je ne peux pas aller voir mon propre père, parce que je ne veux pas qu'il meure en sachant quel imbécile est son fils. Et le plus idiot, c'est qu'il me manque. Il me manque vraiment.

Jess mit quelques minutes à digérer l'information. Il adressa au ciel un sourire sans joie.

—Et vous connaissez la meilleure ? C'est mon anniversaire.

—Quoi ?

—Aujourd'hui. C'est mon anniversaire.

—Aujourd'hui ? Pourquoi vous n'avez rien dit ?

—Parce que j'ai trente-quatre ans, et un homme de trente-quatre ans a toujours l'air d'un con quand il parle de son anniversaire.

Il but une gorgée de sa bière.

—Sans compter qu'avec cette histoire d'empoisonnement alimentaire, je n'avais pas l'impression d'avoir grand-chose à fêter. Et puis, ajouta-t-il en jetant à Jess un regard de travers, vous auriez été capable de chanter «Joyeux anniversaire» dans la voiture.

—Je vais le chanter ici.

—S'il vous plaît, non. Je suis assez déprimé comme ça.

La tête lui tournait. La situation lui semblait irréelle. Si un autre que M. Nicholls lui avait raconté tout ça, elle l'aurait pris dans ses bras pour le réconforter. Mais pas M. Nicholls. Il était trop ombrageux.

—Ça va s'arranger, vous savez, déclara-t-elle. Cette fille qui vous a piégé, le karma va la rattraper.

Il grimaça.

—Le karma?

—C'est ce que je répète toujours aux enfants. De bonnes choses finissent par arriver aux gens bien. Il suffit d'y croire…

—Eh bien j'ai dû être une sacrée ordure dans une vie antérieure…

—Allons donc… Vous avez toujours des biens immobiliers. Des voitures. Un cerveau. Des avocats hors de prix. Vous allez vous en sortir.

—Pourquoi êtes-vous toujours si optimiste?

—Parce que les choses finissent toujours par s'arranger.

—C'est vous qui me dites ça, alors que vous n'avez même pas de quoi vous payer un billet de train!

Jess ne quitta pas des yeux la colline escarpée.

—C'est votre anniversaire, donc je passe l'éponge.

M. Nicholls soupira.

—Je suis désolé. Je sais que vous essayez de m'aider. Mais pour l'instant, je trouve votre optimisme épuisant.

—Ce que vous trouvez épuisant, c'est surtout de conduire toute la journée avec dans votre voiture trois inconnus et un gros chien. Allez donc prendre un bain chaud à l'étage, ça vous délassera.

Il rentra en traînant les pieds, comme un condamné à mort, et elle se rassit pour contempler longuement les vastes étendues de lande verte. Elle essaya d'imaginer ce qu'elle ressentirait si c'était elle qui risquait la prison et qui ne pouvait plus approcher les choses et les gens qu'elle aimait. Elle essaya d'imaginer un homme comme M. Nicholls en prison.

Au bout d'un long moment, elle rentra avec les verres vides. Elle s'accouda au bar, où la patronne regardait un épisode d'une émission de décoration. Les hommes étaient assis en silence derrière elle, regardant la télé ou scrutant le fond de leur pinte de leurs petits yeux chassieux.

— Madame Deakins ? C'est l'anniversaire de mon mari, aujourd'hui. Vous voudriez bien me rendre un service ?

M. Nicholls redescendit enfin à 20 h 30, avec sur le dos les vêtements qu'il portait déjà dans l'après-midi. Et la veille. Jess savait cependant qu'il avait pris un bain, car ses cheveux étaient encore humides et il était rasé de près.

— Mais alors qu'est-ce qu'il y a dans votre sac ? Un cadavre ?

— Pardon ?

Il s'avança vers le bar, amenant dans son sillage une vague odeur d'après-rasage.

— Vous portez les mêmes vêtements depuis qu'on est partis.

Il baissa les yeux sur sa tenue, comme pour vérifier.

— Oh. Non. Ceux-là sont propres.

— Vous n'avez que des jeans et des tee-shirts identiques ? Pour tous les jours ?

— Ça m'évite d'avoir à m'en préoccuper.

Elle le dévisagea une minute, puis jugea préférable de s'abstenir de tout commentaire. Après tout, c'était son anniversaire.

— Oh. Vous êtes très élégante, dit-il soudain, comme s'il venait de le remarquer.

Elle s'était changée pour enfiler une robe d'été bleue et un cardigan. C'était la tenue qu'elle avait prévue pour l'olympiade, mais l'anniversaire de M. Nicholls était aussi une grande occasion.

—Merci. Il faut s'habiller à la hauteur du luxe qui nous entoure, pas vrai?

—Alors où est votre casquette plate et votre jean plein de poils de chien?

—Vous allez regretter votre sarcasme. Parce que j'ai une surprise pour vous.

—Une surprise?

Immédiatement, il afficha un air méfiant.

—Une bonne surprise. Tenez.

Jess lui tendit un des deux verres qu'elle avait préparés un peu plus tôt, au grand amusement de Mme Deakins. Ils n'avaient plus fait de cocktails depuis 1997, avait déclaré cette dernière tandis que Jess faisait l'inventaire des bouteilles poussiéreuses.

—Qu'est-ce que c'est? demanda-t-il en regardant son verre d'un air suspicieux.

—Whisky, triple sec et jus d'orange.

Il prit une petite gorgée. Puis une autre, plus confiante.

—C'est plutôt bon.

—Je savais que vous aimeriez. Je l'ai fait spécialement pour vous. Ça s'appelle un Enquiquineur.

La table de pique-nique en plastique blanc trônait au beau milieu de la pelouse pelée, avec deux couverts en inox et une bougie plantée dans une bouteille de vin. Jess, qui avait emprunté un torchon au bar pour essuyer les chaises, lui en tira une pour le faire s'asseoir.

—Un dîner en plein air. C'est mon cadeau d'anniversaire, déclara-t-elle sans tenir compte du regard qu'il lui lança. Si vous voulez bien prendre place, je vais informer la cuisine que vous êtes prêt.

—Vous n'allez pas me refiler les muffins du petit déjeuner, j'espère.

—Bien sûr que non, répliqua-t-elle en faisant mine d'être offensée. Tanzie et Nicky les ont terminés, ajouta-t-elle à voix basse en s'éloignant vers la cuisine.

À son retour, elle vit que Norman s'était couché sur le pied de M. Nicholls. Le pauvre homme mourait sûrement d'envie de déplacer sa jambe, mais elle savait par expérience qu'une fois Norman installé, l'animal était impossible à déloger. Il ne vous restait plus qu'à prier pour qu'il se décide à se relever avant que votre pied se nécrose.

—Alors, cet apéritif?

M. Nicholls leva son verre vide.

—Délicieux!

—Le plat est en route. Malheureusement, je crois qu'on ne sera que deux à manger ce soir. Les autres invités avaient d'autres arrangements.

—Une série pour ados et des équations algébriques?

—Vous commencez à trop bien nous connaître.

Jess s'assit à sa place. Quelques secondes plus tard, Mme Deakins traversa la pelouse, les spitz nains jappant à ses pieds. Elle tenait à bout de bras deux assiettes.

—Et voilà! dit-elle en les posant sur la table. Tourte au bœuf et rognons. De chez Ian, au bout de la rue. Il fait la meilleure tourte de la région.

Jess était si affamée qu'elle songea qu'elle aurait aussi bien pu manger Ian.

—Formidable. Merci, dit-elle en étalant une serviette en papier sur ses genoux.

Mme Deakins resta plantée là, à observer les alentours, comme si elle voyait le paysage pour la première fois.

—On ne mange jamais dehors. Mais c'est une bonne idée, je pourrais proposer ça à mes autres clients. Avec ces cocktails.

Jess songea aux vieillards du bar.

—Ce serait dommage de les en priver, sourit-elle en passant le vinaigre à M. Nicholls.

Mme Deakins s'essuya les mains sur son tablier.

—Eh bien, M. Nicholls, votre femme semble décidée à vous faire passer un bon moment pour votre anniversaire, dit-elle avec un clin d'œil.

Il la dévisagea.

—Oh. Avec Jess, on va toujours de surprise en surprise, rétorqua-t-il en la regardant droit dans les yeux.

—Vous êtes mariés depuis combien de temps?

—Dix ans.

—Trois ans.

—Les enfants me viennent de mes précédents mariages, dit Jess en coupant la tourte.

—Oh! C'est…

—Je l'ai sauvée, ajouta M. Nicholls. Ramassée sur le bord de la route.

—Oui, c'est vrai.

—C'est très romantique, bafouilla Mme Deakins, dont le sourire avait un peu vacillé.

—Pas vraiment, non. Elle venait de se faire arrêter.

—J'ai déjà tout expliqué. Oh, ces frites sont délicieuses!

—En effet. Les policiers se sont montrés très compréhensifs, étant donné les circonstances.

Mme Deakins avait reculé d'un pas.

—Eh bien, c'est charmant. C'est bien que vous soyez toujours ensemble.

—On fait ce qu'on peut.

—On n'a plus vraiment le choix.

— Pas faux.

— Pourriez-vous nous apporter de la sauce tomate ?

— Oh oui, très bonne idée, mon trésor.

Alors que la patronne disparaissait en cuisine, M. Nicholls leva les yeux vers Jess. Il avait perdu son air renfrogné.

— C'est vraiment la meilleure tourte que j'aie jamais mangée dans un hôtel sinistre au fin fond du Yorkshire.

— J'en suis ravie. Joyeux anniversaire.

Ils dégustèrent dans un silence complice. Il était impressionnant de constater à quel point un plat chaud et un cocktail bien alcoolisé pouvaient vous remonter le moral. Norman grogna et se laissa tomber sur le flanc, libérant le pied de M. Nicholls. Ed s'étira prudemment la jambe, comme pour s'assurer qu'elle était toujours en état de fonctionner.

Puis il regarda Jess et leva son verre, qu'elle venait de remplir de nouveau.

— Sérieusement. Merci.

Elle remarqua que sans ses lunettes, il avait des cils incroyablement longs. Un peu gênée, elle prit soudain conscience de la chandelle posée au milieu de la table. Elle l'avait demandée par plaisanterie.

— Eh bien… c'était le moins que je pouvais faire. C'est vrai que vous nous avez sauvés. Sur le bord de la route. Sans vous, je ne sais pas ce qu'on aurait fait.

Il prit une nouvelle frite et la tint en suspens, à mi-hauteur entre sa bouche et son assiette.

— Que voulez-vous, je prends soin de mes domestiques.

— Je crois que je préférais quand on était mariés.

— Santé !

Il lui sourit, le regard pétillant. C'était si franc et inattendu qu'elle se surprit à lui rendre son sourire.

—À l'olympiade. Et à l'avenir de Tanzie.

—Et à la fin de nos emmerdes.

—Je vais boire à ça.

La soirée s'étira vers la nuit, portée par l'alcool et la perspective que personne n'allait devoir dormir dans une voiture ou faire d'urgents allers et retours jusqu'aux toilettes. Nicky descendit, jeta par-dessous sa frange un regard suspicieux aux hommes installés dans le petit salon, qui le regardèrent d'un air tout aussi soupçonneux, puis se retira dans sa chambre pour regarder la télévision. Jess but trois verres d'un Liebfraumilch particulièrement acide, puis monta voir comment allait Tanzie. Cette dernière avait promis d'arrêter de travailler à 22 heures.

—Est-ce que je peux continuer à travailler dans ta chambre ? Nicky a allumé la télé.

—Bien sûr.

—Tu sens le vin, fit remarquer Tanzie avec un air de reproche.

—C'est parce qu'on est plus ou moins en vacances. Les mamans ont le droit de sentir le vin quand elles sont plus ou moins en vacances.

—Hum.

La fillette jeta à Jess un regard sévère avant de retourner à ses cahiers.

Affalé sur l'un des lits jumeaux, Nicky regardait la télévision. Jess ferma la porte et huma l'air.

—Tu n'as pas fumé, Nicky ?

—C'est toujours toi qui as mon shit.

—Ah oui.

Elle avait complètement oublié.

—Mais alors tu as dormi sans, reprit-elle. La nuit dernière et celle d'avant.

—Mmh.

—C'est bien, non ?

Il haussa les épaules.

—Je pense que les mots que tu cherches, c'est : « Oui, c'est super de ne plus avoir besoin de fumer des substances illégales rien que pour m'endormir. » Bon, lève-toi une minute. J'ai besoin de toi pour l'aider à soulever un matelas.

Comme il ne bougeait pas, elle ajouta :

—Je ne peux pas dormir avec M. Nicholls. On va faire un autre lit sur le sol de votre chambre, d'accord ?

Il soupira, mais se leva pour l'aider. Il ne grimaçait plus à chaque mouvement. Posé sur le tapis à côté du lit de Tanzie, le matelas laissait juste assez de place pour leur permettre de se glisser hors de la chambre en entrebâillant la porte de quinze centimètres.

—On va s'amuser si j'ai envie d'aller aux toilettes pendant la nuit.

—Tu es un grand garçon, tu peux prendre tes précautions avant d'aller te coucher.

Elle rappela à Nicky d'éteindre la télévision à 22 heures pour ne pas déranger Tanzie, puis redescendit au jardin.

La brise du soir avait soufflé depuis longtemps la flamme de la bougie, et lorsque l'obscurité fut trop épaisse pour leur permettre de se voir mutuellement, ils rentrèrent. Ils s'étaient raconté beaucoup de choses, sur leurs parents, leurs premiers petits boulots, leurs relations amoureuses… Jess lui avait parlé de Marty et de la fois où ce dernier lui avait offert une rallonge électrique pour son anniversaire, et protesté devant son air déçu : « Mais tu avais dit que tu en avais besoin ! » En retour, il lui avait parlé de Lara, son ex : pour son anniversaire, il avait payé un chauffeur pour l'emmener prendre un petit déjeuner-surprise dans un hôtel de luxe avec ses amies, puis lui avait offert une matinée dans une boutique chic avec un conseiller en shopping et un budget illimité. Puis, lorsqu'il l'avait retrouvée à l'heure du déjeuner, elle lui avait violemment reproché de ne pas avoir pris une journée entière de congé. Jess se dit qu'elle aurait bien aimé gifler le visage trop maquillé de Lara. (Dans sa représentation, cette dernière tenait peut-être un peu plus de la drag-queen que du mannequin.)

— Et tu as dû lui payer une pension alimentaire ?

— Rien ne m'y obligeait, mais je l'ai fait. Jusqu'à ce qu'elle s'introduise dans mon appartement et se serve dans mes affaires pour la troisième fois.

— Tu as récupéré ce qu'elle t'a pris, au moins ?

— Ça n'en valait pas la peine. Si cette photo de Mao Tsé-toung est aussi importante pour elle, qu'elle la garde.

— Elle valait combien ?

— De quoi ?

— La photo.

Il haussa les épaules.

— Quelques milliers de livres.

— Vous et moi, on ne parle pas le même langage, monsieur Nicholls.

— Vraiment ? OK, alors qu'est-ce que ton ex te paie comme pension ?

— Rien.

— Rien ? Rien du tout ?

Il ouvrait des yeux ronds comme des soucoupes.

— Il ne sait pas où il en est. Je ne peux pas le punir pour être paumé.

— Même si ça implique que tu dois te battre pour élever ses enfants ?

Comment pouvait-elle l'expliquer ? Elle-même avait mis deux ans à trouver une réponse. Elle savait que Marty manquait aux enfants, mais elle était secrètement soulagée qu'il soit parti. Elle était soulagée de ne plus avoir à craindre qu'il sabote leur avenir à tous avec sa prochaine combine foireuse. Elle s'était lassée de ses humeurs noires et de le voir en permanence exaspéré par les enfants. Elle en avait eu assez de ne jamais rien faire de bien à ses yeux. Marty avait aimé la Jess de dix-sept ans : la Jess sauvage, impulsive, libre de toute responsabilité. Puis il l'avait écrasée de responsabilités et n'avait plus aimé la personne qu'elle était devenue.

— Quand il se sera remis, je lui demanderai de l'argent. Mais pour le moment, on s'en sort très bien sans lui.

Jess jeta un regard vers l'étage, où dormaient Nicky et Tanzie.

— Je pense que ce sera un tournant pour nous, reprit-elle. Et puis, tu ne vas peut-être pas le comprendre, parce que je sais que tout le monde les trouve un peu bizarres, mais entre Marty et moi, c'est moi qui ai la chance de les avoir. Ils sont adorables et tellement drôles…

Elle se servit un autre verre de vin et en prit une gorgée. Boire de l'alcool devenait de plus en plus facile.

— Ce sont de bons enfants.

— Merci, dit-elle. En fait, j'ai compris une chose aujourd'hui : c'est la première fois que je me contente de passer du temps avec eux. Pas de travail, pas besoin de courir partout pour tenir la maison ou faire les courses… Ça peut sembler stupide, mais j'ai aimé m'amuser avec eux.

— Ce n'est pas du tout stupide.

— Et Nicky arrive à dormir. C'est la première fois. Je ne sais pas ce que tu as fait pour lui, mais il a l'air…

— Oh, on a juste un peu redressé la balance.

Jess leva son verre.

— Alors il est au moins arrivé une bonne chose le jour de ton anniversaire : tu as fait sourire mon fils.

— C'était hier.

Elle réfléchit un instant.

— Tu n'as pas vomi une seule fois.

— OK. Ça suffit.

M. Nicholls semblait s'être enfin détendu. Il était affalé sur le dossier de son siège, ses longues jambes étendues sous la table. Depuis un petit moment déjà, son genou reposait contre sa cuisse. Un peu plus tôt, elle avait vaguement songé à s'écarter, mais n'en avait rien fait. À présent, elle ne pouvait plus bouger sans avoir l'air de lui faire un reproche. Elle sentait comme une présence électrique contre sa jambe nue.

Et ça lui plaisait.

Quelque chose s'était produit entre la tourte et la dernière tournée, et ce n'était pas seulement dû à l'alcool. Elle voulait que M. Nicholls cesse de se sentir si en colère et impuissant. Elle voulait revoir ce grand sourire sur son visage, celui qui semblait désamorcer toute cette colère refoulée.

— Tu sais, je n'ai jamais rencontré une femme comme toi, déclara-t-il en regardant la table.

Jess s'apprêta à lui servir une plaisanterie sur les femmes de ménage, les barmaids et les domestiques, mais elle ressentit alors comme une violente embardée au creux de son estomac et se mit à imaginer le V de son torse nu dans la cabine de douche. Puis elle se demanda quel effet ça lui ferait de coucher avec M. Nicholls.

Cette pensée fut pour elle un tel choc qu'elle faillit l'exprimer à haute voix.

Ça pourrait être sympa de coucher avec M. Nicholls.

Elle détourna les yeux, rougissante, et avala d'un coup le demi-verre de vin qui lui restait.

M. Nicholls la regardait.

—Ne te vexe pas. Je le disais comme un compliment.

—Je ne suis pas vexée.

Même ses oreilles avaient rougi.

—Tu es la personne la plus positive que j'aie jamais rencontrée. Tu n'as jamais l'air de t'apitoyer sur ton sort. Tous les obstacles qui se dressent sur ton chemin, tu les surmontes sans te poser de questions.

—Mais parfois, je trébuche et je déchire mon pantalon.

—Mais ça ne t'arrête pas.

—Seulement si quelqu'un me vient en aide.

—OK. La métaphore devient un peu confuse.

Il prit une gorgée de bière et poursuivit :

—Je voulais juste… te le dire. Je sais que c'est bientôt fini. Mais j'ai apprécié ce voyage. Plus que ce à quoi je m'attendais.

—Oui. Moi aussi.

C'était sorti avant même qu'elle s'en rende compte.

Il regardait sa jambe. Elle se demanda s'il pensait à la même chose qu'elle.

—Tu sais quoi, Jess ?

—Quoi ?

—Tu as cessé de t'agiter en permanence.

Ils se regardèrent. Elle voulait détourner les yeux, mais elle n'y parvenait pas. M. Nicholls n'avait été qu'un moyen d'avancer, de s'extraire d'une situation impossible. À présent, tout ce que voyait Jess, c'étaient ces grands yeux sombres, le dos de ses mains puissantes, les muscles de son torse qu'elle devinait sous son tee-shirt.

Il faut que tu remontes en selle.

Il fut le premier à détourner les yeux.

— Houlà! Regarde l'heure! s'écria-t-il d'une voix un peu trop sonore. Il faut absolument qu'on aille dormir. On doit se lever tôt.

— C'est vrai. Il est presque 23 heures. Je crois avoir calculé qu'il faut partir vers 7 heures pour arriver à midi. Ça te paraît bien?

— Euh… oui, bien sûr.

Elle tituba légèrement en se remettant sur ses pieds. Elle chercha son bras, mais il s'était déjà éloigné.

Ils prévinrent Mme Deakins qu'ils devraient prendre le petit déjeuner de bonne heure, et lui souhaitèrent une bonne nuit d'une voix un peu trop cordiale. En montant l'escalier, Jess entendait à peine ce qu'il lui disait, troublée par sa présence derrière elle. Elle était préoccupée par la façon dont elle se déhanchait en gravissant les marches.

Est-ce qu'il me regarde?

Son esprit tourbillonnait dans des directions inattendues. Elle se demanda, l'espace d'un instant, ce que ça lui ferait s'il se penchait pour poser les lèvres sur son épaule nue. Puis elle se demanda si elle n'avait pas laissé échapper un petit gémissement involontaire rien qu'à cette idée.

Ils s'arrêtèrent sur le palier, et elle se retourna pour lui faire face. Malgré ces trois jours passés ensemble, elle avait l'impression de le voir pour la première fois.

— Alors bonne nuit, Jessica Rae Thomas. Avec un a et un e.

Elle posa la main sur la poignée de la porte, et son souffle se bloqua dans sa poitrine. Ça faisait si longtemps. Est-ce que c'était vraiment une si mauvaise idée?

Elle appuya sur la poignée.

— On… on se voit demain matin.

— Je te proposerais bien de t'apporter le café, mais tu es toujours debout avant moi.

Elle ne savait que dire. Peut-être était-elle juste en train de le regarder fixement.

— Euh… Jess ?

— Quoi ?

— Merci. Pour tout. L'intoxication alimentaire, la surprise d'anniversaire… Et juste au cas où je n'aurais pas l'occasion de le dire demain, ajouta-t-il avec un sourire en coin, tu es de loin mon ex-femme préférée.

Elle poussa la porte. Elle s'apprêtait à dire quelque chose, mais fut distraite par la résistance inattendue du battant. Elle tourna de nouveau la poignée et poussa. La porte s'ouvrit d'un centimètre, puis plus rien.

— Qu'est-ce qui se passe ?

— Je n'arrive pas à ouvrir la porte, dit-elle en poussant à deux mains.

Rien ne bougea.

M. Nicholls poussa à son tour. La porte céda d'un millimètre.

— Elle n'est pas verrouillée, marmonna-t-il en faisant jouer la poignée. Il y a quelque chose derrière.

Jess s'accroupit, scrutant l'obscurité, et M. Nicholls alluma la lumière du palier. Par les deux centimètres d'ouverture, elle aperçut la masse de Norman de l'autre côté de la porte. Il s'était couché sur le matelas, son large dos tourné vers elle.

— Norman, siffla-t-elle. Bouge.

Rien.

— Norman…

— Si je pousse, il va bien se réveiller, non ?

M. Nicholls s'appuya sur la porte, pesant de tout son poids. Puis il poussa.

— Doux Jésus ! soupira-t-il.

Jess secoua la tête.

—Tu ne connais pas mon chien.

Il lâcha la poignée, et la porte se referma avec un léger cliquetis. Ils échangèrent un regard navré.

—Eh bien…, dit-il enfin. Il y a deux lits dans l'autre chambre. Ce sera très bien.

Elle grimaça.

—Euh… C'est Norman qui dort sur le deuxième lit. J'ai changé le matelas de chambre tout à l'heure.

Il la regarda d'un air las.

—On frappe à la porte ?

—Tanzie est stressée, je ne veux pas prendre le risque de la réveiller. Ce n'est pas grave. Je… je vais… dormir sur une chaise.

Jess disparut dans la salle de bains sans lui laisser le temps de protester. Elle fit sa toilette et se brossa les dents, observant son visage rosi par l'alcool dans le cadre en plastique du miroir et essayant de faire le tri dans ses pensées.

Lorsqu'elle revint dans la chambre, M. Nicholls tenait à la main un de ses tee-shirts gris.

—Prends ça, lui dit-il en lui jetant le vêtement avant de disparaître à son tour dans la salle de bains.

Jess se changea, essayant de ne pas tenir compte de ce que l'odeur de ce tee-shirt pouvait avoir d'érotique, puis sortit une couverture et un oreiller du placard et se pelotonna sur une chaise, tentant tant bien que mal de remonter ses genoux dans une position confortable. La nuit allait être longue.

Quelques minutes plus tard, M. Nicholls revint et éteignit le plafonnier. Il portait un tee-shirt blanc et un boxer bleu marine. Elle observa que ses jambes avaient les muscles longs et bien dessinés d'un homme qui ne lésinait pas sur l'exercice. Elle sut immédiatement quelle sensation cela lui ferait d'y coller les siennes. À cette pensée, elle avala sa salive.

Le petit lit ploya en grinçant lorsqu'il s'y installa.

— Tu es bien installée comme ça ?

— Parfaitement ! répondit-elle d'une voix un peu trop sonore. Et toi ?

— Si je me fais empaler par un de ces ressorts pendant mon sommeil, je t'autorise à conduire la voiture pour la fin du voyage.

Il l'observa encore un instant, puis éteignit la lampe de chevet.

L'obscurité était totale. Dehors, une brise soufflait en gémissant dans une anfractuosité rocheuse, les feuilles bruissaient dans les arbres, une portière de voiture claqua et un moteur se mit en marche. Dans la chambre voisine, Norman gémit dans son sommeil, le bruit à peine étouffé par la fine cloison de plâtre. Jess entendait M. Nicholls respirer, et bien qu'elle ait passé la nuit précédente à seulement quelques centimètres de lui, elle avait conscience de sa présence d'une manière qui lui avait été jusque-là étrangère. Elle songea à la façon dont il avait fait sourire Nicky, et à ses doigts posés sur le volant.

Elle se souvint soudain d'une expression qu'elle avait entendue de la bouche de Nicky quelques semaines auparavant : YOLO (You only live once – « On n'a qu'une seule vie »). Ce jour-là, elle lui avait dit que ce n'était qu'une excuse dont se servaient les idiots pour faire toutes les bêtises qui leur passaient par la tête, quelles qu'en soient les conséquences.

Puis elle songea à Liam. À cet instant précis, il devait être en train de s'envoyer en l'air – peut-être avec la rouquine qui tenait le bar au Perroquet Bleu, ou bien la Hollandaise qui conduisait la camionnette du fleuriste.

Elle repensa à une conversation qu'elle avait eue avec Chelsea. Cette dernière lui avait conseillé de mentir au sujet de ses enfants, parce qu'aucun homme ne tombait jamais amoureux d'une mère célibataire. Jess s'était mise très en colère car, au fond, elle savait que son amie avait probablement raison.

Elle songea au fait que même si M. Nicholls n'allait pas en prison, elle ne le reverrait sûrement jamais après ce voyage.

Alors, sans plus se laisser le temps de réfléchir, Jess se leva en silence, laissant la couverture glisser au sol. En quatre pas, elle était à côté du lit. Là, elle hésita, ses orteils nus s'enfonçant dans les poils du tapis. Même à cet instant, elle ne savait pas exactement ce qu'elle était en train de faire.

On n'a qu'une seule vie.

Puis, dans l'obscurité, elle perçut un léger mouvement et vit M. Nicholls se tourner vers elle. Elle souleva la couverture et se glissa dans le lit.

Ils étaient là, poitrine contre poitrine, jambes froides contre jambes chaudes. Il n'y avait nulle part d'autre où aller, avec le creux du matelas qui les poussait l'un contre l'autre et le bord du lit, comme le bord d'une falaise, à quelques centimètres de son dos. Ils étaient si proches qu'elle respirait le parfum de son après-rasage et de son dentifrice. Le cœur battant, elle sentait sa poitrine se gonfler au gré de sa respiration. Elle inclina la tête, tentant de lire dans son regard. Il prit sa main dans la sienne et la serra doucement. Elle était sèche et douce, et à quelques centimètres de sa bouche. Elle voulait y poser les lèvres. Elle voulait approcher sa bouche de la sienne…

On n'a qu'une seule vie.

Étendue dans le noir, elle se sentait paralysée par son propre désir.

—Tu as envie de moi ? demanda-t-elle dans l'obscurité.

Un ange passa.

—Tu as entendu ce que…

—Oui, répondit-il. Et… non.

Puis il ajouta avant qu'elle se pétrifie complètement :

—Je pense juste que ça compliquerait sensiblement les choses.

—Ce n'est pas compliqué. On est tous les deux jeunes, seuls et un peu en colère. Et après ce soir, on ne se reverra plus.

—Comment ça ?

—Tu repartiras à Londres vivre ta vie, et je redescendrai sur la côte vivre la mienne.

Il se tut une minute.

—Jess, je ne crois pas que ce soit…

—Je ne te plais pas.

Elle se sentit rougir en se souvenant soudain de ce qu'il avait dit au sujet de son ex-femme. Lara était mannequin, bon sang. Elle s'écarta de lui, mais elle sentit sa main se serrer sur la sienne.

—Tu es très belle, murmura-t-il à son oreille.

Elle attendit. Du bout du pouce, il lui caressa le creux de la main.

—Alors… pourquoi tu ne veux pas coucher avec moi ?

Il ne répondit pas.

—Écoute. Voilà : je n'ai pas eu de relations sexuelles depuis trois ans. J'ai besoin de me remettre en selle, si je puis dire, et je pense que ce… que tu serais très bien pour ça.

—Te remettre en selle ? Tu veux que je sois ton cheval ?

—Ce n'est pas ce que je voulais dire. J'ai besoin d'un cheval métaphorique.

—Et nous revoilà dans les métaphores bizarres…

—Écoute, une femme que tu trouves belle s'offre à toi sans conditions. Je ne vois pas où est le problème.

—Sans conditions, ça n'existe pas.

—Quoi ?

—On attend toujours quelque chose des gens.

—Je ne veux rien obtenir de toi.

Elle le sentit hausser les épaules.

—Peut-être pas pour le moment.

—Eh ben ! Elle t'a vraiment fait du mal hein ?

—J'ai juste…

Jess fit glisser son pied le long de sa jambe.

—Tu penses que j'essaie de t'avoir ? Que j'essaie de t'attirer dans un piège avec mes appâts féminins ? Mes appâts féminins, un couvre-lit en nylon rose et une tourte avec des frites ?

Elle passa les doigts entre les siens et baissa la voix en un murmure. Elle se sentait soudain désinhibée, téméraire.

—Je ne veux pas d'une relation de couple, Ed. Ni avec toi, ni avec personne. Il n'y a pas de place dans ma vie pour ces histoires de « un plus un ».

Elle inclina la tête, si bien que sa bouche n'était plus qu'à quelques centimètres de la sienne.

—Je pensais que c'était évident, conclut-elle.

—Tu as une incroyable force de conviction.

—Et toi tu es…

Elle enroula sa jambe autour de son bassin, l'attirant plus près. Son érection pressée contre elle faillit la faire s'évanouir de désir.

Il avala sa salive.

Ses lèvres étaient à quelques millimètres des siennes. Tous les nerfs de son corps semblaient s'être rassemblés sous sa peau – à moins que ce ne soit sa peau à lui, elle ne faisait plus la différence.

— C'est notre dernière nuit. Au pire, on échangera un regard par-dessus l'aspirateur, et je m'en souviendrai comme d'une bonne nuit passée avec un homme gentil qui était vraiment un homme gentil.

Elle laissa ses lèvres lui frôler le menton. Elle le sentait couvert d'une barbe naissante presque imperceptible. Elle eut envie de le mordre.

— Et toi, bien sûr, ajouta-t-elle, tu t'en souviendras comme du meilleur coup de ta vie.

— Ni plus ni moins, dit-il d'une voix étrangement lointaine.

Jess se rapprocha.

— Ni plus ni moins, répéta-t-elle dans un murmure.

— Tu aurais fait une excellente négociatrice.

— Tu ne t'arrêtes jamais de parler ?

Elle se rapprocha jusqu'à ce que leurs lèvres se rencontrent enfin. Elle en sursauta presque. Elle sentit la pression de sa bouche sur la sienne lorsqu'il lui rendit doucement son baiser. Et elle ne pensa plus à rien. Elle avait envie de lui. Elle brûlait de désir.

Puis il s'écarta. Elle sentit, plus qu'elle ne vit, Ed Nicholls qui la regardait. Ses yeux étaient noirs dans la pénombre, insondables. Lorsque sa main frôla son ventre, elle eut un petit frisson involontaire.

— Et merde, jura-t-il à voix basse. Merde et merde. Tu me remercieras pour ça demain matin, ajouta-t-il avec un grognement.

Il démêla doucement ses jambes des siennes, se glissa hors du lit et partit s'asseoir sur la chaise. Puis, avec un profond soupir, il tira sur ses épaules la couverture qui traînait par terre et lui tourna le dos.

20

ED

E d Nicholls avait cru que la pire manière de passer
une nuit, c'était de rester assis pendant huit heures
dans un parking humide. Puis il avait cru que c'était en se
vidant les entrailles dans un mobil-home au fin fond du
Derbyshire. Il se trompait. La pire façon de passer une nuit,
il s'en rendait compte à présent, c'était d'être assis dans une
petite chambre, à quelques pas d'une belle femme un peu
ivre qui avait envie de vous et que vous aviez sottement
repoussée.

Jess dormait, ou faisait semblant – difficile à dire. Assis
sur la chaise la plus inconfortable au monde, Ed contemplait
le ciel noir éclairé par la lune à travers la fente étroite des
rideaux. Son pied gauche était gelé et sa jambe droite
totalement insensible. Il essaya d'oublier que s'il n'était
pas sorti de ce lit, il aurait pu être là, tout contre elle, les
lèvres sur sa peau, ces jambes souples enroulées autour
des siennes…

Non.

Si (a) leur partie de jambes en l'air avait été décevante, ils
auraient été morts de honte et les cinq heures de trajet pour
l'olympiade auraient été un enfer. Si (b) ça avait été correct,
ils se seraient éveillés embarrassés, et le trajet aurait tout de

même été un enfer. Ou pire, ils auraient pu se retrouver avec (c) : ça aurait été extraordinaire (c'était pour cette hypothèse qu'il penchait : rien qu'à penser à sa bouche, il sentait l'excitation monter), ils auraient développé des sentiments mutuels basés uniquement sur l'alchimie sexuelle, et (d) auraient alors dû s'adapter au fait qu'ils n'avaient rien en commun, ou (e) ils se seraient rendu compte qu'ils n'étaient pas si mal assortis, mais il aurait tout de même fini en prison. Et aucune de ces possibilités ne prenait en compte le fait que Jess avait des enfants ; des enfants qui avaient besoin de stabilité. Il aimait les enfants, en tant que concept abstrait, tout comme il aimait le sous-continent indien : il était bien content de savoir que ça existait, mais il n'y connaissait rien et n'avait jamais ressenti l'envie ni le besoin d'y passer du temps.

Et, pour couronner le tout, il était nul en relations de couple. Il venait de vivre les deux épisodes les plus désastreux qu'on puisse imaginer, et les probabilités qu'il puisse construire une relation sur la base d'un long voyage en voiture qui avait commencé uniquement parce qu'il n'avait pas trouvé le moyen d'y échapper étaient proches de zéro.

D'ailleurs, après mûre réflexion, la métaphore du cheval était franchement bizarre.

À ces points, il pouvait ajouter quelques bémols auxquels il n'avait pas encore songé : et si Jess était une psychopathe ? Et si son discours sur l'absence d'engagement était un piège ? Bien sûr, elle n'avait pas l'air d'être ce genre de femme.

Mais Deanna non plus.

Assis sur sa chaise, Ed réfléchissait à tout ça et à des milliers d'autres choses, regrettant de ne pouvoir en parler à Ronan. Il y pensa jusqu'à ce que le ciel prenne une teinte orangée, puis bleu vif, que sa jambe droite ne donne plus aucun signe de vie et que sa gueule de bois, qui s'était manifestée comme une vague tension au niveau des tempes, laisse place à une terrible migraine. Il s'efforça de ne pas regarder Jess tandis que le contour de son visage et de son corps sous la couverture se dessinait dans la lumière vive du matin.

Il essaya de ne pas regretter l'époque où coucher avec une femme qu'il appréciait ne signifiait rien d'autre que coucher avec une femme qu'il appréciait, sans déclencher une série d'équations si complexes et improbables que seule Tanzie aurait été en mesure de les résoudre.

— Dépêche-toi, on va être en retard, disait Jess en dirigeant Nicky – un pâle zombie vêtu d'un tee-shirt – vers la voiture.

— Je n'ai pas pris de petit déj'.

— C'est parce que tu n'as pas voulu te lever quand je te l'ai dit. On te prendra quelque chose en chemin. Tanzie ? Est-ce que le chien a fait pipi ?

Le ciel du matin, couleur de plomb, était si bas qu'Ed avait l'impression de le porter sur ses épaules. Le léger crachin annonçait l'arrivée imminente d'une pluie plus dense. Ed s'assit à la place du conducteur tandis que Jess courait en tous sens, organisant, réprimandant et promettant, dans un tourbillon d'activité furieuse. Elle était dans cet état depuis qu'il s'était réveillé, sonné, après ce qui lui avait semblé être vingt minutes de sommeil. Il ne pensait pas avoir croisé son regard une seule fois. Tanzie s'installa en silence sur la banquette arrière.

— Ça va ?

Il bâilla et regarda la petite fille dans le rétroviseur.

Elle hocha la tête.

— Pas trop stressée ?

Elle ne dit rien.

— Tu as vomi ?

Elle hocha la tête.

— C'est très à la mode, depuis quelques jours. Tu vas faire un carton. Vraiment.

Elle lui jeta un regard que lui-même aurait adressé à n'importe quel adulte qui lui aurait tenu ce genre de discours, puis se tourna pour regarder par la vitre. Elle était très pâle. Ed se demanda jusqu'à quelle heure elle avait révisé.

— Bon !

Jess propulsa Norman sur la banquette arrière. Il émanait de l'animal une odeur de chien mouillé quasi insupportable. Jess vérifia que Tanzie avait bien attaché sa ceinture, puis s'installa sur le siège passager. Enfin, elle se tourna vers Ed. Son expression était indéchiffrable.

— Allons-y, dit-elle.

Ed avait l'impression que sa voiture ne lui appartenait plus. En seulement trois jours, son intérieur crème immaculé s'était imprégné de nouvelles odeurs, de nouvelles taches y étaient apparues, et des poils de chien en tapissaient l'habitacle. Des pulls et des chaussures traînaient sous les sièges, et le tapis de sol crissait sous les pieds à cause des papiers de bonbons et des miettes de chips. Il ne comprenait plus rien aux réglages de la radio.

Malgré tout, tandis qu'il roulait à soixante kilomètres-heure, quelque chose s'était produit en lui. Insensiblement, l'impression qu'il avait de ne pas être au bon endroit avait commencé à disparaître. Il prenait le temps d'observer les gens qu'ils croisaient : ils faisaient leurs courses, conduisaient leurs voitures, amenaient à pied leurs enfants à l'école, vivant dans des mondes radicalement différents du sien, à mille lieues de sa petite tragédie personnelle. Tout lui paraissait alors plus petit, une maquette de village remplaçant la sombre menace qui lui planait au-dessus de la tête.

Malgré le silence acerbe de la femme assise à côté de lui, le visage endormi de Nicky dans le rétroviseur (« Les ados ne sont jamais vraiment réveillés avant 11 heures », avait expliqué Tanzie), et les occasionnelles émissions putrides du chien, il prenait peu à peu conscience, alors qu'ils approchaient du terme de leur voyage, qu'il ne ressentait pas le moindre soulagement à l'idée de reprendre possession de sa voiture et de sa vie. Ce qu'il ressentait était bien plus complexe. Il manipula les haut-parleurs pour que la musique soit plus forte à l'arrière et muette à l'avant.

— Ça va ?

Jess ne daigna même pas tourner la tête.

— Ça va.

Ed jeta un coup d'œil à l'arrière, s'assurant que personne ne les écoutait.

— À propos d'hier soir…, commença-t-il.

— Oublie ça.

Il voulait lui dire qu'il regrettait. Il voulait lui dire qu'il avait physiquement souffert de ne pas retourner dans ce petit lit bancal. Mais à quoi cela aurait-il servi ? Comme elle l'avait dit la veille, ils n'avaient aucune raison de se revoir par la suite.

— Je ne peux pas oublier. Je voulais t'expliquer…

— Il n'y a rien à expliquer. Tu avais raison. C'était une idée stupide.

Elle cala ses pieds sous elle et se tourna vers la fenêtre.

— C'est juste que ma vie est trop…

— Non, vraiment. Ce n'est pas grave. Je veux seulement… Je veux seulement qu'on arrive à l'heure à cette olympiade, soupira-t-elle.

—Mais je ne veux pas que tout se termine comme ça.

—Il n'y a pas de «tout» à terminer.

Elle posa les pieds sur le tableau de bord, comme pour marquer la fin de la discussion.

—Il y a combien de kilomètres jusqu'à Aberdeen? demanda Tanzie, dont le visage venait d'apparaître entre les sièges avant.

—Entre ici et Aberdeen?

—Non. Entre Southampton et Aberdeen.

Ed sortit son téléphone de sa poche et le lui tendit.

—Regarde sur l'appli G.P.S.

La fillette tapota l'écran, les sourcils froncés.

—Environ 930 kilomètres? demanda-t-elle.

—Ça m'a l'air d'être ça.

—Donc en roulant à soixante kilomètres-heure, on a dû faire au moins six heures de voiture par jour. Et si je n'avais pas le mal des transports, on aurait pu le faire…

—En une journée.

—Une journée.

Tanzie digéra l'information, le regard perdu dans les collines qui s'étendaient à l'horizon.

—Mais en une journée, on n'aurait pas passé d'aussi bons moments ensemble, n'est-ce pas? reprit-elle.

Ed jeta à Jess un regard en coin.

—C'est vrai, dit-il.

—C'est vrai, ma chérie, dit Jess après quelques secondes, avec un sourire triste. C'est vrai.

La voiture mangeait les kilomètres, souple et efficace. Ils passèrent la frontière écossaise, et Ed essaya – en vain – d'apporter à leur groupe un peu de gaieté. Ils s'arrêtèrent une fois pour permettre à Tanzie d'aller aux toilettes, puis une autre vingt minutes plus tard pour Nicky («Ce n'est pas ma faute. Je n'avais pas besoin d'y aller quand on s'est arrêtés pour Tanzie. »), et trois fois pour Norman (dont deux fausses alertes). Jess restait assise en silence à côté de lui, consultant sa montre et se rongeant les ongles. L'air ensommeillé, Nicky regardait passer le paysage vide, avec ses rares maisons grises au milieu de collines ondoyantes. Ed se demanda ce qui arriverait au jeune garçon une fois rentré chez lui. Il avait envie de lui souffler encore une bonne cinquantaine d'astuces pour l'aider, mais il essaya d'imaginer sa réaction au même âge et devina qu'il n'en aurait pas tenu compte.

Son téléphone sonna. Il leva les yeux, le cœur manquant de chavirer dans sa poitrine.

—Lara.

—Eduardo. Chéri. Il faut vraiment que je te parle de cet appartement.

Il remarqua la soudaine rigidité de Jess, l'étincelle qui tremblotait dans son regard. Il regretta soudain d'avoir choisi de répondre à cet appel.

—Lara, je ne vais pas discuter de ça maintenant.

—Ça ne représente pas beaucoup d'argent. Pas pour toi. J'en ai parlé à mon avocat, et il dit que le financement des réparations ne serait qu'une broutille pour toi.

—Je te l'ai déjà dit, Lara, tu es responsable de cet appartement.

Il prit soudain conscience du silence des trois autres occupants de la voiture.

—Eduardo. Chéri. Il faut qu'on arrange ça ensemble.

—Lara…

Avant qu'il puisse ajouter quoi que ce soit, Jess s'empara du téléphone.

—Salut Lara, dit-elle. Jess à l'appareil. Je suis terriblement désolée, mais il ne paiera plus rien pour vous, inutile de le rappeler.

Un bref silence. Puis une explosion :

—Vous êtes qui ?

—Sa nouvelle femme. Oh, et il aimerait récupérer son portrait de Mao. Vous pouvez le déposer chez son avocat. D'accord ? Prenez votre temps. Merci infiniment.

Le silence qui s'ensuivit fut digne des quelques secondes précédant une explosion atomique. Mais avant qu'aucun d'eux ne puisse entendre la suite, Jess raccrocha et lui rendit son portable. Il le prit avec précaution et l'éteignit.

—Merci, dit-il. Enfin, je crois.

—De rien, répondit-elle sans le regarder.

Ed jeta un coup d'œil dans le rétroviseur. Il n'en était pas certain, mais il avait l'impression que Nicky avait du mal à réprimer son fou rire.

Quelque part entre Édimbourg et Dundee, sur une route étroite et boisée, ils durent ralentir, puis s'arrêter, pour laisser traverser un troupeau de vaches. Les animaux contournèrent la voiture, comme une marée noire et mouvante, observant ses occupants avec une vague curiosité. Norman leur rendit leur regard.

—Aberdeen-Angus, dit Nicky.

Soudain, sans crier gare, Norman se lança violemment, grondant et grognant, contre la vitre. La voiture tout entière tangua, et la banquette arrière devint une masse chaotique de bras, de jambes et de pattes.

—Maman !

—Norman ! Arrête !

Le chien était debout sur les genoux de Tanzie, la face pressée contre la vitre. Ed ne distinguait plus que la veste rose scintillante de la fillette, qui se débattait sous l'animal.

Jess passa le bras par-dessus le dossier de son siège et saisit le chien par le collier. Nicky et elle firent leur possible pour éloigner l'animal de la fenêtre. Ce dernier gémissait, d'une voix perçante et hystérique, et se débattait en projetant d'énormes gouttes de bave dans l'habitacle.

— Norman, espèce de clébard idiot ! Qu'est-ce que…

— Il n'avait jamais vu de vache, expliqua Tanzie, qui se démenait pour se redresser.

— Bon sang, Norman ! s'exclama Nicky avec une grimace.

— Ça va, Tanzie ?

— Ça va.

Les vaches continuèrent à longer la voiture, indifférentes à la colère du chien. Par les vitres à présent couvertes de buée, ils aperçurent la silhouette indistincte du fermier s'approcher, à la même allure pesante que son troupeau. Il leur adressa un petit signe de tête en passant, comme s'il avait tout le temps du monde. Norman gémit en tirant sur son collier.

— Je ne l'ai jamais vu comme ça, soupira Jess en se recoiffant. Il sentait peut-être l'odeur du bœuf.

— Je ne savais pas qu'il avait ça en lui, dit Ed.

— Mes lunettes ! s'écria Tanzie. Maman ! Norman a cassé mes lunettes !

Il était 10 h 15.

— Je ne vois rien sans mes lunettes !

Jess échangea avec Ed un regard consterné.

Merde.

— Très bien, dit-il. Prends un sac en plastique. Je vais devoir appuyer sur le champignon.

265

Les routes écossaises étaient larges et désertes, et Ed conduisit si vite que le G.P.S. dut à plusieurs reprises recalculer leur temps d'arrivée. À chaque minute gagnée, il criait intérieurement victoire. Tanzie fut malade deux fois. Ed refusa de s'arrêter pour la laisser vomir sur le bord de la route.

—Elle est vraiment très mal, fit remarquer Jess.

—Ça va, ne cessait de répéter Tanzie, le visage enfoui dans son sac en plastique. Ça va.

—Tu es sûre que tu ne veux pas t'arrêter, ma puce ? Rien qu'une minute ?

—Non. Continuez. Beuh…

Ils n'avaient pas le temps de s'arrêter. Nicky tournait le dos à sa sœur, une main plaquée sur le nez. Même Norman avait passé la tête par la fenêtre, en quête d'un peu d'air frais.

Il les ferait arriver à destination. Il se sentait empli d'une détermination qu'il n'avait plus ressentie depuis des mois. Puis, enfin, Aberdeen apparut devant eux, ses immenses bâtiments gris argent et ses tours étrangement modernes se découpant sur l'horizon. Ed fila droit vers le centre-ville, regardant les routes rétrécir pour se muer en rues pavées. Ils traversèrent les docks, longeant d'énormes containers, et ce fut là que la circulation ralentit et que sa confiance se mit à s'effilocher. Dans la voiture, le silence se faisait de plus en plus pesant. Ed tenta de composer des itinéraires alternatifs, mais aucun n'offrait le moindre gain de temps. Le G.P.S. se mit à jouer en sa défaveur, rajoutant le temps qu'il avait soustrait un peu plus tôt. Ils allaient mettre quinze, dix-neuf, vingt-deux minutes pour arriver à l'université. Vingt-cinq minutes. C'était trop.

— D'où vient cet embouteillage ? marmonna Jess en triturant les boutons de la radio, essayant de trouver les infos trafic.

— D'un engorgement de la circulation.

— Ça ne veut rien dire, grommela Nicky. Bien sûr qu'un embouteillage, c'est un engorgement de la circulation. Qu'est-ce que ça pourrait être d'autre ?

— Un accident, dit Tanzie.

— Mais l'accident fait partie de la circulation, médita Ed. Donc techniquement, le problème vient toujours d'une circulation engorgée.

— Pas du tout. Le volume de circulation qui se ralentit lui-même est un problème totalement différent.

— Mais le résultat est le même.

— Peut-être, mais c'est une description inexacte.

Jess se pencha sur le G.P.S.

— Est-ce qu'on pourrait se concentrer un peu ? Est-ce qu'on est au bon endroit ? Je n'aurais pas pensé que les docks pouvaient être à côté de la fac.

— On doit traverser les docks pour arriver à la fac.

— Tu es sûr ?

— J'en suis sûr, Jess, répondit Ed en s'efforçant de maîtriser la tension dans sa voix. Regarde le G.P.S.

Il y eut un bref silence. Devant eux, le feu tricolore était passé deux fois au vert sans que personne ne bouge. Jess, en revanche, ne cessait de remuer, gigotant sur son siège et jetant des regards aux alentours, à la recherche d'une voie dégagée. Ed ne pouvait l'en blâmer : intérieurement, il était comme elle.

— Je ne pense pas qu'on aura le temps de trouver des lunettes, murmura-t-il lorsque le feu passa au rouge pour la quatrième fois.

— Mais elle ne voit rien sans ses lunettes !

— Si on part à la recherche d'une pharmacie, on ne sera jamais arrivés pour midi.

Jess se mordit la lèvre, puis se retourna sur son siège.

— Tanzie ? Est-ce que tu as moyen de voir à travers le verre qui n'est pas cassé ?

Un visage pâle au teint verdâtre émergea du sac en plastique.

— J'essaierai.

La circulation se mit au point mort. Ils se turent, et la tension à l'intérieur de l'habitacle monta d'un cran. Lorsque le chien se mit à gémir, ils s'écrièrent en chœur : « La ferme, Norman ! » Ed sentait grimper sa tension. Pourquoi n'étaient-ils pas partis une heure plus tôt ? Pourquoi n'avait-il pas mieux réfléchi au trajet ? Que se passerait-il s'ils arrivaient trop tard ? Il jeta un regard à Jess, qui pianotait nerveusement sur ses genoux, et il eut la certitude qu'elle pensait la même chose. Puis, enfin, inexplicablement, comme si les dieux en avaient eu assez de jouer avec leurs nerfs, le trafic se fluidifia.

Ed lança la voiture à toute allure dans les rues pavées. Jess, penchée en avant sur le tableau de bord, hurlait « Plus vite ! Plus vite ! », comme un cocher encourageant son cheval. Ils dérapaient dans les virages, presque trop vite pour le G.P.S., qui hoquetait ses instructions, et entrèrent sur deux roues dans le campus universitaire. Ils suivirent de petits panonceaux placés n'importe comment sur des poteaux aléatoires, et finirent par trouver le bâtiment Downes, un bloc de bureau sans élégance des années 1970, bâti dans le même granit gris que tout le reste.

La voiture s'arrêta en crissant dans le parking, et lorsque enfin Ed coupa le contact, tout s'arrêta d'un coup. Il expira longuement et regarda l'horloge. Il était midi moins six.

— C'est ça ? demanda Jess en regardant dehors.

—C'est ça.

Elle semblait soudain paralysée, comme si elle ne parvenait pas à croire qu'ils étaient vraiment arrivés. Elle défit sa ceinture de sécurité et contempla le parking, où de jeunes garçons entraient d'un pas nonchalant comme s'ils avaient tout le temps du monde, accompagnés de parents à l'air nerveux. Les enfants portaient tous des uniformes d'écoles privées.

—Je pensais que ce serait… plus grand, dit-elle.

Nicky jeta un coup d'œil à l'extérieur.

—Ouais. Parce que les maths de haut niveau, ça attire les foules, c'est bien connu.

—Je ne vois rien, dit Tanzie.

—Bon! Vous deux, allez l'inscrire. Moi, je vais lui trouver des lunettes.

—Mais les verres n'auront pas la bonne correction, objecta Jess.

—Ce sera toujours mieux que rien. Allez-y. Allez!

Il la vit le suivre du regard alors qu'il sortait du parking sur les chapeaux de roues et repartait vers le centre-ville dans un crachin froid et humide.

Il lui fallut sept minutes et trois tentatives pour trouver une pharmacie qui vendait des lunettes de lecture. Il pila si violemment que Norman fut projeté en avant et que sa grosse tête vint heurter son épaule. Puis le chien se réinstalla en grommelant sur la banquette arrière.

—Pas bouger, lui dit Ed.

La pharmacie était déserte, à l'exception d'une vieille femme armée d'un panier et de deux assistantes qui discutaient à voix basse. Ed passa en dérapant devant des étalages de tampons et de brosses à dents, de pansements pour cor et de crèmes solaires, jusqu'à enfin trouver le bon rayon à côté de la caisse. Bon sang ! Il n'arrivait pas à se rappeler si elle était myope ou hypermétrope. Il attrapa son portable pour poser la question, puis se souvint qu'il n'avait pas le numéro de Jess.

—Merde. Merde. Merde.

Ed s'efforça de se souvenir, tenta de deviner. Les lunettes de Tanzie avaient l'air assez épaisses. Il ne l'avait jamais vue sans. Est-ce que ça voulait dire qu'elle était myope ? Les enfants avaient-ils plutôt tendance à être myopes ? N'étaient-ce pas les adultes qui tenaient les documents à distance pour les lire quand ils devenaient presbytes ? Il hésita environ dix secondes, puis, après un moment d'indécision, tira toutes les paires de leur râtelier – pour myopes et hypermétropes, à moyenne et forte correction – et les posa sur le comptoir en une pile bien nette.

L'assistante interrompit sa conversation avec la vieille femme. Elle baissa les yeux sur les lunettes, puis les releva sur lui. Ed la vit repérer la tache de bave sur son col, et tenta de l'essuyer subrepticement avec sa manche. Il ne parvint qu'à l'étaler davantage.

—Toutes. Je les prends toutes, expliqua-t-il. Mais seulement si vous pouvez me les encaisser en moins de trente secondes.

La jeune femme se tourna vers sa supérieure, qui jeta à Ed un regard pénétrant avant de lui adresser un imperceptible signe de tête. Sans un mot, elle entreprit de scanner les lunettes, déposant soigneusement chaque paire dans un sac.

—Non. Pas le temps. Mettez-les en vrac, dit-il en se plaçant à côté d'elle pour jeter les lunettes dans le sac en plastique.

—Avez-vous la carte de fidélité ?

—Non. Pas de carte.

— Nous avons une offre spéciale sur les barres énergétiques. Voulez-vous…

Ed se précipita pour ramasser les lunettes qui étaient tombées du comptoir.

— Pas de barres énergétiques, répliqua-t-il. Pas d'offres spéciales. Merci. Je veux seulement payer.

— Ça vous fera 174 livres, dit-elle enfin. Monsieur.

Elle jeta un regard furtif par-dessus son épaule, comme si elle s'attendait à voir débarquer une équipe de caméra cachée. Mais Ed se contenta de griffonner sa signature et d'attraper son sac avant de courir à sa voiture. En sortant, il entendit quelqu'un crier « Malpoli ! » avec un fort accent écossais.

Lorsqu'il revint dans le campus, le parking était vide. Il se gara devant l'entrée du bâtiment, laissant Norman se hisser d'un air las sur la banquette arrière, et courut à l'intérieur le long du couloir sonore.

— Le concours de maths ? Le concours de maths ? criait-il à tous ceux qu'il croisait.

Un homme indiqua sans mot dire un panneau plastifié. Ed gravit quatre à quatre une volée de marches, courut le long d'un autre couloir, puis déboucha dans un vestibule. Deux hommes étaient assis derrière un bureau. De l'autre côté de la pièce se tenaient Jess et Nicky. Jess fit un pas vers lui.

— Je les ai ! s'écria-t-il en levant le sac en plastique d'un geste triomphant.

Il était si essoufflé qu'il pouvait à peine aligner deux mots.

— Elle est entrée, dit Jess. Ils ont commencé.

Il se tourna vers l'horloge, le souffle court. Il était 12 h 07.

— Excusez-moi ? dit-il à l'homme assis derrière le bureau. Je dois donner ses lunettes à une jeune fille à l'intérieur.

L'homme leva lentement les yeux. Il aperçut le sac en plastique.

Ed se pencha sur le bureau et poussa le sac vers lui.

— Elle a cassé ses lunettes. Elle ne voit rien sans elles.

— Je suis désolé, monsieur. J'ai pour consigne de ne laisser entrer personne.

Ed hocha la tête.

— Écoutez, je n'essaie pas de tricher ou de faire entrer quelque chose en douce. C'est juste que je ne savais pas ce qu'il lui fallait, donc j'ai dû acheter toutes les paires. Vous pouvez les inspecter. Toutes. Regardez. Pas de code secret. Rien que des lunettes. Vous devez lui apporter le sac pour qu'elle puisse y trouver une paire qui lui va.

L'homme secoua lentement la tête.

— Monsieur, nous ne pouvons pas déranger les autres…

— Si. Si, vous pouvez. Il s'agit d'une urgence.

— C'est le règlement.

Ed le fusilla du regard pendant cinq bonnes secondes. Puis il se redressa et commença à s'éloigner, une main posée sur la tête. Il sentait une pression nouvelle monter en lui, comme une bouilloire vibrant sur une plaque chauffante.

— Vous savez quoi ? cria-t-il en se retournant. Ça nous a pris trois jours et trois nuits pour arriver ici. Ma plus belle voiture a été remplie de vomi, et un chien a fait subir à mes sièges en cuir des sévices innommables. Et je n'aime même pas les chiens. J'ai dormi dans une voiture avec une inconnue. Et ce n'est pas ce que vous croyez. J'ai dormi dans des endroits où aucun être humain ne devrait jamais séjourner. J'ai mangé une pomme qui avait traîné dans le pantalon trop serré d'un adolescent, et un kebab qui, pour ce que j'en sais, aurait très bien pu contenir de la chair humaine. J'ai laissé à Londres une crise personnelle énorme et roulé sur 930 kilomètres avec des gens que je ne connais pas – des gens très bien – parce que même moi, j'ai bien compris que ce concours était très important pour eux. Vital. Parce que la seule chose qui compte pour cette petite fille, ce sont les maths. Et si elle n'a pas une paire de lunettes qui lui permet de voir, elle ne peut pas concourir équitablement. Et si elle ne peut pas concourir équitablement, elle perd sa seule chance d'intégrer une école où elle a vraiment, vraiment besoin d'aller. Et si ça arrive, vous savez ce que je ferai ?

L'homme le regardait fixement.

—Je vais entrer en force dans votre foutue salle et je vais prendre chaque feuille d'examen et la déchirer en tout petits morceaux. Et je ferai ça vite, très vite, avant que vous ayez la moindre chance d'appeler la sécurité. Et vous savez pourquoi je ferai ça ?

L'homme déglutit péniblement.

—Non.

—Parce que je refuse d'avoir fait tout ça pour rien, conclut Ed en se penchant sur lui.

À cet instant, il sentit une main se poser doucement sur son bras. Jess s'empara du sac de lunettes et le passa à l'homme derrière le bureau.

—Nous vous serions infiniment reconnaissants si vous lui apportiez ces lunettes, dit-elle à voix basse.

Sans quitter Ed du regard, l'homme se leva et contourna le bureau.

—Je vais voir ce que je peux faire, dit-il.

Et la porte de la salle d'examen se referma sans bruit derrière lui.

Ils marchèrent en silence jusqu'à la voiture, sans se soucier de la pluie. Jess déchargea les sacs. Nicky se tenait à l'écart, les mains enfoncées aussi loin que possible dans les poches de son jean – ce qui, vu la largeur du pantalon, tenait de l'exploit.

— Bon, on l'a fait, dit Jess en s'autorisant un petit sourire.

— Je te l'avais bien dit, répliqua Ed. Est-ce que tu veux que j'attende ici qu'elle ait terminé ? demanda-t-il en désignant la voiture d'un signe de tête.

Jess ne put réprimer une grimace.

— Non. C'est gentil, mais on t'a retenu assez longtemps comme ça.

Ed sentit son sourire vaciller.

— Vous dormez où, ce soir ?

— Si elle gagne, je pourrais nous trouver un hôtel de luxe. Et si elle ne gagne pas… un abribus, dit-elle en haussant les épaules.

Au ton qu'elle avait employé, il comprit qu'elle n'y croyait pas un seul instant.

Elle fit le tour de la voiture pour ouvrir la portière arrière. Norman, qui avait constaté qu'il pleuvait et décidé de ne pas sortir, leva les yeux vers elle.

Jess passa la tête à l'intérieur.

— Norman, on y va !

Derrière l'Audi, un petit tas de sacs était posé sur le sol humide. Jess sortit une veste de l'un d'eux et la tendit à Nicky.

— Tiens, il fait froid.

On pouvait sentir dans l'air la saveur piquante et salée de la mer. Ed pensa soudain à Beachfront.

— Et donc… c'est… terminé ?

— C'est terminé. Merci. Je… nous… nous te sommes très reconnaissants. Pour les lunettes. Et pour tout.

Ils se regardèrent droit dans les yeux pour la première fois de la journée. Il y avait un milliard de choses qu'il avait envie de dire.

Nicky leva une main gênée.

— Oui. Monsieur Nicholls. Merci.

— Oh. Voilà pour toi, dit Ed en lui tendant le téléphone qu'il venait de sortir de la boîte à gants. C'est mon portable de secours. Je, euh… je n'en ai plus besoin.

— C'est vrai ? s'écria Nicky en attrapant l'objet avant de le regarder fixement d'un air incrédule.

Jess fronça les sourcils.

— On ne peut pas accepter ça. Tu en as fait assez pour nous.

— Ce n'est pas grand-chose. Je t'assure. Si Nicky n'en veut pas, je l'envoie au recyclage. Vous me faites juste gagner du temps.

Jess regarda ses pieds, comme si elle s'apprêtait à ajouter quelque chose. Puis elle leva les yeux et, d'un geste vif, s'attacha les cheveux en une queue-de-cheval inutile.

— Bon. Encore merci, dit-elle en lui tendant la main.

Ed hésita avant de la lui serrer, s'efforçant d'écarter de son esprit une soudaine réminiscence de la veille au soir.

— Bonne chance avec ton père. Et le repas de famille. Et toute cette histoire avec le travail. Je suis sûre que ça s'arrangera. Souviens-toi, de bonnes choses finissent toujours par arriver.

Lorsqu'elle retira sa main, il eut l'étrange sensation d'avoir perdu quelque chose. Elle se tourna et regarda par-dessus son épaule, déjà distraite.

— Bon. Il n'y a plus qu'à trouver un endroit sec où mettre nos affaires.

—Attends, dit Ed en sortant de sa poche une carte de visite, sur laquelle il griffonna un numéro. Appelle-moi.

Un des chiffres avait coulé. Il vit son regard s'y arrêter.

—C'est un « 3 ».

Il le réécrivit, puis fourra les mains dans ses poches. Il se sentait comme un ado timide et maladroit.

—J'aimerais avoir des nouvelles de Tanzie. S'il te plaît.

Elle hocha la tête. Puis elle s'en alla, propulsant le garçon devant elle à la façon d'un berger particulièrement vigilant. Ed resta debout à côté de la voiture et les regarda s'éloigner, traînant derrière eux leurs grands sacs et le chien récalcitrant, jusqu'à ce qu'ils disparaissent au coin du bâtiment.

La voiture était silencieuse. Même au cours des heures où personne ne parlait, Ed s'était habitué aux vitres couvertes d'une légère buée et à cette vague sensation d'agitation perpétuelle. Les musiques étouffées de la console de Nicky. Les petits tapotements de Jess. À présent, il regardait l'habitacle et avait l'impression de se trouver dans une maison abandonnée. Il vit les miettes qui jonchaient le tapis de sol, le trognon de pomme fourré dans un cendrier, le chocolat fondu, le journal plié dans la poche du siège. Ses vêtements humides suspendus à des cintres métalliques devant la vitre arrière. Il vit un cahier de maths, qui avait glissé au bord de la banquette et que Tanzie avait oublié dans sa précipitation, et se demanda s'il devait le lui rapporter. Mais à quoi bon ? Il était trop tard.

Trop tard.

Assis dans sa voiture, il regarda les derniers parents rejoindre leurs véhicules sans se presser, tuant le temps en attendant leurs rejetons. Il posa un moment la tête sur le volant. Puis, lorsque sa voiture fut la dernière encore sur place, il mit la clé dans le contact et démarra.

Ed parcourut une trentaine de kilomètres avant de prendre conscience de son état d'épuisement. Ses trois nuits de mauvais sommeil, couplées à une gueule de bois et à la fatigue de la route, le frappèrent avec la force d'un boulet de démolition. Il sentit ses paupières se fermer. Il alluma la radio, ouvrit la fenêtre, et lorsque tous ses efforts s'avérèrent inutiles, s'arrêta dans un café au bord de la route.

C'était l'heure du déjeuner, mais la salle était presque vide. Quelques hommes en costume étaient assis dans des coins opposés, perdus dans leur portable ou dans de la paperasse, et l'ardoise proposait seize combinaisons différentes de saucisses, d'œufs, de bacon, de frites et de haricots. Ed attrapa un journal sur le présentoir et alla s'installer à une table. Il commanda un café à la serveuse.

— Je suis désolée, monsieur, mais à cette heure, les tables sont réservées aux clients qui déjeunent, lui dit cette dernière avec un accent si prononcé qu'il dut se concentrer pour la comprendre.

— Oh. Très bien. Je vais…

Une grande entreprise britannique fait l'objet d'une enquête pour délit d'initié.

Il regarda fixement le gros titre du journal.

— Monsieur ?

— Mmh ?

La peau de son visage commençait à le picoter.

— Vous devez commander un repas. Si vous voulez une table.

— Oh.

La *Financial Services Authority* a confirmé hier soir enquêter actuellement au sein d'une entreprise britannique pour un délit d'initié ayant pu rapporter à ses auteurs plusieurs millions de livres. L'enquête aurait lieu des deux côtés de l'Atlantique et impliquerait les bourses de Londres et de New York, ainsi que le SEC, l'équivalent américain de la FSA.

Personne n'a encore été mis en examen, mais une source sûre au sein de la police londonienne a déclaré que ce n'était qu'une "question de temps".

— Monsieur ?

Elle l'avait répété deux fois avant qu'il l'entende. Il leva les yeux. C'était une jeune femme au nez parsemé de taches de rousseur et aux cheveux bouclés arrangés en une sorte de chignon emmêlé.

— Qu'est-ce que je vous sers ?

— Peu importe, répondit-il, la bouche pâteuse.

Un ange passa.

— Euh… Voulez-vous notre spécialité du jour ? Ou l'un des plats les plus prisés par notre clientèle ?

Une question de temps.

— Nous proposons toute la journée une formule petit déjeuner…

— D'accord.

— Et nous… Vous voulez le petit déjeuner ?

— Oui.

— Pain blanc ou pain complet ?

— Peu importe.

Il la sentit le dévisager un instant. Puis elle griffonna une note, rangea soigneusement son bloc-notes dans sa ceinture et s'éloigna. Il resta assis là, les yeux rivés sur le journal posé sur la table en Formica. Au cours des dernières soixante-douze heures, il avait peut-être eu l'impression que le monde était plongé dans le chaos, mais ça n'avait été qu'un avant-goût de ce qui l'attendait.

—Je suis avec une cliente.

—Je n'en ai que pour une minute.

Il prit une grande inspiration et se lança :

—Je ne vais pas venir au déjeuner de papa.

Il y eut au bout du fil un bref silence de mauvais augure.

—S'il te plaît, dis-moi que j'ai mal entendu.

—Je ne peux pas venir. Il m'est arrivé quelque chose.

—Quelque chose ?

—Je t'expliquerai plus tard.

—Non. Attends. Ne quitte pas.

Il entendit le bruit étouffé d'une main qu'on pose sur le combiné. Probablement un poing serré.

—Sandra, il faut que je prenne ça dehors. Je reviens dans une…

Des bruits de pas. Puis, comme si quelqu'un venait de monter le son à plein volume :

—Sérieusement ? Tu te fous de ma gueule ?

—Je suis désolé.

—Je n'arrive pas à y croire ! Est-ce que tu as la moindre idée du mal que maman s'est donné pour tout organiser ? Est-ce que tu as la moindre idée d'à quel point elle a hâte de te revoir ? La semaine dernière, papa a calculé depuis combien de temps ils ne t'ont pas vu. Depuis décembre, Ed. Ça fait quatre mois. Quatre mois où il a été de plus en plus malade et où tu n'as rien fait de plus utile que de lui envoyer ces magazines débiles !

—Il a dit qu'il aimait le *New Yorker*. Je pensais que ça pourrait l'occuper.

279

— Il est presque aveugle, Ed! Et ça, tu l'aurais su si tu avais pris la peine de te pointer ici! Maman s'ennuie tellement à lui lire ces articles interminables que son cerveau commence à lui couler par les oreilles.

Elle poursuivit sa diatribe, encore et encore. Il avait l'impression qu'un sèche-cheveux lui tournait à plein régime dans l'oreille.

— Elle a même préparé ton plat préféré au lieu de celui de papa alors que c'est son repas d'anniversaire. Ça dit bien à quel point elle a envie de te voir. Et maintenant, vingt-quatre heures avant que ça se passe, tu m'appelles comme ça pour me dire que tu ne peux pas venir? Sans aucune explication? Tu te fous vraiment de ma gueule…

Il sentit ses oreilles devenir brûlantes. Il ferma les yeux. Lorsqu'il les rouvrit, il était 13 h 58. L'olympiade devait être aux trois quarts terminée. Il songea à Tanzie, dans cette salle d'examen, penchée sur sa copie, le sol autour d'elle jonché de lunettes inutiles. Il espéra pour elle que, face à une page de chiffres, elle s'était détendue et avait fait ce qu'elle savait faire de mieux. Il songea à Nicky, traînant tout seul derrière le bâtiment, essayant peut-être de trouver un coin où fumer en cachette.

Il songea à Jess, assise sur ses sacs, le chien à ses côtés, les mains serrées sur les genoux comme pour dire une prière, convaincue que si elle le souhaitait assez fort, de bonnes choses finiraient par arriver.

— Tu es une ordure, Ed! Vraiment! poursuivait sa sœur d'une voix étouffée par les larmes.

— Je sais.

— Oh, et ne va pas t'imaginer que je vais le leur annoncer. Je ne vais pas faire ton sale boulot à ta place.

— Gem. S'il te plaît, il y a une raison…

— N'y pense même pas ! Tu veux leur briser le cœur, vas-y ! Moi, j'en ai fini avec toi. Je n'arrive même pas à croire que tu es mon frère.

Elle raccrocha. Ed avala sa salive à grand-peine. Puis il laissa échapper un long soupir tremblant. Ce que Gemma venait de lui cracher au visage, ce n'était même pas la moitié de ce qu'ils diraient s'ils apprenaient la vérité.

Et là, dans ce restaurant à moitié vide, assis sur une banquette en Skaï rouge face à un petit déjeuner qui refroidissait lentement, Ed comprit enfin à quel point son père lui manquait. Il aurait donné n'importe quoi rien que pour voir ce hochement de tête rassurant, ce sourire un peu réticent se dessiner sur son visage. La maison de ses parents ne lui avait pas manqué pendant les quinze années qui avaient suivi son départ, mais d'un seul coup, il se sentait submergé de nostalgie. Les yeux rivés sur les voitures qui passaient en trombe sur la route derrière la vitre graisseuse du café, il sentit quelque chose qu'il ne parvenait pas à identifier déferler sur lui comme une première vague. Pour la première fois de sa vie d'adulte, même lors de son divorce, de l'enquête, de l'affaire avec Deanna Lewis, Ed Nicholls se rendit compte qu'il retenait ses larmes.

Il se pressa les mains sur les yeux et contracta la mâchoire jusqu'à ne plus pouvoir penser qu'à la sensation de ses molaires serrées les unes contre les autres.

— Tout va bien ?

La jeune serveuse avait l'air vaguement méfiant, comme si elle tentait de déterminer si cet homme allait lui poser des problèmes.

— Ça va, répondit-il.

Il avait voulu prendre un ton rassurant, mais sa voix s'était brisée.

—Une migraine, ajouta-t-il devant l'air peu convaincu de la jeune femme.

Cette dernière parut aussitôt se détendre.

—Oh. Une migraine. Je compatis. Ça peut vraiment pourrir la vie. Vous avez quelque chose contre ?

Ed secoua la tête. Il n'osait pas parler.

—Je savais bien qu'il y avait quelque chose qui n'allait pas.

Elle resta debout devant lui un moment, l'air songeur.

—Je reviens tout de suite.

Elle s'éloigna, une main posée à l'arrière de la tête, là où ses cheveux étaient relevés en une torsade élaborée. Elle se pencha sur le comptoir, cherchant quelque chose qu'il ne pouvait pas voir, puis revint à petits pas. Elle jeta un coup d'œil derrière son épaule, puis laissa tomber sur la table deux petits cachets dans une enveloppe en aluminium.

—Je ne suis pas censée donner des cachets aux clients, mais ceux-là sont géniaux. Ce sont les seuls qui marchent pour mes migraines. Par contre, ne buvez plus de café – ça risque d'aggraver votre cas. Je vais vous chercher un verre d'eau.

Il cligna des yeux, ahuri.

—Ne vous en faites pas. Ça n'a rien d'illégal. Ce ne sont que des cachets contre la migraine.

—C'est très gentil de votre part.

—Ils mettent une vingtaine de minutes avant d'agir. Mais après ça… Oh, bonheur !

Son sourire lui retroussait le nez. Elle avait un regard très doux sous ses couches de mascara, il le voyait à présent.

Elle remporta sa tasse de café, comme pour le protéger de lui-même. Ed se surprit à songer à Jess. De bonnes choses arrivent parfois. Parfois au moment où on les attend le moins.

— Merci, dit-il doucement.

— Je vous en prie.

À cet instant, son portable sonna. Ce n'était pas un numéro qu'il connaissait.

— Monsieur Nicholls ?

— Oui ?

— C'est Nicky. Nicky Thomas. Euh… Je suis vraiment désolé de vous déranger, mais on a besoin de votre aide.

21

NICKY

Dès l'instant où ils s'étaient arrêtés dans le parking, Nicky avait compris que c'était une mauvaise idée. Tous les autres enfants – à part peut-être un ou deux – étaient des garçons. Tous avaient au moins deux ans de plus que Tanzie, et la plupart semblaient atteints à divers degrés du syndrome d'Asperger. Ils avaient toute la panoplie de la classe moyenne bien comme il faut : blazers en laine, cheveux en bataille, appareils dentaires et chemises bien coupées. Les parents conduisaient des Volvo. Tanzie, avec son pantalon rose et sa veste en jean ornée des fleurs en feutre que Jess y avait cousues, était aussi incongrue que si elle venait de débarquer d'une autre galaxie.

Nicky savait que Tanzie n'allait pas bien, et ce même avant que Norman lui casse ses lunettes. Dans la voiture, elle s'était montrée de plus en plus silencieuse, enfermée dans sa bulle de stress et de mal des transports. Il avait bien essayé de la pincer un peu pour la sortir de sa torpeur – un acte d'extrême altruisme, car elle sentait vraiment très mauvais – mais quand ils étaient arrivés à Aberdeen, elle s'était retirée si loin en elle-même qu'il n'avait plus réussi à l'atteindre. Jess avait été si concentrée sur leur destination qu'elle ne s'en était pas rendu compte. Elle avait été trop occupée par M. Nicholls, les lunettes, et les sacs de vomi. Elle n'avait pas envisagé une seule seconde que les gamins des écoles privées pouvaient être aussi méchants que ceux de MacArthur.

Jess s'était rendue au bureau pour inscrire Tanzie et récupérer le badge à son nom et ses papiers. Nicky, quant à lui, s'était éloigné avec Norman pour que ce dernier ne reste pas au milieu du chemin. Il n'avait pas vraiment prêté attention aux deux garçons qui s'étaient placés à côté de Tanzie tandis que celle-ci consultait le plan du bâtiment, pas plus qu'il n'entendit ce qu'ils racontaient. Il avait mis ses écouteurs pour écouter le dernier album de Depeche Mode. Puis il aperçut l'expression déconfite de Tanzie et enleva un écouteur.

Le garçon à l'appareil dentaire la détaillait lentement des pieds à la tête.

— Tu t'es perdue ? La convention des fans de Justin Bieber, c'est à l'autre bout de la rue.

Le garçon plus maigre éclata de rire.

Tanzie les regarda avec des yeux ronds.

— Tu as déjà été à une olympiade ?

— Non, dit-elle.

— Quelle surprise ! Je n'ai pas vu beaucoup d'Olympiens se pointer au concours avec une trousse à paillettes. Tu as pris ta trousse à paillettes, James ?

— Ciel ! Je crois que je l'ai oubliée.

— C'est ma mère qui me l'a faite, répliqua Tanzie avec raideur.

Ils échangèrent un regard.

— Ta maman l'a faite pour toi ! C'est ta trousse porte-bonheur ?

— Est-ce que tu sais au moins ce que c'est que le théorème de Proth ?

—Je crois qu'elle connaît surtout le théorème de Prout. Ou bien… eh, James, tu ne sens pas une odeur bizarre ? Comme du vomi ? Tu crois que quelqu'un a la trouille ?

Tanzie baissa la tête et partit en trombe vers les toilettes.

—C'est les toilettes des mecs ! crièrent-ils en chœur avant d'éclater de rire.

Nicky parvint tant bien que mal à attacher la laisse de Norman à un radiateur. Puis, alors que les deux garçons s'éloignaient vers le couloir principal, il s'avança et posa la main sur l'épaule d'Appareil Dentaire.

—Eh, gamin ! Eh !

Le garçon se retourna. Il ouvrit de grands yeux. Nicky avança d'un pas pour le dominer de toute sa hauteur. Il était soudain très content d'avoir ce drôle d'hématome jaune sur le visage.

—Juste un mot : si jamais tu t'avises de reparler comme ça à ma sœur – ou à la sœur de n'importe qui – je reviendrai en personne tester sur toi la théorie des cordes. C'est clair ?

Le gamin hocha la tête, la bouche grande ouverte.

Nicky lui adressa son meilleur regard de psychopathe à la Fisher. Il le maintint assez longtemps pour que le gamin, nerveux, déglutisse à grand-peine.

—C'est pas très agréable d'avoir la trouille, pas vrai ?

Le garçon fit « non » de la tête.

Nicky lui tapota l'épaule.

—Bien. J'étais sûr qu'on finirait par tomber d'accord. Maintenant, va faire tes additions.

Sur ces mots, il fit demi-tour et commença à s'éloigner vers les toilettes.

Un professeur s'arrêta alors devant lui, l'air interrogateur.

—Excusez-moi ? Est-ce que je viens de vous voir…

—Lui souhaiter bonne chance ? Oui. Un gamin génial. Génial.

Nicky hocha la tête d'un air admiratif, puis entra dans les toilettes à la recherche de Tanzie.

Lorsque Jess et Tanzie ressortirent des toilettes, le tee-shirt de Tanzie était mouillé là où Jess l'avait frotté avec de l'eau et du savon. Son visage était pâle et marbré de rouge.

— Tu ne dois pas faire attention à ce petit morveux, Tanzie, dit Nicky en se relevant. Il essayait juste de te déstabiliser.

— C'est lequel ? demanda Jess d'un air dur. Dis-moi, Nicky.

Bien sûr. Parce que Jess fonçant toutes griffes dehors, c'était exactement ce qu'il fallait à Tanzie pour bien démarrer la compétition.

— Je... euh, je ne crois pas que je pourrais le reconnaître. Mais de toute façon, je me suis occupé de son cas.

Il aimait bien cette phrase : « Je me suis occupé de son cas. »

— Mais je n'y vois rien, maman. Comment je vais faire si je n'y vois rien ?

— M. Nicholls va t'apporter des lunettes. Ne t'inquiète pas.

— Mais s'il ne revient pas ?

Si j'étais lui, songea Nicky, *c'est exactement ce que je ferais.*

Ils avaient ruiné sa belle voiture. Et il avait l'air dix ans plus vieux que le jour de leur départ.

— Il reviendra, dit Jess.

— Madame Thomas. On va commencer. Votre fille n'a plus que trente secondes pour s'installer.

— Écoutez, est-ce qu'on ne pourrait pas retarder le début de quelques minutes ? Elle a vraiment, vraiment besoin de ses nouvelles lunettes. Elle ne voit rien sans elles.

— Non, madame. Si elle n'est pas à sa place dans trente secondes, nous devrons commencer sans elle.

— Alors est-ce que je peux entrer avec elle ? Je pourrais lui lire les questions.

— Mais je ne peux pas écrire sans mes lunettes !

— J'écrirai pour toi.

— Maman…

Jess savait qu'elle avait perdu. Elle adressa à Nicky un vague hochement de tête qui signifiait : « Je ne sais plus quoi faire. »

Nicky s'accroupit devant sa sœur.

— Tu peux le faire, Tanzie. Tu peux le faire les doigts dans le nez. Tiens la feuille tout contre tes yeux, et prends ton temps.

Tanzie scrutait le couloir d'un regard aveugle. Dans la salle, les élèves se glissaient à leurs places, tiraient leur chaise sous leur bureau et disposaient leurs crayons devant eux.

— Dès que M. Nicholls arrivera, on t'apportera tes lunettes.

— Il a raison. Vas-y et fais de ton mieux, nous on attend ici. Norman sera de l'autre côté du mur. On gagne tous ensemble. Ensuite, on ira manger. Il n'y a pas de quoi s'inquiéter.

La femme au porte-bloc s'approcha.

— Tu vas participer à la compétition, Costanza ? demanda-t-elle.

— Elle s'appelle Tanzie, rétorqua Nicky.

La femme fit mine de ne pas l'entendre. Tanzie hocha la tête sans mot dire et se laissa mener à un bureau. Bon sang, elle paraissait si frêle…

Sa voix éclata soudainement, résonnant sur les murs de la pièce :

— Tu peux le faire, Tanzie !

Un homme, au bout du couloir, toussota d'un air réprobateur.

— Éclate-les tous, Titch !

— Oh, pour l'amour du ciel ! murmura quelqu'un.

— Éclate-les tous ! cria Nicky de plus belle, ce qui lui valut un regard sidéré de Jess.

Puis une cloche sonna, la porte se referma devant eux avec un claquement sec, et il n'y eut plus que Nicky, Jess et Norman de l'autre côté, avec quelques heures à tuer.

— Bon, dit Jess lorsqu'elle parvint enfin à quitter la porte du regard.

Elle mit les mains dans ses poches, les en ressortit, mit de l'ordre à ses cheveux et soupira.

— Bon.

— Il va venir, affirma Nicky, qui n'en était soudain plus très sûr.

— Je sais.

Le silence qui s'ensuivit fut assez long pour les forcer à se sourire d'un air gêné. Le couloir se vida peu à peu, à l'exception d'un organisateur qui murmurait tout seul en faisant glisser son crayon le long d'une liste de noms.

— Il doit être pris dans les embouteillages.

— Oui, il y en avait beaucoup.

Nicky se représentait Tanzie de l'autre côté de la porte, plissant les yeux pour lire les énoncés, regardant autour d'elle à la recherche d'une aide qui ne viendrait pas. Jess leva les yeux au plafond, jura doucement, puis arrangea sa queue-de-cheval. Nicky devina qu'elle imaginait la même chose.

Puis retentit un vacarme au loin, et M. Nicholls apparut, courant comme un dératé dans le couloir en tenant à bout de bras un sac en plastique qui semblait plein de lunettes. Lorsqu'il se rua vers le bureau pour se disputer avec les organisateurs, le soulagement de Nicky fut si intense qu'il dut sortir, s'effondrer contre le mur et poser la tête sur les genoux jusqu'à ce que son souffle ne menace plus de se changer en un immense sanglot dévastateur.

C'était bizarre de dire au revoir à M. Nicholls. Ils restèrent à côté de sa voiture sous le crachin, et même si Jess se la jouait façon «Oh, ça ne me touche pas du tout», il était évident qu'elle ressentait exactement le contraire. Nicky voulait vraiment le remercier pour cette histoire de piratage et pour les avoir conduits à destination, mais lorsque M. Nicholls lui offrit son téléphone de rechange, tout ce qu'il put articuler fut un «merci» étranglé. Et ce fut tout. L'instant d'après, Jess et lui traversaient le parking du campus avec Norman, faisant comme s'ils n'entendaient pas la voiture de M. Nicholls reprendre la route.

Ils s'arrêtèrent dans le couloir, et Jess planqua leurs sacs dans un vestiaire. Puis elle se tourna vers Nicky et enleva une poussière inexistante sur son épaule.

— Bon, dit-elle, si on allait promener le chien?

Nicky ne parlait pas beaucoup. Ce n'était pas qu'il n'avait rien à dire, c'était juste qu'il n'avait personne à qui parler. Depuis ses huit ans, depuis qu'il s'était installé chez papa et Jess, les gens essayaient de lui faire exprimer son «ressenti», comme s'il s'agissait d'un gros sac à dos qu'il traînait partout avec lui et qu'il pouvait ouvrir à volonté pour que tout le monde en examine le contenu. Mais la moitié du temps, lui-même ne savait pas ce qu'il ressentait. Il n'avait pas d'opinions sur la politique ni sur l'économie, ni sur ce qui lui arrivait. Il n'avait même pas d'opinion sur sa vraie mère. C'était une toxicomane. Elle aimait les drogues plus qu'elle l'aimait lui. Que pouvait-il ajouter à cela?

Nicky avait consulté une psychologue pendant quelque temps, comme l'assistante sociale le lui avait demandé. La psychologue semblait vouloir absolument qu'il se mette en colère à cause de ce qui lui était arrivé. Nicky lui avait pourtant expliqué qu'il n'était pas en colère et qu'il comprenait parfaitement que sa mère ne pouvait pas s'occuper de lui. Ce n'était pas comme si c'était personnel. S'il avait été quelqu'un d'autre, elle ne l'aurait pas moins abandonné. Elle était seulement… triste. Mais il l'avait si peu connue qu'il n'avait même pas l'impression de partager un lien avec elle.

Cependant, la psychologue n'arrêtait pas de lui répéter : « Tu dois extérioriser ton ressenti, Nicholas. Ce n'est pas bon de garder pour toi ce qui t'est arrivé. » Elle lui avait donné deux petites poupées de chiffon et lui avait demandé de mimer ce qu'il avait ressenti quand sa maman l'avait abandonné.

Nicky n'avait pas eu le cœur à lui dire que ce qui lui donnait envie de tout casser, c'était de devoir s'asseoir dans son bureau pour jouer à la poupée et de s'entendre appeler Nicholas. Il n'était pas un garçon particulièrement colérique. Il n'en voulait pas à sa mère. Il n'en voulait même pas à Jason Fisher, même s'il ne s'attendait pas à ce que quiconque le comprenne. Fisher n'était qu'un idiot qui n'avait pas assez de suite dans les idées pour se distraire autrement qu'en s'en prenant aux autres. Fisher savait, quelque part au fond de lui, qu'il n'avait rien pour lui et qu'il ne serait jamais rien. Il était vide, et personne ne l'aimait. Alors il tournait toute sa rage vers l'extérieur et reportait ses mauvais sentiments sur la personne la plus proche. (Vous voyez ? La thérapie a parfois du bon.)

Pour toutes ces raisons, lorsque Jess déclara qu'ils devaient aller se promener, au fond de lui, Nicky restait sur ses gardes. Il ne voulait pas se trouver pris dans une grande conversation sur « son ressenti ». Il ne voulait pas en parler. Il était déjà tout prêt à changer de sujet, mais Jess se gratta la tête et demanda :

—Est-ce que c'est moi, ou est-ce que ça fait un peu vide sans M. Nicholls ?

Voici donc ce dont ils parlèrent :
- La beauté inattendue de certains bâtiments d'Aberdeen.
- Le chien.
- Si l'un ou l'autre avait pris des sacs en plastique pour ramasser les crottes.
- Lequel des deux allait pousser cette chose dans le caniveau pour que personne ne marche dedans.
- La meilleure manière de nettoyer le bout de sa chaussure dans l'herbe.
- S'il était vraiment possible de nettoyer le bout de sa chaussure dans l'herbe.
- Les bleus sur le visage de Nicky, et est-ce que ça lui faisait mal ? (Réponse : non, plus maintenant.)
- Les autres parties de son corps, et est-ce que ça lui faisait mal ? (Réponse : non, non, et un peu, mais ça s'améliorait.)
- Son jean, et pourquoi il ne le remontait pas pour que son caleçon arrête de dépasser.
- Pourquoi son caleçon ne regardait que lui.
- S'ils devaient parler à papa de la Rolls. Nicky conseilla à Jess de lui faire croire que la voiture avait été volée. Après tout, il n'en saurait jamais rien et ce serait bien fait pour lui. Jess objecta qu'elle ne pouvait pas lui mentir parce que ce ne serait pas honnête. Puis elle se tut pendant quelques minutes.

- Se sentait-il bien ? Se sentait-il mieux loin de la maison ? S'inquiétait-il à l'idée de rentrer ?

À ce stade de la conversation, Nicky se tut et se mit à hausser les épaules. Qu'y avait-il à répondre ?

Voici ce dont ils ne parlèrent pas :
- Ce que ce serait de rentrer à la maison avec cinq mille livres en poche.
- Si Tanzie allait à cette école et que Nicky quittait le lycée avant la terminale, est-ce que Jess lui demanderait d'aller la chercher à Sainte-Anne tous les jours ?
- Le plat à emporter qu'ils commanderaient sûrement ce soir-là pour fêter la victoire de Tanzie. (Probablement pas un kebab.)
- Le fait que Jess avait visiblement très froid, même si elle prétendait aller bien. Les poils fins de ses bras étaient hérissés.
- M. Nicholls. Et plus précisément, où Jess avait dormi la veille. Et pourquoi ils n'avaient cessé de se jeter des regards furtifs comme des adolescents toute la matinée.

Nicky pensait franchement que parfois, elle les prenait pour des idiots.

Finalement, ce n'était pas si mal de se parler un peu. Nicky songea qu'il devrait le faire plus souvent.

Ils attendaient devant les portes quand elles s'ouvrirent enfin, à 14 heures. Tanzie sortit dans les premiers, sa trousse à paillettes serrée contre elle, et Jess ouvrit grand les bras pour la féliciter.

—Alors ? C'était comment ?

Elle les regarda sans bouger.

— Tu as cartonné, Titch ? demanda Nicky avec un grand sourire.

Et d'un seul coup, le visage de Tanzie se chiffonna. Le monde entier sembla se figer un instant, puis Jess se pencha sur elle et la prit dans ses bras, peut-être pour dissimuler la stupéfaction qui se lisait sur son visage. Nicky enlaça Tanzie de l'autre côté, et Norman s'assit sur son pied. Tandis que les autres enfants passaient devant eux en file indienne, elle leur raconta, entre deux sanglots étouffés, ce qui s'était passé :

— Je n'ai rien pu faire de toute la première demi-heure. Je n'y voyais rien. Et j'étais très stressée, et je n'arrêtais pas de regarder ma feuille. Et quand j'ai eu les lunettes, j'ai mis des heures à trouver une paire qui m'allait. Et après ça, je n'ai même pas compris la première question !

Jess parcourait le couloir des yeux, à la recherche des organisateurs.

— Je vais leur parler. Je vais leur expliquer ce qui s'est passé. Leur dire que tu n'y voyais rien. Il faudra bien qu'ils prennent ça en compte. On pourra peut-être leur faire ajuster ton score.

— Non ! Je ne veux pas que tu leur parles ! Je n'ai pas compris la première question, même avec les bonnes lunettes. Je n'ai pas pu résoudre le problème comme ils voulaient.

— Mais peut-être que…

— J'ai tout raté, gémit Tanzie. Je n'ai pas envie d'en parler. Je veux seulement qu'on s'en aille.

— Tu n'as rien raté, mon chou. Vraiment. Tu as fait de ton mieux. C'est tout ce qui compte.

— Ce n'est pas vrai ! Sans l'argent du prix, je ne pourrai jamais aller à Sainte-Anne !

— Écoute, il doit bien… Ne t'inquiète pas, Tanzie. Je trouverai une solution.

Elle tenta d'afficher un sourire convaincant, mais échoua lamentablement. Et Tanzie n'était pas stupide. Elle pleurait comme si on lui avait brisé le cœur. Nicky ne l'avait jamais vue dans cet état. Lui-même avait presque les larmes qui lui montaient aux yeux.

— On rentre à la maison, dit-il quand la situation devint insupportable.

Mais Tanzie se remit à pleurer de plus belle.

Jess leva les yeux vers lui, l'air complètement perdue.

Nicky, qu'est-ce que je dois faire ? semblait-elle lui demander.

Et de voir que même Jess avouait son impuissance lui donna l'impression que quelque chose dans l'univers avait sérieusement mal tourné. Jamais il n'avait éprouvé le besoin si impérieux de fumer un pétard.

Ils restèrent plantés dans le hall tandis que les autres concurrents s'en allaient en voiture avec leurs parents. Et soudain, inexplicablement, Nicky se rendit compte qu'il était en colère. Il était en colère contre ces petits cons qui avaient fait perdre ses moyens à sa sœur. Il était en colère contre cette stupide compétition et ses règles qui ne pouvaient pas s'assouplir pour une petite fille qui n'y voyait rien. Il était en colère parce qu'ils avaient fait tout ce chemin pour échouer, une fois encore. C'était comme si tout ce qu'ils entreprenaient se soldait par un échec. Tout.

Lorsque le hall se fut enfin vidé, Jess sortit de sa poche arrière une petite carte rectangulaire. Elle la tendit à Nicky.

— Appelle M. Nicholls.

— Mais à l'heure qu'il est, il doit être sur la route pour rentrer. Qu'est-ce que tu veux qu'il fasse ?

Jess se mordit la lèvre. Elle lui tourna le dos, puis lui fit face de nouveau.

— Il peut nous emmener chez Marty.

Nicky la dévisagea, bouche bée.

—S'il te plaît, Nicky. Je sais que c'est gênant, mais je ne sais pas quoi faire d'autre. Tanzie a besoin d'aide pour se relever. Elle a besoin de voir son père.

M. Nicholls fut de retour en moins d'une demi-heure. Il s'était arrêté dans un café, expliqua-t-il, pour manger un morceau. Un peu plus tard, Nicky songea que s'il avait eu les idées plus claires à cet instant, il se serait demandé pourquoi Ed avait mis si longtemps à manger un sandwich. Mais il était trop occupé à se disputer avec Jess, à quelques mètres de la voiture.

—Je sais que tu n'as pas envie de voir ton père, mais…

—Je ne viens pas.

—Tanzie en a besoin !

Elle avait sur le visage cette expression butée qu'elle affichait quand elle voulait vous faire croire qu'elle prenait en compte vos sentiments, mais qu'elle s'apprêtait à vous faire faire exactement ce qu'elle avait décidé.

—Ça ne va rien arranger.

—Pour toi, peut-être. Écoute, Nicky, je sais que tu as des sentiments contradictoires envers ton père en ce moment, et je ne t'en veux pas. Je sais que la situation est très déroutante…

—Je ne suis pas dérouté.

—Tanzie est au plus bas. Elle a besoin qu'on lui remonte le moral. Et Marty n'habite pas très loin. Écoute, dit-elle en lui posant la main sur le bras, si tu ne veux vraiment pas le voir, tu pourras rester dans la voiture, d'accord ? Je suis désolée, ajouta-t-elle devant son silence. Moi non plus, je ne suis pas vraiment emballée à l'idée de le revoir. Mais on doit le faire pour elle.

Que pouvait-il répondre à cela ? De toute façon, elle ne le croirait pas. Et peut-être y avait-il une petite partie de lui-même qui se demandait s'il ne se trompait pas.

Jess revint vers M. Nicholls, qui les regardait, appuyé contre le capot de sa voiture. Tanzie, silencieuse, était déjà assise à l'intérieur.

—S'il te plaît… Est-ce que tu pourrais nous emmener chez Marty ? Enfin, chez sa mère. Je suis désolée. Je sais que tu en as sûrement marre de nous et qu'on a été pénibles, mais… mais je n'ai personne d'autre à qui le demander. Tanzie… elle a besoin de son père. Ce n'est qu'à quelques heures d'ici.

Il haussa les sourcils.

—D'accord, ce sera peut-être un peu plus long si on doit rouler doucement. Mais s'il te plaît… Je dois arranger ça. Je dois vraiment arranger ça.

M. Nicholls fit un pas de côté et ouvrit la portière côté passager. Il se pencha dans l'habitacle pour sourire à Tanzie.

—C'est reparti !

Tous semblaient soulagés. Mais c'était une mauvaise idée. Une très mauvaise idée. Si seulement ils lui avaient posé la question, Nicky aurait pu leur parler du papier peint.

22

JESS

La dernière fois que Jess avait vu Maria Costanza, c'était le jour où elle lui avait fait livraison de Marty dans la camionnette du frère de Liam. Marty avait passé les cent derniers kilomètres à dormir dans un sac de couchage, et lorsque Jess, debout dans son salon immaculé, avait tenté de lui expliquer la dépression de son fils, elle l'avait regardée comme si elle en était personnellement responsable.

Maria Costanza ne l'avait jamais appréciée. Elle estimait que son fils méritait mieux qu'une lycéenne de seize ans qui se colorait elle-même les cheveux et se mettait des paillettes sur les ongles, et rien de ce que Jess avait pu faire par la suite n'avait changé cette opinion : ce que Jess avait fait de la maison était « particulier » ; coudre elle-même les vêtements de ses enfants était une « excentricité ». Il ne lui était jamais venu à l'esprit de demander à Jess pourquoi elle confectionnait elle-même les vêtements, ou pourquoi elle ne pouvait pas se payer un décorateur. Ou pourquoi, lorsque l'évier de la cuisine débordait, c'était Jess qui finissait sous l'évier à batailler contre le siphon.

Pourtant, elle avait essayé. Vraiment. Elle se montrait toujours polie, ne disait pas de gros mots. Elle avait été fidèle à Marty. Elle lui avait donné la plus incroyable petite fille du monde, qu'elle avait maintenue propre, nourrie et heureuse. Jess avait mis près de cinq ans à comprendre que le problème ne venait pas d'elle. Maria Costanza était une vieille mégère, voilà tout. Les seules fois où Jess l'avait vue sourire, c'était quand elle rapportait un potin croustillant sur un voisin ou un ami – de préférence un pneu crevé ou un cancer en phase terminale.

Elle avait essayé deux fois de l'appeler, avec le téléphone de M. Nicholls, mais personne n'avait décroché.

— Mamie est peut-être toujours au travail, dit-elle à Tanzie en raccrochant. À moins qu'ils soient tous partis voir le nouveau bébé.

— Tu veux toujours que je vous emmène là-bas ? demanda Ed.

— Oui, s'il te plaît. Ils seront rentrés à l'heure où on arrivera. Elle ne sort jamais le soir.

Nicky croisa son regard dans le miroir, puis détourna les yeux. Jess ne lui en voulait pas. Si la réaction de Maria Costanza à la naissance de Tanzie avait été mitigée, ce n'était rien à côté de l'accueil qu'elle avait réservé à Nicky – à peu près le même enthousiasme que si on lui avait annoncé un cas de gale dans la famille. Jess ne savait toujours pas si sa belle-mère s'était sentie offensée par le fait qu'il ait vécu toutes ces années sans qu'elle n'en sache rien, ou si elle avait préféré l'ignorer parce qu'il lui était impossible d'expliquer son existence sans faire référence à son illégitimité et à la compromission de son fils avec une toxicomane.

— Tu as hâte de voir papa, Tanzie ? demanda Jess en se retournant sur son siège.

Tanzie était appuyée contre Norman, l'air grave et épuisée. Son regard glissa vers celui de Jess, et elle lui adressa un signe de tête à peine perceptible.

—Ce sera super de le voir. Lui et mamie, poursuivit Jess gaiement. Je ne sais pas pourquoi on n'y a pas pensé plus tôt.

Ils firent route en silence. Tanzie somnolait, la tête posée contre le chien. Nicky regardait le ciel s'assombrir. Jess n'avait pas envie d'allumer la radio. Elle n'osait pas dévoiler aux enfants ce qu'elle ressentait. Elle ne pouvait pas s'autoriser à y penser.

Chaque chose en son temps, se dit-elle. *Remettre Tanzie sur les rails. Ensuite, je trouverai une solution.*

—Ça va? demanda Ed.

—Ça va, répondit-elle en sachant pertinemment qu'il ne la croyait pas. Tanzie ira mieux dès qu'elle verra son père. Je le sais.

—Elle pourra toujours faire une autre olympiade l'an prochain. Elle saura à quoi s'attendre.

Jess tenta un sourire.

—Attention, ça ressemble étrangement à de l'optimisme.

Il se tourna vers elle, et son regard était empreint de compassion.

Elle était soulagée d'être de nouveau dans sa voiture. Elle avait commencé à s'y sentir étrangement en sécurité, comme s'il ne pouvait rien leur arriver de mal quand ils y étaient tous rassemblés. Jess se visualisa dans le salon de Costanza, essayant d'expliquer les événements qui les avaient amenés jusque-là. Elle se représenta l'expression de Marty quand elle lui avouerait ce qui s'était passé avec la Rolls-Royce. Elle les vit tous les trois attendre le car le lendemain, la première étape d'un interminable voyage de retour. Elle se demanda un instant si elle pouvait demander à Ed de garder Norman jusqu'à ce qu'ils soient rentrés à la maison. Y songer lui rappela tout ce que cette escapade avait coûté, mais elle repoussa cette pensée. Une chose à la fois.

Elle avait dû s'assoupir, car quelqu'un la saisit par le bras.

— Jess ?

— Mmm ?

— Jess ? Je crois qu'on est arrivés. Le G.P.S. dit que c'est son adresse. C'est bien ça ?

Elle se redressa en se massant le cou. Les fenêtres de la proprette maison blanche la scrutaient avec insistance sans cligner des yeux. Par réflexe, son estomac se contracta.

— Quelle heure il est ?

— Pas loin de 19 heures.

Il attendit qu'elle finisse de se frotter les yeux, puis reprit :

— Les lumières sont allumées. On dirait qu'ils sont là.

Il se retourna sur son siège tandis qu'elle se levait :

— Eh, les enfants, on est arrivés ! Il est l'heure d'aller voir votre père.

La main de Tanzie serra fort celle de Jess en remontant l'allée. Nicky avait refusé de sortir de la voiture, disant qu'il attendrait avec M. Nicholls. Jess avait décidé de laisser entrer Tanzie avant de revenir pour essayer de le raisonner.

— Tu as hâte de le voir ?

Tanzie hocha la tête, son petit visage soudain empli d'espoir. Rien qu'un instant, Jess eut l'impression d'avoir fait ce qu'il fallait. Quelque chose de positif devait ressortir de ce chaos. Quels que soient ses problèmes avec Marty, ils s'arrangeraient entre eux en temps voulu.

Deux petits tonneaux étaient posés près du perron, remplis de fleurs mauves qu'elle ne connaissait pas. Elle rajusta sa veste, rectifia la coiffure de Tanzie, essuya un petit bout de quelque chose au coin de la bouche de la fillette, et sonna.

Maria Costanza vit Tanzie en premier. Elle la dévisagea, puis leva les yeux vers Jess. Plusieurs expressions, toutes inidentifiables, se succédèrent alors sur son visage.

Jess y répondit par son sourire le plus aimable.

—Bonjour, Maria. On… euh… on était dans la région, et on s'est dit que ce serait dommage de ne pas passer voir Marty. Et vous.

Maria Costanza la regardait fixement.

—On a essayé d'appeler, poursuivit Jess d'une voix chantante, qui sonnait terriblement faux à ses oreilles. Plusieurs fois. J'aurais bien laissé un message, mais…

—Bonjour mamie, dit Tanzie en courant s'accrocher à la taille de sa grand-mère.

Maria Costanza posa mollement la main sur le dos de Tanzie. Elle s'était teint les cheveux une nuance trop sombre, remarqua distraitement Jess. Maria Costanza resta ainsi un moment, puis leva les yeux en direction de la voiture, où Nicky la regardait d'un air impassible.

Bon sang, ça te tuerait d'exprimer un minimum d'enthousiasme, pour une fois dans ta vie ? se dit Jess.

—Nicky arrive dans une minute, dit-elle sans se départir de son sourire. Il vient de se réveiller. Je… je lui laisse un moment pour émerger.

Elles restèrent là, face à face, attendant.

—Et donc…, commença Jess.

—Il… il n'est pas là, l'interrompit Maria Costanza.

—Il est au travail ? demanda-t-elle d'un air plus réjoui qu'elle l'avait voulu. Je veux dire, c'est très bien s'il se sent… assez en forme pour travailler.

—Il n'est pas là, Jessica.

—Il est malade ?

Oh, merde, se dit-elle. *Il est arrivé quelque chose.*

Puis elle la vit. Une émotion qu'elle était certaine de n'avoir jamais vue sur le visage de Maria Costanza. De l'embarras.

—Il est où ?

—Vous… Je pense que vous devriez lui parler.

Maria Costanza se posa la main sur la bouche, comme pour s'empêcher d'en dire plus, puis repoussa doucement sa petite-fille.

—Attendez une minute. Je vais vous donner son adresse.

—Son adresse ?

Laissant Tanzie et Jess sur le pas de la porte, elle disparut dans le petit couloir. Tanzie leva les yeux vers elle d'un air interrogateur. Jess lui adressa un sourire rassurant. Ça devenait de plus en plus difficile.

La porte se rouvrit, et la vieille femme lui tendit un morceau de papier.

—Ça vous prendra une heure, peut-être une heure et demie, en fonction des embouteillages.

Jess remarqua ses traits tirés, puis regarda derrière elle le petit couloir où rien n'avait changé en quinze ans. Rien du tout. Et quelque part à l'arrière de son crâne, une petite sonnette d'alarme se mit à retentir.

—Très bien, dit-elle sans un sourire.

Maria Costanza ne put soutenir son regard. Elle s'accroupit alors et posa la paume de sa main sur la joue de Tanzie.

—Tu vas bientôt revenir voir ta *nonna*, hein ? Vous la ramènerez ? ajouta-t-elle en levant les yeux vers Jess. Ça fait longtemps…

Ce regard de supplication muette devait être la pire chose que Maria Costanza ait fait subir à Jess durant leurs quinze années d'interactions.

Jess pilota Tanzie vers la voiture.

Ed leva les yeux.

—Tiens, dit Jess en lui tendant le papier. On doit aller là.

Sans mot dire, il commença à entrer les coordonnées dans le G.P.S. Le cœur de Jess battait la chamade.

Elle jeta un coup d'œil dans le rétroviseur.

—Tu le savais, dit-elle à Nicky lorsque Tanzie remit enfin ses écouteurs.

Nicky tira sur sa frange.

—Je l'ai su la dernière fois que j'ai parlé à papa sur Skype. Grand-mère n'aurait jamais eu ce type de papier peint chez elle.

Elle ne lui demanda pas où se trouvait Marty. Elle avait déjà sa petite idée.

Ils roulèrent en silence pendant une heure. Jess ne parvenait pas à parler. Un million de possibilités se bousculaient dans son esprit. De temps en temps, elle regardait Nicky dans le miroir. Son visage fermé était résolument tourné vers la route. À la lumière des nouveaux événements, elle se mit à reconsidérer sa réticence à parler à son père depuis quelques mois.

Ils traversèrent la campagne à la nuit tombante pour se retrouver en banlieue d'une ville nouvelle, dans un quartier résidentiel aux rues bordées de grandes maisons flambant neuves. Ed s'arrêta à Castle Court, où quatre cerisiers se tenaient comme des sentinelles le long d'un trottoir qui ne voyait probablement jamais l'ombre d'un passant. La maison semblait neuve : ses fenêtres de style régence étaient immaculées, et sa toiture d'ardoises reluisait sous le crachin.

Jess regardait fixement par la vitre de sa portière.

—Ça va ?

C'étaient les deux seuls mots qu'Ed avait prononcés de tout le voyage.

—Attendez ici une minute, les enfants, dit Jess en mettant pied à terre.

Elle s'avança jusqu'à la porte d'entrée, revérifia l'adresse sur le morceau de papier, puis frappa avec le heurtoir en cuivre. À l'intérieur, elle entendait le son d'un téléviseur. Elle vit une ombre bouger devant une fenêtre.

Elle frappa de nouveau. Elle ne sentait même pas la pluie.

Des bruits de pas résonnèrent dans l'entrée. La porte s'ouvrit et une femme blonde apparut devant elle. Elle portait une robe en laine rouge sombre, avec des ballerines assorties, et était coiffée comme ces femmes qui travaillaient dans la vente ou la banque mais ne voulaient pas avoir l'air d'avoir totalement abandonné leur petit côté rock.

—Est-ce que Marty est là ? demanda Jess.

La femme sembla s'apprêter à parler, puis elle regarda Jess des pieds à la tête – ses tongs, son pantalon blanc froissé. Dans les quelques secondes qui suivirent, au léger durcissement de son expression, Jess comprit qu'elle savait. Elle savait qui elle était.

—Attendez ici, dit-elle.

La porte se referma à moitié, et Jess l'entendit crier dans le couloir étroit :

—Mart ? Mart ?

Mart.

Elle entendit la voix de Marty, étouffée, commenter en riant le programme de télévision. Puis la femme baissa la voix. Jess vit des silhouettes se mouvoir derrière le panneau de verre dépoli. Puis la porte se rouvrit, et il était là.

Marty s'était laissé pousser les cheveux. Il arborait une longue frange souple, soigneusement repoussée sur le côté comme celle d'un adolescent. Il portait un jean indigo qu'elle n'avait jamais vu et semblait avoir perdu du poids. Il n'avait plus rien de commun avec l'homme qu'elle connaissait. Et il avait affreusement pâli.

305

— Jess.

Elle ne put dire un mot.

Ils se dévisagèrent. Il déglutit avec peine.

— Je comptais t'en parler.

Jusqu'à cette seconde, une partie d'elle-même avait refusé de croire que ce pouvait être vrai. Jusqu'à cette seconde, elle s'était dit que ce devait être une monumentale erreur, que Marty vivait chez un ami ou qu'il était encore malade et que Maria Costanza, avec sa fierté mal placée, ne parvenait pas à l'admettre. Mais il n'y avait pas d'erreur sur ce qui se tenait devant elle.

Elle mit un moment à recouvrer la voix.

— C'est… c'est ici que tu vis?

Jess recula en titubant. Elle voyait à présent le jardin de devant parfaitement paysagé, et le salon qu'on devinait à travers la fenêtre. Sa hanche heurta une voiture garée dans l'allée. Elle posa la main sur le capot pour ne pas tomber.

— Pendant tout ce temps? Je me démène depuis deux ans rien que pour garder un toit au-dessus de nos têtes pendant que tu mènes la belle vie dans une grande maison avec une… une Toyota toute neuve?

Marty jeta à la voiture un regard gêné.

— Il faut qu'on parle, Jess.

Puis elle aperçut le papier peint dans le salon. Les grosses rayures. Et toutes les pièces du puzzle se mirent en place. Son insistance pour qu'ils ne se parlent qu'à heures fixes. Le fait que Maria Costanza prétendait qu'il dormait dès qu'elle l'appelait en dehors des heures habituelles. Sa détermination à mettre fin à leurs conversations aussi vite que possible.

— Il faut qu'on parle? ricana Jess. Oui, parlons, Marty. Et si c'était moi qui parlais? Pendant deux ans, je ne t'ai rien demandé – ni de l'argent, ni du temps, ni de garder les enfants, ni de m'aider pour quoi que ce soit. Parce que je te croyais malade. Je te croyais dépressif. Je croyais que tu vivais chez ta *mère*.

— Je vivais chez ma mère.

— Jusqu'à quand ?

Il serra les lèvres.

— Jusqu'à quand, Marty ? répéta-t-elle d'une voix menaçante.

— Quinze mois.

— Tu as vécu chez ta mère pendant quinze mois ?

Il regarda ses pieds.

— Tu vis ici depuis quinze mois ? Plus d'un an ?

— Je comptais t'en parler. Mais je savais que tu…

— Quoi ? Que je piquerais une crise ? Parce que tu vis dans le luxe pendant que ta femme et tes enfants sont à la maison, à traîner dans la merde que tu as laissée en partant ?

— Jess…

Elle fut interrompue par la porte, qui s'ouvrit brutalement. Une petite fille apparut derrière lui, blonde comme le soleil, vêtue d'un sweat Hollister et de baskets Converse. Elle le tira par la manche.

— C'est l'heure de ton émission, Marty, commença-t-elle.

Puis elle aperçut Jess et s'arrêta net.

— Retourne avec maman, ma chérie, lui dit-il doucement, le regard fuyant, en posant la main sur son épaule. J'arrive dans une minute.

La fillette regarda Jess d'un air méfiant. Elle avait le même âge que Tanzie.

— Vas-y, répéta Marty en tirant le battant de la porte derrière lui.

Ce fut à cet instant que le cœur de Jess se brisa.

— Elle… elle a des *enfants* ?

Il avala sa salive.

—Deux.

Elle se plaqua les mains sur le visage, puis sur les cheveux. Elle lui tourna le dos et se mit à redescendre l'allée, sans même voir où elle allait.

—Oh, mon Dieu. Oh, mon Dieu.

—Jess, je n'ai jamais eu l'intention de…

Elle fit volte-face et se rua sur lui. Elle voulait fracasser son visage idiot, ruiner sa coupe de cheveux hors de prix. Elle voulait qu'il comprenne ce qu'il avait fait subir à ses propres enfants. Elle voulait qu'il paie. Puis, presque sans savoir ce qu'elle faisait, elle se mit à donner des coups de pied sur les roues surdimensionnées et les portières scintillantes de cette voiture à la con, connement blanche, connement immaculée et connement reluisante.

—Tu as menti! Tu nous as menti à tous! Et moi qui essayais de te protéger! Je n'arrive pas à croire… Je ne peux pas!

Elle donna un nouveau coup de pied, faisant abstraction de la vague de douleur qui s'empara de son orteil, et eut la satisfaction de sentir le métal céder. Elle frappa encore et encore, sans se soucier de rien, faisant pleuvoir des coups de poing sur le pare-brise.

—Jess! La voiture! Putain, tu es devenue folle?

Elle s'en prenait à sa voiture parce qu'elle ne pouvait pas le frapper lui. Elle cognait des mains et des pieds, au hasard, en sanglotant de rage. Et lorsque Marty la saisit par les bras pour l'arrêter, s'interposant entre elle et la voiture, elle fut saisie de terreur à l'idée d'avoir totalement perdu le contrôle. Puis elle le regarda dans les yeux, ses yeux de lâche, et un bourdonnement assourdissant se mit à résonner dans sa tête. Elle voulait fracasser…

—Jess.

Ed la prit par la taille, la tirant en arrière.

—Lâche-moi!

—Les enfants regardent. Viens.

Une main se posa sur son bras.

Elle ne pouvait plus respirer. Un gémissement sourd montait de tout son corps. Elle se laissa entraîner quelques pas en arrière. Marty lui cria quelque chose qu'elle ne put entendre dans le vacarme qui régnait dans sa tête.

—Viens… On s'en va.

Les enfants. Elle se tourna vers la voiture et vit le visage de Tanzie, sous le choc, les yeux grands ouverts. Derrière elle, Nicky n'était plus qu'une silhouette immobile. Elle se tourna de l'autre côté, vers la maison, où deux petits visages pâles l'observaient par la fenêtre du salon, leur mère debout derrière eux. Lorsque cette dernière croisa le regard de Jess, elle abaissa le store.

—Tu es folle! hurla Marty, qui contemplait les portières cabossées de la voiture. Complètement barge!

Elle s'était mise à trembler. Ed, un bras posé sur ses épaules, la mena vers sa voiture.

—Entre. Assieds-toi, lui dit-il doucement.

Marty descendait lentement l'allée pour les rejoindre. À présent que c'était elle qui était en tort, il avait retrouvé sa vieille démarche arrogante. Elle se demanda s'il allait chercher la bagarre, mais il s'arrêta à cinq mètres de la voiture et se baissa légèrement, comme pour vérifier quelque chose. Puis elle entendit la portière arrière s'ouvrir, et Tanzie sortit pour courir vers lui.

—Papa! cria-t-elle.

Il la souleva dans ses bras, et Jess ne sut plus très bien ce qu'elle était censée ressentir.

Elle ne savait pas exactement combien de temps elle était restée là, en silence, à contempler le tapis de sol. Elle n'arrivait plus à penser. Elle n'arrivait plus à ressentir. Elle entendait de vagues murmures à l'extérieur. À un moment, Nicky se pencha en avant et lui toucha doucement l'épaule.

—Je suis désolé, dit-il, des sanglots dans la voix.

Elle le prit par la main et la serra avec force.

—Ce n'est pas ta faute, murmura-t-elle.

Puis la portière s'ouvrit enfin et Ed passa la tête à l'intérieur. Il avait le visage mouillé. Des gouttes de pluie perlaient sur son col.

—Bon. Tanzie va rester ici quelques heures.

Elle ouvrit de grands yeux, soudain inquiète.

—Oh non, commença-t-elle. Il ne va pas obtenir sa garde. Pas après ce qu'il…

—Il ne s'agit pas de lui et toi, Jess.

Jess se tourna vers la maison. La porte d'entrée était entrouverte. Tanzie était déjà à l'intérieur.

—Mais elle ne peut pas rester là. Pas avec eux…

Il s'installa sur le siège du conducteur, puis se pencha vers elle et la prit par la main. La sienne était humide et glacée.

—Elle a passé une mauvaise journée et a demandé à pouvoir rester un peu avec son père. Et, Jess, si c'est vraiment la vie qu'il mène, Tanzie a le droit d'en faire partie.

—Mais ce n'est pas…

—Juste. Je sais.

Ils restèrent assis là tous les trois, à contempler la maison brillamment éclairée. Sa fille était là-dedans. Avec la nouvelle famille de Marty. Jess avait l'impression qu'on venait de lui attraper le cœur pour l'arracher à travers ses côtes.

Elle ne parvenait pas à quitter la fenêtre des yeux.

—Et si elle change d'avis? Elle va être toute seule. On ne les connaît pas. Je ne connais pas cette femme. Si ça se trouve, elle est…

—Tanzie est avec son père. Tout va bien.

Elle le regarda. Son visage était compatissant, mais sa voix était étrangement ferme.

—Pourquoi tu prends son parti ?

—Je ne prends pas son parti, répondit-il en refermant les doigts sur les siens. Écoute, on va tous aller manger quelque part. On reviendra dans quelques heures. On reste à proximité, et on peut revenir la chercher à tout moment si elle a besoin de nous.

—Non. Je reste, déclara une voix sur la banquette arrière. Je reste avec elle. Pour qu'elle ne soit pas toute seule.

Jess se retourna.

—Tu es sûr ?

—Ça va aller, dit Nicky d'un air impénétrable. Et puis, je suis un peu curieux d'entendre ce qu'il a à dire.

Ed accompagna Nicky jusqu'à la porte d'entrée. Jess regarda son fils, ses longues jambes dégingandées serrées dans son jean noir, sa démarche maladroite et intimidée lorsque la porte s'ouvrit pour le laisser entrer. La femme blonde essaya de lui sourire, puis jeta un regard furtif en direction de la voiture. Il était possible, se dit Jess, que cette femme ait vraiment peur d'elle. La porte claqua derrière eux. Jess ferma les yeux, refusant d'imaginer ce qui se passait derrière.

Puis Ed revint dans la voiture, faisant entrer avec lui une bouffée d'air froid.

—Allez, dit-il. Tout va bien se passer, tu vas voir. On sera de retour avant même que tu t'en rendes compte.

Ils s'étaient déniché un petit restaurant routier. Jess n'avait pas d'appétit. Elle sirota un café tandis qu'Ed mangeait son sandwich en silence. Elle n'était pas sûre qu'il sache quoi dire.

Deux heures, ne cessait-elle de se répéter. *Plus que deux heures, et je pourrai les récupérer.*

Elle aurait voulu être encore en voiture avec les enfants, très loin de là. Loin de Marty, de ses mensonges, de sa nouvelle copine et de sa pseudo-famille. Elle laissa son café refroidir, trop occupée à regarder tourner les aiguilles de l'horloge. Chaque minute qui passait lui semblait une éternité.

Puis, dix minutes avant l'heure de partir, son portable se mit à sonner. Jess décrocha d'un geste vif. C'était un numéro qu'elle ne connaissait pas. La voix de Marty :

— Tu peux me les laisser pour la nuit ?

Elle en eut le souffle coupé.

— Non, répondit-elle en recouvrant sa voix. Tu ne peux pas les garder, pas comme ça !

— Je suis juste… en train d'essayer de tout leur expliquer.

— Eh bien je te souhaite bonne chance ! Parce qu'en ce qui me concerne, je suis loin d'avoir tout compris.

Sa voix résonna dans le petit café. Les clients des tables voisines tournèrent la tête.

— Je ne pouvais pas t'en parler, Jess, OK ? Parce que je savais que tu aurais cette réaction.

— Oh, alors c'est ma faute ! Évidemment !

— C'était fini entre nous. Tu le sais aussi bien que moi.

Jess était debout. Elle ne savait pas à quel moment elle s'était levée. Ed, pour une raison ou pour une autre, avait suivi le mouvement.

— Je n'en ai rien à foutre de nous deux, OK ? hurla-t-elle. On n'a plus un sou à la maison depuis que tu es parti, et maintenant je découvre que pendant tout ce temps, tu vivais avec une autre femme et subvenais aux besoins de

312

ses enfants ! Alors que tu disais ne pas pouvoir lever le petit doigt pour les nôtres ! Oui, c'est possible que je réagisse mal à ça, Marty !

— Ce n'est pas mon argent qui nous fait vivre. C'est celui de Linzie. Je ne peux quand même pas me servir de son argent pour tes enfants.

— Mes enfants ? *Mes* enfants ?

Elle avait quitté la table, marchant à l'aveugle vers la porte. Dans un brouillard, elle entrevit Ed appeler la serveuse.

— Écoute, dit Marty. Tanzie a vraiment envie de rester dormir ici. Apparemment, elle a été très contrariée par cette histoire de concours de maths. C'est elle qui a demandé à rester. S'il te plaît…

Jess ne trouva pas les mots pour lui répondre. Elle resta debout dans le parking glacial, les yeux fermés, les doigts crispés sur le téléphone.

— Et j'ai vraiment envie de m'expliquer avec Nicky, ajouta-t-il.

— Tu es… incroyable.

— S'il te plaît… laisse-moi au moins arranger les choses avec les enfants. Toi et moi, on pourra parler après. Mais je voudrais les avoir ce soir, tant qu'ils sont là. Ils m'ont manqué, Jess. Je sais que tout est ma faute. Je sais que j'ai déconné. Mais je suis content que tout soit déballé. Je suis content que tu sois au courant. Et je veux juste… je veux juste aller de l'avant.

Jess regardait droit devant elle. Au loin, elle voyait clignoter la lumière bleue d'un gyrophare de police. Son pied battait nerveusement le sol.

— Passe-moi Tanzie, demanda-t-elle enfin.

Il y eut un bref silence, puis un bruit de porte. Jess prit une grande inspiration.

— Maman ?

— Tanzie ? Ma puce ? Ça va ?

— Ça va, maman. Ils ont des tortues. Il y en a une qui a une jambe atrophiée. Elle s'appelle Mike. Est-ce qu'on peut avoir une tortue ?

— On en discutera.

Elle entendait des bruits de casserole en arrière-plan, et un robinet qui coulait.

— Euh… tu as vraiment envie de passer la nuit ici ? Tu n'es pas obligée, tu sais. Tu peux faire… tu peux faire ce qui te rend la plus heureuse.

— J'aimerais bien rester. Suzie est gentille. Elle va me prêter son pyjama High School Musical.

— Suzie ?

— La fille de Linzie. On fait une soirée pyjama. Et elle a des perles qu'on colle avec un fer à repasser pour faire un dessin.

— Très bien.

Il y eut un bref silence. Derrière Tanzie, Jess entendait des voix étouffées.

— Alors à quelle heure tu viens me chercher demain ?

Elle avala sa salive et s'efforça de maîtriser la hauteur de sa voix :

— Après le petit déjeuner. À 9 heures. Et si tu changes d'avis, tu peux m'appeler, d'accord ? N'importe quand. Je viendrai tout de suite te chercher. Même au milieu de la nuit. Ce n'est pas grave.

— Je sais.

— Je viendrai à n'importe quelle heure. Je t'aime, ma chérie. Tu peux m'appeler quand tu veux.

— D'accord.

— Tu veux bien… tu veux bien me passer Nicky ?

— Oui. Je t'aime. À demain.

La voix de Nicky était indéchiffrable :

— Je lui ai dit que je restais, dit-il, mais seulement pour veiller sur Tanzie.

— D'accord. Je trouverai un hôtel pas très loin. Est-ce qu'elle… cette femme… elle est bien ? Je veux dire, elle est gentille ?

— Linzie. Oui, elle est très gentille.

— Et toi… ça ne te pose pas de problème ? Il n'est pas…

— Ça va.

Un long silence s'ensuivit.

— Jess ?

— Oui ?

— Et toi, ça va ?

Elle ferma très fort les yeux. Puis elle prit une grande inspiration silencieuse et balaya les larmes qui coulaient sur ses joues. Elle n'aurait jamais cru que son corps pouvait contenir autant de larmes. Elle ne répondit à Nicky qu'une fois certaine que ces dernières n'avaient pas également mouillé sa voix.

— Je vais bien, mon chou. Passe un bon moment et ne t'inquiète pas pour moi. Je vous verrai demain matin.

Ed était derrière elle. Sans mot dire, sans quitter son visage des yeux, il lui prit son téléphone des mains.

— Je nous ai trouvé un hôtel où ils acceptent les chiens.

— Il y a un bar ? demanda Jess en s'essuyant les yeux du revers de la main.

— Quoi ?

— J'ai besoin de me saouler, Ed. D'être ivre morte.

Elle prit le bras qu'il lui tendait.

— Et je crois que je me suis cassé un orteil, ajouta-t-elle.

23

ED

Il était une fois un homme qui rencontra la fille la plus optimiste du monde. Une fille qui portait des tongs dans l'espoir du printemps. Qui rebondissait comme un ressort face aux difficultés de la vie ; des épreuves qui auraient terrassé la plupart des gens ne semblaient pas l'atteindre. Et si elle tombait, elle se relevait d'un bond. Elle retombait, se composait un sourire, s'époussetait et poursuivait sa route. Il n'aurait pas su dire si c'était la chose la plus héroïque ou la plus stupide qu'il avait jamais vue.

Et puis, debout au bord du trottoir devant une maison à quatre chambres quelque part au nord de Carlisle, il avait vu cette même fille se faire arracher tout ce en quoi elle avait cru jusqu'à ce qu'il ne reste plus d'elle qu'un spectre assis sur son siège passager, qui regardait sans rien voir à travers le pare-brise. Il pouvait presque entendre son optimisme s'écouler en ruisselant dans le caniveau, et quelque chose s'était déchiré dans son cœur.

Il avait réservé un petit chalet de vacances au bord d'un lac, à vingt minutes de chez Marty – ou plutôt de chez sa copine. Il n'avait pas trouvé d'hôtel qui acceptait les chiens dans un rayon de cent kilomètres, mais la dernière réceptionniste à qui il avait posé la question, une femme joviale qui l'appela huit fois «mon canard», lui parla d'un endroit qu'elle connaissait, tenu par la belle-fille d'une amie. Il dut payer pour trois jours, leur séjour minimum, mais il s'en fichait. Jess ne lui posa pas la question. Il ne savait même pas si elle avait remarqué où ils se trouvaient.

Ils récupérèrent les clés à la réception, puis suivirent un sentier à travers les arbres. Ed se gara devant le chalet et déchargea Jess et le chien. Jess boitait. Il se souvint alors de la violence avec laquelle elle avait frappé la voiture. En tongs.

— Va prendre un long bain chaud, lui dit-il en allumant toutes les lumières et en fermant les rideaux.

Il faisait trop noir dehors à cette heure pour y voir quoi que ce soit.

— Vas-y, insista-t-il. Essaie de te détendre. Je vais nous chercher de quoi manger. Et peut-être un sac de glace.

Elle hocha la tête et esquissa un soupçon de sourire.

Le supermarché le plus proche n'en était un que de nom : sous une rangée de néons clignotants, on avait installé deux étals de légumes fatigués et quelques rayons de boîtes de conserve, avec des noms de marques dont il n'avait jamais entendu parler. Il acheta deux plats tout préparés, du pain, du café, du lait, des petits pois congelés et des analgésiques pour le pied de Jess. Et quelques bouteilles de vin. Lui aussi avait besoin de boire un coup.

Il patientait à la caisse lorsqu'il reçut un texto. Il sortit en hâte son téléphone de sa poche, pensant que c'était Jess. Puis il se souvint qu'elle n'avait plus de crédit depuis deux jours.

Bonsoir mon chéri. Je suis désolée que tu ne puisses pas venir demain. On espère te voir bientôt. Je t'aime, maman. P.-S. : papa t'embrasse.

— Vingt-deux livres quatre-vingts.

La caissière l'avait répété deux fois avant qu'il l'entende.

— Oh. Pardon.

Il lui tendit sa carte bancaire.

— Le lecteur de carte ne marche pas. C'est marqué sur le panneau.

Ed suivit son regard. «Liquide ou chèque uniquement», avait-on écrit au Bic en grandes lettres laborieuses.

— Vous vous moquez de moi?

— Pourquoi je me moquerais de vous? demanda la caissière en mâchouillant d'un air pensif la chose inidentifiable qu'elle avait dans la bouche.

— Je ne sais pas si j'ai assez de monnaie sur moi, dit Ed.

Elle le regarda d'un air impassible.

— Vous ne prenez pas les cartes?

— C'est ce qui est marqué sur le panneau.

— Et… vous n'avez pas un lecteur de carte manuel?

— Les gens d'ici paient en liquide, d'habitude, répliqua-t-elle.

— OK. Où est le distributeur automatique le plus proche?

— À Carlisle. Si vous n'avez pas d'argent, vous allez devoir remettre les articles en rayon.

— J'ai de l'argent. Une minute.

Il fouilla dans ses poches, ne prêtant pas attention aux soupirs ostentatoires des clients qui faisaient la queue derrière lui. Par miracle, il trouva de la monnaie pour tout sauf pour les bhajjis aux oignons. La caissière encaissa et poussa les bhajjis sur le côté en haussant les sourcils d'un air excédé. S'efforçant de ne pas penser à sa mère, Ed entassa ses articles dans un sac en plastique qui allait probablement céder avant même qu'il atteigne sa voiture.

Lorsque Jess descendit au rez-de-chaussée en boitant, Ed faisait la cuisine – ou plutôt regardait deux barquettes en plastique tourner paresseusement dans le micro-ondes, ce qui constituait à peu près le sommet de ses compétences dans l'art culinaire. Elle était vêtue d'un peignoir et s'était enveloppé les cheveux en turban dans une serviette blanche. Il n'avait jamais compris comment les femmes parvenaient à faire ça. Il s'était toujours demandé si c'était une chose qu'on leur apprenait en grandissant, comme les règles ou l'hygiène des mains. Son visage démaquillé était très beau.

— Pour toi, dit-il en lui tendant un verre de vin.

Elle le prit. Apparemment toujours perdue dans ses pensées, elle s'assit devant la cheminée, où il avait allumé un feu. Il lui donna le sachet de pois congelés pour son orteil, puis s'occupa des autres plats micro-ondables, suivant les instructions imprimées sur la boîte.

— J'ai envoyé un message à Nicky, lui dit-il en perforant le film plastique à l'aide d'une fourchette. Juste pour lui dire où on est.

Elle avala une nouvelle gorgée de vin.

— Il va bien ?

— Très bien. Ils allaient juste se mettre à table.

Elle réprima un frisson en entendant ces mots, et Ed regretta aussitôt d'avoir peint ce petit tableau domestique dans son imagination.

— Comment va ton pied ?

— Mal.

Elle vida son verre d'un trait et se leva en grimaçant, faisant tomber les petits pois sur le sol, pour s'en servir un autre. Puis, comme si quelque chose venait de lui revenir en mémoire, elle glissa la main dans la poche de son peignoir et en sortit en petit sac en plastique.

— C'est le stock d'herbe de Nicky, expliqua-t-elle. J'ai décidé que c'était le moment idéal pour m'approprier sa drogue.

Elle le dit d'un air de défi, s'attendant à le voir protester. Comme il n'en faisait rien, elle posa sur ses genoux un guide touristique, sur lequel elle entreprit de rouler un joint hasardeux. Elle l'alluma et inhala longuement. Puis elle tenta d'étouffer une quinte de toux et prit une nouvelle bouffée. Sa serviette-turban avait commencé à glisser. Irritée, elle l'arracha, laissant ses cheveux mouillés retomber sur ses épaules. Elle souffla la fumée, les yeux mi-clos, et lui tendit le joint.

—C'est cette odeur que j'ai sentie en entrant ?

Elle ouvrit un œil.

—Tu penses que je suis une loque.

—Non. Je pense qu'un de nous deux doit être en état de conduire, juste au cas où Tanzie appellerait. Mais ce n'est rien. Vraiment. Continue. Je pense que tu as besoin…

—D'une nouvelle vie ? De me reprendre en main ? D'un petit coup vite fait ?

Elle éclata d'un rire sans joie.

—Oh, non. Oublie ça. Même ça, je ne suis pas capable de le faire correctement.

—Jess…

Elle leva la main.

—Désolée. Bon. Si on mangeait ?

Ils s'installèrent à la petite table en plastique du coin-cuisine. Les plats étaient corrects, mais Jess toucha à peine le sien.

Un peu plus tard, alors qu'il ramassait les assiettes pour faire la vaisselle, elle se planta en face de lui :

—Je suis d'une stupidité sans fond, pas vrai ?

Ed s'appuya contre le plan de travail, une assiette à la main.

—Je ne vois pas ce qui te fait dire…

—J'ai tout compris pendant mon bain. J'ai raconté des conneries aux enfants pendant toutes ces années. « Si vous faites attention aux autres et prenez les bonnes décisions, tout se passera bien. Ne volez pas. Ne mentez pas. Faites ce qui est juste, l'univers vous le rendra. » Mais ce ne sont que des conneries, tu ne crois pas ? Personne ne pense comme ça.

Sa voix était légèrement indistincte, comme effilochée de douleur.

—Ce n'est pas…

—Ah non ? Pendant deux ans, j'ai été fauchée. Pendant deux ans, je l'ai protégé. J'ai tout fait pour ne pas ajouter à son stress, pour ne pas l'embêter avec ses propres enfants. Et pendant tout ce temps, il vivait comme un pacha avec sa nouvelle copine. Je ne me suis doutée de rien, ajouta-t-elle en secouant la tête d'un air incrédule. Pas un seul instant. Mais quand j'étais dans le bain, j'ai réfléchi à tout ça… Ce truc de « Ne fais pas aux autres ce que tu ne voudrais pas qu'ils te fassent », ça ne fonctionne que si tout le monde le fait. Et personne ne le fait. Le monde est peuplé de gens qui n'en ont rien à foutre de rien. Ils vous marchent dessus sans hésiter pour arriver à leurs fins. Ils n'hésitent pas à piétiner leurs enfants s'il le faut.

—Jess…

Il traversa la cuisine jusqu'à n'être plus qu'à quelques centimètres d'elle. Il ne savait pas quoi dire. Il voulait la prendre dans ses bras, mais quelque chose en elle le retint. Elle se servit un autre verre de vin, qu'elle leva comme pour le saluer.

—Je m'en fous, de cette femme, tu sais. Ce n'est pas le problème. Il avait raison : lui et moi, c'est fini depuis longtemps. Mais tout son cinéma comme quoi il n'était pas capable d'aider ses enfants… Refuser même de contribuer aux frais de scolarité de Tanzie…

Elle but une longue gorgée et cligna lentement des yeux.

— Tu as vu le haut que portait cette gamine ? Tu sais combien ça coûte, un Hollister ? Soixante-sept livres. Soixante-sept livres pour un sweat taille dix ans ! J'ai vu l'étiquette quand Aileen m'en a apporté un. Et tu sais ce que Marty a envoyé à Nicky pour son anniversaire ? ajouta-t-elle en s'essuyant les yeux d'un geste rageur. Un bon d'achat de 10 livres ! Un bon d'achat de 10 livres valable dans une boutique de jeux d'ordinateur. Pour ce prix-là, on ne peut même pas avoir un jeu neuf. Seulement des occasions. Et le plus bête, c'est qu'on était tous très contents. On s'est dit que c'était bon signe, que Marty devait se sentir mieux. J'ai même dit aux enfants que dix livres, pour quelqu'un qui ne travaille pas, c'est beaucoup d'argent.

Elle se mit à rire. Un rire affreux, désespéré.

— Et pendant tout ce temps… pendant tout ce temps, il vivait dans cette grande maison, avec son canapé tout neuf, ses rideaux assortis et sa foutue coupe de boys-band. Et il n'a même pas eu les couilles de me le dire.

— C'est un lâche.

— Ouaip. Mais c'est moi l'idiote. J'ai entraîné les enfants dans une chasse au dahu à l'autre bout du pays parce que je croyais pouvoir leur offrir de meilleures chances. Résultat des courses : je nous ai endettés de plusieurs milliers de livres, j'ai perdu mon travail au bar et j'ai détruit le peu de confiance que Tanzie avait en elle. Et tout ça pourquoi ? Parce que je refusais de voir la vérité en face.

— La vérité ?

— Les gens comme nous ne s'en sortent jamais. On ne peut pas remonter la pente. On doit se contenter de racler le fond.

— Ce n'est pas vrai.

— Qu'est-ce que tu en sais ?

Il n'y avait pas de colère dans sa voix, rien qu'un profond abattement.

— Comment tu pourrais comprendre ? Tu es accusé d'avoir commis l'un des délits les plus graves de la City. Et à proprement parler, tu l'as vraiment commis : tu as dit à ta copine quelles actions acheter pour se faire un paquet de fric. Mais tu vas t'en sortir.

Il s'immobilisa, le verre à mi-chemin de la bouche.

— Bien sûr que tu vas t'en sortir, insista-t-elle. Tu vas peut-être te prendre une peine avec sursis et une grosse amende, mais avec tous tes avocats, tu n'iras jamais en prison. Tu as des gens qui vont témoigner pour toi, se battre pour toi. Tu as des maisons, des voitures, des ressources. Tu n'as pas vraiment à t'inquiéter. Alors comment tu pourrais comprendre ce que c'est pour nous ?

— Ce n'est pas juste, protesta-t-il doucement.

Elle détourna le regard et prit une bouffée de marijuana. Puis elle ferma les yeux, leva la tête et souffla un nuage de fumée, qui dériva lentement vers le plafond.

— Je crois que ce n'est pas une si bonne idée, finalement, dit Ed.

Il s'assit à côté d'elle et prit le joint qu'elle tenait entre ses doigts.

Elle le récupéra d'un geste brusque.

— Ne me dis pas ce que j'ai à faire.

— Je ne pense pas que ça puisse t'aider.

— Je me fous de ce que tu…

— Ce n'est pas moi l'ennemi, Jess !

Elle le fusilla du regard, puis se retourna vers les flammes. Il ne savait pas si elle attendait qu'il s'en aille.

— Je suis désolée, dit-elle enfin, d'une voix qui semblait sèche comme du carton.

— Ce n'est pas grave.

—Si, c'est grave, soupira-t-elle. Je ne devrais pas… Je ne devrais pas m'en prendre à toi.

—Ce n'est pas grave. Tu as passé une sale journée. Écoute, je vais aller prendre un bain, et après ça je pense qu'on devrait aller se coucher.

—J'irai au lit quand j'aurai fini ça, marmonna-t-elle en tirant de plus belle sur le joint.

Ed attendit un moment, mais elle ne disait plus rien, perdue dans la contemplation des flammes. Il monta donc à l'étage, ne pensant plus qu'à son bain – c'était dire à quel point il était fatigué.

Il avait dû s'assoupir dans l'eau. Il avait rempli la baignoire, y avait déversé tous les sels de bain qu'il avait pu trouver et s'y était plongé avec bonheur, laissant l'eau chaude apaiser une partie des tensions de la journée.

Il essaya de ne penser à rien. Ni à Jess, assise au rez-de-chaussée, scrutant les flammes d'un air désolé, ni à sa mère, à quelques heures de là, attendant un fils qui ne viendrait pas. Il avait juste besoin de ne penser à rien pendant quelques minutes. Il se plongea la tête sous l'eau, ne laissant dépasser que le nez et la bouche pour respirer.

Il somnolait. Mais une étrange tension semblait s'être emparée de lui : il ne parvenait pas à se relaxer entièrement, même en fermant les yeux. Puis il prit conscience du bruit. Un vrombissement distant, irrégulier et dissonant – le gémissement d'une tronçonneuse, ou les essais d'un jeune conducteur qui apprenait à accélérer. Il ouvrit un œil, espérant que cela cesse. Il avait supposé que cet endroit, entre tous, pourrait lui offrir un peu de calme. Rien qu'une nuit sans bruit ni drame. Était-ce tant demander ?

—Jess ? appela-t-il lorsque le bruit devint trop irritant.

Il se demanda s'il y avait une chaîne stéréo au rez-de-chaussée. Quelque chose qu'elle pourrait allumer pour couvrir le bruit.

Puis il comprit l'origine de son malaise diffus : c'était le vrombissement de sa propre voiture qu'il entendait.

Il resta assis tout droit pendant une fraction de seconde, puis sortit de la baignoire d'un bond, se nouant une serviette autour de la taille. Il dévala les marches quatre à quatre, passa en flèche devant le canapé vide et bataïlla contre la porte d'entrée jusqu'à ce qu'elle s'ouvre. L'air froid du dehors lui fit l'effet d'un coup de poing. Il sortit juste à temps pour voir sa voiture quitter en tressautant sa place devant le chalet et s'éloigner sur l'allée gravillonnée. Il sauta les marches du perron et put tout juste distinguer Jess, penchée sur le volant pour y voir quelque chose à travers le pare-brise. Elle n'avait pas allumé les phares.

— Merde ! Jess !

Il se mit à courir dans l'herbe, toujours trempé, maintenant d'une main sa serviette, essayant de couper par la pelouse pour l'intercepter avant qu'elle atteigne la route. Elle se tourna un instant vers lui, les yeux écarquillés. Un crissement sonore retentit lorsqu'elle voulut manœuvrer le levier de vitesse.

— *Jess !*

Il avait atteint la voiture. Il se jeta sur le capot, puis tenta de s'agripper à la portière du conducteur. Celle-ci s'ouvrit brutalement, l'envoyant valser sur le côté.

— Qu'est-ce que tu fous, bordel ?

Mais elle ne s'arrêta pas. Cramponné à la portière battante, une main sur le volant, il courait à en perdre haleine, le gravier lui blessant les pieds. Sa serviette avait disparu depuis longtemps.

— Lâche-moi !

—Arrête la voiture! Jess, arrête cette voiture!

—Va-t'en, Ed! Tu vas te blesser!

Elle tira sur sa main qui tenait le volant, et la voiture vira dangereusement vers la gauche.

—Qu'est-ce que…

Enfin, Ed parvint à arracher les clés du contact. La voiture cahota et s'arrêta net. Le nez de Jess percuta le volant avec un craquement sinistre.

—Merde!

Ed atterrit lourdement sur le flanc, sentant sa tête heurter quelque chose de dur.

—Fait chier!

Il resta couché sur le sol, hors d'haleine. La tête lui tournait. Il mit quelques secondes à recouvrer ses esprits, puis se remit maladroitement sur ses pieds en se soutenant à la portière toujours ouverte. Là, dans un brouillard, il vit qu'ils s'étaient arrêtés à moins d'un mètre de la rive noire du lac. Sur le volant, Jess avait enfoui son visage entre ses bras. Ed se pencha au-dessus d'elle pour enclencher le frein à main avant qu'elle trouve le moyen de refaire bouger le véhicule.

—Qu'est-ce que tu foutais, bordel? Qu'est-ce que tu foutais?

L'adrénaline et la douleur couraient dans ses veines. Cette femme était un cauchemar ambulant.

—Bon sang, ma tête…, gémit-il. Oh, non! Où est ma serviette? Où est passée cette foutue serviette?

Des lumières s'allumaient dans les autres chalets. Il leva les yeux et aperçut des silhouettes aux fenêtres, des visages qui le regardaient. D'une main, il se couvrit du mieux qu'il put et partit à la recherche de sa serviette, qui était étalée sur le chemin, couverte de boue. Tout en marchant, il leva son autre main en direction des curieux, comme pour signifier : « Il n'y a rien à voir ici. » (Et vu la froideur de la nuit, il n'y avait en effet pas grand-chose à voir.) Quelques-uns refermèrent en hâte leurs rideaux.

Lorsqu'il revint, Jess était toujours assise là où il l'avait laissée.

— Est-ce que tu sais seulement combien de verres tu as bus ce soir ? cria-t-il par la portière ouverte. Combien de joints tu as fumés ? Tu aurais pu te tuer ! Tu aurais pu nous tuer tous les deux !

Il avait envie de la secouer.

— Tu es vraiment déterminée à t'enfoncer de plus en plus profondément dans la merde ? Qu'est-ce qui ne tourne pas rond chez toi ?

Puis il l'entendit. Elle avait enfoui la tête dans ses mains pour pleurer. Un petit bruit étouffé et désespéré.

— Je suis désolée.

Ed se radoucit un peu et serra la serviette autour de sa taille.

— Qu'est-ce que tu croyais faire, Jess ?

— Je voulais aller les chercher. Je ne pouvais pas les laisser là-bas. Pas avec lui.

Il prit une grande inspiration, serra les poings et expira.

— On en a déjà parlé, Jess. Ils vont parfaitement bien. Nicky a dit qu'il appellerait s'il y avait le moindre problème. Et on va les chercher demain matin, à la première heure. Tu le sais. Alors pourquoi...

— J'ai peur, Ed.

— Peur ? De quoi ?

Elle saignait du nez, un ruisselet rouge sombre qui serpentait jusqu'à sa lèvre, et ses joues étaient noires de mascara.

—J'ai peur que… j'ai peur qu'ils s'amusent chez Marty. J'ai peur qu'ils ne veuillent plus rentrer, ajouta-t-elle dans un sanglot.

Et Jess Thomas s'appuya tout doucement contre lui, enfouissant son visage au creux de son épaule nue. Alors, enfin, Ed la prit dans ses bras et la serra fort pour la laisser pleurer.

Depuis toujours, il entendait des religieux parler de révélations. Comme s'il y avait eu un moment où tout était devenu clair à leurs yeux et que tous les mensonges, tout l'éphémère, avaient flotté au loin. Cela lui avait toujours paru très improbable. Puis Ed Nicholls avait vécu une de ces illuminations dans un chalet de rondins, quelque part non loin de Carlisle, au bord d'une étendue d'eau qui, pour ce qu'il en avait vu, aurait pu être un lac aussi bien qu'un canal.

Il comprit que c'était à lui de tout arranger. Il ressentait les injustices faites à Jess plus violemment qu'il n'avait jamais rien ressenti pour lui-même. Il se rendit compte, en lui déposant un baiser sur le front et en la sentant s'accrocher à lui, qu'il ferait tout son possible pour la rendre heureuse, elle et ses enfants. Pour qu'ils soient en sécurité. Pour qu'ils aient enfin toutes leurs chances.

Il ne se demanda pas d'où lui venait une telle certitude après seulement quatre jours. Cela lui paraissait seulement plus clair que toutes les notions qu'il avait mis des décennies à comprendre.

—Ça va aller, souffla-t-il doucement dans ses cheveux. Ça va aller, je vais tout arranger.

Puis il lui dit, dans le murmure d'un homme qui se décharge d'une confession, qu'elle était la femme la plus incroyable qu'il avait jamais rencontrée. Et lorsqu'elle leva vers lui ses yeux gonflés de larmes, Ed essuya son nez sanguinolent et posa doucement ses lèvres sur les siennes, faisant ce dont il rêvait depuis quarante-huit heures, même s'il avait été trop bête pour se l'avouer. Il l'embrassa. Puis, quand elle lui rendit son baiser – timidement au début, puis avec une passion féroce, lui agrippant la nuque, les yeux fermés – il la souleva et la porta vers la maison. Et de la seule manière possible qui ne serait pas mal comprise, il essaya de lui montrer.

Parce qu'Ed Nicholls avait compris que jusque-là, il avait été un Marty. Il avait été ce lâche qui passe sa vie à fuir les problèmes au lieu de les affronter. Et il fallait que ça change.

— Jess? dit-il doucement, tout contre sa peau, quelques heures plus tard. Tu veux bien faire quelque chose pour moi?

— Encore? dit-elle d'une voix ensommeillée, la main posée sur son torse. Tu ne t'arrêtes jamais.

— Non. Demain.

Elle glissa sa jambe sur la sienne. Il sentit ses lèvres sur sa peau.

— Bien sûr. Qu'est-ce que tu veux?

Il leva les yeux vers le plafond.

— Est-ce que tu pourrais venir avec moi chez mes parents?

24

NICKY

La phrase préférée de Jess (première *ex æquo* avec « Tout va bien se passer », « On va trouver une solution » et « Oh, bon sang, Norman ! ») c'est que toutes les familles sont différentes. « De nos jours, tout le monde n'a pas deux enfants virgule trois », répète-t-elle, comme si, à force de se l'entendre dire, on allait tous finir par y croire.

Eh bien, si notre famille était déjà bizarre à la base, maintenant, c'est carrément de la folie.

Je n'ai pas vraiment eu de mère à plein temps, mais on dirait que je m'en suis trouvé une à temps partiel. Linzie. Linzie Lawson. Je ne sais pas ce qu'elle pense de moi, mais je la vois me surveiller du coin de l'œil, comme si elle s'attendait à tout moment à me voir chanter une messe noire, me tailler les veines ou avaler une tortue. Papa dit qu'elle occupe un poste très haut placé à la mairie. Il dit ça l'air très fier de lui, comme s'il avait gagné à la loterie. Je ne suis pas sûr qu'il ait jamais regardé Jess comme il la regarde elle.

Pendant la première heure où j'ai été chez eux, je me suis senti vraiment gêné, comme si je venais encore de trouver un endroit où je n'étais pas à ma place. La maison est très bien rangée, et ils n'ont pas de livres – tout le contraire de la nôtre, où Jess en a casé dans toutes les pièces à part la salle de bains (et encore, il y en a toujours un posé par terre à côté des toilettes). Au début, je n'arrêtais pas de regarder papa parce que je n'arrivais pas à croire qu'il ait pu habiter ici pendant tout ce temps comme quelqu'un de normal, en nous mentant depuis le début. Ça m'a fait détester Linzie tout comme je le déteste lui.

Et puis Tanzie a fait une remarque pendant le dîner, et Linzie a éclaté de rire. Un rire vraiment ridicule, comme un coup de klaxon – *Klaxon Lawson*, je me suis dit. Elle s'est tout de suite mis la main devant la bouche, et papa et elle ont échangé un regard, comme si c'était un bruit qu'elle aurait vraiment dû essayer de ne pas faire. Et quelque chose dans la façon dont ses yeux se sont plissés m'a fait penser qu'elle n'était peut-être pas si détestable.

Après tout, sa famille à elle aussi vient de prendre une forme bizarre. Avant, elle avait deux enfants, Suze et Josh, et papa. Et maintenant, d'un seul coup, elle m'a moi (Gothboy, comme papa m'appelle, comme si c'était marrant) et Tanzie, qui porte deux paires de lunettes superposées parce qu'elle dit qu'avec une seule, elle ne voit pas tout à fait bien. Sans compter Jess, qui a pété les plombs dans son allée et a fracassé sa voiture, et M. Nicholls, qui est resté là à essayer de calmer tout le monde, comme s'il était le seul adulte dans cet endroit. Et il y a ma mère biologique, qui va peut-être un jour débarquer dans son allée et se mettre à gueuler, elle aussi, comme le premier Noël que j'ai passé chez Jess, quand elle a balancé des bouteilles sur nos fenêtres en poussant des hurlements jusqu'à ce que les voisins appellent la police.

Je ne sais pas vraiment pourquoi je vous raconte ça. C'est juste qu'il est 3 h 30 du matin, que tout le monde dans la maison est endormi et que je suis dans la chambre de Josh, où il a son propre ordinateur – Josh et sa sœur ont chacun leur propre ordinateur (des Macs, rien que ça). J'ai réfléchi à ce que M. Nicholls m'a dit sur les blogs : que si j'écris des textes et que je les poste en ligne, ma tribu va apparaître comme par magie, comme le public dans Jusqu'au bout du rêve.

Alors je me doute bien que vous n'êtes pas ma tribu. Vous êtes sûrement des gens qui ont fait une faute de frappe en voulant faire une recherche sur des pneus discount ou du porno. Mais je poste ça quand même. Juste au cas où, par hasard, vous me ressembleriez un peu.

Parce que ces dernières vingt-quatre heures m'ont fait comprendre une chose. Je ne rentre peut-être pas dans le moule qui te convient, à toi et à ta famille, une parfaite petite rangée de chevilles rondes dans des trous ronds. Dans ma famille, aucune de nos chevilles n'est à sa place initiale. Elles sont toutes un peu trop serrées et un peu de travers. Alors c'est peut-être parce que je me retrouve loin de tout ou parce que ces derniers jours ont été très intenses, mais j'ai compris une chose quand papa s'est assis pour me dire qu'il était content de me voir et que ses yeux sont devenus tout humides : mon père est peut-être un con, mais c'est mon con à moi, et c'est le seul que j'aurai jamais. Et sentir la main de Jess se poser sur la mienne à l'hôpital, l'entendre essayer de ne pas pleurer au téléphone à l'idée de me laisser ici, regarder ma petite sœur essayer d'être très courageuse pour cette histoire d'école privée alors que je vois bien que son monde s'est effondré… Tout ça m'a fait comprendre que j'ai plus ou moins ma place quelque part.

J'ai plus ou moins ma place parmi eux.

25

Jess

Ed, calé contre les oreillers, la regardait se maquiller, masquant les hématomes de son visage avec un petit tube d'anticernes. Elle était parvenue à recouvrir le bleu de sa tempe, là où sa tête avait glissé de l'airbag, mais elle avait le nez violet et orné d'une belle bosse, et sa lèvre supérieure enflée lui donnait l'allure d'une femme ayant eu la fausse bonne idée de subir une opération de chirurgie esthétique bon marché.

— On dirait que quelqu'un t'a donné un coup de poing sur le nez.

Jess se passa doucement un doigt sur la bouche.

— Toi aussi.

— C'est le cas. Ma propre voiture m'a frappé. Grâce à toi.

Elle inclina la tête pour mieux le regarder dans le miroir. Il affichait un long sourire en biais, et son menton n'était plus qu'une immense ombre piquante. Elle ne put s'empêcher de lui rendre son sourire.

— Jess, je ne suis pas sûr que tu arriveras à quoi que ce soit en essayant de cacher ça. Quoi que tu fasses, tu auras l'air d'une femme battue.

—Je me suis dit que j'allais raconter à tes parents, d'un air contrit, que je suis tombée dans l'escalier. Avec quelques regards furtifs dans ta direction.

Il poussa un soupir et s'étira en fermant les yeux.

—Si c'est la pire chose qu'ils pensent de moi à la fin de la journée, je crois que je m'en serai plutôt bien sorti.

Jess laissa tomber le maquillage et referma sa trousse de toilette. Il avait raison : à part passer la journée avec une poche de glace sur le visage, elle ne pouvait pas faire grand-chose pour atténuer les hématomes. Elle passa pensivement sa langue sur sa lèvre enflée.

—Je n'arrive pas à croire que je n'ai pas eu plus mal que ça quand on… enfin… hier soir.

Hier soir.

Elle se glissa dans le lit et rampa pour s'installer à sa hauteur, s'abandonnant avec délice à la sensation de son corps contre le sien. Et dire qu'une semaine auparavant, ils ne s'étaient même pas encore vraiment rencontrés. Il rouvrit les yeux d'un air ensommeillé et joua paresseusement avec une mèche de ses cheveux.

—C'est sûrement grâce à mon magnétisme animal.

—Ça, deux joints et une bouteille et demie de Merlot.

Il la prit par le cou et l'attira sur lui. Elle ferma les yeux un instant, respirant l'odeur de sa peau. Il émanait de lui une agréable senteur musquée.

—Sois gentille, grogna-t-il doucement. Je me sens un peu brisé, aujourd'hui.

—Je vais te faire couler un bain.

Elle passa doucement le doigt sur sa blessure, là où sa tête avait heurté la portière. Ils s'embrassèrent, longuement et tendrement.

—Ça va aller ?

— Je ne me suis jamais senti aussi bien, répondit-il en ouvrant un œil.

— Non. Pour le déjeuner avec tes parents.

Il reprit aussitôt son sérieux et laissa sa tête retomber sur l'oreiller. Elle regretta d'avoir mis le sujet sur la table.

— Non, je ne suis pas prêt. Mais j'imagine que ça ira mieux une fois que ce sera passé.

Assise sur les toilettes, Jess hésita longuement avant d'appeler Marty pour lui dire qu'elle avait quelque chose à régler et qu'elle passerait prendre les enfants entre 15 et 16 heures. Elle ne lui demanda pas son avis. Dorénavant, avait-elle décidé, elle se contenterait de l'informer de ce qui allait se passer. Il lui passa Tanzie, qui voulut savoir comment Norman avait passé la nuit sans elle. Le chien était étendu au coin du feu, comme un tapis en trois dimensions. Jess ne savait même pas s'il avait bougé une seule fois en douze heures, à part pour prendre le petit déjeuner.

— Il a survécu. Mais à peine.

— Papa va faire des sandwichs au bacon. Après, on va aller au parc. Juste lui, moi et Nicky. Linzie emmène Suze à la danse. Elle a des leçons deux fois par semaine.

— Ça me semble très bien.

Elle se demanda si son super-pouvoir était sa capacité à se donner l'air enthousiaste pour des choses qui lui donnaient envie de vomir.

— Je reviens un peu après 15 heures, rappela-t-elle à Marty lorsque celui-ci reprit le téléphone. N'oublie pas de dire à Tanzie de prendre sa veste.

— Jess, dit-il alors qu'elle s'apprêtait à raccrocher.

— Quoi ?

— Ils sont super. Tous les deux. Je…

Jess avala sa salive.

335

—Un peu après 15 heures, répéta-t-elle. Je t'appellerai si j'ai du retard.

Elle sortit promener le chien, et à son retour, Ed était debout et prêt à partir.

Ils roulèrent en silence pendant une heure. Ed s'était rasé et avait changé deux fois de tee-shirt alors que ces derniers étaient parfaitement identiques. Assise à côté de lui, Jess se taisait. Elle sentait, avec le temps et les kilomètres, l'intimité de la veille au soir s'émousser lentement. Plusieurs fois, elle ouvrit la bouche pour parler mais se rendit compte qu'elle ne savait pas quoi dire. Elle avait l'impression que quelqu'un lui avait arraché l'épiderme, mettant à nu toutes ses terminaisons nerveuses. Elle riait trop fort, et même ses mouvements lui semblaient gauches et peu naturels. Elle avait l'impression qu'on venait de la réveiller en sursaut après un sommeil d'un million d'années.

Ce qu'elle voulait vraiment, c'était le toucher, poser une main sur sa cuisse. Et pourtant, à présent, à l'extérieur et dans la lumière crue du jour, elle ne savait plus si elle pouvait se permettre ce geste. Elle ne savait pas vraiment ce qu'il pensait de ce qui s'était passé entre eux.

Jess souleva son pied blessé et y posa le sachet de pois congelés. Puis elle l'enleva et le replaça.

—Ça va ?

—Oui.

Elle avait surtout fait ça pour s'occuper les mains. Elle lui adressa un vague sourire, qu'il lui rendit.

Elle voulait se pencher sur lui pour l'embrasser. Elle voulait lui passer doucement un doigt sur la nuque pour qu'il se tourne vers elle et la regarde comme la veille au soir. Elle voulait défaire sa ceinture de sécurité pour s'approcher doucement de son siège et l'obliger à s'arrêter. Puis elle se souvint de Nathalie qui, trois ans auparavant, dans un effort pour se montrer impulsive, avait fait à Dean une fellation surprise quand il conduisait son camion. Il avait crié : « Qu'est-ce que tu fous ? » et avait percuté l'arrière d'une Mini. Puis, avant qu'il ait eu l'occasion de se reboutonner, Doreen, la tante de Nathalie, était sortie en courant du supermarché pour voir ce qui s'était passé. Elle n'avait plus jamais regardé Nathalie de la même manière.

Alors peut-être pas. Tandis qu'ils roulaient, elle ne cessait de lui jeter de petits regards furtifs. Elle se rendit compte qu'elle était incapable de regarder ses mains sans les imaginer se promenant sur sa peau, puis descendre lentement sur son ventre nu. Oh, bon sang ! Elle croisa les jambes et regarda par la fenêtre.

Mais Ed avait la tête ailleurs. Il se taisait, la mâchoire serrée, les mains crispées sur le volant.

Elle rajusta le sachet de pois, regarda droit devant elle et s'obligea à penser aux trains. Et aux lampadaires. Et aux concours de maths. Ils poursuivirent la route en silence, leurs pensées respectives tournoyant comme des roues jumelles.

Les parents d'Ed habitaient dans une maison victorienne en pierres grises, dans le genre de rue où les voisins sont en constante compétition pour savoir qui aura les plus belles jardinières. Ed se gara et laissa refroidir le moteur. Il ne bougea pas de son siège.

Presque sans réfléchir, Jess posa la main sur la sienne. Il se tourna vers elle, l'air ébahi, comme s'il avait oublié sa présence.

— Tu es sûre que ça ne t'embête pas de m'accompagner ?

— Bien sûr que non, bafouilla-t-elle.

—J'apprécie beaucoup ce que tu fais. Je sais que tu étais pressée de récupérer les enfants.

Elle serra brièvement sa main dans la sienne.

—Ça me fait plaisir, dit-elle.

Ils remontèrent l'allée. Ed sembla hésiter un instant avant de frapper à la porte. Ils échangèrent un regard, se sourirent d'un air gêné et attendirent. Et attendirent encore.

Au bout de trente secondes, il frappa de nouveau, plus fort cette fois. Puis il s'accroupit pour regarder par la fente de la boîte à lettres.

Il se redressa et prit son téléphone.

—C'est bizarre. Je suis pourtant sûr que Gem m'a dit que c'était aujourd'hui. Je vérifie.

Il fit défiler quelques messages, hocha la tête, puis frappa pour la troisième fois.

—Je suis à peu près sûre que s'il y avait quelqu'un, on nous aurait entendus depuis longtemps, lui fit remarquer Jess.

Elle se dit soudain qu'elle aurait bien aimé, pour une fois, arriver devant la porte d'entrée d'une maison en ayant une quelconque idée de ce qui se passait de l'autre côté.

Ils sursautèrent au bruit d'une fenêtre à guillotine que l'on ouvrait au-dessus d'eux. Ed recula d'un pas et leva la tête vers la maison voisine.

—C'est toi, Ed ?

—Bonjour, madame Harris. Je cherche mes parents. Vous avez une idée d'où ils peuvent être ?

La femme grimaça.

—Oh, Ed chéri, ils sont à l'hôpital. Je crois que ton père a fait une rechute tôt ce matin.

—Quel hôpital ?

Elle hésita.

—Le Royal, mon chéri. C'est à six kilomètres si tu prends la quatre voies. Tu prends à gauche au bout de la rue…

—Ça va, madame Harris. Je sais où c'est. Merci.

—Transmets-lui tous nos vœux de rétablissement, cria-t-elle avant de refermer la fenêtre.

Ed ouvrait déjà la portière de la voiture.

Ils furent à l'hôpital en quelques minutes. Jess n'avait pas la moindre idée de ce qu'elle pourrait lui dire. Elle tenta :

—Au moins, ils seront contents de te voir.

À son grand soulagement, Ed était si plongé dans ses pensées qu'il ne parut pas l'entendre. Il donna le nom de son père à l'accueil, et la réceptionniste fit courir un doigt sur son écran.

—Vous savez où est le service d'oncologie ? demanda-t-elle en levant les yeux de son écran.

Ils entrèrent dans un ascenseur en acier et montèrent deux étages. Ed donna son nom à l'interphone, puis se lava les mains avec la lotion antibactérienne prévue à cet effet à l'entrée du service. Lorsque enfin la porte s'ouvrit, elle le suivit à l'intérieur.

Dans le couloir, une femme marchait dans leur direction. Elle portait une jupe en feutre avec un collant de couleur vive, et arborait une coupe courte et effilée.

—Eh, Gem ! l'appela Ed en ralentissant lorsqu'elle fut à proximité.

Elle le dévisagea d'un air incrédule. Puis elle ouvrit la bouche et, l'espace d'un instant, Jess crut qu'elle s'apprêtait à dire quelque chose.

—Je suis content de te v…, commença Ed.

La main de la femme jaillit, comme sortie de nulle part, et allongea à Ed une gifle monumentale. Le claquement résonna dans tout le couloir.

Ed tituba en arrière, se tenant la joue.

—Qu'est-ce qui…

—Espèce de sale branleur! s'écria-t-elle. Tu n'es qu'un sale petit branleur!

Abasourdi, Ed regarda ses doigts, comme pour vérifier qu'ils n'étaient pas couverts de sang.

La jeune femme secoua sa main, l'air surprise de son propre geste, puis la tendit à Jess.

—Bonjour, je suis Gemma.

Jess hésita, puis lui serra prudemment la main.

—Euh… Jess.

Elle fronça les sourcils.

—Celle qui avait besoin d'une aide urgente?

Lorsque Jess acquiesça, Gemma la détailla longuement des pieds à la tête. Son sourire était plus prudent qu'hostile.

—Oui, c'est bien ce que je me disais. Bon. Ed. Maman est au bout du couloir. Tu ferais bien de venir dire bonjour.

—Il est là? C'est Ed?

La femme avait des cheveux gris acier, noués en un chignon élégant.

—Oh, Ed! C'est bien toi! Oh, mon chéri. Comme je suis heureuse. Mais qu'est-ce que tu t'es fait?

Il la serra dans ses bras. Puis il recula, baissant la tête quand elle essaya de lui toucher le nez, et jeta à Jess un regard furtif.

—Je… je suis tombé dans l'escalier.

Sa mère l'attira de nouveau contre elle et lui tapota le dos.

—Oh, je suis si contente de te voir!

Il se laissa faire encore une minute, puis se dégagea doucement.

—Maman, je te présente Jess.

—Je suis… l'amie d'Ed.

—Enchantée de vous rencontrer. Je suis Anne.

Son regard passa brièvement sur le visage de Jess, s'arrêtant sur son nez contusionné et sa lèvre enflée. Elle hésita quelques secondes, puis sembla décider qu'il valait mieux ne pas poser de questions.

—Je suis désolée, je ne peux pas vous dire qu'Ed m'a beaucoup parlé de vous, mais il ne me parle jamais de rien, donc j'ai hâte de tout entendre de votre bouche.

Elle posa la main sur le bras d'Ed, et son sourire vacilla légèrement.

—Nous avions prévu un joli repas de famille, mais…

Gemma se plaça à côté de sa mère et se mit à fouiller dans son sac à main.

—Mais papa est retombé malade.

—Il attendait ça avec tellement d'impatience… On a dû dire à Simon et Deirdre de ne pas venir. Ils s'apprêtaient à partir de Peak District.

—Je suis désolée, dit Jess.

—Oui. Bon. On n'y peut rien. Vous savez, le cancer est vraiment la maladie la plus écœurante qui soit. Je dois faire de gros efforts pour ne pas tout prendre personnellement. Parfois, ajouta-t-elle en se penchant sur Jess avec un sourire triste, je vais dans notre chambre et je traite la maladie de tous les noms. S'il m'entendait, Bob en serait horrifié.

—Je lui donnerai moi-même quelques noms d'oiseaux, si vous voulez, proposa Jess en lui rendant son sourire.

—Oh, faites donc! Ce serait merveilleux. Les mots les plus orduriers possible. Et très fort. Il faut crier.

—Ça, elle peut le faire. Jess est douée pour crier, déclara Ed en se tapotant la lèvre.

Il y eut un bref silence.

—J'avais acheté un saumon entier pour l'occasion, murmura Anne.

Jess sentait le regard de Gemma posé sur elle. Inconsciemment, elle tira sur le bas de son tee-shirt pour mieux dissimuler son tatouage. Les mots « assistante sociale » lui donnaient toujours l'impression d'être jugée.

Puis Anne passa devant elle pour serrer Ed dans ses bras avec un rictus affamé. Jess ne put s'empêcher de grimacer.

—Oh, mon chéri ! Mon petit garçon. Je sais bien que je suis une maman affreusement collante, mais fais-moi ce plaisir. C'est tellement bon de te revoir…

Il lui rendit son étreinte, adressant à Jess un regard gêné.

—La dernière fois que ma mère m'a serrée dans ses bras, c'était en 1997, murmura Gemma.

Jess ne savait pas si la jeune femme avait eu conscience de parler à voix haute.

—Je ne suis pas sûre que la mienne l'ait fait une seule fois, répliqua-t-elle.

Gemma la regarda.

—Euh… au sujet de la baffe que j'ai donnée à mon frère… Il vous a sûrement dit ce que je fais dans la vie. Du coup, je tiens à préciser que je n'ai pas l'habitude de frapper les gens.

—À mon avis, les frères ne comptent pas.

—C'est une règle très sensée, sourit Gemma, une soudaine chaleur dans le regard.

—Et puis, de toute façon, ajouta Jess, je me suis moi-même souvent retenue de le faire ces trois derniers jours.

Bob Nicholls était étendu dans son lit d'hôpital, la couverture remontée jusqu'au menton, les mains posées dessus. La peau de son visage avait pris une teinte jaunâtre et cireuse, et les os de son crâne étaient presque visibles en dessous. Lorsqu'ils entrèrent, sa tête pivota lentement vers la porte. Un masque à oxygène était posé sur sa table de chevet, deux légères marques sur sa joue témoignant d'un usage récent. Il faisait mal à regarder.

—Bonjour papa.

Jess vit Ed dissimuler son choc à grand-peine. Il se pencha sur son père, hésita une fraction de seconde, puis lui toucha légèrement l'épaule.

—Edward, croassa ce dernier.

—Il a bonne mine, notre fiston, tu ne trouves pas? dit Anne.

Son père l'observa un instant sous ses paupières lourdes. Quand il parla, ce fut lentement et avec mesure:

—Non. On dirait qu'il s'est fait tabasser à mort.

La pommette d'Ed avait pris de nouvelles couleurs là où sa sœur l'avait frappé. Jess posa inconsciemment la main sur sa lèvre blessée.

—Et d'abord, où est-ce qu'il était pendant tout ce temps?

—Papa, je te présente Jess.

Les yeux de Bob glissèrent vers elle, et elle vit ses sourcils se hausser d'un demi-centimètre.

—Et qu'est-ce qui est arrivé à votre visage? murmura-t-il.

—J'ai eu une petite dispute avec une voiture. C'est entièrement ma faute.

—C'est aussi ce qui lui est arrivé?

—Oui.

Il l'observa encore un instant.

— Vous me semblez être le genre de femme à attirer toutes sortes d'ennuis. C'est le cas?

— Papa! protesta Gemma en se penchant vers lui. Jess est l'amie d'Ed.

D'un geste, il rejeta l'objection.

— S'il y a un avantage à ne plus en avoir pour longtemps, c'est bien de pouvoir dire tout ce qu'on a envie. D'ailleurs, elle n'a pas l'air vexée. Vous êtes vexée? Je suis désolé, j'ai oublié votre nom. J'ai l'impression d'avoir perdu pas mal de neurones.

— Jess. Et non, je ne suis pas vexée.

Il continua à la regarder fixement.

— Et oui, je suis probablement du genre à attirer des ennuis, poursuivit-elle en soutenant son regard.

Son sourire fut lent à arriver, mais quand il arriva, elle put imaginer un bref instant à quoi il avait dû ressembler avant sa maladie.

— Ravi de l'entendre. J'ai toujours aimé les fauteuses de trouble. Et celui-ci est resté trop longtemps vissé à son écran d'ordinateur.

— Comment tu te sens, papa?

Bob Nicholls cligna des yeux.

— Je vais mourir.

— On va tous mourir, papa, dit Gemma.

— Oh, toi, ne me sers pas tes sophismes d'assistante sociale. Je vais mourir dans peu de temps et dans la douleur. Il me reste encore quelques facultés mais très peu de dignité. Je ne vais probablement pas voir la fin de la saison de cricket. Ça répond à ta question?

— Je suis désolé, murmura Ed. Je suis désolé de ne pas avoir été là.

— Tu étais occupé.

— À ce propos…, commença Ed.

Il avait les mains profondément enfoncées dans ses poches.

—Papa. Il faut que je t'avoue une chose. Il faut que je vous avoue une chose à tous.

Jess se leva en hâte.

—Et si j'allais nous chercher des sandwichs? proposa-t-elle. Je vous laisse entre vous.

Elle sentit se poser sur elle le regard scrutateur de Gemma.

—Et tant que j'y suis, ajouta-t-elle, je vais aussi chercher des boissons. Du thé? Du café?

Bob Nicholls se tourna vers elle.

—Vous venez d'arriver. Restez donc.

Elle croisa le regard d'Ed. Il esquissa un petit haussement d'épaules.

—Qu'est-ce qui se passe, mon chéri? demanda sa mère en lui prenant la main. Tout va bien?

—Ça va. Enfin, plus ou moins. Je veux dire, la santé, ça va. Mais… Non, ça ne va pas. Il y a quelque chose que je dois vous avouer.

—Quoi? s'impatienta Gemma.

Il prit une grande inspiration.

—OK. Alors voilà…

—Quoi? répéta Gemma. Bon sang, Ed! Accouche!

—Je fais l'objet d'une enquête pour délit d'initié. J'ai été suspendu de mes fonctions dans ma propre société. La semaine prochaine, je vais être convoqué au commissariat, où je risque fortement d'être inculpé. J'encours une peine d'emprisonnement.

Dire que tout le monde se tut serait un euphémisme. On aurait dit que quelqu'un venait d'entrer pour aspirer tout l'air de la pièce. Jess songea un instant qu'elle ferait peut-être bien de s'évanouir.

—C'est une blague? lâcha la mère d'Ed.

—Non.

—Vous ne voulez vraiment pas que j'aille chercher du thé? demanda Jess.

Personne ne lui prêta la moindre attention. La mère d'Ed se laissa doucement choir sur une chaise en plastique.

—Délit d'initié?

Gemma fut la première à reprendre ses esprits.

—C'est… c'est grave, Ed.

—Ouais. Je suis au courant, Gem.

—Un vrai délit d'initié, comme on en voit aux infos?

—C'est ça.

—Il a de bons avocats, intervint Jess.

Personne ne parut l'entendre.

—Des avocats très chers.

La main de sa mère s'était figée à mi-chemin de sa bouche. Elle la rabaissa lentement.

—Je ne comprends pas. Quand est-ce que c'est arrivé?

—Il y a un mois environ. Le délit en lui-même, en tout cas.

—Un mois? Mais pourquoi tu ne nous en as pas parlé? On aurait pu t'aider.

—Non, maman. Personne ne peut m'aider.

—Mais la prison? Avec des criminels? bafouilla Anne Nicholls, pâle comme la mort.

—C'est le principe des prisons, maman, soupira Gemma. C'est là qu'on met les criminels.

—Mais tout va s'arranger, dit Anne. Ils vont se rendre compte qu'il y a eu une erreur.

—Non, maman, répliqua Ed. Je ne pense pas que ça se passera comme ça.

Un nouveau silence s'étira.

—Ça va aller pour toi?

—Ça va aller. Comme l'a dit Jess, j'ai de bons avocats. J'ai des moyens. Et ils ont déjà établi que je n'en ai pas tiré le moindre bénéfice.

—Tu veux dire qu'en plus, ça ne t'a rien rapporté ? s'écria Gemma.

—J'ai commis une erreur.

—Une erreur ? répéta Gemma. Je ne comprends pas. Comment on peut commettre un délit d'initié par erreur ?

Ed redressa les épaules. Il prit une grande inspiration et chercha le regard de Jess. Puis il leva les yeux vers le plafond.

—Eh bien, j'ai couché avec une femme. Je pensais que je l'aimais bien. Et puis j'ai compris qu'elle n'était pas celle que je croyais, et j'ai voulu qu'elle s'en aille en douceur. Tout ce qu'elle voulait, c'était voyager. Alors j'ai pris une décision sans réfléchir et je lui ai expliqué comment gagner un peu d'argent pour payer ses dettes et partir en voyage.

—Tu lui as donné des informations confidentielles ?

—Oui. Sur le SFAX. Notre gros lancement de produit.

—Doux Jésus, soupira Gemma en secouant la tête. Ce n'est pas possible.

—Mon nom n'a pas encore été divulgué dans la presse, mais ça ne saurait tarder.

Il fourra les mains dans ses poches et attendit. Jess se demanda si elle était la seule à voir qu'il tremblait.

—Et donc… euh… c'est pour ça que je ne suis pas rentré. J'espérais pouvoir vous le cacher, peut-être même régler ça sans que vous ayez besoin d'être au courant. Mais il s'avère que ça ne va pas être possible. Et je voulais vous présenter mes excuses. J'aurais dû vous en parler tout de suite, et j'aurais dû passer plus de temps ici. Mais je… je ne voulais pas que vous sachiez la vérité. Je ne voulais pas que vous sachiez que j'ai tout gâché.

La jambe droite de Jess s'était mise à tressauter. Elle se concentra sur un carreau du sol particulièrement intéressant et s'efforça de rester immobile. Quand enfin elle leva les yeux, Ed regardait son père.

—Alors?

—Alors quoi?

—Tu ne vas rien dire?

Bob Nicholls décolla lentement la tête de son oreiller.

—Qu'est-ce que tu veux que je te dise? Tu veux que je te dise que tu as fait le con? Je vais te dire que tu as fait le con. Tu veux que je te dise que tu as foutu en l'air une brillante carrière? Je vais le dire aussi.

—Bob…

—Qu'est-ce que tu…

Il se mit soudain à tousser. Une toux creuse et sèche. Anne et Gemma se précipitèrent pour l'assister, lui tendant des mouchoirs et un verre d'eau, s'agitant et caquetant comme des poules.

Ed se tenait toujours debout au pied du lit.

—Tu risques la prison? répéta de nouveau sa mère. Une vraie prison?

—Assieds-toi, maman. Respire, dit Gemma en guidant sa mère vers une chaise.

Personne ne s'approchait d'Ed. Pourquoi personne ne le serrait-il dans ses bras? Pourquoi ne voyaient-ils pas à quel point il se sentait seul?

—Je suis désolé, murmura-t-il.

Jess ne put le supporter plus longtemps.

—Je peux dire quelque chose?

Elle entendait sa propre voix comme venue de quelqu'un d'autre, claire et un peu trop forte:

—Je voulais juste vous dire qu'Ed a aidé mes deux enfants quand j'en étais incapable. Il nous a conduits en voiture à travers tout le pays parce qu'on était désespérés. En ce qui me concerne, je trouve votre fils… formidable.

Tous levèrent sur elle des yeux étonnés. Jess se tourna vers le père et poursuivit :

—Même si je ne suis pas d'accord avec tout ce qu'il dit ou fait, je le vois serviable, astucieux et intelligent. Il est gentil avec des gens qu'il connaît à peine. Délit d'initié ou pas, si mon fils ressemble un jour au vôtre, je serai très heureuse. Plus qu'heureuse, à vrai dire. Folle de joie.

Tous la regardaient fixement.

Elle ajouta :

—Et je le pensais déjà avant de coucher avec lui.

Nul ne pipa mot. Ed regardait ses pieds.

—Eh bien, dit Anne avec un léger signe de tête. C'est, euh… c'est…

—Éclairant, acheva Gemma.

—Oh, Edward ! gémit Anne d'une voix mourante.

Bob soupira et ferma les yeux.

—Bon, on ne va pas en faire tout un cinéma, dit-il.

Il rouvrit les paupières et fit signe à Gemma de relever un peu sa tête de lit.

—Viens là, Ed. Là où je peux te voir.

Il montra du doigt son verre d'eau, que sa femme porta aussitôt à ses lèvres.

Il avala douloureusement, puis tapota le côté de son lit pour indiquer à Ed de s'y asseoir. Puis il tendit la main et la posa doucement sur celle de son fils. Il était incroyablement faible.

—Tu es mon fils, Ed. Tu es peut-être idiot et irresponsable, mais ça ne change rien à ce que je ressens pour toi. Ce qui me met en colère, c'est que tu aies pu le penser, ajouta-t-il en fronçant les sourcils.

—Je suis désolé, papa.

Son père secoua lentement la tête.

— J'ai bien peur de ne pas pouvoir beaucoup t'aider, soupira-t-il. Satané…

Il grimaça, puis déglutit péniblement. Sa main se serra sur celle d'Ed.

— On fait tous des erreurs. Va faire ta punition, puis reviens ici et reprends tout à zéro.

Ed leva les yeux vers lui.

— Et fais encore mieux la prochaine fois. Je sais que tu en es capable.

Anne se mit alors à sangloter, de gros sanglots d'impuissance qu'elle étouffa sous sa manche. Bob tourna lentement la tête vers elle.

— Oh, chérie ! dit-il doucement pour la réconforter.

À cet instant, Jess ouvrit la porte de la chambre et se glissa à pas de loup dans le couloir.

Elle acheta un peu de crédit pour son portable à la boutique de l'hôpital, envoya un message à Ed pour lui dire où elle se trouvait et partit faire la queue aux urgences pour se faire examiner le pied. Il était très contusionné, lui dit un jeune interne polonais qui ne battit pas un cil quand elle lui expliqua comment elle s'était fait ça. Il lui fit un bandage, rédigea une ordonnance pour des analgésiques, lui rendit sa tong et lui conseilla de prendre du repos.

— Et évitez autant que possible de donner des coups de pied dans les voitures, ajouta-t-il sans lever les yeux de son porte-bloc.

Jess revint en boitillant au service d'oncologie, s'assit sur une des chaises en plastique alignées dans le couloir et attendit. Il faisait chaud et l'atmosphère était feutrée. Elle dut s'assoupir un instant, car elle se réveilla en sursaut lorsque Ed émergea de la chambre de son père. Elle lui tendit sa veste, qu'il prit sans dire un mot. Un instant plus tard, Gemma apparut dans le couloir et posa doucement la main sur la joue de son frère.

— Espèce d'idiot! dit-elle.

Il baissa la tête, les mains profondément enfouies dans ses poches, comme Nicky.

— Espèce de crétin d'idiot, répéta Gemma. Appelle-moi.

Il la repoussa. Il avait les yeux cernés de rouge.

— Je pense ce que je t'ai dit, poursuivit-elle. Je t'accompagnerai au tribunal. Je connais des agents de probation qui pourraient te permettre d'aller dans une prison ouverte. Sauf si tu as commis d'autres délits, bien entendu, ajouta-t-elle en jetant à Jess un regard furtif. Rassure-moi, il n'y a rien que tu as oublié de me dire?

Ils émergèrent de l'hôpital dans la lumière éclatante d'une journée de printemps. La vie, inexplicablement, semblait continuer malgré tout. Des voitures faisaient des créneaux dans des emplacements trop petits, des bus vomissaient des passants, un ouvrier repeignait une balustrade en écoutant la radio… Jess inspira profondément, heureuse d'être sortie des odeurs d'hôpital et de s'être éloignée du spectre presque tangible de la mort qui planait au-dessus de Bob Nicholls. Ed, de son côté, marchait sans dire un mot, le regard fixe. Arrivé devant sa voiture, il la déverrouilla dans un claquement sonore. Puis il s'arrêta. Comme paralysé. Il resta planté là, un bras légèrement tendu, rivant sur sa voiture un regard vide de toute expression.

Jess attendit une minute, puis fit à pas lents le tour du véhicule. Elle prit sa clé dans sa main. Et enfin, lorsque son regard glissa vers elle, elle passa les bras autour de sa taille et le serra très fort jusqu'à ce que sa tête vienne doucement se poser sur son épaule.

26

Tanzie

Nicky avait lancé une conversation au petit déjeuner. Une vraie conversation. Ils mangeaient tous ensemble autour de la table, comme une vraie famille de série télévisée. Tanzie avait des céréales, et Suzie et Josh des pains au chocolat – Suzie disait qu'ils en avaient tous les jours parce que c'étaient leurs préférés. C'était un peu bizarre d'être assis comme ça à table, avec papa et son autre famille, mais pas aussi terrible que ce que Tanzie avait craint. Papa s'était servi un petit bol de muesli en expliquant qu'à présent, il devait surveiller sa ligne. Tanzie ne comprenait pas vraiment pourquoi : après tout, ce n'était pas comme s'il avait un vrai travail.

— J'ai des tas de projets, Tanzie, répondait-il chaque fois qu'elle lui demandait ce qu'il faisait.

Elle se demandait si Linzie avait elle aussi un garage plein de climatiseurs en panne. Cette dernière n'avait pas l'air de vouloir manger quoi que ce soit. Nicky, quant à lui, jouait avec son toast d'un air songeur – lui non plus ne mangeait pas grand-chose le matin ; jusqu'à ces derniers jours, Tanzie ne savait même pas si elle l'avait déjà vu se lever pour le petit déjeuner.

— Jess travaille tout le temps, dit brusquement Nicky. Tout le temps. Ce n'est pas juste.

La cuillère de papa s'arrêta à mi-chemin de sa bouche, et Tanzie se demanda s'il allait se mettre très en colère, comme avant, quand Nicky lui faisait une remarque qu'il trouvait irrespectueuse. Personne ne dit rien pendant une minute. Puis Linzie posa la main sur celle de papa et sourit :

— Il a raison, mon amour.

Papa rougit un peu et marmonna que oui, bon, les choses allaient changer à partir de maintenant, et que tout le monde faisait parfois des erreurs. Tanzie, qui se sentait reprendre courage, répliqua que non, strictement parlant, tout le monde ne faisait pas d'erreurs. Elle-même avait fait une erreur avec ses algorithmes, et Norman avait fait une erreur en brisant ses lunettes, et maman avait fait une erreur en se faisant arrêter avec la Rolls-Royce, mais Nicky était le seul de la famille qui n'avait jamais fait la moindre erreur. À cet instant, alors qu'elle n'avait pas terminé sa tirade, Nicky lui donna un grand coup de pied sous la table.

Quoi ? lui demanda-t-elle du regard.

La ferme, répliqua-t-il.

Grrr, ne me dis pas de la fermer.

Il cessa alors de la regarder.

— Tu veux un pain au chocolat, mon ange ? demanda Linzie en en posant un sur son assiette sans même laisser à Tanzie le temps de répondre.

Linzie avait lavé et séché les vêtements de Tanzie pendant la nuit. Ils sentaient l'adoucissant à l'orchidée et à la vanille. Tout dans cette maison avait une odeur attitrée. C'était comme si rien n'avait le droit d'avoir simplement sa propre odeur. Il y avait des petits appareils branchés le long des plinthes, qui dégageaient « une senteur luxuriante de fleurs rares et de forêt tropicale », ainsi que des bols de pot-pourri et un milliard de bougies dans la salle de bains. («J'adore mes bougies parfumées», avait dit Linzie.) Le nez de Tanzie la démangea tout le temps qu'ils passèrent à l'intérieur.

Après le petit déjeuner, Linzie emmena Suze à la danse. Papa et Tanzie se rendirent donc au parc, même si cela faisait bien deux ans que Tanzie avait passé l'âge. Mais comme elle ne voulait pas décevoir papa, elle s'assit sur la balançoire et le laissa la pousser une fois ou deux. Nicky les regardait, debout, les mains au fond des poches. Il avait laissé sa Nintendo dans la voiture de M. Nicholls, et Tanzie savait qu'il avait vraiment, vraiment très envie d'une cigarette mais qu'il n'oserait pas fumer devant papa.

Pour le déjeuner, ils s'achetèrent des cornets de frites («Surtout, ne le dites pas à Linze!»). Puis papa se mit à poser des questions sur M. Nicholls, d'un air faussement détaché :

—Au fait, c'était qui, ce mec? Le nouveau copain de maman?

—Non, répondit Nicky d'un ton qui n'incitait pas vraiment à poser d'autres questions.

Tanzie se dit que papa était peut-être un peu choqué de la façon dont Nicky s'adressait à lui. Il ne se montrait pas impoli, pas vraiment, mais il ne semblait pas se soucier de ce que papa pouvait penser. Il y avait aussi le fait que Nicky faisait désormais une demi-tête de plus que lui, mais lorsque Tanzie lui en fit la remarque, papa ne sembla pas trouver ça particulièrement incroyable.

Puis ils rentrèrent, car Tanzie n'avait pas pris sa veste et commençait à avoir froid. Comme Suze était déjà rentrée de son cours de danse, elles jouèrent ensemble tandis que Nicky disparaissait à l'étage. Puis elles montèrent dans la chambre de Suze, qui lui proposa de regarder un DVD. La fillette expliqua à Tanzie qu'elle avait son propre lecteur

DVD et qu'elle regardait un film entier tous les soirs avant d'aller au lit.

—Ta mère ne te lit pas des histoires ? demanda Tanzie.

—Elle n'a pas le temps. C'est pour ça qu'elle m'a pris un lecteur DVD.

Elle avait toute une étagère de films, ses préférés, qu'elle pouvait visionner à l'étage quand elle n'aimait pas ce que regardaient les adultes sur la télévision du bas.

—Marty aime les films de gangsters, dit-elle en fronçant les sourcils.

Tanzie mit quelques secondes à comprendre qu'elle parlait de son père. Elle ne sut que répondre.

—J'aime bien ta veste, dit Suze en jetant un coup d'œil dans le sac de Tanzie.

—Merci. Ma mère me l'a faite pour Noël.

—C'est ta mère qui te l'a faite ?

Elle souleva le vêtement, faisant scintiller à la lumière les sequins que maman avait cousus sur les manches.

—Oh, mon Dieu ! Ta mère, elle est créatrice de mode ou quelque chose comme ça ?

—Non, répondit Tanzie. Elle est femme de ménage.

Suze éclata de rire, comme si elle venait de dire une plaisanterie.

—Et ça, qu'est-ce que c'est ? demanda-t-elle en apercevant les exercices de maths au fond du sac.

Cette fois, Tanzie se tut.

—C'est des maths ? Oh mon Dieu, on dirait des… gribouillis. On dirait… du grec.

Elle les feuilleta en gloussant, puis les tint entre deux doigts d'un air dégoûté.

—C'est à ton frère ?

—Je ne sais pas, dit Tanzie en rougissant, parce qu'elle ne savait pas mentir.

— Beurk ! Quel sale intello.

Elle jeta de côté les feuilles d'exercices et se mit à sortir du sac les derniers vêtements de Tanzie.

— Est-ce qu'ils ont tous des sequins ?

Tanzie ne dit rien. Elle laissa ses papiers traîner sur le sol, parce qu'elle ne voulait pas donner d'explications. Et elle ne voulait pas penser à l'olympiade. Et elle se disait que peut-être, tout serait plus facile si elle essayait d'être un peu comme Suze. Elle avait l'air très heureuse, et papa avait l'air très heureux. Puis, parce qu'elle ne voulait plus penser à rien, Tanzie proposa de descendre au salon regarder la télévision.

Elles en étaient aux trois quarts de *Fantasia* quand Tanzie entendit papa l'appeler :

— Tanzie, ta mère est là !

Maman se tenait sur le pas de la porte, le menton levé comme quand elle était prête à se disputer. Lorsque Tanzie s'arrêta pour la dévisager, maman posa la main sur sa lèvre fendue, comme si elle venait de s'en souvenir, et dit :

— Je suis tombée.

Tanzie jeta un coup d'œil derrière maman, et vit que M. Nicholls les attendait, assis dans la voiture.

— Lui aussi, il est tombé, ajouta maman très vite, alors que Tanzie n'avait pas pu voir le visage de M. Nicholls et qu'elle avait seulement voulu savoir s'ils allaient rentrer en voiture ou en bus.

— Est-ce que tout ce qui entre en contact avec toi en ce moment finit par être abîmé ? demanda papa.

Maman le fusilla du regard. Il marmonna quelque chose à propos de réparations, puis déclara qu'il allait chercher les affaires de Tanzie. Celle-ci poussa un gros soupir et courut se jeter dans les bras de maman, parce que même si elle avait passé un bon moment dans la maison de Linzie,

Norman lui manquait et elle voulait être avec maman. Elle se sentait soudain très, très fatiguée.

Le chalet qu'avait loué M. Nicholls semblait tout droit sorti d'une publicité pour un plan d'épargne-retraite, ou peut-être pour des cachets contre les problèmes urinaires. Il se trouvait au bord d'un lac avec une poignée d'autres maisons, toutes dissimulées derrière des arbres ou astucieusement disposées de façon à éviter le vis-à-vis. En arrivant, Tanzie dénombra cinquante-six canards et vingt oies, mais il n'en restait plus que trois à l'heure du thé. Elle se dit que Norman pourrait s'amuser à les chasser, mais ce dernier se contenta de se laisser tomber dans l'herbe pour les regarder.

—C'est super, ici! s'écria Nicky, qui pourtant n'avait jamais vraiment aimé la nature.

Tanzie remarqua qu'il n'avait pas fumé une seule cigarette en quatre jours.

—N'est-ce pas? sourit maman en parcourant le lac des yeux.

Elle commença à dire quelque chose à propos de leur part qu'il faudrait payer, mais M. Nicholls leva les mains avec un «non non non non», comme s'il ne voulait même pas en entendre parler. Maman rougit et se tut.

Pour le dîner, ils firent un barbecue. Le temps ne s'y prêtait pas vraiment, mais maman avait dit que ce serait une excellente conclusion à leur périple et qu'elle n'aurait plus l'occasion de faire un barbecue avant longtemps. Elle semblait déterminée à ce que tout le monde s'amuse, et parla pour ne rien dire environ deux fois plus que tous les autres réunis. Elle déclara qu'elle avait largement dépassé le budget des courses mais que parfois, il fallait un peu se laisser vivre. On aurait dit que c'était sa façon de remercier M. Nicholls.

Ils eurent donc droit à des saucisses, des cuisses de poulet à la sauce piquante et de la salade, et maman avait même acheté deux barquettes de bonne glace – rien à voir avec le truc pas cher qui se vendait dans les bacs en plastique blanc. Maman ne posa pas de questions sur la nouvelle maison de papa, mais elle embrassa beaucoup Tanzie en lui répétant qu'elle lui avait manqué, même si c'était idiot parce qu'après tout, il ne s'était agi que d'une nuit.

Ils se racontèrent tous des blagues, et même si Tanzie ne put se souvenir que de la devinette qui disait : « De quelle couleur sont les petits pois ? » (Réponse : les petits pois sont rouges), tout le monde s'esclaffa. Ils jouèrent ensuite au jeu où l'on doit se poser le bout d'un manche à balai sur le front et l'autre bout sur le sol avant de tourner en rond jusqu'à tomber par terre. Maman le fit une fois, même si elle pouvait à peine marcher avec son pied tout couvert de bandages et qu'elle n'arrêtait pas de répéter « Oh, oh, oh ! » en tournant en rond. Cela fit rire Tanzie, parce que c'était agréable de voir maman faire l'idiote, pour une fois. M. Nicholls, quant à lui, n'arrêtait pas de dire que non, pas pour lui, non merci, il allait juste regarder. Maman boita alors jusqu'à lui pour lui murmurer quelques mots à l'oreille. Il haussa les sourcils, et maman hocha la tête. Il finit par se laisser convaincre et fit même un peu vibrer le sol en tombant par terre. Même Nicky, qui ne faisait jamais rien d'habitude, se prêta au jeu. Avec ses longues jambes, il avait l'air d'un gros moustique. Quand il se mit à rire, il fit un bruit vraiment bizarre, et Tanzie se rendit compte qu'elle ne l'avait pas entendu rire depuis des lustres. Peut-être même depuis toujours.

Tanzie joua six fois, puis se laissa tomber dans l'herbe et regarda le ciel tournoyer lentement au-dessus d'elle en songeant que ce dernier était un peu à l'image de la vie de sa famille : pas tout à fait comme il aurait dû être.

Ils mangèrent, maman et M. Nicholls burent du vin, et Tanzie gratta tous les restes de viande sur les os pour les donner à Norman, parce que les chiens pouvaient mourir si on leur donnait des os de poulet. Puis ils enfilèrent leurs manteaux pour s'installer sur les jolies chaises en osier qui allaient avec le chalet, alignées sur la berge, et regardèrent les oiseaux nager sur l'eau jusqu'à ce que la nuit tombe.

— J'adore cet endroit, dit maman dans le silence.

Tanzie ne savait pas si Nicky et elle étaient censés le voir, mais M. Nicholls avait la main de maman serrée dans la sienne.

M. Nicholls avait l'air un peu triste. Tanzie ne savait pas vraiment pourquoi. Elle se demanda si c'était parce qu'ils arrivaient au terme de leur petit voyage. Mais le bruit de l'eau qui clapotait sur la rive était si calme et si paisible qu'elle dut s'endormir, car plus tard, elle se souvint vaguement que M. Nicholls l'avait portée à l'étage et que maman l'avait bordée en lui disant qu'elle l'aimait. Mais ce qu'elle se rappela surtout, c'était que pendant toute la soirée, personne n'avait parlé de l'olympiade et qu'elle en était très, très contente.

Parce que voilà : pendant que maman préparait le barbecue, Tanzie avait emprunté l'ordinateur de M. Nicholls pour consulter les statistiques d'admission des enfants de familles défavorisées dans les écoles privées. Et ce qu'elle avait vu, c'était que ses chances d'entrer à Sainte-Anne n'avaient jamais dépassé les 10 %, quelle qu'ait été sa réussite à leur test d'entrée ; elle aurait dû se renseigner avant de partir, parce qu'on prenait toujours les mauvaises décisions dans la vie quand on ne prêtait pas attention aux chiffres. Puis Nicky était entré dans la chambre. Lorsqu'il avait compris ce qu'elle faisait, il était resté planté là sans dire un mot pendant une minute, puis lui avait tapoté le bras et dit qu'il allait parler à certaines personnes qu'il connaissait à MacArthur pour qu'ils la défendent quand il ne serait plus là.

Quand ils étaient chez Linzie, papa lui avait dit que les écoles privées n'étaient pas une garantie de succès. Il l'avait répété trois fois. « Le succès, ça vient de l'intérieur. De la détermination. » Et puis il avait dit à Tanzie de demander à Suze de lui montrer comment elle se coiffait, parce que ça lui irait peut-être bien à elle aussi.

Maman avait déclaré qu'elle dormirait sur le canapé pour laisser la deuxième chambre à Tanzie et Nicky, mais elle avait menti : lorsque Tanzie s'était réveillée au milieu de la nuit et était descendue boire un verre d'eau à la cuisine, maman n'était pas là. Et au matin, elle portait le tee-shirt gris de M. Nicholls. Tanzie avait attendu vingt minutes devant la porte de sa chambre pour le voir en sortir, parce qu'elle était curieuse de savoir ce qu'il allait porter.

Toute la matinée, une légère brume avait flotté à la surface du lac. Elle était sortie de l'eau comme pour un tour de magicien pendant qu'ils chargeaient la voiture. Norman était parti suivre une piste dans l'herbe en remuant la queue.

—Des lapins, hasarda M. Nicholls, qui portait un autre tee-shirt gris.

La matinée était fraîche, et des pigeons ramiers roucoulaient doucement dans les arbres. Tanzie avait un nœud à l'estomac, comme quand on vient de découvrir un endroit où on se sent vraiment bien et qu'il faut déjà le quitter.

— Je n'ai pas envie de rentrer, dit-elle d'une petite voix lorsque maman ferma le coffre.

— Qu'est-ce que tu racontes, mon ange ? demanda maman avec un tressaillement.

— Je n'ai pas envie de rentrer, répéta Tanzie.

Maman jeta un regard à M. Nicholls. Puis elle tenta un sourire, s'approcha d'elle à pas lents et demanda :

— Tu es en train de me dire que tu veux aller vivre chez ton père, Tanzie ? Parce que si c'est ce que tu veux vraiment, je…

— Non. C'est juste que j'aime cette maison et que c'est joli ici.

Elle avait envie d'ajouter : « Et je n'ai rien à espérer en rentrant parce que j'ai tout gâché, et il n'y a pas de Fisher ici », mais elle devina que maman pensait la même chose parce qu'elle se tourna aussitôt vers Nicky.

— Vous savez, il n'y a pas de honte à avoir essayé, dit-elle en les regardant tous les deux. On a tous fait de notre mieux pour arriver à quelque chose qui ne s'est pas produit, mais de bonnes choses en sont sorties : on a vu des régions du pays qu'on n'aurait jamais visitées ; on a appris beaucoup de choses ; on a réglé le problème avec votre père ; on s'est fait des amis.

Elle pensait peut-être à Linzie et à ses enfants, mais elle avait les yeux posés sur M. Nicholls.

— Alors, tout bien considéré, poursuivit-elle, je pense que c'est une bonne chose d'avoir essayé, même si tout ne s'est pas passé comme prévu. Et, vous savez, la situation ne sera peut-être pas si terrible une fois qu'on sera revenus à la maison.

Nicky resta inexpressif. Tanzie savait qu'il pensait à l'argent.

Et puis M. Nicholls, qui n'avait presque rien dit de toute la matinée, fit le tour de la voiture, ouvrit la portière et déclara :

— J'ai un peu réfléchi à tout ça. On va faire un petit détour avant de rentrer.

27

JESS

C'était un petit groupe silencieux qui était assis dans la voiture sur le chemin du retour. Même Norman ne gémissait plus, comme s'il avait fini par accepter que ce véhicule était devenu sa nouvelle maison. Durant les quelques jours intenses et insolites de leur voyage, Jess ne s'était souciée que de faire arriver Tanzie à temps à l'olympiade : elle l'emmènerait à Aberdeen, Tanzie gagnerait le concours, et tout se passerait bien. Elle n'avait pas imaginé un seul instant que leur périple pourrait durer trois jours de plus que prévu. Ou qu'elle finirait avec en poche 13,81 livres en liquide et une carte bancaire qu'elle n'osait glisser dans un distributeur automatique, de peur qu'elle se fasse avaler.

Jess n'en parla pas à Ed, qui restait silencieux, les yeux rivés sur la route.

Ed.

Jess se répéta son nom jusqu'à ce qu'il ne veuille plus rien dire. Quand il souriait, Jess ne pouvait s'empêcher d'en faire autant. Quand une ombre passait sur son visage, quelque chose en elle se brisait. Elle le voyait interagir avec ses enfants, la facilité avec laquelle il admirait une photo que Nicky avait prise avec son téléphone, son air sérieux lorsqu'il réfléchissait à un commentaire de Tanzie – le genre de commentaire qui aurait fait lever les yeux au ciel à Marty – et elle regrettait qu'il ne soit pas entré plus tôt dans leurs vies. Quand ils étaient seuls tous les deux et qu'il la tenait serrée contre lui, les mains posées sur sa cuisse avec un soupçon de possessivité, le souffle doux dans son oreille, elle sentait avec une certitude tranquille que tout allait bien se passer. Pas parce qu'Ed allait tout arranger – il avait ses propres problèmes – mais d'une manière ou d'une autre, ils semblaient s'ajouter l'un à l'autre pour former quelque chose de meilleur. Ensemble, ils pouvaient tout surmonter.

Parce qu'elle avait envie de lui. Elle avait envie de passer ses jambes autour de sa taille dans le noir, de se cabrer entre ses bras. Elle voulait sa sueur, son désir et sa force, sa bouche sur la sienne et ses yeux dans les siens. Les deux nuits précédentes lui revenaient à l'esprit en réminiscences brûlantes et oniriques : son corps, sa bouche, sa façon d'étouffer ses cris en la bâillonnant de la main pour ne pas réveiller les enfants… Elle avait toutes les peines du monde à s'empêcher de se pencher sur lui pendant qu'il conduisait pour enfouir son visage dans son cou ou glisser les mains dans le dos de son tee-shirt. Juste pour le plaisir.

Pendant si longtemps, elle n'avait pensé qu'aux enfants, au travail, aux factures et à l'argent. Mais à présent, sa tête était pleine de lui. Quand il se tournait vers elle, elle rougissait. Quand il prononçait son nom, elle l'entendait comme un murmure dans le noir. Quand il lui tendait une tasse de café, frôler ses doigts envoyait une décharge électrique à travers tout son corps. Elle aimait sentir son regard s'arrêter sur elle et se demander à quoi il pensait.

Jess ignorait comment lui communiquer ses sentiments. Elle avait été si jeune quand elle avait rencontré Marty, et à part ce fameux soir au *Feathers*, où Liam Stubbs avait glissé les mains sous son chemisier, elle n'avait jamais connu ne serait-ce que les balbutiements d'une relation avec un autre homme.

Jess Thomas n'avait pas eu un seul vrai rendez-vous amoureux depuis le lycée. Elle-même trouvait cela ridicule. Elle devait trouver le moyen de faire comprendre à Ed qu'il avait tout changé.

— On va continuer jusqu'à Nottingham, si ça vous va, dit-il en se tournant vers elle.

Il avait toujours un léger hématome sur le côté du nez.

— On se trouvera un hôtel assez tard, reprit-il. Comme ça, on pourra rentrer jeudi en une seule étape.

Et après ? voulut-elle lui demander.

Mais elle posa le pied sur le tableau de bord et dit :

— Ça m'a l'air très bien.

Ils s'arrêtèrent pour déjeuner à une station-service. Les enfants avaient renoncé à demander s'il y avait une chance pour qu'ils puissent manger autre chose que des sandwichs, et voyaient à présent passer les fast-foods et les cafés avec un regard proche de l'indifférence. Ils sortirent de la voiture et firent une pause pour s'étirer.

— Qui veut des friands aux saucisses ? demanda Ed. Du café et des friands chauds. Ou des chaussons à la viande et aux légumes. C'est moi qui régale. Venez.

Jess le regarda.

— Viens donc, espèce de terroriste de la nutrition ! s'esclaffa-t-il. On mangera des fruits plus tard.

— Tu n'as pas peur ? Après ce kebab ?

La main en visière sur le front, il s'abrita les yeux du soleil afin de mieux l'observer.

— J'ai décidé de vivre dangereusement, répondit-il au bout d'un instant.

La veille, Nicky avait passé la soirée à taper en silence sur le clavier de l'ordinateur, isolé dans un coin de la pièce. Lorsque enfin il était parti se coucher, Jess s'était sentie comme une adolescente, assise là sur le canapé, faisant semblant de regarder la télé, attendant qu'Ed se rapproche. Mais ce dernier était d'abord allé rouvrir l'ordinateur.

— Qu'est-ce qu'il fait ? avait-elle demandé.

— Il écrit.

— Pas de jeux ? D'armes ? D'explosions ?

— Rien.

— Il dort la nuit, avait-elle murmuré. Il dort tous les soirs depuis qu'on est partis. Sans même fumer un pétard.

— Tant mieux pour lui. Moi, j'ai l'impression de ne pas avoir dormi depuis des années.

Il semblait avoir vieilli de dix ans en quelques jours.

Puis il avait tendu la main vers elle et l'avait attirée contre lui.

— Jessica Rae Thomas, avait-il dit doucement. Est-ce que tu vas me laisser dormir un peu cette nuit ?

Elle avait posé les yeux sur sa lèvre inférieure, goûtant la sensation de sa main sur sa hanche.

— Non, avait-elle répondu.

— Très bonne réponse.

Ils s'éloignèrent de la supérette, se frayant un passage entre des groupes de voyageurs mécontents partis à la recherche des distributeurs de billets ou des toilettes bondées. Jess s'efforça de dissimuler sa joie à l'idée de ne pas avoir à confectionner une énième fournée de sandwichs. L'odeur de pâte beurrée des tourtes chaudes embaumait à des mètres à la ronde.

Les enfants, munis d'une poignée de billets et des instructions d'Ed, disparurent dans la longue file d'attente à l'intérieur de la boutique. Ed revint alors vers Jess et s'assura que la foule les dissimulait à leurs yeux.

— Qu'est-ce que tu fais ?

— Je te regarde.

Dès qu'il se tenait près d'elle, Jess avait l'impression que sa température grimpait de quelques degrés.

— Tu me regardes ?

— Je ne peux pas rester à côté de toi, dit-il, les lèvres à quelques centimètres de son oreille.

Jess sentit des fourmillements lui parcourir la peau.

— Quoi ?

— Je m'imagine en train de faire des choses avec toi. Tout le temps. Des choses totalement inconvenantes.

Il l'attrapa par le devant de son jean et l'attira contre lui. Jess recula un peu, tendant le cou pour s'assurer qu'ils étaient hors de vue.

— C'est à ça que tu pensais ? En conduisant ? Pendant tout ce temps où tu ne parlais pas ?

— Ouaip. Enfin, ajouta-t-il en jetant un regard en direction de la boutique, ça et manger.

— Mes deux activités préférées.

Il parcourut du bout des doigts sa peau nue sous son tee-shirt. Elle sentit son ventre se contracter agréablement. Ses jambes étaient étrangement faibles. Jamais elle n'avait désiré Marty comme elle désirait Ed.

— Sauf s'il s'agit de sandwichs.

— Ne parlons plus de sandwichs. Plus jamais.

Il posa le plat de sa main dans le creux de son dos, l'attirant tout contre lui. Ils étaient aussi proches que la décence le permettait.

— Je sais que je ne devrais pas, chuchota-t-il, mais je me suis réveillé très heureux ce matin. Une espèce de béatitude stupide. Ma vie est un complet désastre, mais je me sentais juste… bien. Je te regarde, et je me sens bien.

Une grosse boule s'était formée dans sa gorge.

—Moi aussi, murmura-t-elle.

Il plissa les yeux face au soleil, étudiant l'expression de son visage.

—Donc je ne suis pas simplement… le cheval dont tu te sers pour te remettre en selle ?

—Tu n'as rien d'un cheval. Enfin, d'une manière un peu plus flatteuse, je pourrais dire que tu l'as été…

Il l'interrompit par un baiser – un baiser d'absolue certitude, le genre de baiser durant lequel des rois meurent et des continents entiers disparaissent sans qu'on y prête la moindre attention. Lorsque Jess se dégagea de son étreinte, ce fut uniquement pour que les enfants ne la surprennent pas en train de perdre l'équilibre.

—Ils arrivent, souffla Ed.

Jess se surprit à le contempler d'un air stupide.

—Toutes sortes d'ennuis, dit-il en regardant les enfants approcher, chargés de sacs en papier. C'est ce qu'a dit mon père.

—Comme si tu ne l'avais pas déjà compris tout seul.

Elle recula, laissant Ed et Nicky ouvrir les sacs. En sortant ses achats, Nicky lui jeta un regard en coin, s'attendant à la voir pâlir. Le soleil lui réchauffait la peau, le chant des oiseaux couvrait presque le brouhaha des discussions, des moteurs vrombissaient, l'air était imprégné d'une odeur d'essence et de tourte chaude… Une phrase résonnait dans sa tête, comme entrée par effraction.

Voilà donc à quoi ressemble le bonheur.

Ils repartirent sans se presser en direction de la voiture, déjà plongés dans leurs sacs en papier. Tanzie marchait devant, ses jambes maigres frappant mollement le sol, et ce fut à cet instant que Jess remarqua qu'il manquait quelque chose.

—Tanzie? Où sont tes manuels de maths?

La petite fille ne se retourna pas.

—Je les ai laissés chez papa.

—Oh. Tu veux que je l'appelle? demanda-t-elle en fouillant dans son sac à la recherche de son portable. Je vais lui dire de te les envoyer par la poste. Ils devraient arriver à la maison avant nous.

—Non, répondit la fillette en inclinant la tête dans sa direction mais sans croiser son regard. Merci.

Jess vit le regard de Nicky passer successivement d'elle à Tanzie. Son estomac se noua douloureusement.

Lorsqu'ils firent halte à leur dernier hôtel, il était presque 21 heures et tous tombaient d'épuisement. Les enfants, qui avaient grignoté des bonbons et des biscuits pendant la plus grande partie du trajet, étaient épuisés et grincheux. Ils montèrent directement à l'étage pour voir comment ils seraient installés pour la nuit. Norman leur emboîta le pas, suivi d'Ed avec les sacs.

L'hôtel était immense, uniformément blanc et certainement très cher – le genre d'endroit dont Mme Ritter aurait pris des photos sur son portable pour les montrer à Jess et Nathalie. Ed avait fait la réservation au téléphone, et lorsque Jess s'était mise à protester sur les tarifs, il avait répliqué d'un ton un peu cassant:

—On est tous fatigués, Jess. Et mon prochain lit sera peut-être derrière des barreaux. Alors rien que pour ce soir, j'aimerais qu'on puisse dormir dans un bel endroit. OK?

Il avait réservé trois chambres dans un couloir qui semblait former une annexe au bâtiment principal.

—Enfin, une chambre pour moi tout seul ! s'écria Nicky avec un soupir de soulagement en déverrouillant la porte du numéro 23. Je n'ai rien contre Tanzie, ajouta-t-il en baissant la voix, mais qu'est-ce qu'elle ronfle !

—Norman va apprécier, déclara Tanzie lorsque Jess ouvrit la porte de la chambre 24.

Le chien, comme pour confirmer ses dires, se laissa aussitôt tomber sur la descente de lit.

—Ça ne me dérangeait pas de partager ma chambre avec Nicky, poursuivit-elle, mais il ronfle vraiment trop fort.

Ni l'un ni l'autre ne sembla se demander où Jess allait dormir. Elle ne savait pas s'ils savaient et s'en fichaient ou s'ils supposaient simplement qu'elle allait dormir dans la voiture.

Nicky emprunta l'ordinateur d'Ed. Tanzie trouva la télécommande de sa télévision et décida de regarder une émission avant d'aller au lit. Pas une fois elle ne mentionna ses cahiers d'exercices manquants. Elle déclara même :

—Je n'ai pas envie d'en parler.

Jamais Jess ne l'avait entendue dire une chose pareille.

—Qu'une chose ne fonctionne pas une fois, ma chérie, ne veut pas dire que tu ne peux pas réessayer, dit-elle en posant sur le lit le pyjama de la fillette.

Il émanait de Tanzie une toute nouvelle certitude. Et les derniers mots qu'elle prononça brisèrent le cœur de Jess :

—Je pense que je ferais mieux de me contenter de ce que j'ai, maman.

—Qu'est-ce qu'il faut que je fasse ?

—Rien. Elle en a eu son compte pour le moment, c'est tout. Tu ne peux pas lui en vouloir.

Ed laissa tomber les sacs dans un coin de la chambre. Jess s'assit au bord du vaste lit, essayant de ne pas tenir compte de la douleur qui pulsait dans son pied.

— Mais ça ne lui ressemble pas. Elle adore les maths. Depuis toujours. Et d'un seul coup, elle fait comme si elle ne voulait plus en entendre parler.

— Ça fait seulement deux jours, Jess. Laisse-lui le temps. Elle s'en remettra.

— Tu es tellement sûr de toi…

— Ils sont malins, tes enfants. Tout comme leur mère, ajouta-t-il en s'approchant de l'interrupteur pour baisser les lumières. Mais ce n'est pas parce que tu sais rebondir comme une balle en caoutchouc qu'ils vont toujours pouvoir en faire autant.

Elle fronça les sourcils.

— Ce n'est pas une critique, expliqua-t-il. Je pense simplement que si tu lui donnes un peu de temps pour décompresser, elle s'en remettra. Elle est ce qu'elle est. Je ne vois pas pourquoi ça changerait.

Il passa son tee-shirt au-dessus de sa tête en un mouvement fluide et le laissa tomber sur une chaise. Aussitôt, Jess sentit ses pensées s'égarer. Elle était incapable de voir son torse nu sans avoir envie d'y toucher.

— Qu'est-ce qui t'a rendu si sage ? demanda-t-elle.

— Je ne sais pas. J'imagine que quelqu'un a déteint sur moi.

Il revint vers elle et s'agenouilla pour lui enlever ses tongs, manipulant avec précaution son pied blessé.

— Comment ça va ?

— C'est douloureux, mais ça va.

Sans lui demander son avis et sans quitter des yeux la peau qu'il dénudait peu à peu, il lui ouvrit doucement son haut. Il semblait soudain presque distant, comme si ses pensées étaient à la fois avec elle et à des kilomètres de là. Lorsque la fermeture Éclair accrocha, Jess acheva de l'ouvrir, les mains posées sur les siennes, pour lui permettre de faire glisser le vêtement sur ses épaules. Il resta là un moment, simplement à la regarder.

Puis, le geste précis et mesuré, il lui défit sa ceinture et lui ouvrit son jean. Elle le regarda faire, le cœur battant dans ses oreilles.

— Il est temps, Jessica Rae Thomas, que quelqu'un s'occupe de toi.

Edward Nicholls lui lavait les cheveux, les jambes passées autour de sa taille, la laissant s'appuyer contre lui dans l'immense baignoire. Il la rinça avec douceur, lui lissant les cheveux et lui essuyant les yeux avec un gant de toilette pour en ôter le shampooing. Elle s'était apprêtée à le faire elle-même, mais il l'avait arrêtée. En dehors du coiffeur, personne ne lui avait jamais lavé les cheveux. Elle se sentait à la fois vulnérable et étrangement à fleur de peau. Lorsqu'il eut terminé, étendu dans l'eau chaude et parfumée, il lui embrassa le bout des oreilles. Puis, d'un commun accord, ils décidèrent que c'en était assez de ces activités fleur bleue : elle le sentit se raidir sous elle et pivota pour se caler sur lui. Et ils firent l'amour jusqu'à ce que l'eau déborde de la baignoire et qu'elle ne sache plus distinguer la douleur de son pied blessé du plaisir qu'elle éprouvait à le sentir en elle.

Un peu plus tard, à moitié submergés, les jambes entrelacées, ils éclatèrent de rire. Parce que, si faire l'amour dans la douche était un terrible cliché, le faire dans une baignoire frôlait le ridicule. Et ce qui était encore plus ridicule, c'était d'être aussi heureux tout en étant à ce point plongés dans les ennuis. Jess se laissa glisser contre lui et passa les bras à son cou, appuyant sa poitrine mouillée contre son torse, et sentit avec une profonde certitude qu'elle ne serait plus jamais aussi proche d'un autre être humain. Elle tint son visage entre ses mains et lui embrassa la mâchoire, puis sa pauvre tempe blessée, puis ses lèvres, et se dit que quoi qu'il arrive, elle se souviendrait toujours de cette sensation.

Il se passa la main sur le visage, essuyant les gouttes qui s'y trouvaient. Il semblait soudain très sérieux.

—Tu crois que c'est une bulle?

—Euh, il y a des tas de bulles. C'est un…

—Non. Ça. Une bulle. On s'est embarqués dans un voyage bizarre, où les règles habituelles ne s'appliquent pas. Où la vraie vie ne s'applique pas. Tout ce voyage a été… comme une pause dans la vraie vie.

De l'eau coulait sur le sol de la salle de bains.

—Ne t'occupe pas de ça. Parle-moi.

Songeuse, elle posa les lèvres sur sa clavicule.

—Eh bien, dit-elle enfin en relevant la tête, en un peu plus de cinq jours, on a eu: la maladie, les enfants bouleversés, les parents malades, des actes de violence inattendus, un pied cassé, la police et des accidents de voiture. Ce n'est pas ce que tu appelles la vraie vie?

—J'aime ta façon de voir les choses.

—J'aime toutes tes façons.

—On passe quand même beaucoup de temps à se raconter des conneries…

—J'aime ça aussi.

L'eau avait commencé à refroidir. Elle se tortilla pour sortir d'entre ses bras et se leva, tendant la main vers le sèche-serviette. Elle lui en passa une et s'enroula dans une autre, s'émerveillant au passage devant le luxe décontracté d'une serviette d'hôtel tiède et confortable.

D'une main, Ed se frotta vigoureusement les cheveux. Jess se demanda un instant s'il était si habitué aux serviettes moelleuses des hôtels qu'il ne s'en rendait même plus compte. Elle se sentit soudain lessivée.

Elle se brossa les dents et éteignit la lumière de la salle de bains. Quand elle revint dans la chambre, il était déjà installé dans leur immense lit, soulevant les couvertures pour qu'elle se glisse à ses côtés. Il éteignit la lampe de chevet et elle resta couchée là dans le noir, sentant sa peau humide contre la sienne, se demandant ce que cela lui ferait de retrouver cette sensation tous les soirs. Elle se demanda si elle serait un jour capable d'être couchée tranquillement à côté de lui sans avoir envie de passer une jambe sur les siennes.

— Je ne sais pas ce qui va m'arriver, Jess, dit-il dans le noir, comme s'il avait entendu ses pensées.

— Tu vas t'en sortir.

— Je suis sérieux. Ton optimisme ne peut rien pour ça. Quoi qu'il arrive, je suis presque sûr de tout perdre.

— Et alors ? Moi, je n'ai jamais rien eu.

— Mais je vais peut-être devoir m'en aller.

— Mais non.

— Si, Jess, répliqua-t-il d'une voix inhabituellement ferme qui la mit mal à l'aise.

— Alors j'attendrai, déclara-t-elle avant même de savoir ce qu'elle disait.

Elle le sentit pencher la tête, interrogateur.

— Je t'attendrai, répéta-t-elle. Si c'est ce que tu veux.

Il passa trois coups de fil au cours de la dernière étape – tous en mains libres. Son avocat, un homme à l'accent si grandiloquent qu'il aurait pu annoncer l'arrivée de la famille royale pour le dîner, lui annonça qu'il était convoqué au commissariat le jeudi suivant. Non, rien n'avait changé. Oui, répondit Ed, il comprenait ce qui se passait. Et oui, il en avait parlé à sa famille. À la façon dont il le dit, Jess sentit son estomac se serrer. Elle ne put s'en empêcher : elle tendit le bras et lui prit la main. Il la serra dans la sienne sans la regarder.

Puis sa sœur l'appela pour donner des nouvelles de leur père. Ils eurent une longue conversation sur une assurance-vie, des clés qui avaient disparu et le dernier repas de Gemma. Personne ne parla de la mort. Lorsque Gemma demanda à Ed de passer le bonjour, Jess cria une réponse et se sentit à la fois satisfaite et un peu gênée.

Après le déjeuner, Ed répondit à un appel d'un homme nommé Lewis, avec qui il parla longuement de valeurs de marché et de l'état de l'immobilier. Jess mit un moment à comprendre que c'était de Beachfront qu'il était question.

— Il est temps pour moi de vendre, expliqua-t-il en raccrochant. Comme tu l'as dit, au moins, j'ai des atouts dont je peux disposer.

— Combien ça va te coûter ? Le procès ?

— Oh. Personne n'a voulu m'en parler. Mais en lisant entre les lignes, je pense que la réponse est « une bonne partie de ce que je possède ».

Jess ne sut déterminer s'il était plus contrarié qu'il le laissait entendre.

Il essaya de passer un dernier coup de fil mais tomba sur la messagerie vocale : « Ici Ronan. Laissez-moi un message. » Il raccrocha sans rien dire.

À chaque kilomètre qui passait, la vraie vie s'avançait vers eux comme une marée montante, froide et inéluctable.

Ils arrivèrent peu après 16 heures. La pluie s'était affinée en un léger crachin, la route semblait huileuse d'humidité et les rues tentaculaires de Danehall peinaient à afficher des promesses de printemps. Sa maison était là, un peu plus petite et miteuse que dans son souvenir. Étrangement, Jess ne s'y reconnaissait plus. Lorsque Ed se gara sur le trottoir, elle regarda à travers la vitre la peinture écaillée des fenêtres de l'étage, que Marty ne s'était jamais résolu à repeindre – il avait toujours dit vouloir faire un beau travail, en ponçant d'abord pour enlever la vieille peinture avant de boucher les trous à l'aide d'un enduit, mais il avait toujours été trop occupé ou trop fatigué pour s'y mettre. L'espace d'un instant, elle sentit une vague de dépression la submerger à la pensée de tous les problèmes qui étaient restés là, à attendre patiemment leur retour. Auxquels venaient s'ajouter les problèmes plus gros encore qu'elle avait créés depuis son départ. Puis elle regarda Ed, qui aidait Tanzie à sortir son sac tout en riant à une remarque de Nicky, et le malaise reflua.

Ed s'était arrêté dans une boutique de bricolage à une heure de la ville – son fameux détour – et en était sorti muni d'un grand carton qu'il était parvenu à caser dans le coffre, avec leurs sacs. Peut-être avait-il besoin de faire des réparations dans sa maison de Beachfront avant de la vendre, même si Jess ne voyait pas vraiment ce qu'il pouvait y avoir à rafraîchir dans cette grande bâtisse immaculée.

Il déposa les derniers sacs sur le perron et resta debout devant la porte d'entrée, sa boîte en carton à la main. Les enfants avaient aussitôt disparu dans leurs chambres, comme de petits animaux reprenant possession de leur habitat naturel. Jess eut soudain un peu honte de cette petite maison désordonnée, avec son vieux papier peint et sa collection de livres de poche cornés.

— Je repars demain chez mon père, dit Ed.

Comme par réflexe, elle éprouva un petit pincement au cœur.

—D'accord. Très bien.

—Ce n'est que l'affaire de quelques jours. Jusqu'à ma convocation au commissariat. Mais je me suis dit qu'avant de partir, j'allais installer ça ici.

Jess jeta un coup d'œil dans la boîte.

—Ce sont des caméras de sécurité et des projecteurs à détecteur de mouvement. Ça ne devrait me prendre qu'une heure ou deux.

—Tu nous as acheté tout ça ?

—Nicky s'est fait agresser. Et visiblement, Tanzie ne se sent pas en sécurité. Je me suis dit que vous vous sentiriez tous mieux comme ça. Tu sais… en mon absence.

Toute l'attention de Jess était focalisée sur la boîte. Sur ce qu'elle impliquait.

—Tu… tu n'es pas obligé, bafouilla-t-elle. Je sais bricoler. Je vais le faire moi-même.

—Sur une échelle. Avec un pied cassé. Tu sais, Jessica Rae Thomas, à un moment donné, il va bien falloir que tu laisses quelqu'un te venir en aide.

—Alors qu'est-ce que je dois faire ?

—Assieds-toi. Reste tranquille. Pose ton pied sur un coussin. Quand j'aurai terminé, j'irai en ville avec Nicky et on se prendra un plat à emporter terriblement gras et beaucoup trop cher, parce que ce sera peut-être le dernier que je pourrai m'acheter avant un bon bout de temps. On va s'asseoir ici pour le manger, et après ça, on va rester tous les deux vautrés sur le canapé en regardant d'un air ébahi la taille du ventre de l'autre.

—J'aime quand tu dis des cochonneries.

Elle resta donc assise. Sans rien faire. Sur le canapé. Tanzie descendit lui tenir compagnie tandis qu'Ed appuyait une échelle sur la façade extérieure. Il agita la perceuse par la fenêtre et fit semblant de perdre l'équilibre. Jess n'apprécia pas la plaisanterie.

— J'ai été dans deux hôpitaux différents en huit jours ! lui cria-t-elle. Je n'ai pas envie d'en visiter un troisième.

Puis, parce qu'elle ne savait pas rester assise sans bouger, elle tria son linge sale et lança une machine. Elle finit néanmoins par admettre que son pied avait besoin de repos et se rassit en laissant les autres s'activer à sa place.

— C'est bon comme ça ? demanda Ed.

Elle sortit en boitant. Il avait reculé dans l'allée du jardin, les yeux levés vers la façade.

— Je me suis dit que si je plaçais la caméra ici, elle filmerait non seulement les gens qui entrent dans ton jardin, mais aussi ceux qui traînent dans la rue. Il y a une lentille convexe, tu vois ?

Elle fit de son mieux pour paraître intéressée, mais en son for intérieur, elle se demandait si, une fois que les enfants seraient au lit, elle pourrait le convaincre de rester dormir.

— Et souvent, avec ce genre de dispositif, on se rend compte que la caméra a un effet dissuasif.

Était-ce une si mauvaise idée ? Après tout, il pourrait toujours se glisser dehors avant que les enfants se lèvent. Mais de qui se moquaient-ils ? Nicky et Tanzie avaient bien dû deviner qu'il se passait quelque chose.

— Jess ?

Il était debout devant elle.

— Mmh ?

— Tout ce que je dois faire, c'est percer un trou à cet endroit et faire passer les câbles à travers le mur. J'espère pouvoir installer un petit raccordement à l'intérieur, et ça devrait être assez simple de tout brancher. Je suis assez doué en câblage. Parmi toutes les choses que mon père a essayé de m'apprendre, le bricolage était la seule où je n'étais pas trop mauvais.

Il arborait le petit air satisfait d'un homme en possession d'un outil à moteur. Il se tapota la poche, vérifiant que ses vis étaient là, puis regarda Jess d'un air attentif.

— Est-ce que tu as écouté un seul mot de ce que je viens de dire ?

Jess lui adressa un sourire coupable.

— Oh, tu es incorrigible ! s'esclaffa-t-il. Franchement !

Jetant un bref regard aux alentours pour s'assurer que personne ne regardait, il passa tendrement le bras à son cou et l'attira contre lui pour l'embrasser. Il avait le menton couvert d'une barbe naissante.

— Maintenant, laisse-moi faire. Sans me déranger. Va nous commander des plats à emporter.

Jess, souriante, entra en boitillant dans la cuisine et se mit à fouiller dans les tiroirs. Elle ne se souvenait pas de la dernière fois où elle avait commandé un plat à emporter. Elle était à peu près sûre qu'aucun de ses menus n'était à jour. Ed monta à l'étage pour connecter les câbles. Il lui cria qu'il allait devoir déplacer quelques meubles pour atteindre les plinthes.

— Pas de problème ! cria-t-elle en retour.

Un orage sembla éclater à l'étage tandis qu'il déplaçait de gros objets au-dessus de sa tête. Une fois encore, elle s'émerveilla à l'idée que quelqu'un faisait tout ce travail à sa place.

Puis elle revint s'étendre sur le canapé pour parcourir tranquillement la poignée de vieux menus qu'elle avait dénichée dans le tiroir à torchons, écartant ceux qui étaient tachés de sauce ou jaunis par le temps. Elle était à peu près certaine que le restaurant chinois n'existait plus – une affaire de santé publique. La pizzeria n'était pas fiable. L'indien semblait à peu près normal, mais elle ne parvenait pas à occulter l'image de ce petit poil frisé trouvé dans le poulet jalfrezi de Nathalie. Mais tout de même... *Poulet balti, Riz pilau, Papadums...* Elle était si concentrée qu'elle n'entendit pas Ed redescendre l'escalier à pas lents.

— Jess ?

— Je crois que celui-ci va aller, dit-elle en levant le menu. Un poil de provenance inconnue est le prix à payer pour déguster un bon jal...

Elle aperçut alors l'expression de son visage. Et ce qu'il tenait, incrédule, à la main.

— Jess ? répéta-t-il d'une voix qui semblait appartenir à un autre. Qu'est-ce que mon badge fait dans ton tiroir à chaussettes ?

28

NICKY

Lorsque Nicky descendit l'escalier, Jess était assise sur le canapé et regardait droit devant elle, comme en transe. La perceuse Black & Decker était posée sur l'appui de fenêtre et l'échelle toujours appuyée sur la façade.

—M. Nicholls est parti chercher le repas? demanda Nicky, un peu contrarié qu'il ne l'ait pas attendu.

Elle ne parut pas l'entendre.

—Jess?

Son visage était comme figé. Elle secoua vaguement la tête et répondit, d'une petite voix:

—Non.

—Mais il va revenir? demanda-t-il au bout d'une minute.

Il ouvrit la porte du frigo. Il ne savait pas ce qu'il s'attendait à y trouver. Il y avait là un paquet de citrons ratatinés et un bocal de cornichons à moitié vide.

Un ange passa.

—Je ne sais pas, dit-elle. Je ne sais pas.

—Du coup… pas de plat à emporter?

—Non.

Nicky émit un grognement de déception.

—Bon, j'imagine qu'il va bien finir par revenir. J'ai son ordi dans ma chambre.

Visiblement, ils s'étaient disputés, mais Jess ne se comportait pas comme quand elle et papa avaient eu une dispute. À l'époque, elle claquait les portes et on l'entendait murmurer « connard » entre ses dents, ou bien elle arborait cette expression tendue à l'extrême qui signifiait : « Pourquoi ai-je choisi de vivre avec cet imbécile ? » Mais à présent, elle avait l'air de quelqu'un à qui on vient d'annoncer qu'il n'a plus que six mois à vivre.

—Ça va ?

Elle cligna des yeux et se posa la main sur le front, comme pour prendre sa propre température.

—Euh… Nicky. Il faut… que je m'allonge. Tu peux… tu peux te débrouiller ? Il y a de quoi manger. Au congélateur.

Pendant toutes ces années où Nicky avait vécu chez elle, jamais elle ne lui avait demandé de se débrouiller. Pas même la fois où elle avait eu la grippe pendant deux semaines. Sans lui laisser le temps de répondre, elle lui tourna le dos et grimpa à l'étage en boitant, très lentement.

Au début, Nicky s'était dit que Jess faisait juste un peu de cinéma. Mais vingt-quatre heures plus tard, elle n'était toujours pas sortie de sa chambre. Tanzie et lui traînèrent un moment devant sa porte en murmurant. Puis il lui apporta du thé et des toasts, mais elle se contenta de regarder fixement le mur avec un air absent. La fenêtre était grande ouverte et il commençait à faire froid. Nicky referma le battant et sortit ranger l'échelle et la perceuse dans le garage, qui lui semblait immense sans la Rolls. Quand il revint quelques heures plus tard pour reprendre son assiette, le thé et les toasts étaient toujours là, froids, sur la table de nuit.

—Elle doit être fatiguée après tout ce voyage, avança Tanzie.

Mais le lendemain, Jess resta au lit. Lorsque Nicky entra dans sa chambre, les couvertures étaient à peine froissées et elle portait toujours les vêtements avec lesquels elle était allée se coucher.

—Tu es malade ? demanda-t-il en ouvrant les rideaux. Tu veux que j'appelle un médecin ?

—J'ai seulement besoin d'une journée de repos, répondit-elle à voix basse.

—Nathalie est passée. Je lui ai dit que tu allais l'appeler. C'est pour les ménages.

—Dis-lui que je suis malade.

—Mais tu n'es pas malade. Et la fourrière a appelé pour demander quand tu viens prendre la voiture. M. Tsvangarai aussi a appelé, mais comme je ne savais pas quoi lui dire, je l'ai laissé enregistrer un message sur le répondeur.

—Nicky. S'il te plaît…

Elle avait l'air si triste qu'il se sentit coupable de lui en avoir parlé. Elle attendit un moment, puis remonta la couette sous son menton et lui tourna le dos.

Nicky prépara le petit déjeuner pour Tanzie. Il commençait à se sentir étrangement utile le matin. Son cannabis ne lui manquait même pas. Il laissait Norman sortir dans le jardin et nettoyait derrière lui. M. Nicholls avait laissé le projecteur de sécurité dehors, sur le rebord de la fenêtre. Il était toujours dans sa boîte, qui s'était imprégnée d'humidité à cause de la pluie, mais personne ne l'avait volé. Nicky le ramassa, l'emporta à l'intérieur et s'assit pour l'examiner.

Il envisagea d'appeler M. Nicholls, mais il ne savait pas quoi lui dire. Il n'osait lui demander de revenir une deuxième fois. Après tout, si quelqu'un avait envie d'être avec vous, il faisait en sorte que ça arrive. Nicky le savait mieux que quiconque. Quoi qu'il se soit passé entre lui et maman, c'était assez grave pour qu'il ne revienne pas chercher son ordinateur. Assez grave pour que Nicky hésite à s'en mêler.

Il rangea sa chambre. Il partit se promener au bord de la mer et prit quelques photos sur le téléphone de M. Nicholls. Il surfa un peu sur Internet, mais il en avait assez des jeux. Par la fenêtre, il contempla les toits de la rue principale et, au loin, les briques orange du centre de loisirs, et comprit qu'il ne voulait plus être un droïde vêtu d'une armure tirant sur des aliens. Il ne voulait plus être coincé dans cette chambre. Il repensa aux routes de campagne et à la sensation de la voiture de M. Nicholls qui les emmenait vers des horizons inconnus, se remémora ces instants interminables où ils n'avaient aucune idée de l'endroit où ils allaient atterrir, et se rendit compte que, plus que tout, il voulait quitter ce trou perdu.

Il voulait trouver sa tribu.

Après une intense réflexion, Nicky était arrivé à la conclusion qu'il aurait le droit de commencer à flipper dans l'après-midi du deuxième jour. Avec l'école qui reprenait bientôt, il se voyait mal s'occuper de Jess en même temps que de Titch, du chien et de tout le reste. Il passa l'aspirateur dans la maison et relava le tas de linge humide qu'il avait trouvé dans la machine à laver et qui avait commencé à sentir le moisi. Il se rendit avec Tanzie au magasin pour acheter du pain, du lait et de la pâtée pour chien. Il essaya de ne pas le montrer, mais il était content qu'il n'y ait personne à traîner dans le quartier pour le traiter de tapette, de débile ou autre amabilité. Il se dit que peut-être, Jess avait eu raison d'espérer que les choses finiraient par changer. Et que peut-être, un nouveau chapitre de sa vie s'ouvrait enfin.

Un peu plus tard, alors qu'il inspectait le courrier, Tanzie fit irruption dans la cuisine :

— Est-ce qu'on peut retourner à la boutique ?

Il ne leva pas les yeux, trop occupé à se demander s'il devait ouvrir la lettre d'aspect officiel adressée à Mme J. Thomas.

— On en revient à l'instant, répondit-il enfin.

— Alors est-ce que je peux y aller toute seule ?

Il leva alors les yeux et sursauta. Elle s'était fait une drôle de coiffure, se relevant les cheveux sur un côté avec un tas de barrettes à paillettes. Elle ne ressemblait pas à Tanzie.

— Je veux acheter une carte pour maman, expliqua-t-elle. Pour lui faire plaisir.

Nicky était à peu près sûr qu'une carte ne suffirait pas.

— Pourquoi tu n'en dessines pas une, Titch ? Garde ton argent.

— Je lui en dessine toujours. Des fois, c'est mieux d'acheter une carte toute faite.

Il examina son visage.

— Tu t'es maquillée ?

— Juste un peu de rouge à lèvres.

— Jess ne voudrait pas que tu mettes du rouge à lèvres. Enlève ça.

— Suze en met.

— Ça m'étonnerait que Jess soit ravie de l'explication, Titch. Écoute, enlève ça avant de sortir et je te donnerai une vraie leçon de maquillage quand tu reviendras.

Elle prit sa veste sur son crochet.

— Je l'essuierai en chemin, cria-t-elle par-dessus son épaule.

—Prends Norman avec toi! hurla-t-il, parce qu'il savait que c'était ce que Jess aurait dit.

Puis il réchauffa une tasse de café et l'apporta à l'étage. Il était temps de secouer Jess.

La pièce était plongée dans l'obscurité. Il était 14 h 45.

—Laisse ça sur la table de chevet, murmura-t-elle.

Ça sentait la sueur et le renfermé.

—Il ne pleut plus.

—Super.

—Jess, tu dois te lever.

Elle ne répondit pas.

—Vraiment. Tu dois te lever. Ça commence à puer, ici.

—Je suis fatiguée, Nicky. J'ai juste besoin… de repos.

—Tu n'as pas besoin de repos. Tu es… tu es le Tigrou de la maison, tu rebondis toujours.

—S'il te plaît, mon chéri…

—Je ne comprends pas, Jess. Qu'est-ce qui s'est passé?

Elle se tourna vers lui, très lentement, puis se souleva sur un coude. En bas, le chien s'était mis à aboyer – un aboiement insistant, erratique. Jess se frotta les yeux.

—Où est Tanzie?

—Partie à la boutique.

—Elle a mangé?

—Oui. Mais surtout des céréales. Je ne sais rien faire d'autre que des bâtonnets de poisson, et elle commence à en avoir marre.

Jess regarda Nicky, puis se tourna vers la fenêtre, comme si elle soupesait une idée. Puis elle déclara :

—Il ne reviendra pas.

Et son visage se décomposa.

Cet idiot de chien aboyait toujours. Nicky s'efforçait de se concentrer sur ce que racontait Jess.

—Vraiment? Jamais?

Une grosse larme roula sur sa joue. Elle l'essuya du plat de la main et secoua la tête.

— Et tu sais c'est quoi, le plus idiot ? J'avais oublié. J'avais oublié que je l'avais fait. J'étais si heureuse là-bas, c'était comme si tout ce qui s'était passé ici était arrivé à quelqu'un d'autre. Oh, ce foutu chien !

Ses propos n'avaient ni queue ni tête. Nicky se demanda si elle n'était pas vraiment tombée malade.

— Tu pourrais l'appeler.

— J'ai essayé. Il ne décroche pas.

— Tu veux que je m'en occupe ?

En posant la question, il la regrettait déjà. Parce que même s'il aimait vraiment M. Nicholls, il savait mieux que quiconque qu'on ne pouvait pas forcer quelqu'un à rester malgré lui. Il était inutile de s'accrocher à une personne qui ne voulait pas de vous.

Elle le lui dit alors, peut-être parce qu'elle n'avait personne d'autre à qui parler :

— Je l'aimais, Nicky. Je sais que ça peut paraître stupide après si peu de temps, mais je l'aimais.

C'était un choc de le lui entendre dire. Toute cette émotion, relâchée d'un seul coup. Mais il n'eut pas envie de fuir pour autant. Il s'assit sur le lit, se pencha sur elle et, bien que toujours un peu mal à l'aise avec le contact physique, la serra contre lui. Elle lui parut très frêle, comme s'il l'avait toujours vue plus grande qu'elle l'était en réalité. Elle posa la tête sur son épaule, et il eut envie de pleurer parce que, pour une fois, il voulait dire quelque chose mais il ne savait pas quoi.

À cet instant, les aboiements de Norman devinrent hystériques. Comme lorsqu'il avait vu les vaches en Écosse. Nicky se redressa, distrait par le bruit.

— Il est devenu fou, ou quoi ?

— Foutu chien ! Ce doit être à cause du chihuahua du 56. Je suis sûre qu'il fait exprès de harceler Norman, ajouta-t-elle en reniflant avant de s'essuyer les yeux.

Nicky descendit du lit et regarda par la fenêtre. Norman était dans le jardin, aboyant comme un fou, la tête passée dans le trou de la barrière, là où le bois avait pourri et où deux planches étaient à moitié cassées. Nicky mit quelques secondes à s'apercevoir que le chien ne ressemblait pas à Norman : il se tenait debout, tout droit, les poils hérissés. Il ouvrit plus grand le rideau et aperçut Tanzie de l'autre côté de la rue. Deux Fisher et un garçon qu'il ne connaissait pas l'avaient coincée contre le mur. L'un d'eux l'attrapa par sa veste, et elle essaya de le repousser.

— Eh ! Foutez-lui la paix ! cria Nicky.

Mais personne ne l'entendit.

Le cœur battant, il batailla contre la fenêtre à guillotine, mais celle-ci refusa de bouger. Il cogna contre la vitre, dans un vain effort pour les arrêter.

— Eh ! Merde. Eh !

— Quoi ? fit Jess en se retournant dans le lit.

— Les Fisher.

Ils entendirent les cris aigus de Tanzie. Alors que Jess sautait du lit, Norman se raidit pendant une fraction de seconde, puis se rua contre la partie la plus faible de la barrière. Il passa au travers comme un bélier canin, envoyant voler des morceaux de bois autour de lui, et s'élança droit sur Tanzie. Nicky vit les Fisher faire volte-face pour voir cet énorme missile noir leur foncer dessus. Il entendit le crissement des freins, un *boum* étrangement sonore, les exclamations paniquées de Jess, puis un silence qui semblait devoir s'étirer jusqu'à l'infini.

29

TANZIE

Tanzie était restée assise pendant près d'une heure dans sa chambre, à essayer de dessiner une carte pour maman. Elle ne savait pas quoi mettre dessus. Maman avait l'air malade, mais Nicky avait dit qu'elle ne l'était pas vraiment, pas comme M. Nicholls l'avait été. Elle ne pouvait donc pas lui écrire une carte de bon rétablissement. Elle eut l'idée d'écrire « Sois heureuse ! », mais ça sonnait un peu comme un ordre. Ou pire, une accusation. Puis elle pensa à juste écrire « Je t'aime », mais elle voulait le faire en rouge et tous ses feutres rouges étaient secs. Elle songea alors à lui acheter une carte, parce que maman disait toujours que papa ne lui en avait jamais offert une seule – à part une carte de Saint-Valentin capitonnée, totalement kitsch, au temps où il lui faisait la cour. Puis elle avait éclaté de rire à cause de l'expression « faire la cour ».

Tanzie voulait surtout lui remonter le moral. Une maman était censée être responsable, régler les problèmes et s'affairer au rez-de-chaussée, pas rester couchée dans le noir, aussi inaccessible que si elle était partie à des millions de kilomètres. Ça faisait peur à Tanzie. Depuis que M. Nicholls était parti, la maison était devenue trop silencieuse et une grosse boule s'était logée dans son ventre, comme si quelque chose de mauvais était sur le point d'arriver. Elle était entrée sur la pointe des pieds dans la chambre de maman ce matin-là et s'était glissée dans son lit pour un câlin. Maman l'avait prise dans ses bras et l'avait embrassée sur le front.

—Tu es malade, maman ? avait-elle demandé.

—Je suis seulement fatiguée, Tanzie, avait-elle répondu de la voix la plus triste et la plus épuisée du monde. Mais je vais bientôt me lever. Promis.

—C'est… à cause de moi ?

—Quoi ?

—Parce que je ne veux plus faire de maths ? C'est ça qui te rend triste ?

Les yeux de maman s'étaient alors emplis de larmes, et Tanzie avait eu l'impression d'avoir aggravé les choses.

—Non, Tanzie, dit-elle en l'attirant contre elle. Non, mon ange. Ça n'a rien à voir avec toi et les maths. Tu ne dois surtout pas penser ça.

Mais elle ne s'était pas levée.

Alors Tanzie marchait sur le trottoir avec en poche les 2,15 livres que Nicky lui avait données. Elle savait qu'il trouvait cette idée stupide, et elle se demandait s'il ne vaudrait pas mieux prendre une carte moins chère et un peu de chocolat, ou si une carte moins chère gâchait tout le principe de la carte, quand une voiture s'arrêta le long du trottoir. Elle se dit que c'était quelqu'un qui cherchait la direction de Beachfront (les gens demandaient toujours la direction de Beachfront), mais c'était Jason Fisher.

—Oh ! La folle ! appela-t-il.

Elle ne s'arrêta pas. Ses cheveux ébouriffés étaient couverts de gel, et il avait les yeux plissés – on aurait dit qu'il passait sa vie à plisser les yeux pour regarder les choses qu'il n'aimait pas.

—La folle, je te parle !

Tanzie essaya de ne pas le regarder. Son cœur battait à coups redoublés dans sa poitrine. Elle accéléra le pas.

Voyant la voiture avancer de quelques mètres, Tanzie se dit qu'il allait peut-être s'en aller. Mais il se gara et sortit du véhicule, puis la doubla à pied d'un air arrogant pour s'arrêter devant elle, lui barrant la route. Il pencha la tête de côté, comme pour expliquer quelque chose à un enfant particulièrement stupide.

—C'est malpoli de ne pas répondre quand on te parle. Ta mère ne t'a pas appris ça ?

Tanzie avait si peur qu'elle ne put dire un mot.

—Il est où, ton frère ?

—Je ne sais pas, murmura-t-elle.

—Si, tu sais, petite tarée binoclarde. Ton frère s'est cru malin, à foutre le bordel sur Facebook.

—Il n'a rien fait.

Mais elle mentait très mal, et elle sut aussitôt qu'il savait. Il fit deux pas en avant.

—Tu vas lui dire que je vais le choper, ce petit merdeux. Il se croit tellement malin. Dis-lui que moi aussi je vais m'occuper de son profil, et pas que sur Facebook.

L'autre Fisher, le cousin dont elle ne se rappelait jamais le nom, lui murmura quelques mots à l'oreille. Ils étaient tous sortis de la voiture et s'avançaient lentement vers elle.

—Ouais, dit Jason. Il faut qu'on explique un truc à ton frère : il touche à mes affaires, je touche aux siennes.

Il leva le menton et cracha bruyamment sur le trottoir. Juste devant elle. Une grosse limace verte.

Elle se demanda s'ils pouvaient voir à quel point elle respirait fort.

—Monte dans la voiture.

—Quoi ?

—Monte dans cette putain de voiture !

—Non.

Elle se mit à reculer, regardant aux alentours pour voir si quelqu'un passait dans la rue. Son cœur cognait contre ses côtes comme un oiseau en cage.

—Monte dans cette voiture, Costanza ! répéta-t-il d'un air dégoûté, comme si son nom était un détritus répugnant.

Elle voulait courir, mais elle était très mauvaise en sport et elle savait qu'ils allaient l'attraper. Elle voulait traverser la rue pour rentrer à la maison, mais elle était trop loin. Une main s'abattit sur son épaule.

—Regardez-moi ses cheveux.

—Tu sors avec des garçons, la bigleuse ?

—Bien sûr que non, il suffit de la regarder.

—Elle a mis du rouge à lèvres, la petite garce, mais elle est toujours aussi moche.

—Ouais, mais on n'a pas besoin de voir sa tronche, si ?

Ils s'esclaffèrent.

Sa voix jaillit soudain, comme sortie d'une autre bouche que la sienne.

—Laissez-moi tranquille. Nicky ne vous a rien fait. Tout ce qu'on veut, c'est avoir la paix.

—« Tout ce qu'on veut, c'est avoir la paix », la singèrent-ils d'une voix moqueuse.

Fisher fit encore un pas en avant.

—Monte dans cette putain de voiture, Costanza, dit-il d'une voix menaçante.

—Laisse-moi tranquille !

Il essaya alors de l'attraper, ses mains crochant dans ses vêtements. La panique la submergea comme une vague glaciale, la prenant à la gorge. Elle essaya de le repousser. Peut-être avait-elle crié, mais personne ne vint. Les deux garçons l'attrapèrent chacun par un bras pour l'entraîner vers la voiture. Elle les entendait grogner sous l'effort, sentait l'odeur de leur déodorant tandis que ses pieds raclaient le bitume. Elle savait qu'elle ne devait pas monter dans le véhicule. Lorsque la portière s'ouvrit devant elle, comme la mâchoire d'un prédateur, elle se souvint soudain d'une statistique américaine : les chances de survie d'une fille montant dans la voiture d'un inconnu chutaient de 72 % dès l'instant où celle-ci posait le pied sur le tapis de sol. Ce chiffre devint un objet tangible qui se dressa devant elle. Tanzie s'en empara et se mit à cogner, à donner des coups de pied et de dents. Elle entendit un juron lorsque son pied entra en contact avec de la chair molle, puis quelque chose la frappa durement à la tempe. Elle chancela, tourna sur elle-même, et un craquement sec retentit lorsqu'elle heurta le sol. Le monde s'était mis de travers. Il y eut un bruit de bagarre, un hurlement étouffé. Elle releva la tête, et malgré sa vision troublée, elle crut voir Norman courir vers elle de l'autre côté de la rue à une vitesse incroyable, les crocs sortis, les yeux tout noirs. Cette chose ne ressemblait pas à Norman, plutôt à une sorte de démon. Puis il y eut un éclair rouge et le crissement des freins, et tout ce que vit Tanzie fut une masse noire traverser l'air comme un ballot de linge. Elle n'entendait plus que ce cri, ce cri qui n'en finissait pas, ce cri de fin du monde, le pire son qu'on puisse imaginer. Elle reconnut alors sa propre voix.

30

JESS

Il était couché sur le sol. Jess courut, hors d'haleine, dans la rue. L'homme était là, les deux mains sur la tête, se balançant d'un pied sur l'autre, répétant :

— Je ne l'ai pas vu. Je ne l'ai pas vu. Il s'est jeté sous mes roues.

Nicky s'était accroupi à côté de Norman, la tête entre les mains, blanc comme un linge, murmurant :

— Tiens bon, mon gros. Tiens bon.

Tanzie était sous le choc, toute raide, les yeux grands ouverts.

Jess s'agenouilla. Les yeux de Norman étaient des billes de verre. Du sang coulait de sa gueule et de ses oreilles.

— Oh non, fais pas le con ! Oh, Norman. Oh non…

Elle posa l'oreille sur son abdomen. Rien. Un sanglot lui monta dans la poitrine.

Elle sentit la main de Tanzie sur son épaule, son poing attrapant son tee-shirt et tirant dessus, encore et encore.

— Maman, fais que tout se passe bien. Maman, fais que tout se passe bien.

Tanzie tomba à genoux et enfouit son visage dans le pelage de l'animal.

— Norman. Norman !

Puis elle se mit à hurler.

Sous ses cris, les mots de Nicky émergèrent, brouillés et confus :

— Ils voulaient faire monter Tanzie dans leur voiture. J'ai essayé d'ouvrir la fenêtre mais elle était coincée, et je criais, et Norman est passé à travers la barrière. Il savait. Il essayait de la sauver.

Nathalie arriva en courant, la chemise fermée avec les mauvais boutons, les cheveux s'échappant de ses bigoudis. Elle prit Tanzie dans ses bras et la serra fort, la berçant, essayant d'arrêter ses cris.

Les yeux de Norman s'étaient figés. Jess baissa la tête vers lui et sentit son cœur se briser.

— J'ai appelé les urgences vétérinaires, dit quelqu'un.

Elle caressa ses grandes oreilles douces.

— Merci, murmura-t-elle.

— Il faut faire quelque chose, Jess ! répéta Nicky d'une voix plus insistante. Maintenant !

Elle posa une main tremblante sur l'épaule de Nicky.

— Je crois que c'est terminé, mon chéri.

— Non. Tu ne dis pas ça. C'est toi qui dis toujours de ne pas dire ça. On n'abandonne pas. C'est toi qui dis toujours que tout va bien se passer. Tu ne dis pas ça.

Et tandis que Tanzie pleurait de plus belle, Jess vit le visage de Nicky se chiffonner. Puis il se mit à sangloter, à gros sanglots qui lui coupaient le souffle, comme si une digue venait enfin de se briser.

Jess resta assise au milieu de la rue, laissant les voitures la contourner et les voisins curieux sortir sur leur perron, tenant l'énorme tête ensanglantée de son vieux chien sur ses genoux. Elle leva les yeux vers le ciel.

Et maintenant ? Bon sang, et maintenant ?

TANZIE

Maman la porta à l'intérieur. Tanzie ne voulait pas abandonner Norman. Elle ne voulait pas qu'il meure là, sur la chaussée, tout seul, avec des inconnus qui le regardaient bouche bée, mais maman s'était montrée intraitable. Nigel, le voisin, était sorti en courant et avait dit qu'il s'en occupait, et maman avait pris Tanzie dans ses bras. Et alors qu'elle criait en donnant des coups de pied, la voix de maman s'était glissée dans son oreille :

— Mon ange, ça va aller, viens à la maison, ne regarde pas ça. Ça va aller.

Mais quand maman avait fermé la porte d'entrée, serrant Tanzie contre elle, les yeux aveuglés de larmes, Tanzie avait entendu Nicky sangloter derrière elles dans le couloir – de drôles de sanglots hachés, comme s'il ne savait pas pleurer. Maman avait menti. Ça n'allait pas aller, ça ne pourrait jamais aller. C'était la fin de tout.

Ed

—D es fois, dit Gemma en regardant l'enfant qui se
débattait en hurlant à la table voisine, je pense
que ce ne sont pas les assistantes sociales mais les serveuses
qui sont au contact des pires parents.

Elle touilla violemment son café, comme si elle retenait
un besoin urgent de dire quelque chose.

La mère, ses boucles blondes cascadant avec style sur
ses épaules, demanda posément à l'enfant d'arrêter de crier
et de boire son babyccino. Ce dernier ne lui prêta aucune
attention.

—Je ne vois toujours pas pourquoi on ne peut pas aller
au bar, répéta Ed.

—À 11 h 15 du matin ? Oh, bon sang, pourquoi elle
ne lui dit pas simplement de la fermer ? Ça ou l'emmener
dehors ? Plus personne ne sait distraire un enfant, ou quoi ?

Le bébé cria plus fort. Ed commençait à avoir mal à
la tête.

—On pourrait y aller.

—Aller où ?

—Au bar. Ce serait plus calme.

Elle le dévisagea, puis lui passa un doigt interrogateur
sur le menton.

— Ed, tu as bu combien de verres hier soir ?

Il était ressorti épuisé du commissariat. Ils avaient ensuite retrouvé son avocat – Ed avait déjà oublié son nom – ainsi que Paul Wilkes et deux autres conseillers juridiques, dont un était spécialisé dans les affaires de délit d'initié. Ils s'étaient tous assis à la table en acajou du bureau de Paul et, en une chorégraphie verbale bien huilée, avaient exposé sans détour le réquisitoire pour qu'Ed sache ce qui l'attendait. À charge : les mails, le témoignage de Deanna Lewis, les coups de fils de son frère et la nouvelle détermination de la FSA à écraser les coupables de délit d'initié. Et bien sûr, le chèque portant sa signature.

Deanna avait juré ne pas savoir que ce qu'elle faisait était illégal. Elle avait prétendu qu'Ed l'avait obligée à accepter l'argent ; que si elle avait su que ce qu'il lui proposait était contraire à la loi, jamais elle n'aurait obtempéré. Pas plus qu'elle n'en aurait parlé à son frère.

À décharge : de toute évidence, la transaction ne lui avait pas rapporté un centime. Son équipe juridique avait déclaré – un peu trop joyeusement à son goût – qu'ils allaient insister sur son ignorance, son incompétence et le fait qu'il n'était pas habitué à l'argent ni aux responsabilités d'un directeur. Ils assureraient que Deanna Lewis savait parfaitement ce qu'elle faisait et que leur brève liaison était la preuve que son frère et elle avaient piégé Ed. La police avait inspecté les comptes en banque d'Ed et les avait trouvés relativement peu garnis. Il avait toujours payé ses impôts, ne faisait pas d'investissements et avait toujours aimé les choses simples.

Et le chèque n'était pas adressé à Deanna. Il était en sa possession, mais c'était elle-même qui y avait écrit son nom. Ils affirmeraient donc qu'elle avait pris un chèque en blanc chez Ed au cours de leur relation.

— Mais ce n'est pas vrai, protesta-t-il.

Nul ne parut l'entendre.

En l'état actuel des choses, ils étaient incapables de dire s'il y aurait ou non une peine de prison, mais quoi qu'il en soit, Ed devrait payer une lourde amende. Et, évidemment, il ne pourrait plus jamais travailler chez Mayfly. Il n'aurait plus le droit d'occuper un poste de directeur, peut-être pour une durée considérable. Il devait être prêt à affronter tout cela. Puis ils se mirent à débattre entre eux.

Il les interrompit :

— Je veux plaider coupable.

— Quoi ?

Un silence tomba.

— C'est moi qui lui ai dit de le faire. Je n'ai pas pensé que c'était illégal. Je voulais seulement qu'elle s'en aille, alors je lui ai expliqué comment gagner un peu d'argent.

Ils échangèrent des regards consternés.

— Ed..., commença sa sœur.

— Je veux dire la vérité.

L'un des avocats se pencha en avant.

— Nous avons un très bon système de défense, monsieur Nicholls. Je pense qu'étant donné l'absence de votre écriture sur le chèque – leur seule preuve substantielle – nous pouvons parfaitement arguer que Mlle Lewis s'est servie de votre compte à ses fins personnelles.

— Mais je lui ai donné le chèque.

— Ed, intervint Paul Wilkes, si vous plaidez coupable, vous augmentez considérablement vos chances d'être incarcéré.

— Je m'en fiche.

— Tu t'en ficheras moins quand tu auras passé vingt-trois heures en cellule d'isolement pour ta propre sécurité, rétorqua Gemma.

Il l'entendit à peine.

— Tout ce que je veux, c'est dire la vérité.

— Ed, dit sa sœur en lui prenant le bras, la vérité n'a pas sa place dans un procès. Tu vas aggraver les choses.

Mais il secoua la tête et se cala au fond de sa chaise. Puis il ne dit plus rien.

Il savait qu'ils le croyaient fou, mais il s'en fichait. Il restait assis là, comme engourdi, laissant sa sœur poser la plus grande partie des questions. Il entendait : « Loi sur les services et marchés financiers, *bla, bla, bla…* Prison ouverte et amende, *bla, bla, bla…* » Il ne parvenait plus à s'y intéresser. Il passerait un moment en prison ? Et après ? De toute façon, il avait déjà tout perdu. Deux fois.

— Ed ? Tu as entendu ce que je viens de dire ?

— Désolé.

Désolé. Il avait l'impression que c'était tout ce qu'il savait dire. Désolé, je n'ai pas entendu. Désolé, je n'écoutais pas. Désolé, j'ai tout foutu en l'air. Désolé, j'ai été assez stupide pour tomber amoureux d'une femme qui me prenait pour un imbécile.

Il le sentit alors : ce serrement de gorge à présent familier qui l'étreignait dès qu'il pensait à elle. Comment avait-elle pu lui mentir ainsi ? Comment avaient-ils pu rester assis côte à côte dans cette voiture pendant près d'une semaine sans qu'elle lui avoue ce qu'elle avait fait ?

Comment avait-elle pu lui faire part de ses préoccupations financières ? Comment avait-elle pu lui parler de confiance et s'être effondrée dans ses bras tout en sachant pertinemment qu'elle lui avait volé son argent à même la poche ?

À la fin, elle n'avait même pas eu besoin de lui dire quoi que ce soit. Son silence avait été suffisamment éloquent. Cette infime hésitation entre le moment où elle avait aperçu le badge qu'il tenait, incrédule, à la main, et sa tentative bafouillée pour s'expliquer.

« Je comptais t'en parler. »

« Ce n'est pas ce que tu crois. » La main sur sa bouche.

« Je veux dire, c'est ce que tu crois, mais… oh, mon Dieu, oh, mon Dieu… »

Elle était pire que Lara. Au moins, Lara avait été honnête, à sa façon, sur ce qui l'attirait chez lui. Elle aimait son argent. Elle aimait son apparence, du moins après l'avoir façonnée à l'image de son idéal. Il songea qu'elle et lui avaient toujours compris, au fond, que leur mariage n'était qu'une sorte de transaction. Il s'était convaincu que c'était le cas de tous les mariages, d'une manière ou d'une autre.

Mais Jess ? Jess s'était comportée comme s'il était le seul homme qu'elle ait vraiment désiré. Jess l'avait laissé croire que c'était le vrai Ed qu'elle aimait, même malade, même le visage couvert de contusions, même terrorisé à l'idée d'affronter ses propres parents. Elle lui avait fait croire que c'était lui.

— Ed ?

— Pardon ? dit-il en levant la tête.

— Je sais que c'est dur. Mais tu vas survivre.

Sa sœur se pencha sur lui et serra sa main dans la sienne. Quelque part derrière elle, l'enfant se remit à hurler. Une migraine faisait battre ses tempes.

— Bien sûr, dit-il.

Dès que Gemma fut partie, il alla droit au bar.

Suite à son changement de plaidoyer, ils avaient accéléré la procédure. Ed passa chez ses parents les derniers jours avant l'audition, en partie par choix et en partie parce que son appartement de Londres était vide, toutes ses affaires ayant été stockées dans un garde-meuble en attendant la conclusion de la vente.

L'appartement s'était vendu pour le prix demandé sans avoir reçu la moindre visite. L'agent immobilier n'avait pas semblé trouver la chose étonnante :

— Nous avons une liste d'attente pour ce quartier, avait-il expliqué tandis qu'Ed lui confiait les doubles des clés. Les investisseurs veulent placer leur argent dans un bien sûr. Pour être honnête, l'appartement va sans doute rester vide pendant quelques années, jusqu'à ce qu'ils le revendent.

Pendant trois nuits, Ed dormit donc dans la maison de ses parents, dans la chambre de son enfance, s'éveillant au petit matin pour faire courir ses doigts sur le papier peint texturé derrière la tête de lit, se rappelant sa sœur adolescente qui montait l'escalier en tapant des pieds, le claquement de la porte de sa chambre tandis qu'elle digérait la quelconque insulte que leur père avait cette fois dirigée contre elle. Il prenait le petit déjeuner avec sa mère et comprenait lentement que son père ne rentrerait jamais à la maison. Qu'ils ne le reverraient jamais replier son journal d'un geste irrité tout en attrapant sans la regarder sa tasse de café noir sans sucre. Parfois, sa mère fondait en larmes, puis s'excusait et chassait Ed d'un geste de la main en pressant une serviette sur ses yeux.

« Ça va, ça va. Je t'assure, mon chéri. Ne fais pas attention. »

Dans les confins surchauffés de la chambre 3 du service de cancérologie, Bob Nicholls parlait moins, mangeait moins, bougeait moins. Ed n'avait pas besoin de parler à un médecin pour comprendre ce qui se passait. Toute chair semblait avoir disparu de son corps, laissant son crâne presque visible sous un voile translucide. Ses yeux étaient devenus de grandes orbites noires.

Ils jouaient aux échecs. Son père s'endormait souvent pendant la partie, s'assoupissant au milieu d'un coup, et Ed attendait patiemment à son chevet qu'il se réveille. Quand il ouvrait les yeux, il mettait un instant ou deux à comprendre où il se trouvait, ouvrant et fermant la bouche d'un air égaré. Ed déplaçait alors une pièce et faisait comme si la partie n'avait été interrompue qu'une minute, et non pas une heure.

Ils parlaient. Jamais de choses importantes. Ni l'un ni l'autre n'était fait pour évoquer de graves sujets. Ils discutaient de cricket et de la météo. Le père d'Ed parlait de l'infirmière avec les fossettes, celle qui trouvait toujours quelque chose d'amusant à lui raconter. Il demanda à Ed de veiller sur sa mère. Il craignait qu'elle se fatigue trop. Il craignait que l'homme qui nettoyait la gouttière lui fasse payer trop cher en son absence. Il était contrarié d'avoir dépensé autant d'argent en automne pour faire enlever la mousse de la pelouse et de ne pas pouvoir admirer le résultat. Ed ne tenta pas de le contredire. Cela aurait paru condescendant.

—Et alors, où est passé ton petit pétard ? demanda-t-il un soir.

Il était à deux coups de l'échec et mat. Ed cherchait un moyen de le bloquer.

—Mon quoi ?

—Ta copine.

—Lara ? Papa, tu sais qu'on est…

—Pas elle. L'autre.

Ed inspira profondément.

—Jess ? Elle… euh… elle est rentrée chez elle, j'imagine.

—Je l'aimais bien. Elle avait une façon de te regarder…

Il poussa lentement sa tour sur un carré noir.

— Je suis content que tu sois avec elle, dit-il avec un petit hochement de tête. Une fauteuse de trouble, murmura-t-il, presque pour lui-même, avec un sourire.

La stratégie d'Ed se brisa. Son père le battit en trois coups.

33

JESS

L'homme barbu sortit de derrière la porte battante en s'essuyant les mains sur sa blouse blanche.

— Norman Thomas ?

Jess n'avait jamais pensé que son chien pouvait avoir un nom de famille.

— Norman Thomas ? Grand, race indéterminée ? répéta-t-il en baissant le menton pour la regarder droit dans les yeux.

Elle se leva en hâte et s'approcha.

— Il a souffert de graves blessures internes, dit le vétérinaire sans préambule. Il a une hanche et plusieurs côtes cassées, une patte avant fracturée, et on ne saura ce qui se passe au niveau des organes internes que quand il aura désenflé. Et j'ai bien peur que son œil gauche soit définitivement perdu.

Jess remarqua les taches de sang rouge vif qui maculaient ses chaussures en plastique bleu.

Elle sentit la main de Tanzie se serrer sur la sienne.

— Mais il est toujours vivant ?

— Je ne veux pas vous donner de faux espoirs. Les prochaines quarante-huit heures seront décisives.

À côté d'elle, Tanzie émit un sourd gémissement qui pouvait être de joie aussi bien que d'angoisse ; peut-être les deux à la fois.

— Venez avec moi, dit le vétérinaire en prenant Jess par le coude, tournant le dos aux enfants et baissant la voix. Je dois vous dire que je ne sais pas, au vu de la gravité des blessures, si le plus humain ne serait pas de le laisser partir.

— Mais s'il survit aux quarante-huit heures ?

— Alors il aura une chance. Mais comme je l'ai dit, madame Thomas, je ne veux pas vous donner de faux espoirs. Il ne va pas bien du tout.

Autour d'eux, les clients qui patientaient les regardaient sans mot dire, leurs chats dans des paniers posés sur leurs genoux, leurs petits chiens haletant doucement sous leurs chaises en plastique. Nicky regardait fixement le vétérinaire, la mâchoire serrée. Son mascara avait coulé sous ses yeux.

— Et si on l'opère, ce ne sera pas donné. Son état peut nécessiter plus d'une opération. Est-ce qu'il est assuré ?

Jess secoua la tête.

Le vétérinaire prit un air gêné.

— Je dois vous avertir que poursuivre son traitement va vous coûter une somme non négligeable. Sans aucune garantie de guérison. Il est très important que vous le compreniez avant qu'on aille plus loin.

C'était son voisin Nigel qui avait sauvé Norman, lui avait-on dit. Il était sorti de chez lui en courant, avec deux couvertures : une pour mettre sur les épaules de Tanzie, qui grelottait, l'autre pour couvrir le corps du chien. « Rentre à la maison », avait-il dit à Jess. « Fais rentrer les enfants. » Mais alors qu'il posait doucement son plaid en tartan sur la tête de Norman, il s'était arrêté et avait dit à Nathalie : « Tu as vu ? »

Jess ne l'avait d'abord pas entendu, la voix couverte par le bruit de la foule, les sanglots étouffés de Tanzie et les enfants qui pleuraient à côté parce que, même s'ils ne savaient pas ce qui se passait, ils comprenaient la tristesse absolue d'un chien gisant, inerte, sur la chaussée.

—Nathalie ? Sa langue. Regarde. Je crois qu'il halète. Prends-le. Mets-le dans la voiture. Vite !

Ils avaient dû s'y mettre à trois pour le soulever. Ils l'avaient installé avec soin sur la banquette arrière et s'étaient rendus, dans un brouillard, au grand cabinet vétérinaire en périphérie de la ville. Jess avait aimé Nigel pour ne pas avoir une seule fois mentionné le sang qui avait dû maculer les sièges du véhicule. Ils l'avaient appelée depuis le cabinet pour lui dire de venir aussi vite que possible. Sous son manteau, elle était toujours en pyjama.

—Alors, qu'est-ce que vous décidez ?

Lisa Ritter avait un jour parlé à Jess d'une grosse transaction que son mari avait faite et qui avait mal tourné :

—Si vous empruntez cinq mille livres et que vous ne pouvez pas rembourser, c'est votre problème, avait-elle déclaré. Si vous empruntez cinq millions, c'est le problème de la banque.

Jess regarda le visage suppliant de sa fille. Elle vit l'air à vif de Nicky : la peine, l'amour et la peur qu'il était enfin capable d'exprimer. Elle était la seule à pouvoir arranger ça.

—Faites tout ce qu'il faudra, dit-elle. Je trouverai l'argent. Mais faites-le.

À la brève pause que marqua le vétérinaire, elle comprit qu'il la croyait stupide – une stupidité à laquelle il devait être habitué.

—Venez, soupira-t-il. Vous devez signer les papiers.

Nigel les ramena à la maison. Jess voulut lui donner de l'argent, mais il refusa d'un air bourru.

— C'est pour ça que sont faits les voisins, dit-il.

Belinda sortit les saluer en pleurant.

— On va bien, murmura Jess faiblement, un bras posé sur les épaules de Tanzie, qui n'avait cessé de trembler. Ça va. Merci beaucoup.

Ils appelleraient, avait dit le vétérinaire, s'ils avaient des nouvelles.

Jess ne dit pas aux enfants d'aller au lit. Elle ne voulait pas qu'ils soient seuls dans leurs chambres. Elle ferma la porte d'entrée, la verrouilla à double tour et lança un vieux film. Puis elle prépara trois tasses de chocolat chaud, descendit sa couette de sa chambre et s'installa dessous, un enfant de chaque côté, devant une télévision qu'aucun ne regardait, trop perdu dans ses propres pensées. Et priant, priant pour que le téléphone ne sonne pas.

34

NICKY

C'est l'histoire d'une famille pas comme les autres. D'une petite fille un peu geek qui aimait les maths plus que le maquillage. Et d'un garçon qui aimait le maquillage et ne rentrait dans aucune tribu. Et voilà ce qui arrive aux familles qui ne sont pas comme les autres : elles finissent brisées, fauchées et tristes. Pas de fin heureuse ici, les amis.

Maman ne traîne plus au lit, mais je la vois s'essuyer les yeux quand elle fait la vaisselle ou qu'elle regarde le panier de Norman. Elle est tout le temps occupée : elle travaille, elle fait le ménage, elle range la maison. Elle le fait la tête basse et la mâchoire serrée. Elle a rempli trois cartons de ses livres de poche et les a renvoyés chez Emmaüs, parce qu'elle dit qu'elle n'a jamais le temps de les lire et que ça ne sert à rien de croire aux fictions.

Norman me manque. C'est étrange comme une chose dont on se plaignait tout le temps peut nous manquer une fois qu'elle n'est plus là. La maison est silencieuse sans lui. Mais depuis que les premières quarante-huit heures sont passées et que le vétérinaire a dit qu'il avait une chance de s'en sortir, j'ai commencé à m'inquiéter pour d'autres choses. On s'est assis sur le canapé hier soir après que Tanzie est allée se coucher et que le téléphone ne sonnait toujours pas, et j'ai dit à maman :

—Qu'est-ce qu'on va faire ?

Elle s'est tournée vers moi.

—Je veux dire… s'il survit.

Elle a poussé un long soupir, comme si c'était une chose à laquelle elle avait déjà réfléchi. Puis elle a dit :

—Tu sais quoi, Nicky ? On n'avait pas le choix. C'est le chien de Tanzie, et il l'a sauvée. Et quand on n'a pas le choix, ça devient en fait assez simple.

Mais je vois bien que même si elle le pense vraiment, la dette supplémentaire est comme un nouveau poids sur ses épaules. Avec chaque nouveau problème qui s'ajoute aux autres, elle a l'air un peu plus vieille, plus voûtée, plus fatiguée.

Elle ne parle pas de M. Nicholls.

Je n'aurais jamais cru, après tout ce qu'ils ont vécu ensemble, que ça se finirait comme ça. Une minute tu as l'air vraiment heureux, et l'instant d'après, plus rien. Je croyais ça s'arrangeait en grandissant, mais visiblement pas. Encore une chose à attendre avec impatience.

Je me suis rapproché d'elle et je l'ai prise dans mes bras. Ce n'est peut-être pas grand-chose dans votre famille, mais dans la mienne, ça veut dire beaucoup. Et c'est à peu près la seule chose que je puisse faire.

Alors voilà le truc que j'ai du mal à comprendre : je ne comprends pas pourquoi notre famille, qui fait toujours ce qui est juste, finit toujours dans la merde. Je ne comprends pas pourquoi ma petite sœur, qui est aussi brillante et gentille, se réveille toutes les nuits en pleurant et en faisant des cauchemars, ni pourquoi je dois rester éveillé dans mon lit en écoutant maman s'affairer sur le palier à 4 heures du matin pour essayer de se calmer. Ni pourquoi ma sœur reste enfermée à la maison toute la journée, alors qu'il fait beau et chaud, parce qu'elle a trop peur que les Fisher reviennent la chercher. Ni pourquoi, dans six mois, elle ira dans un collège où la seule chose que tu apprends, c'est que si tu n'es pas comme tout le monde, tu te fais casser la gueule. J'essaie d'imaginer Tanzie sans les maths, et j'ai l'impression que l'univers entier est devenu fou. C'est comme… des cheeseburgers sans fromage, ou un gros titre sur Jennifer Aniston sans le mot «rupture». Je n'arrive pas à imaginer la personne que sera Tanzie si elle arrête les maths.

Je ne comprends pas pourquoi, alors que je viens tout juste de m'habituer à dormir le soir, je reste éveillé dans mon lit à écouter des bruits qui n'existent pas au rez-de-chaussée, ni pourquoi, quand je veux aller à la boutique pour acheter un journal ou des bonbons, je me sens de nouveau mal et dois combattre l'envie de regarder par-dessus mon épaule.

Je ne comprends pas pourquoi un gros chien inutile et mollasson, qui n'a jamais rien fait de pire que baver sur tout le monde, a perdu un œil pour avoir essayé de sauver la personne qu'il aime.

Et surtout, je ne comprends pas pourquoi les brutes, les voleurs et les gens qui se contentent de tout détruire – en un mot, les connards – s'en sortent toujours. Les garçons qui vous tapent dessus pour vous prendre l'argent de la cantine, les flics qui trouvent ça marrant de vous traiter comme un imbécile, les gamins qui se foutent de la gueule de tout ce qui ne leur ressemble pas. Ou les pères qui se barrent et reprennent leur vie à zéro dans une maison qui sent le Febreze, avec une femme qui conduit une Toyota et rit à toutes ses blagues idiotes comme s'il était un don de Dieu au lieu d'un déchet de l'univers qui a menti pendant deux ans à tous ceux qui l'aimaient. Deux ans.

Je suis désolé si ce blog est devenu complètement déprimant, mais c'est ma vie pour le moment. Ma famille, les éternels perdants. Pas terrible comme histoire, pas vrai ?

Maman nous répétait toujours que de bonnes choses finissent forcément par arriver aux gens bien. Et devinez quoi ? Elle a arrêté de le dire.

35

JESS

La police vint sonner à sa porte le quatrième jour après l'accident de Norman. Par la fenêtre du salon, Jess regarda l'agent remonter l'allée du jardin, et pendant une minute, se dit bêtement que cette dernière était venue lui annoncer la mort de Norman. C'était une jeune femme aux cheveux roux tirés en arrière en une parfaite queue-de-cheval. Jess ne l'avait encore jamais vue.

Elle venait lui poser quelques questions au sujet d'un accident de la route, annonça-t-elle à Jess dès que celle-ci ouvrit la porte.

— Ne me dites rien, dit Jess en passant dans la cuisine. Le conducteur va nous poursuivre pour avoir abîmé sa voiture.

C'était Nigel qui l'avait avertie que ça pouvait arriver. Elle avait même éclaté de rire.

L'agent de police consulta son calepin.

— Pas pour le moment, en tout cas. Les dommages portés à la voiture semblent minimes, et les témoignages ne permettent pas d'affirmer si oui ou non il avait dépassé la vitesse limite. Mais nous avons reçu divers rapports sur les circonstances de l'accident, et je me demandais si vous pouviez clarifier un peu les choses.

—Pour quoi faire ? répliqua Jess en se tournant vers l'évier. Vous n'en tenez jamais compte.

Elle savait de quoi elle avait l'air : dure, hostile, prête à la bagarre, comme la moitié des résidents du quartier. Mais elle n'en avait plus rien à faire. Cependant, l'agent était trop novice, trop zélée, pour entrer dans son jeu.

—Pensez-vous pouvoir tout de même me dire ce qui s'est passé ? Cela ne prendra que cinq minutes de votre temps.

Jess lui raconta tout, de la voix morne de ceux qui ne s'attendent pas à être crus. Elle lui parla des Fisher et de leur histoire avec eux, et de sa fille qui avait peur de sortir jouer dans son propre jardin. Elle lui parla de son énorme chien dont les récents déboires s'étaient accompagnés de factures de vétérinaire exorbitantes. Les soins revenaient à peu près aussi cher que si elle lui avait payé une suite dans un hôtel de luxe. Elle lui expliqua que le seul but de son fils était à présent de s'éloigner autant que possible de cette ville, mais que, grâce aux Fisher qui lui avaient gâché ses années de lycée, ce n'était pas près d'arriver.

L'agent de police ne semblait pas s'ennuyer. Elle resta debout, appuyée sur les éléments de cuisine, à prendre des notes. Puis elle demanda à Jess de lui montrer la barrière du jardin.

—Voilà, dit Jess en désignant l'endroit par la fenêtre. Vous pouvez voir les planches que j'ai réparées, là où le bois est plus clair. Et l'accident, si on peut appeler ça comme ça, est arrivé environ à quarante mètres sur la droite.

L'agent sortit dans le jardin. Aileen Trent, qui passait en tirant son caddie, fit à Jess un joyeux signe de la main par-dessus la haie. Puis, quand elle vit qui l'accompagnait, elle baissa la tête et se hâta de faire demi-tour.

L'agent Kenworthy resta dehors une dizaine de minutes. Quand elle revint, Jess était occupée à décharger la machine à laver.

— Puis-je vous poser une question, madame Thomas ? demanda-t-elle en refermant la porte.

— C'est votre travail.

— Votre caméra de surveillance a-t-elle enregistré quelque chose ?

Lorsque l'agent Kenworthy l'eut convoquée au commissariat, Jess visionna trois fois la séquence, assise à côté d'elle sur une chaise en plastique dans la salle d'interrogatoire numéro 3. Elle en avait des frissons chaque fois : la petite silhouette de Tanzie, sa veste à sequins scintillant au soleil, qui marchait lentement sur le bord de l'écran, s'arrêtant pour remonter ses lunettes sur son nez. La voiture qui ralentissait, la portière qui s'ouvrait. Un, deux, trois jeunes qui en sortaient. Le petit pas en arrière de Tanzie, son regard nerveux par-dessus son épaule. Les mains levées. Puis ils se resserraient autour d'elle, et Jess ne pouvait plus regarder.

— Je dirais que ce sont des preuves plutôt accablantes, madame Thomas. Et sur un support de bonne qualité. Le ministère public sera enchanté.

Jess mit quelques secondes à comprendre que la jeune policière était sincère. Enfin, quelqu'un les prenait au sérieux.

Bien sûr, Fisher commença par nier. Il prétendit qu'ils « déconnaient » avec Tanzie.

— Mais nous avons le témoignage de Tanzie. Que vient corroborer celui de deux autres témoins. Et des captures d'écran du compte Facebook de Jason Fisher, où il parle de ce qu'il compte faire.

— Faire quoi ?

Son sourire s'effaça un instant.

— Quelque chose de pas très gentil à votre fille.

Jess ne demanda pas de précisions.

Ils avaient reçu d'un indicateur anonyme l'information qu'il se servait de son prénom comme mot de passe. L'abruti, avait dit l'agent Kenworthy. Elle avait vraiment dit « abruti ».

— Entre nous, avait-elle déclaré en ouvrant la porte à Jess, cette preuve piratée pourrait ne pas être acceptée au tribunal, mais disons que ça nous a donné une petite longueur d'avance.

L'affaire fut d'abord rapportée en termes vagues : d'après les journaux locaux, quelques jeunes du quartier avaient été arrêtés pour agression sur mineur et tentative d'enlèvement. Mais les faits apparurent de nouveau dans les journaux la semaine suivante, et cette fois les agresseurs furent nommés. Apparemment, les Fisher avaient reçu un avis d'expulsion et devaient quitter leur logement H.L.M. Les Thomas étaient loin d'être leurs seules victimes. L'association H.L.M. était citée, précisant que la famille faisait depuis longtemps l'objet d'un dernier avertissement.

Pendant le thé, Nicky ouvrit le journal local pour lire l'article à haute voix. Ils restèrent tous silencieux un instant, incapables de croire ce qu'ils venaient d'entendre.

— Ça dit vraiment que les Fisher vont devoir partir ? demanda Jess, la fourchette suspendue devant la bouche.

— C'est ce qui est écrit, répondit Nicky.

— Mais qu'est-ce qui va leur arriver ?

— C'est écrit là qu'ils vont aller vivre dans le Surrey, chez des gens de leur famille.

— Le Surrey ? Mais…

— Ils ne sont plus sous la responsabilité de l'association H.L.M. Aucun d'entre eux. Ni Jason Fisher, ni son cousin, ni sa famille. Ils s'installent chez un oncle, ajouta-t-il en parcourant la page en diagonale. Et encore mieux, ils ont une ordonnance restrictive qui leur interdit de revenir dans le quartier. Regarde, il y a deux photos de sa mère qui pleure en disant qu'ils sont des incompris et que Jason ne ferait pas de mal à une mouche.

Il poussa le journal vers elle.

Jess relut deux fois l'article, juste pour s'assurer qu'il avait bien compris. Et qu'elle-même avait bien compris.

— Ils vont vraiment se faire arrêter s'ils reviennent ?

— Tu vois, maman ? dit-il entre deux bouchées de pain. Tu avais raison, les choses peuvent changer.

Jess se raidit. Elle regarda alternativement le journal, puis Nicky, jusqu'à ce que ce dernier se rende compte de la façon dont il l'avait appelée. Elle le vit rougir. Alors elle déglutit et s'essuya les yeux du revers de la main, puis regarda fixement son assiette pendant une bonne minute avant de se remettre à manger.

— Bien, dit-elle d'une voix étranglée. Bien. Ce sont de bonnes nouvelles. De très bonnes nouvelles.

— Tu penses vraiment que les choses peuvent changer ? demanda Tanzie avec de grands yeux sombres et inquiets.

Jess posa sa fourchette et son couteau.

— Je pense que oui, mon ange. Bien sûr, tout le monde doit toucher le fond à un moment donné. Mais oui, je le pense.

Tanzie regarda Nicky, puis Jess, et se remit à manger.

La vie continuait. Jess se rendit au *Feathers* un samedi midi, dissimulant son boitillement sur les vingt derniers mètres, pour supplier Den de lui rendre son travail. Ce dernier lui apprit qu'il venait d'engager une nouvelle serveuse.

—Elle sait démonter les pompes à bière quand elles ne marchent plus? demanda Jess. Elle sera capable de réparer la chasse d'eau dans les toilettes des hommes?

Den se pencha sur le bar.

—Peut-être pas, Jess, répliqua-t-il en passant une main potelée dans ses cheveux coupés en mulet, mais j'ai besoin de quelqu'un sur qui je puisse compter. Et je ne peux pas compter sur toi.

—À d'autres, Den! Une semaine d'absence en deux ans! S'il te plaît, j'ai besoin de ce travail. J'en ai vraiment besoin.

Il répondit qu'il y réfléchirait.

Les enfants retournèrent à l'école. Tanzie voulait que Jess vienne la chercher tous les soirs. Nicky se levait le matin avant même qu'elle monte le réveiller. Quand elle sortait de la douche, il était en train de manger son petit déjeuner. Il ne demanda pas à renouveler son ordonnance pour des antidépresseurs. Son trait d'eye-liner était toujours parfait.

—J'ai réfléchi, dit-il un jour. Je pourrais ne pas arrêter l'école. Je pourrais entrer en terminale, après tout. Ça me permettrait d'être dans le coin quand Tanzie commencera le collège.

Jess cligna des yeux, ébahie.

—C'est une super idée.

Elle faisait ses ménages avec Nathalie en écoutant ses commérages sur les derniers jours des Fisher – comment ils avaient arraché toutes les prises électriques des murs et fait des trous dans les plaques de plâtre de la cuisine avant de quitter la maison. Le dimanche soir, quelqu'un – elle fit une grimace significative – avait mis le feu à un matelas devant les locaux de l'agence H.L.M.

—Mais tu dois être soulagée, non? demanda-t-elle.

—Et comment! répondit Jess.

—Au fait, tu vas me le raconter, ce voyage? demanda Nathalie avant de se redresser en se massant le dos. C'était comment, de faire toute la route jusqu'en Écosse avec M. Nicholls? Ça a dû être bizarre, non?

Jess s'appuya sur l'évier, regardant par la fenêtre le croissant infini de la mer.

—C'était plutôt sympa.

—Mais tu n'es pas arrivée à court de choses à lui dire, coincée toute la journée dans sa voiture? Moi, j'aurais eu du mal.

Les yeux de Jess s'emplirent de larmes, si bien qu'elle dut faire semblant de récurer une tache invisible sur l'acier inoxydable.

—Non, dit-elle. Bizarrement, non.

En vérité, Jess souffrait terriblement de l'absence d'Ed, une chape de plomb s'était abattue sur sa vie depuis son départ. Son sourire lui manquait, ses lèvres, sa peau, l'endroit où ses poils remontaient vers son nombril. Il lui manquait cette sensation qu'elle éprouvait en sa présence: cette impression d'être un peu plus attirante, plus sexy, plus tout; ce sentiment que tout était possible. Elle avait peine à croire que perdre quelqu'un qu'on connaissait depuis si peu de temps puisse faire aussi mal qu'être amputé d'une partie de soi; que cela puisse ternir les couleurs et saboter le goût des aliments.

Jess comprenait à présent que quand Marty était parti, tout ce qu'elle avait éprouvé était lié à des questions pratiques. Elle s'était inquiétée de ce que les enfants allaient ressentir. Elle s'était inquiétée pour l'argent, s'était demandé qui allait s'occuper des enfants quand elle devrait travailler tard le soir, qui allait sortir les poubelles le jeudi matin. Mais ce qu'elle avait surtout ressenti, c'était un vague soulagement.

Ed était différent. Son absence était un coup de pied dans l'estomac quand elle se réveillait le matin, un trou noir au milieu de la nuit. Ed était une constante conversation en arrière-plan de son esprit.

Je suis désolée, je ne voulais pas, je t'aime.

Et plus que tout, elle haïssait le fait qu'un homme qui n'avait vu que le meilleur en elle puisse à présent penser le pire. Pour lui, elle ne valait pas mieux que tous les autres gens qui l'avaient déçu ou laissé tomber. En fait, elle était probablement pire. Et tout était sa faute. C'était à cela qu'elle ne pouvait échapper : c'était entièrement sa faute.

Elle y pensa trois nuits d'affilée, puis lui écrivit une lettre. En voici les dernières lignes :

Et il m'a donc suffi d'une minute d'égarement pour devenir la personne que j'ai toujours appris à mes enfants à ne pas être. Tout le monde est mis à l'épreuve tôt ou tard, et j'ai échoué.

Pardonne-moi.

Tu me manques.

P.-S. : Je sais que tu ne vas jamais me croire, mais j'ai toujours eu l'intention de te rembourser.

Elle inscrivit son numéro de téléphone et glissa vingt livres dans une enveloppe, marquée « Premier Acompte ». Elle confia le tout à Nathalie et lui demanda de le déposer avec le courrier à la réception de Beachfront. Le lendemain, Nathalie lui apprit qu'un panneau « à vendre » était apparu devant le numéro 2. Puis elle jeta à Jess un étrange regard et ne posa plus de questions au sujet de M. Nicholls.

Au bout de cinq jours, lorsque Jess comprit qu'il n'allait pas répondre, elle passa toute la nuit éveillée avant de se dire fermement qu'elle ne pouvait plus se permettre de déprimer ainsi. Il était temps d'aller de l'avant. Avoir le cœur brisé était un luxe que ne pouvait pas se payer une mère célibataire.

Le lundi, elle se prépara une tasse de thé, s'assit à la table de la cuisine et appela la compagnie de carte de crédit ; on lui répondit que son revenu mensuel était insuffisant. Elle ouvrit une lettre de la police lui enjoignant de payer 1 000 livres d'amende pour avoir conduit sans vignette ni assurance ; si elle désirait faire appel, elle devait adresser une demande d'audition au tribunal. Elle ouvrit la lettre de la fourrière, qui lui réclamait 120 livres pour la garde de la Rolls jusqu'au jeudi de la semaine passée. Enfin, elle ouvrit la première facture du vétérinaire et la remit violemment dans l'enveloppe. Cela faisait trop d'informations à digérer en une journée. Elle reçut alors un texto de Marty, qui voulait savoir s'il pouvait rendre visite aux enfants pendant les vacances.

— Qu'est-ce que vous en pensez ? leur demanda-t-elle au cours du petit déjeuner.

Ils haussèrent les épaules.

Après son tour de ménage du mardi, elle se rendit en ville dans un cabinet d'avocats à faibles honoraires et paya 25 livres pour la rédaction d'une lettre demandant le divorce et les paiements en retard de sa pension alimentaire.

— Combien de temps de retard ? demanda la femme.

— Deux ans.

Elle ne leva même pas les yeux. Jess se demanda quel genre d'histoires elle devait entendre chaque jour. Elle tapa quelques chiffres, puis tourna son écran du côté de Jess.

— Voilà ce que ça donne. Une somme assez importante. Il va demander à payer en plusieurs fois. C'est ce qu'ils font toujours.

— Très bien, dit Jess en attrapant son sac. Faites ce que vous avez à faire.

Elle parcourut méthodiquement la liste des problèmes à résoudre, s'efforçant d'entrevoir le tableau plus large qui se dissimulait derrière ces ennuis financiers et cette histoire d'amour tuée dans l'œuf. Parfois, la vie se limitait à une série d'obstacles qu'il suffisait de négocier par des actes de pure volonté. Elle laissa son regard se perdre dans le bleu trouble et infini de la mer, inspira goulûment l'air iodé, leva le menton et décida qu'elle pouvait y survivre. Elle pouvait survivre à presque tout.

Jess se promenait le long de la plage couverte de galets, les pieds s'enfonçant dans le sable, marchant sur les brise-lames et comptant ses bénédictions sur trois doigts : Tanzie était en sécurité ; Nicky aussi ; Norman allait mieux. C'était tout ce qui comptait. Le reste n'était que littérature.

Deux soirs plus tard, tous trois étaient assis dans le jardin sur leurs vieilles chaises en plastique. Tanzie, qui s'était lavé les cheveux, s'était assise sur les genoux de Jess pour que celle-ci passe le peigne dans ses boucles humides. Jess leur expliqua pourquoi M. Nicholls ne reviendrait pas.

Nicky la dévisagea.

— Tu l'as pris dans sa poche ?

— Non. C'était tombé de sa poche. Dans le taxi. Mais je savais que cet argent lui appartenait.

Un silence pesant s'installa. Jess ne pouvait pas regarder Tanzie en face. Elle n'était pas non plus très sûre de vouloir regarder Nicky. Elle continua à peigner doucement les cheveux de la fillette, parlant d'une voix calme et mesurée, comme si elle voulait justifier son acte.

— Qu'est-ce que tu as fait de l'argent ? demanda Tanzie, dont la tête était étrangement immobile.

Jess avala sa salive.

—Je ne m'en souviens pas.

—Tu t'en es servie pour mon inscription ?

Elle continua à la peigner. Lisser et peigner. Tirer, lisser, relâcher.

—Honnêtement, je ne me souviens pas, Tanzie. Et ce n'est pas la question.

Tout en parlant, Jess sentait les yeux de Nicky posés sur elle.

—Alors pourquoi tu nous dis ça maintenant ?

Tirer, lisser, relâcher.

—Parce que… parce que je veux que vous sachiez que j'ai fait une terrible erreur et que j'en suis désolée. Même si j'avais l'intention de le rembourser, je n'aurais jamais dû prendre cet argent. Je n'ai pas d'excuses. Et Ed… M. Nicholls… était parfaitement dans son droit en partant quand il l'a découvert, parce que… Eh bien… La chose la plus importante qu'on puisse partager avec ses semblables, c'est la confiance.

Elle tentait de conserver une voix neutre et calme. Ça devenait de plus en plus dur.

—Alors je veux que vous sachiez que je suis désolée de vous avoir déçus. Je sais que je vous ai toujours demandé de faire ce que je disais, pas ce que je faisais. Je vous en parle parce que me taire ferait de moi une hypocrite. Mais aussi parce que je veux que vous sachiez qu'un mauvais choix a toujours des conséquences. J'ai perdu une personne à laquelle je tenais. Beaucoup.

Tous deux restèrent silencieux.

Au bout d'une minute, Tanzie tendit la main. Ses doigts cherchèrent ceux de Jess et se refermèrent brièvement sur eux.

—Ce n'est pas grave, maman, dit-elle. On fait tous des erreurs.

Jess ferma les yeux.

Lorsqu'elle les rouvrit, Nicky avait levé la tête. Il semblait sincèrement déconcerté.

—Il t'aurait donné cet argent, dit-il avec une pointe de colère dans la voix.

Jess le regarda fixement.

—Il te l'aurait donné si tu le lui avais demandé.

—Oui, dit-elle les mains dans les cheveux de Tanzie. Oui, c'est ça le pire. Je pense qu'il l'aurait fait.

36

NICKY

Une semaine passa. Tous les jours, ils prenaient le bus pour rendre visite à Norman. Le vétérinaire avait cousu sa paupière pour qu'elle ne s'ouvre pas sur une orbite vide, mais ce n'était pas très joli. La première fois que Tanzie avait revu son chien, elle avait fondu en larmes. On les avertit que Norman risquait de se cogner dans tous les coins quand il recommencerait à marcher et qu'il passerait sans doute beaucoup de temps à dormir. Nicky s'abstint de leur faire remarquer que personne ne verrait la différence. Jess caressa la tête de Norman et lui murmura à l'oreille qu'il était un garçon formidable et courageux. Lorsque la queue du chien battit doucement sur le sol carrelé de son enclos, elle cligna violemment des yeux et se détourna.

Le vendredi, Jess demanda à Nicky d'attendre dans l'entrée avec Tanzie, puis se rendit à la réception pour parler à la secrétaire. Nicky devina qu'il s'agissait de la facture. Elles imprimèrent une feuille, puis une deuxième, puis une troisième. Jess fit courir son doigt sur chaque page, émettant une petite exclamation étouffée dès qu'elle atteignait le bas. Ils rentrèrent à la maison à pied ce jour-là, même si Jess boitait toujours.

La ville gagna en activité tandis que la mer passait d'un gris sale à un bleu étincelant. Au début, personne ne semblait croire au départ des Fisher. Plus personne ne trouvait ses pneus crevés. Mme Worboys se rendait de nouveau au bingo à pied l'après-midi. Nicky se réhabitua à pouvoir aller à la boutique à pied, et se rendit compte que les papillons qu'il sentait toujours voleter dans son estomac n'avaient plus de raison d'être. Il le leur répéta à plusieurs reprises, mais ils refusèrent d'entendre le message. Tanzie ne jouait plus du tout dehors, à moins que Jess soit avec elle.

Nicky ne regarda pas son blog pendant près de dix jours. Il avait rédigé son post « ma famille, ces éternels perdants » après l'accident de Norman, quand sa rage avait été telle qu'il avait éprouvé le besoin de la déverser quelque part. Il n'avait encore jamais été en colère, une vraie colère qui lui donnait envie de casser des objets et de frapper des gens au hasard, mais pendant les quelques jours qui avaient précédé l'agression des Fisher, Nicky l'avait ressentie. Pendant ces terribles journées, l'écriture lui avait été une aide précieuse. Il avait eu l'impression d'en parler à quelqu'un, même si ce quelqu'un ne savait pas vraiment qui il était et n'en avait probablement rien à faire. Il espérait seulement qu'au moins une personne lirait ce qui était arrivé et en comprendrait l'injustice.

Puis, lorsque son sang cessa de bouillir et qu'ils apprirent que les Fisher allaient enfin payer, Nicky se sentit un peu bête. Comme quand on avait l'impression d'en avoir dit un peu trop à quelqu'un, qu'on se sentait exposé et qu'on passait les semaines suivantes à prier pour que cette personne oublie ce qu'on lui avait dit. Et de toute façon, à quoi cela servait-il de raconter tout ça ? Les seuls qui voudraient lire tout ce déversement émotionnel devaient être le genre de personnes qui ralentissaient en voiture pour regarder les accidents.

Nicky ouvrit d'abord l'article pour le supprimer. Puis il se ravisa.

Non, les gens l'ont déjà vu. J'aurai l'air encore plus stupide si je l'enlève.

Il décida donc d'écrire un bref article sur l'expulsion des Fisher, et ce serait tout. Il n'allait pas les nommer, mais il voulait poster quelque chose de positif pour que, si jamais quelqu'un tombait sur son blog, cette personne ne s'imagine pas que leur vie entière était une tragédie. Il relut ce qu'il avait écrit la semaine précédente – son émotion, son âpreté – et se sentit rougir. Il se demanda qui, dans l'immensité du cyberespace, avait pu lire ça. Il se demanda combien d'internautes dans le monde le prenaient à présent pour un abruti.

Puis il arriva au bas de la page. Et vit les commentaires.

Accroche-toi, Gothboy. Les gens comme ça me rendent malade.

Un ami m'a envoyé l'adresse de ton blog, et j'en ai pleuré. J'espère que ton chien va bien. Continue à poster et raconte-nous quand tu auras le temps.

Salut Nicky. Je suis Viktor, du Portugal. Je ne te connais pas, mais ma copine a mis un lien vers ton blog sur Facebook, et je voulais juste te dire que je me sentais comme toi il y a un an et que les choses se sont améliorées. Ne t'inquiète pas. Peace !

Il en fit défiler d'autres. Il y en avait des dizaines et des dizaines. Il tapa son nom sur Google : le lien avait été copié des centaines, puis des milliers de fois. Nicky regarda les statistiques, puis se cala au fond de sa chaise, incrédule :

2 876 personnes l'avaient lu en une semaine. Près de 3 000 personnes avaient lu ses mots. Plus de 400 avaient pris la peine de lui envoyer un commentaire. Et seulement deux l'avaient traité de branleur.

Mais ce n'était pas tout. Certains lui avaient envoyé de l'argent. Du vrai argent. Quelqu'un avait ouvert un compte de donations en ligne pour aider à couvrir les frais de vétérinaire et lui avait laissé un message pour lui expliquer comment y accéder via un compte PayPal.

Salut Gothboy (c'est ton vrai nom ?). Voilà un petit quelque chose pour aider à payer la facture du véto. Embrasse ta sœur de ma part. Ça m'a tellement énervé, ce qui vous est arrivé à tous.

Mon chien aussi s'est fait renverser par une voiture, mais il a été sauvé par le PDSA. J'imagine que tu n'en as pas un près de chez toi, et du coup je me suis dit que puisque quelqu'un m'a aidé, ce serait bien de t'aider un peu. Je t'envoie 10 livres pour son rétablissement.

De la part d'une autre matheuse. Dis à ta petite sœur de ne pas abandonner. Il ne faut pas les laisser gagner.

Il y avait 459 partages. Nicky compta 130 noms sur la page des dons, 2 livres étant la plus petite somme et 250 la plus élevée. Un parfait inconnu lui avait offert 250 livres. Le total s'élevait à 932,50 livres, le dernier don étant arrivé une heure auparavant. Il ne cessait de rafraîchir la page et de regarder le chiffre, se demandant s'ils avaient mis une virgule au mauvais endroit.

Son cœur battait bizarrement. Il mit la main sur sa poitrine, se demandant si c'était ce qu'on ressentait quand on faisait une crise cardiaque. Il se demanda s'il allait mourir. Mais ce qu'il ressentait surtout, c'était une immense envie de rire. Il avait envie de rire à la magnificence de ces inconnus. À leur gentillesse et à leur bonté, et au fait qu'il existe dans le monde de vraies personnes assez altruistes pour donner de l'argent à d'illustres inconnus qu'ils ne rencontreraient jamais. Et parce que, plus fou que tout, toute cette bonté, toute cette magnificence, avaient pour origine les mots qu'il avait écrits.

Jess était debout devant le placard du salon avec entre les mains un paquet recouvert de papier rose lorsque Nicky entra en trombe dans la pièce.

— Viens voir ! s'écria-t-il. Regarde.

Il la prit par le bras pour l'entraîner vers le canapé.

— Quoi ?

— Pose ça.

Nicky ouvrit l'ordinateur portable et le posa sur les genoux de Jess. Celle-ci tressaillit presque, comme s'il lui était douloureux d'entrer en contact avec un objet ayant appartenu à M. Nicholls.

— Regarde, répéta-t-il en lui montrant la page des donations. Regarde ça. Des gens nous ont envoyé de l'argent ! Pour Norman !

— Comment ça ?

— Regarde, Jess.

Elle plissa les yeux devant l'écran, faisant défiler la page de haut en bas tandis qu'elle la lisait et la relisait.

— Mais… on ne peut pas accepter ça.

— Ce n'est pas pour nous. C'est pour Tanzie. Et Norman.

—Je ne comprends pas. Pourquoi des gens qu'on ne connaît pas nous enverraient de l'argent?

—Parce qu'ils sont en colère à cause de ce qui est arrivé. Parce qu'ils comprennent que ce n'est pas juste. Parce qu'ils veulent aider. Je ne sais pas.

—Mais comment ils ont su?

—J'en ai parlé dans mon blog.

—Tu as fait quoi?

—C'est M. Nicholls qui me l'a conseillé. J'ai seulement… écrit ce que je ressentais. Ce qui nous arrivait.

—Fais voir.

Nicky ouvrit une nouvelle page et lui montra le blog. Elle le lut lentement, très concentrée, et il se sentit soudain mal à l'aise, comme s'il venait de révéler une part de lui qu'il ne montrait jamais à personne. Étrangement, il était plus difficile de dévoiler toutes ces émotions face à quelqu'un qu'on connaissait.

—Du coup, combien a coûté le vétérinaire? demanda-t-il quand il vit qu'elle avait terminé.

Elle répondit, comme en transe:

—On en est à 878 livres. Et 42 pence. Pour le moment.

Nicky leva les bras en l'air.

—Alors c'est bon! Regarde le total. C'est bon!

Lorsque ses yeux s'arrêtèrent sur le chiffre, il reconnut sur son visage la joie qu'il avait ressentie une demi-heure auparavant.

—C'est une bonne nouvelle, Jess! On peut s'estimer heureux!

Un instant, il vit ses yeux s'emplir de larmes. Puis elle parut si confuse qu'il se pencha sur elle pour l'embrasser. C'était sa troisième étreinte volontaire en trois ans.

—Mascara, dit-elle quand il se releva.

—Oh, fit-il en s'essuyant les yeux.

Elle essuya les siens.

—C'est bon ?

—Très bien. Et moi ?

Elle lui passa le pouce sous le bord extérieur de l'œil.

Puis elle poussa un soupir et, brusquement, redevint presque semblable à l'ancienne Jess. Elle se leva et frotta son jean.

—On va devoir les rembourser, évidemment.

—La plupart ont donné, genre, trois livres. Bonne chance pour t'occuper de ça.

—Tanzie s'en occupera.

Jess ramassa le paquet de papier rose, puis, comme prise d'une pensée après coup, elle le jeta au fond du placard. Elle repoussa les mèches qui étaient tombées devant son visage.

—Et tu devras lui montrer les messages d'encouragement pour les maths. C'est très important qu'elle les voie.

Nicky leva les yeux vers la chambre de Tanzie.

—Je vais le faire, dit-il, l'air soudain moins enjoué. Mais je ne suis pas sûr que ça change quoi que ce soit.

37

Jess

N orman rentrait à la maison.

— Il est temps de dire au revoir à ton héros, pas vrai, mon vieux ? dit le vétérinaire en tapotant le flanc du chien.

À la façon dont il lui parlait, et à la façon dont Norman roula aussitôt sur le dos pour se faire gratter le ventre, Jess eut l'impression que ce n'était pas la première fois. Et lorsque le vétérinaire se laissa tomber à son tour sur le sol, elle aperçut soudain l'homme derrière le professionnel – son grand sourire, le plissement de ses yeux quand il regardait le chien. La phrase de Nicky résonna dans sa tête, comme elle le faisait depuis des jours : « la gentillesse des étrangers ».

— Je suis heureux que vous ayez pris la décision de le sauver, madame Thomas, déclara le vétérinaire en se remettant sur ses pieds.

Jess fit diplomatiquement mine de ne pas entendre le craquement sonore de ses genoux.

Norman resta couché sur le dos, la langue pendante, toujours plein d'espoir. Ou peut-être simplement trop gros pour se relever.

— Il méritait cette chance. Si j'avais su dans quelles circonstances il a été blessé, j'aurais été un peu moins réticent à l'opérer.

Sur tout le chemin du retour, Tanzie resta collée à l'énorme masse noire de Norman, sa laisse enroulée deux fois autour de son poing serré. C'était la première fois en trois semaines qu'elle sortait sans exiger de tenir la main de Jess.

Jess avait espéré que retrouver Norman aurait rendu un peu de gaieté à sa fille. Mais Tanzie était toujours une petite ombre qui la suivait en silence dans la maison et attendait anxieusement à côté de son professeur principal que Jess vienne la chercher à l'école. À la maison, elle lisait dans sa chambre ou restait sans rien dire assise sur le canapé à regarder des dessins animés, une main posée sur le chien. M. Tsvangarai était absent depuis la fin des vacances – une urgence familiale – et Jess était déjà triste pour lui en sachant qu'il découvrirait à son retour une Tanzie déterminée à faire sortir les mathématiques de sa vie. Parfois, elle avait l'impression d'avoir troqué un enfant triste et silencieux pour un autre.

Sainte-Anne appela pour les convier à leur journée portes ouvertes, et Jess dut leur apprendre que Tanzie ne viendrait pas. Les mots se brisèrent au fond de sa gorge.

— Pourtant, nous le recommandons, madame Thomas. Les enfants s'intègrent beaucoup mieux s'ils se sont un peu familiarisés avec les lieux et les professeurs. Votre fille aura également l'occasion de rencontrer quelques autres élèves. Elle ne peut pas prendre une journée de congé à son école ?

— Non. Ce que je veux dire, c'est qu'elle… elle ne viendra pas.

— Du tout ?

— Non.

Un bref silence.

— Oh, dit la secrétaire.

Jess l'entendit parcourir ses papiers.

— Mais il s'agit bien de la petite fille qui a obtenu la bourse à 90 % ? Costanza ?

— Oui, répondit Jess, qui se sentit rougir.

— Elle a finalement opté pour Petersfield Academy ? Eux aussi lui ont offert une bourse ?

— Non, il ne s'agit pas de ça, bafouilla Jess en fermant les yeux. Écoutez, je ne pense pas… Il n'y aurait pas moyen de… d'augmenter un peu la bourse ?

— L'augmenter ? répéta la secrétaire, déconcertée. Madame Thomas, c'était déjà la bourse la plus généreuse que l'école ait jamais offerte. Je suis désolée, mais il n'en est pas question.

Jess persévéra, heureuse qu'il n'y ait personne à la maison pour être témoin de sa honte.

— Si je pouvais rassembler l'argent d'ici l'année prochaine, pourriez-vous envisager de réserver sa place ?

— Je ne pense pas que ce soit possible. Ni même que ce soit juste envers les autres candidats.

Elle hésita, peut-être consciente du silence de Jess.

— Mais, bien sûr, nous regarderons sa candidature d'un œil favorable si elle souhaite s'inscrire plus tard.

Jess regardait d'un air absent la tache d'huile sur le tapis, là où Marty avait un jour garé une mobylette. Une grosse boule s'était formée dans sa gorge.

— Bon, merci de m'avoir tenue informée.

— Écoutez, madame Thomas, dit la femme d'une voix soudain plus conciliante, il reste une semaine avant la fermeture des inscriptions. Sa place sera maintenue jusqu'à la dernière minute.

— Merci. C'est très gentil. Mais, franchement, c'est inutile.

Jess le savait, et la secrétaire aussi. Entre le vœu et sa réalisation, il y avait un gouffre infranchissable.

La secrétaire demanda à Jess de transmettre à sa fille tous ses encouragements pour sa nouvelle école. En raccrochant, Jess la voyait déjà parcourir du doigt la liste d'attente à la recherche du prochain candidat éligible.

Elle n'en parla pas à Tanzie. Deux nuits auparavant, Jess avait découvert que sa fille avait retiré de ses rayonnages tous ses manuels de maths et les avait casés sur le palier de l'étage avec les livres de Jess, dissimulés entre des thrillers et une romance historique. Jess les avait rangés en une pile bien nette dans sa garde-robe, à l'abri des regards. Elle ne savait pas vraiment si c'était pour épargner les sentiments de Tanzie ou les siens.

Marty reçut la lettre de l'avocat et l'appela, protestant et fulminant, répétant qu'il ne pouvait pas payer. Elle répliqua que ce n'était plus son affaire et qu'elle espérait qu'ils puissent rester civilisés. Elle lui dit que ses enfants avaient besoin de chaussures. Il ne reparla pas de venir les voir pour les vacances.

Elle retrouva son travail au bar. Apparemment, la nouvelle serveuse avait disparu au *Texas Grill* trois jours à peine après avoir été engagée : les pourboires y étaient plus généreux, et il n'y avait pas de Stewart Pringle pour vous pincer les fesses.

— Ce n'est pas une grande perte. Elle ne savait pas qu'il fallait se taire pendant le solo de guitare de *Layla*, déclara Den d'un air songeur. Quel genre de barmaid ne sait pas se taire pendant le solo de guitare de *Layla* ?

Jess faisait ses ménages quatre jours par semaine avec Nathalie, en évitant soigneusement le numéro 2 de Beachfront. Elle se réservait les tâches les plus ingrates, comme le récurage des fours, qui lui laissaient peu de chances de regarder par la fenêtre et d'apercevoir par inadvertance la grande bâtisse et son joli petit panneau « À vendre ». Si Nathalie trouvait son attitude un peu étrange, elle ne lui fit aucune remarque.

Elle afficha une annonce dans la boutique de presse pour offrir ses services en tant que femme à tout faire. Sa première tâche lui fut confiée moins de vingt-quatre heures plus tard : monter une armoire de toilette pour une retraitée d'Aden Crescent. La vieille femme fut si satisfaite du résultat qu'elle donna à Jess un pourboire de cinq livres. Elle déclara qu'elle n'aimait pas avoir des hommes dans sa maison et que durant les quarante-deux années de son mariage, son époux ne l'avait jamais vue qu'avec sa bonne veste de laine sur le dos. Elle recommanda Jess à une amie qui tenait une maison de retraite et qui avait besoin de faire remplacer un lave-linge. Deux autres travaux suivirent, également chez des retraités. Jess envoya un deuxième versement en liquide au numéro 2 de Beachfront. Nathalie l'y déposa. Le panneau « À vendre » était toujours là.

Nicky était le seul de la famille qui semblait sincèrement heureux. On aurait dit que son blog lui donnait une nouvelle raison d'exister. Il y écrivait presque tous les soirs, rapportant les progrès de Norman, postant des photos de sa vie, discutant avec ses amis. Il en avait rencontré un IRL, avait-il annoncé, avant de traduire pour Jess : « *In Real Life* : dans la vraie vie ». Il était très sympa, avait-il dit. Et non, ce n'était pas ce qu'elle croyait. Il voulait se rendre aux journées portes ouvertes de deux universités différentes. Il avait demandé à son professeur principal comment faire une demande de bourse sur critères sociaux. Il souriait, souvent plusieurs fois par jour et sans qu'on le lui demande, se mettait à genoux avec plaisir quand il voyait Norman remuer la queue dans la cuisine, faisait de petits signes à Lola, la fille du numéro 47 (qui, remarqua Jess, s'était teint les cheveux de la même couleur que lui), et jouait parfois un solo d'air guitar au milieu du salon. Il se rendait souvent en ville à pied, ses jambes maigres semblant gagner une foulée plus longue, les épaules pas vraiment en arrière mais déjà moins voûtées. Un jour, il alla même jusqu'à porter un tee-shirt jaune.

—Où est passé l'ordinateur portable? s'étonna Jess en entrant dans sa chambre un après-midi pour le trouver en train de travailler sur leur vieil ordinateur de bureau.

—Je l'ai rendu, répondit-il en haussant les épaules. Nathalie m'a fait entrer.

—Tu l'as vu? ne put-elle s'empêcher de demander.

Nicky détourna le regard.

—Non, désolé. Ses affaires sont là, mais tout est dans des cartons. Je crois qu'il ne vit plus ici.

Cela n'aurait pas dû être une surprise, mais en descendant l'escalier, Jess se surprit à se tenir le ventre à deux mains comme si elle venait de recevoir un coup de poing dans l'estomac.

38

Ed

Quelques semaines plus tard, en une journée qui commença tranquille et chaude, sa sœur l'accompagna au tribunal. Ed avait dit à sa mère de ne pas y aller : ils ne savaient jamais si c'était une bonne idée de laisser son père seul. Alors qu'ils traversaient Londres à une allure d'escargot, sa sœur penchée en avant sur la banquette du taxi, les doigts tapotant impatiemment sur son genou, la mâchoire tendue, Ed se sentait étonnamment décontracté.

Le palais de justice était presque vide. Grâce à la combinaison improbable d'un meurtre particulièrement sanglant à l'Old Bailey, d'un scandale amoureux en politique et de la crise de nerfs publique d'une starlette britannique, son bref procès n'avait pas fait les gros titres – d'autant plus qu'Ed avait déjà plaidé coupable, allant ainsi à l'encontre de tous les conseils de son équipe juridique.

Les protestations d'innocence de Deanna Lewis avaient été quelque peu démenties par la déposition d'une amie banquière, qui l'avait apparemment informée en des termes sans équivoque qu'elle s'apprêtait à commettre un délit. L'amie en question put produire un mail qu'elle avait envoyé pour prévenir Deanna, ainsi que la réponse de cette dernière, qui l'accusait de « chipoter », d'être « pénible » et de « mettre un peu trop ton nez dans mes affaires. Tu ne veux pas me voir aller de l'avant, c'est ça ? »

Debout dans son box, Ed regardait le sténographe griffonner sur son calepin et les avocats se pencher les uns vers les autres en se montrant des feuilles de papier. Tout cela lui semblait étrangement décevant, ennuyeux.

— Je suis interpellé par le fait que vous ayez confessé votre culpabilité, d'autant plus qu'en ce qui concerne Mlle Lewis et vous-même, l'acte délictueux semble isolé et motivé par des facteurs autres que financiers. On ne peut pas en dire autant de Michael Lewis.

La FSA, apparemment, avait tracé d'autres transactions « suspectes » effectuées par le frère de Deanna.

— Cependant, il est nécessaire de faire passer le message que ce type de comportement est absolument inacceptable, quels qu'en soient les motifs. Cela détruit la confiance des investisseurs dans les mouvements du marché et affaiblit la structure globale de notre système financier. Pour cette raison, je dois m'assurer que le niveau de sanction constitue toujours une forte dissuasion pour quiconque pourrait croire qu'il s'agit d'une infraction « bénigne et sans victime ».

Ed, debout au banc des accusés, s'efforçant d'adopter une expression de circonstance, fut condamné à une amende de 750 000 livres et à six mois d'emprisonnement avec un sursis de douze mois.

C'était terminé.

Gemma poussa un long soupir tremblotant et se prit la tête entre les mains. Ed se sentait étrangement engourdi.

— C'est tout ? demanda-t-il à voix basse, et elle leva les yeux vers lui d'un air incrédule.

Un clerc ouvrit son box et l'escorta hors de la salle. Paul Wilkes lui donna une claque dans le dos tandis qu'ils sortaient dans le couloir.

—Merci, lui dit Ed.

Cela lui semblait être la chose adéquate à dire.

Il aperçut Deanna Lewis dans le couloir, engagée dans une conversation animée avec un homme aux cheveux roux. Il semblait chercher à lui expliquer quelque chose, mais elle ne cessait de secouer la tête pour l'interrompre. Ed l'observa un instant, puis, presque sans réfléchir, traversa la foule et se planta derrière elle.

—Je voulais te dire que j'étais désolé, commença-t-il. Si j'avais pensé une minute…

Elle fit volte-face, les yeux écarquillés.

—Oh, va te faire foutre ! s'écria-t-elle, rouge de colère, en le repoussant pour s'éloigner. Sale tocard !

Les têtes qui s'étaient tournées au son de sa voix se détournèrent d'un air gêné. Quelqu'un ricana. Puis, alors qu'Ed restait là, la main à demi levée comme pour faire une remarque, il entendit une voix dans son oreille :

—Elle n'est pas stupide, tu sais. Elle aurait dû savoir qu'elle ne devait pas en parler à son frère.

Ed se retourna. Là, derrière lui, se tenait Ronan. En voyant sa chemise à carreaux, ses épaisses lunettes à monture noire et la sacoche d'ordinateur passée à son épaule, Ed se sentit presque défaillir de soulagement.

—Tu… tu étais là toute la matinée ?

—J'en avais un peu marre du bureau. Je me suis dit que j'allais venir voir à quoi ressemblait un vrai tribunal.

—C'est très surfait, dit Ed, qui ne parvenait plus à quitter son ami des yeux.

—Ouais. C'est ce que je me suis dit.

Sa sœur était partie serrer la main de Paul Wilkes. Elle apparut à côté de lui en rajustant sa veste.

—Bon. On appelle maman pour lui apprendre la bonne nouvelle ? Elle a dit qu'elle laisserait son portable allumé.

Avec un peu de chance, elle n'aura pas oublié de le charger. Salut, Ronan.

Il se pencha pour l'embrasser.

— Content de te voir, Gemma. Ça faisait longtemps.

— Trop longtemps ! On va chez moi, ajouta-t-elle en se tournant vers Ed. Ça fait des siècles que tu n'as pas vu les enfants. J'ai des spaghettis bolo au congélateur, on pourra se les faire ce soir. Ronan, tu peux venir aussi, si tu veux. Je suis sûre qu'on pourra ajouter des pâtes dans la marmite.

Ce dernier évita son regard, comme au temps où lui et Ed avaient dix-huit ans. Il donna un petit coup de pied dans le sol. Ed se tourna vers sa sœur.

— Euh… Gem… ça te dérange si on remet ça à plus tard ?

Il fit de son mieux pour ne pas tenir compte de la déception qui se peignait sur son visage.

— Je viendrai une autre fois, promis. J'ai seulement… deux, trois choses dont j'aimerais parler avec Ronan. Ça fait…

Elle les regarda alternativement.

— Bien sûr, répondit-elle gaiement en repoussant sa frange qui lui retombait sur les yeux. Appelle-moi.

Elle cala son sac sur son épaule et partit vers les escaliers.

— Eh ! Gem ! cria-t-il alors, sa voix portant dans le couloir bondé, si bien que plusieurs personnes levèrent la tête de leurs papiers.

Elle se retourna.

— Merci, dit-il. Merci pour tout.

Elle ne bougea pas.

— Vraiment. Je te suis très reconnaissant.

Elle hocha la tête avec l'ombre d'un sourire. Puis elle disparut dans la foule qui se pressait sur les marches.

— Donc. Euh… Si on allait boire un verre ? proposa Ed en essayant de ne pas avoir l'air suppliant. C'est ma tournée.

Ronan laissa durer le suspense. Rien qu'une seconde. L'enfoiré.

—Bon, si c'est toi qui régales…

La mère d'Ed lui avait dit un jour que les vrais amis étaient ceux avec qui on pouvait reprendre là où on en était resté, que ce soit une semaine ou deux ans plus tard. Il n'avait jamais eu assez d'amis pour éprouver la théorie. Ronan et lui sirotèrent leurs bières, assis à une table bancale dans un bar bondé, d'abord un peu mal à l'aise, puis de plus en plus librement, leurs blagues habituelles resurgissant entre eux tout naturellement. Ed avait l'impression qu'un mauvais plaisantin avait coupé les amarres de son navire des mois auparavant et que quelqu'un venait tout juste de le rattacher à la terre ferme. Il se surprenait à observer son ami subrepticement : son rire, ses grands pieds, sa façon de s'avachir sur la table comme s'il scrutait un écran. Et ces quelques détails qu'il n'avait jamais vus chez lui : son rire plus naturel, ses nouvelles lunettes de designer, cette espèce de confiance tranquille. Lorsque Ronan ouvrit son portefeuille pour chercher de la monnaie, Ed aperçut la photo d'une fille perdue au milieu des cartes de crédit.

—Alors… comment va la fille de la soupe populaire ?

—Karen ? Bien. Très bien. En fait, ajouta-t-il avec un sourire, on va s'installer ensemble.

—Waouh ! Déjà ?

Ronan le regarda d'un air de défi.

—Ça fait six mois. Et les bénévoles des associations caritatives ne gagnent pas des fortunes, alors avec le prix des loyers à Londres…

—C'est génial, bafouilla Ed. Super nouvelle.

—Ouais. Bon. C'est bien. Elle est géniale. Je suis vraiment heureux.

Ils restèrent assis là, en silence, pendant un moment. Ronan s'était fait couper les cheveux, et il portait une veste neuve.

—Je suis vraiment content pour toi, Ronan. J'ai toujours trouvé que vous alliez super bien ensemble.

—Merci.

Il lui sourit, et Ronan lui rendit son sourire avec une grimace, comme si tout ce bonheur était un peu embarrassant.

Ed regarda au fond de sa bière, essayant de ne pas se sentir mis à l'écart pendant que son plus vieil ami voguait vers un avenir heureux et prospère. Autour d'eux, le bar se remplissait d'employés de bureau qui sortaient du travail. Il prit soudain conscience du peu de temps dont il disposait et de la nécessité de mettre les choses au clair.

—Je suis désolé, dit Ed.

—Quoi ?

—Pour tout. Pour Deanna Lewis. Je ne sais pas pourquoi j'ai fait ça, ajouta-t-il d'une voix brisée. Je m'en veux d'avoir tout foutu en l'air. Je veux dire, je suis déçu pour le boulot, bien sûr, mais je suis surtout dégoûté d'avoir ruiné notre amitié.

Il ne pouvait pas regarder Ronan en face, même s'il se sentait plus léger de l'avoir dit.

Son ami prit une gorgée de bière.

—Ne t'inquiète pas pour ça. J'y ai beaucoup pensé ces derniers mois, et même si j'ai du mal à l'admettre, je crois bien que j'aurais fait la même chose si c'était moi qu'elle avait contacté. C'était quand même Deanna Lewis, conclut-il avec un sourire triste.

Ils restèrent assis en silence. Ronan se pencha en arrière sur sa chaise. Il plia un sous-bock en deux, puis en quatre.

—Tu sais… ça a été assez intéressant au travail, depuis que tu es parti, dit-il enfin. Ça m'a fait comprendre quelque chose. Je n'aime plus travailler à Mayfly. Je préférais quand ce n'était que toi et moi. Les Costards, ces histoires de pertes et de profits, les actionnaires… ce n'est pas moi. Ce n'est pas ce que j'aime. Ce n'est pas pour ça que je me suis lancé là-dedans.

—Moi non plus.

—Je veux dire, les réunions interminables, devoir soumettre la moindre de mes idées à une équipe de marketing, devoir justifier la moindre heure de travail… Tu sais qu'ils veulent mettre en place des feuilles de présence pour tout le monde? De vraies feuilles de présence?

Ed attendit la suite.

—Tu ne rates pas grand-chose, c'est moi qui te le dis.

Ronan secoua la tête, comme s'il avait l'impression d'avoir trop parlé.

—Ronan?

—Oui?

—J'ai eu une idée. Il y a une semaine ou deux. Pour un nouveau projet. J'ai commencé à bidouiller un logiciel –un truc très simple– qui aiderait les gens à planifier leur budget. Une sorte de tableur pour les gens qui n'aiment pas les tableurs. Pour ceux qui ne savent pas gérer leur argent. Il y aurait des alertes chaque fois que l'utilisateur s'expose à des frais bancaires. Il y aurait une option pour calculer combien d'intérêts différents vont s'ajouter sur une période donnée. Rien de trop compliqué. Je me suis dit que c'est le genre de chose qu'ils pourraient distribuer gratuitement au Bureau d'Assistance aux Citoyens.

—C'est intéressant.

—Il faudrait que ce soit compatible avec des ordinateurs et des téléphones bas de gamme. Avec des logiciels qui datent d'il y a quelques années. Je ne pense pas que ça ferait gagner beaucoup d'argent, mais c'est un truc auquel j'ai pensé. Cela dit…

Ronan réfléchissait. Ed voyait son cerveau tourner à plein régime, passant déjà en revue tous les paramètres.

— Tu es au courant que tu ne peux pas revenir à Mayfly ? demanda-t-il enfin sans quitter sa pinte des yeux.

Ed hocha la tête. Son meilleur ami depuis l'université.

— Ouais. Je sais.

Ronan croisa son regard. Soudain, tous deux souriaient.

39

Ed

Après toutes ces années, il ne connaissait toujours pas par cœur le numéro de sa sœur. Elle vivait dans la même maison depuis douze ans, et il devait toujours vérifier son adresse. Ed avait l'impression d'avoir de plus en plus de raisons de se sentir coupable.

Il était resté planté devant le King's Head tandis que Ronan partait prendre son métro pour retrouver une gentille fille qui faisait de la soupe et dont la présence dans sa vie lui avait apporté une nouvelle épaisseur. Ed savait qu'il ne pouvait pas rentrer seul dans un appartement vide rempli de cartons.

Gemma mit six sonneries à décrocher. Il entendit quelqu'un crier en arrière-plan avant qu'elle prenne la parole.

— Gem ?

— Oui ? répondit-elle, hors d'haleine. Leo, ne jette pas ça dans l'escalier !

— Ton offre de spaghettis bolognaise tient toujours ?

Ils étaient si contents de le voir que c'en était presque gênant. La porte de la petite maison de Finsbury Park s'ouvrit en grand, dévoilant un amoncellement de vélos, de chaussures et de patères surchargées qui semblait s'étendre sur toute la longueur du couloir. À l'étage, le rythme implacable d'une musique pop battait dans les cloisons, agrémenté des explosions spectaculaires d'un quelconque jeu de guerre.

—Eh, toi!

Sa sœur l'attira contre elle et le serra fort dans ses bras.

Elle s'était débarrassée de son tailleur pour passer un jean et un pull.

—Je n'arrive même pas à me rappeler la dernière fois que tu es venu. C'était quand, Phil?

—Avec Lara, répondit une voix dans le couloir.

—Il y a deux ans?

—Chérie, où est le tire-bouchon?

La cuisine était pleine de vapeur et d'une odeur d'ail. Au fond de la pièce, deux étendoirs croulaient sous des piles de linge. La moindre surface de pin brut était couverte de livres et de dessins d'enfants. Phil vint lui serrer la main, puis s'excusa:

—Je dois répondre à quelques mails avant le dîner. Ça ne te dérange pas?

—Tu dois être atterré, lui dit sa sœur en posant un verre devant lui. Je suis désolée pour le bazar. J'ai travaillé tard hier, Phil était surbooké, et on n'a plus personne pour faire le ménage depuis que Rosario est partie. Les autres femmes de ménage sont beaucoup trop chères.

Ce chaos lui avait manqué. Cette sensation de faire partie d'un cœur qui battait violemment dans une poitrine.

—Ça me plaît beaucoup, dit-il.

Elle le dévisagea, cherchant dans son sourire des traces de sarcasme.

—Non, sérieusement. J'aime ça. Ça fait…

—Bordélique.

—Oui, aussi. Ça fait du bien.

Il se cala au fond de sa chaise à la table de la cuisine et poussa un long soupir.

—Eh, oncle Ed!

Ed cligna des yeux.

—Tu es qui, toi?

Une adolescente aux cheveux couleur d'or bruni et aux cils couverts de plusieurs couches de mascara, lui sourit.

—Très drôle.

Il adressa à sa sœur un appel à l'aide muet. Cette dernière leva les yeux au ciel.

—Ça fait longtemps, que tu n'es pas venu, Ed. Ils grandissent. Leo! Viens dire bonjour à oncle Ed.

—Je croyais qu'il était en prison, cria une voix dans la pièce voisine.

—Excuse-moi une minute.

Sa sœur abandonna sa casserole et disparut dans le couloir. Ed essaya de ne pas entendre le glapissement.

—Maman dit que tu as perdu tout ton argent, déclara Justine en s'asseyant en face de lui pour enlever la croûte d'un morceau de pain.

Ed tentait désespérément d'associer l'enfant maladroite et maigre comme un roseau qu'il connaissait à ce miracle fauve qui le regardait avec un léger amusement, comme s'il était une curiosité dans la vitrine d'un musée.

—À peu près tout, oui.

—Tu as perdu ton appart de bourge?

—Ça ne va pas tarder.

—Merde. Moi qui voulais te demander si je pouvais y organiser une soirée pour mes seize ans…

—Eh bien au moins, je n'aurai pas à refuser.

—C'est exactement ce que papa a dit. Du coup, tu es content de ne pas être en prison?

—Oh, je crois que je vais quand même être l'exemple à ne pas suivre de la famille pendant un bon moment.

L'adolescente sourit.

—« Surtout, ne faites pas comme le méchant oncle Edward. »

—C'est comme ça que l'affaire a été présentée ?

—Oh, tu connais maman. Il n'y a pas une leçon de morale qui nous soit épargnée dans cette maison. « Vous voyez comme c'est facile de prendre la mauvaise direction ? Il avait tout, absolument tout, et maintenant… »

—Maintenant, j'en suis réduit à mendier pour qu'on m'offre un repas et je conduis une vieille bagnole de sept ans.

—Bien tenté. Mais la nôtre bat toujours la tienne de trois ans.

Elle jeta un coup d'œil en direction du couloir, où sa mère réprimandait toujours son frère à voix basse.

—D'ailleurs, tu ferais bien d'être gentil avec maman. Tu sais qu'elle a passé toute la journée d'hier au téléphone, à essayer de t'obtenir une prison ouverte ?

—C'est vrai ?

—Je ne l'ai jamais vue aussi stressée. Je l'ai entendue dire à quelqu'un que tu ne tiendrais pas cinq minutes à Pentonville.

Ed eut un pincement au cœur. Il avait été si occupé à s'apitoyer sur son sort qu'il n'avait pas pensé à la façon dont les autres seraient affectés s'il allait en prison.

—Elle a sûrement raison.

Justine se mit à mordiller une mèche de ses cheveux. Elle semblait s'amuser.

—Et qu'est-ce que tu vas faire maintenant que tu es la honte de la famille, sans travail et peut-être sans domicile ?

—Aucune idée. Est-ce que je dois me mettre à la drogue ? Histoire de finir en beauté ?

—Beurk! Non! Les toxicos sont tellement ringards! Et puis maman a assez de travail comme ça, ajouta-t-elle en enlevant ses longues jambes de la chaise où elle les avait posées. Même si, en fait, je devrais dire oui. Parce que maintenant, maman nous fiche une paix royale, à Leo et moi.

—Ravi d'avoir pu faire diversion.

—Sérieusement. Cela dit, c'était sympa de te voir. En fait, murmura-t-elle avec un air de conspirateur, tu as illuminé la journée de maman. Elle a même nettoyé les toilettes du rez-de-chaussée au cas où tu passerais.

—Ouais. Bon. J'ai compris. Je vais faire en sorte de passer plus souvent.

Elle plissa les yeux, comme pour essayer de déterminer s'il était sérieux, puis lui tourna le dos pour disparaître dans l'escalier.

—Alors, quoi de neuf? demanda Gemma en reprenant de la salade. Qu'est-ce qui est arrivé à la fille de l'hôpital? Joss? Jess? Je pensais qu'elle serait là aujourd'hui.

C'était le premier repas maison qu'il prenait depuis des lustres, et c'était délicieux. Les autres avaient terminé depuis longtemps et quitté la table, mais Ed s'était resservi deux fois, ayant soudain retrouvé l'appétit qu'il avait perdu quelques semaines auparavant. Sa dernière bouchée avait été largement trop ambitieuse, et il mastiqua longuement avant de pouvoir répondre :

—Je n'ai pas envie d'en parler.

—Tu ne veux jamais parler de rien. Allez! C'est le prix à payer pour un repas maison.

—On a rompu.

—Quoi? Pourquoi?

Trois verres de vin l'avaient rendue volubile et péremptoire.

— Tu avais l'air vraiment heureux, poursuivit-elle. Plus qu'avec Lara, en tout cas.

— Je l'étais.

— Et ? Bon sang, qu'est-ce que tu peux être bête, parfois ! Tu te trouves enfin une femme à peu près normale qui a l'air d'avoir un faible pour toi, et tu prends la fuite.

— Je ne veux vraiment pas en parler, Gem.

— Qu'est-ce qui s'est passé ? Tu as peur de t'engager ? C'est trop tôt après le divorce ? Tu ne cours plus après Lara, j'espère ?

Il prit un morceau de pain pour saucer, qu'il mâcha plus longtemps que nécessaire.

— Elle m'a volé.

— Elle a quoi ?

Dit comme ça, il avait l'impression d'abattre une carte maîtresse. À l'étage, les enfants se disputaient. Ed se surprit à penser à Nicky et Tanzie qui faisaient des paris sur la banquette arrière. S'il n'en parlait pas à quelqu'un, il allait exploser. Alors il lui raconta tout.

Sa sœur repoussa son assiette. Elle se pencha en avant pour l'écouter, le menton dans la main, les sourcils froncés. Il lui raconta l'histoire de la caméra de surveillance, comment il avait sorti les tiroirs de la commode pour la déplacer et comment il l'avait aperçu, posé sur des chaussettes bleues bien pliées : son propre visage sur papier plastifié.

« Je comptais t'en parler. Ce n'est pas ce que tu crois. »

La main sur sa bouche.

« Je veux dire, c'est ce que tu crois, mais… oh, mon Dieu, oh, mon Dieu… »

— Je la croyais différente. Je croyais qu'elle était la plus belle chose qui… Une femme courageuse, incroyable, avec des principes… Mais non, elle était exactement comme Lara et comme Deanna. Uniquement intéressée par ce qu'elle pouvait obtenir de moi. Comment a-t-elle pu me faire ça, Gem ? Pourquoi ne suis-je pas capable de repérer ce genre de femme à un kilomètre ?

Une fois qu'il eut vidé son sac, il se cala au fond de sa chaise et attendit.

Gemma ne dit rien.

—Quoi ? Tu n'as rien à dire ? Aucune critique sur mon incapacité à juger un caractère ? Sur le fait qu'encore une fois, je me suis laissé rouler dans la farine par une femme qui m'a pris ce qui m'appartenait ? Sur le fait que je suis un imbécile ?

—Ce n'est pas du tout ce que j'allais dire.

—Qu'est-ce que tu allais dire ?

—Je ne sais pas.

Elle ne quittait pas son assiette des yeux. Son visage ne trahissait pas la moindre surprise. Il se demanda si c'était là l'effet de dix années à travailler comme assistante sociale, si elle avait pris l'habitude de paraître neutre quelle que soit l'histoire qu'elle entendait.

—Que j'ai déjà vu pire ? hasarda-t-elle.

Il la dévisagea.

—Pire que me voler ?

—Ed, Ed… Tu n'as aucune idée de ce que c'est qu'être vraiment désespéré.

—Ça n'excuse pas le vol.

—Non, c'est vrai. Mais… euh… l'un de nous vient de passer la journée au tribunal, à plaider coupable pour délit d'initié. Je ne suis pas tout à fait sûre que tu sois le meilleur arbitre moral ici. Ce genre de chose arrive. Les gens font parfois des erreurs.

Elle se leva pour débarrasser la table.

—Un café ?

Il la dévisageait toujours.

—Je vais prendre ça pour un « oui ». Et pendant que je range, tu peux me parler un peu d'elle.

Elle se déplaça avec une gracieuse économie de mouvement à travers la petite cuisine pendant qu'il parlait, sans jamais croiser son regard.

Lorsque enfin il se tut, elle lui passa un torchon à vaisselle.

—Voilà comment je vois les choses, dit-elle. Elle a des ennuis. Ses enfants se font brutaliser. Son fils s'est fait tabasser et elle a peur que ça arrive à la petite fille. Elle trouve une liasse de billets au bar, ou je ne sais où. Elle la prend.

—Mais elle savait que c'était à moi, Gem.

—Mais elle ne te connaissait pas.

—Qu'est-ce que ça change ?

—C'est ce que dirait toute une nation de fraudeurs à l'assurance, rétorqua sa sœur en haussant les épaules.

Avant qu'il puisse protester de nouveau, elle reprit :

—Franchement ? Je ne peux pas te dire ce qui lui est passé par la tête. Tout ce que je peux te dire, c'est que quand ils sont au pied du mur, les gens font des choses stupides, impulsives et malavisées. Je le vois tous les jours. Ils font des choses idiotes pour ce qu'ils pensent être de bonnes raisons. Certains s'en tirent à bon compte, d'autres non.

Comme il ne réagissait pas, elle ajouta :

—OK, alors tu n'as jamais volé un crayon au boulot ?

—C'était cinq cents livres.

—Tu n'« oublies » jamais de payer le parcmètre avant de te réjouir de ne pas avoir eu d'amende ?

—Ce n'est pas pareil.

— Tu n'as jamais dépassé la limitation de vitesse ? Jamais travaillé au noir ? Jamais essayé de te servir de la Wi-Fi du voisin ? Jamais gonflé tes frais professionnels ?

— Ça n'a rien à voir, Gem.

— J'essaie juste de te montrer que souvent, la façon dont on considère une infraction dépend de notre situation. Et toi, mon cher petit frère, tu en as été un bel exemple aujourd'hui. Je ne dis pas qu'elle n'a pas eu tort. Je dis juste que peut-être, ce larcin ne définit pas entièrement la personne qu'elle est. Ni ta relation avec elle.

Une fois la vaisselle achevée, elle ôta ses gants en caoutchouc et les posa proprement sur l'égouttoir. Puis elle servit deux tasses de café et resta là, appuyée contre l'évier.

— Je ne sais pas, conclut-elle d'un air songeur. Peut-être que je crois juste aux secondes chances. Peut-être que si tu devais subir une interminable litanie de misère humaine pendant toute ta journée de travail, tu finirais par y croire aussi.

Elle se redressa pour le regarder.

— Peut-être que si j'étais à ta place, j'aurais au moins écouté ce qu'elle avait à dire.

Elle lui tendit une tasse.

— Elle te manque ?

Lui manquait-elle ? Elle lui manquait comme un membre amputé. Il passait toutes ses journées à essayer d'éviter de penser à elle, à fuir les directions que prenait son propre esprit. À tenter d'éluder le fait que tout ce qu'il voyait – la nourriture, les voitures, les lits – la lui rappelait. Il avait une dizaine de disputes avec elle avant le petit déjeuner, et un millier de réconciliations passionnées avant d'aller au lit.

À l'étage, dans une chambre, un rythme sourd brisa le silence.

— Je ne sais pas si je peux lui faire confiance, dit-il.

Gemma lui jeta le regard qu'elle lui adressait toujours quand il disait être incapable de faire une chose.

— Je pense que si, Ed. Quelque part. Je pense que tu peux.

Il finit seul ce qui restait de vin, puis but la bouteille qu'il avait apportée et dormit sur le canapé. Il s'éveilla en sueur et échevelé à 4 heures du matin, laissa à Gemma un petit mot de remerciement, sortit sur la pointe des pieds et partit pour Beachfront. Il avait vendu son Audi une semaine auparavant, tout comme la BMW qu'il avait à Londres, et conduisait à présent une Mini d'occasion au pare-chocs arrière enfoncé. Il y accordait moins d'importance que ce qu'il aurait cru.

C'était une douce matinée. Les routes étaient dégagées, et à son arrivée à 10 h 30 du matin, le centre de villégiature fourmillait déjà de visiteurs : les terrasses des bars et des principaux restaurants étaient emplies de vacanciers profitant d'un soleil rare, tandis que d'autres, chargés de serviettes et de parasols, marchaient vers la plage. Ed conduisait lentement, pris d'une fureur irrationnelle à la vue de ce semblant stérile de communauté – une communauté où tout le monde faisait partie de la même tranche de revenu et où rien d'aussi bordélique que la vraie vie ne faisait jamais irruption derrière les parterres de fleurs parfaitement alignés.

Il se gara dans l'allée immaculée du numéro 2, s'arrêtant en sortant de la voiture pour profiter du bruit des vagues. En ouvrant la porte de la maison, il se rendit compte qu'il se fichait totalement d'y entrer pour la dernière fois. Il n'avait plus qu'une semaine avant de conclure la vente de son appartement londonien. Son vague projet était de passer avec son père le temps qu'il lui restait. Il n'avait rien prévu au-delà.

Le couloir était bordé de cartons portant le nom du garde-meuble qui les avait empaquetés. Il ferma la porte derrière lui, écoutant le son de ses propres pas résonner dans l'espace vide. Il monta lentement à l'étage, traversant les pièces désertes. Le mardi suivant, une camionnette viendrait charger les cartons et les emporterait au stockage, où ils resteraient jusqu'à ce qu'Ed décide quoi faire de ses affaires.

Il venait de traverser ce qui avait été une des pires semaines de sa vie. Vu de l'extérieur, il avait eu l'air grave et déterminé, résigné à subir sa sanction. Il avait baissé la tête et continué à avancer. Il avait peut-être un peu trop bu, mais pour un homme qui avait perdu son travail, sa maison, sa femme et bientôt son père, le tout en un peu plus de douze mois, il pouvait considérer qu'il s'en sortait plutôt bien.

Il remarqua alors les quatre enveloppes marron posées sur le plan de travail de la cuisine, avec son nom griffonné dessus au stylo bille. Il supposa d'abord qu'il s'agissait de courriers administratifs laissés par les agents de la copropriété, mais lorsqu'il en ouvrit une, il aperçut l'impression mauve en filigrane d'un billet de vingt livres. Il le sortit de l'enveloppe, puis déplia la lettre d'accompagnement. Elle disait simplement « troisième versement ».

Il ouvrit les autres, déchirant l'enveloppe avec soin, puis arriva à la première. Lorsqu'il lut sa lettre et qu'une image d'elle surgit comme par effraction dans son esprit, il fut choqué par sa soudaine proximité, par la façon dont elle l'avait attendu pendant tout ce temps. Son expression, tendue et gênée pendant qu'elle écrivait, barrant peut-être les mots pour les reformuler. Là, elle avait défait sa queue-de-cheval pour la refaire.

« Je suis désolée. »

Sa voix dans sa tête.

« Je suis désolée. »

À cet instant, il sentit quelque chose en lui se fissurer. Ed, l'argent à la main, ne savait pas qu'en faire. Il ne voulait pas de ses excuses. Il ne voulait rien de tout ça.

Il sortit de la cuisine et revint dans l'entrée, les lettres froissées serrées dans son poing. Il voulait tout jeter. Il voulait les garder à jamais. Il déambula d'un bout à l'autre de la maison, faisant les cent pas. Il regarda autour de lui, les murs qu'il n'avait jamais eu l'occasion d'érafler et la vue sur la mer dont aucun invité n'avait pu profiter. L'idée de ne jamais plus pouvoir se sentir à l'aise nulle part, se sentir chez lui, l'accabla soudain. Il traversa le couloir une fois encore, épuisé, agité. Il ouvrit une fenêtre, espérant trouver l'apaisement dans le bruit de la mer, mais les cris joyeux des familles sur la plage lui firent l'effet d'un reproche.

Un journal gratuit était posé sur un carton, dissimulant quelque chose en dessous. Épuisé par le cercle sans fin de ses pensées, il s'arrêta et le souleva machinalement. Il y avait là un ordinateur portable et un téléphone. Il dut réfléchir une minute pour comprendre ce qu'ils faisaient là. C'était le téléphone qu'il avait donné à Nicky, soigneusement dissimulé à la vue des passants.

Pendant des semaines, il s'était laissé alimenter par la colère de la trahison. Puis, lorsque cette chaleur initiale s'était dissipée, un pan entier de lui-même avait simplement gelé. Il s'était senti bien à l'abri dans son outrage, en sûreté dans son sentiment d'injustice. À présent, Ed tenait à la main un portable qu'un adolescent qui ne possédait presque rien s'était senti forcé de lui rendre. Les mots de sa sœur résonnèrent dans son esprit, et quelque chose commença à s'ouvrir en lui. Que savait-il de la vie ? Qui était-il pour juger ?

Et merde, se dit-il. *Je ne peux pas aller la voir. Je ne peux pas.*

458

Pourquoi je devrais?

Qu'est-ce que j'ai à lui dire?

Il marcha de long en large dans sa maison vide, les bruits de ses pas résonnant sur le plancher, le poing serré sur les billets.

Il regarda la mer par la fenêtre et regretta soudain de ne pas être allé en prison. Il regretta que son esprit n'ait pas été occupé par des problèmes plus concrets – sûreté, logistique, survie.

Il ne voulait pas penser à elle.

Il ne voulait pas voir son visage chaque fois qu'il fermait les yeux.

Il partirait. Il quitterait cet endroit pour se trouver une nouvelle maison et un nouveau travail, et il repartirait de zéro. Il laisserait tout ça derrière lui. Et tout serait plus facile.

Un bruit strident – une sonnerie qu'il ne connaissait pas – brisa le silence. Son vieux téléphone, réglé selon les préférences de Nicky. Il regarda l'écran s'illuminer en rythme. Numéro inconnu. Au bout de cinq sonneries, quand le bruit devint insupportable, il décrocha enfin.

— Madame Thomas?

Ed éloigna le téléphone de son oreille, comme s'il était radioactif.

— C'est une plaisanterie?

— Désolé, dit une voix nasillarde. Rhume des foins. Je suis au bon numéro? Les parents de Costanza Thomas?

— Quoi… de la part de qui?

— Je m'appelle Andrew Prentiss. C'est au sujet de l'olympiade.

Il mit quelques secondes à recouvrer ses esprits. Puis s'assit dans l'escalier.

— L'olympiade? Je suis désolé, mais… Comment avez-vous eu ce numéro?

— Il était sur notre liste de contacts. Vous nous l'avez laissé pendant l'examen. C'est bien le bon numéro ?

Ed se souvint que Jess n'avait plus de crédit en arrivant à Aberdeen. Elle avait dû donner le numéro du téléphone qu'il avait donné à Nicky. Il se prit la tête dans sa main libre. Quelqu'un là-haut avait un sacré sens de l'humour.

— Oui.

— Oh, Dieu merci ! On essaie de vous joindre depuis plusieurs jours ! Vous n'avez reçu aucun de mes messages ? Je vous appelle au sujet du concours… Nous avons découvert une anomalie dans les énoncés. La première question contenait une faute de frappe qui rendait l'algorithme impossible à résoudre.

— Quoi ?

L'homme parlait comme s'il récitait une série de phrases répétées jusqu'à plus soif.

— Nous l'avons remarqué après avoir collecté les copies. Le fait que tous les candidats aient échoué à la première question nous a mis la puce à l'oreille. Nous ne l'avons pas remarqué immédiatement, car nous avons plusieurs correcteurs. Quoi qu'il en soit, nous sommes vraiment désolés… et nous aimerions offrir à votre fille la chance de le repasser. On recommence tout.

— Repasser l'olympiade ? Mais quand ?

— Eh bien, c'est le problème. C'est cet après-midi. Ce devait être en fin de semaine, car nous ne pouvions demander aux candidats de rater l'école. Nous avons essayé de vous joindre toute la semaine sur ce numéro, mais personne ne répondait. J'essayais une dernière fois, au cas où.

— Vous vous attendez à ce qu'elle vienne en Écosse en… quatre heures ?

M. Prentiss s'interrompit pour éternuer.

—Non, pas en Écosse. Nous avons dû nous contenter du seul endroit disponible. Mais vu vos coordonnées, je vois que ça vous arrange, puisque vous vivez sur la côte sud. L'événement doit avoir lieu à Basingstoke. Pourrez-vous passer le message à Costanza?

—Euh…

—Merci beaucoup. J'espère que nous serons mieux rodés l'an prochain afin d'éviter ce genre d'incident. Enfin, un de moins! Je n'ai plus qu'un seul candidat à joindre! En cas de besoin, toutes les informations se trouvent sur notre site Internet.

Un éternuement tonitruant, et la communication fut coupée.

Ed resta seul dans sa maison vide, les yeux rivés sur le combiné.

40

JESS

J ess avait longuement essayé de persuader Tanzie d'ouvrir la porte d'entrée. Le psychologue scolaire lui avait assuré que ce serait un bon moyen de commencer à rebâtir sa confiance dans le monde extérieur. Elle répondrait à la sonnette, rassurée par la certitude que Jess se trouvait derrière elle. Puis cette confiance s'étendrait peu à peu aux autres gens et au jardin. Ce serait une première pierre. Ces choses-là allaient par étapes.

C'était une belle théorie. Encore fallait-il que Tanzie accepte de s'y soumettre.

— On a sonné. Maman!

Sa voix couvrit le bruit des dessins animés. Jess se demandait à partir de quel moment elle allait devoir être ferme avec elle au sujet de la télé. Elle avait calculé que la semaine passée, Tanzie avait passé plus de cinq heures par jour affalée sur le canapé.

« Elle a reçu un choc, avait dit le psychologue. Mais je pense qu'elle s'en remettrait plus vite si elle faisait quelque chose d'un peu plus constructif. »

— Je ne peux pas y aller, Tanzie! cria-t-elle en retour. J'ai les mains dans un baquet d'eau de javel.

— Tu ne peux pas dire à Nicky d'aller ouvrir ? demanda la fillette d'une voix languissante qu'elle adoptait de plus en plus depuis quelques jours.

— Nicky est sorti faire des courses.

Silence.

Le bruit des rires en boîte résonna dans l'escalier. Jess sentait, sans la voir, la présence de la personne qui attendait derrière la porte, l'ombre derrière la vitre. Elle se demanda si c'était Aileen Trent. Cette dernière était venue quatre fois sans être invitée ces dernières semaines, avec des « affaires à ne rater sous aucun prétexte » pour les enfants. Jess se demanda si la vieille femme avait entendu parler de l'argent du blog de Nicky. Tout le monde dans le quartier semblait être au courant.

Jess cria :

— Écoute, je serai en haut de l'escalier ! Tout ce que tu dois faire, c'est ouvrir la porte.

La sonnette retentit de nouveau, deux fois.

— Allez, Tanzie ! Personne ne te fera de mal. Écoute, prends la laisse de Norman et emmène-le avec toi.

Silence.

Hors de vue, elle baissa la tête et s'essuya les yeux dans le creux du bras. Elle ne pouvait l'ignorer : l'état de Tanzie s'aggravait. Depuis quinze jours, la fillette s'était mise à dormir dans le lit de Jess. Elle ne s'éveillait plus en pleurant, mais traînait dans le couloir au petit matin et se glissait simplement à côté d'elle, si bien que Jess se réveillait avec elle sans savoir depuis combien de temps elle était là. Elle n'avait pas eu le cœur de le lui interdire, mais le psychologue avait insisté sur le fait qu'elle était un peu grande pour que cela devienne une habitude.

— Tanzie ?

Rien. La sonnette retentit une troisième fois.

Jess attendit. Elle allait devoir le faire elle-même.

—J'arrive! cria-t-elle avec lassitude.

Elle se mit à ôter ses gants en caoutchouc, puis s'arrêta en entendant des pas dans le couloir. Le bruit lourd de Norman qu'on traîne au bout de sa laisse. Et Tanzie qui l'incitait à venir avec elle d'une voix douce, un ton qu'elle n'employait plus qu'avec lui.

Puis la porte d'entrée s'ouvrit. La satisfaction de Jess fut vite tempérée lorsqu'elle se rendit compte qu'elle avait oublié de donner pour consigne à Tanzie de ne pas laisser entrer Aileen. Il y avait 50 % de chances pour que cette dernière passe droit devant la fillette en traînant derrière elle son sac noir à roulettes pour aller s'installer dans le salon et étaler ses «bonnes affaires» à sequins préparées sur mesure pour les faiblesses de Tanzie.

Mais ce n'était pas la voix d'Aileen qu'elle entendit.

—Salut Norman!

Jess se figea.

—Houlà! Qu'est-ce qui lui est arrivé?

—Il n'a plus qu'un œil, répondit Tanzie.

À pas de loup, Jess avança en haut des marches. Elle apercevait ses pieds. Ses Converse. Son cœur s'affola.

—Il a eu un accident?

—Il m'a sauvée. Des Fisher.

—Il a quoi?

Puis de nouveau la voix de Tanzie, les mots se bousculant hors de sa bouche.

—Les Fisher ont essayé de me faire monter dans une voiture et Norman a foncé à travers la barrière pour me sauver, mais il s'est fait renverser par une voiture et on n'avait pas d'argent, alors…

Sa fille. Qui parlait comme si jamais elle n'allait s'arrêter.

Jess descendit une marche, puis une autre.

—Il a failli mourir, disait Tanzie. Il a failli mourir et le vétérinaire ne voulait même pas l'opérer parce qu'il avait trop d'hémorragies internes, et il pensait qu'il fallait juste le laisser partir. Mais maman a dit qu'elle ne voulait pas et qu'on devait lui donner une chance. Et alors Nicky a écrit ce blog pour raconter comment tout allait mal, et des gens lui ont envoyé de l'argent. Et on en a récolté assez pour le sauver. Alors Norman m'a sauvée, et des gens qu'on ne connaissait même pas ont sauvé Norman. Mais maintenant, il n'a plus qu'un œil et il est très fatigué parce qu'il est toujours en convalescence et il ne bouge pas beaucoup.

Jess le voyait en entier à présent. Il s'était accroupi pour caresser la tête de Norman. Elle ne pouvait s'en détacher les yeux – ces cheveux bruns, la façon dont ses épaules remplissaient son tee-shirt. Ce tee-shirt gris. Un demi-sanglot étouffé monta dans sa poitrine, si bien qu'elle dut plaquer son bras sur sa bouche. Puis Ed leva les yeux vers sa fille depuis sa position accroupie, l'air mortellement sérieux.

—Tu vas bien, Tanzie?

La fillette se mit à jouer avec une mèche de ses cheveux, comme si elle réfléchissait à ce qu'elle pouvait lui confier.

—À peu près.

—Oh, ma puce…

Tanzie hésita, faisant pivoter son pied droit sur le sol derrière elle, puis fit simplement un pas en avant pour se jeter dans ses bras. Il les referma sur elle, comme s'il n'attendait que ça, la laissant poser la tête sur son épaule, et ils restèrent là. Jess le regarda fermer les yeux et dut faire un pas en arrière pour ne pas être vue. Elle avait peur de ne pas pouvoir s'arrêter de pleurer s'il l'apercevait.

—Tu vois, je le savais, dit-il enfin, d'une voix étrangement déterminée. Je savais que ce chien avait quelque chose de spécial. Je le voyais.

— C'est vrai ?

— Oh oui ! Lui et toi. Une équipe. N'importe qui ayant un peu de bon sens pouvait le voir. Et tu sais quoi ? Il est carrément cool avec un seul œil. Il a l'air d'un dur. Plus personne ne va jamais l'embêter.

Jess ne savait pas quoi faire. Elle ne voulait pas descendre, parce qu'elle ne supporterait pas qu'il la regarde encore comme il l'avait regardée. Elle ne pouvait pas bouger. Elle ne pouvait pas descendre et elle ne pouvait pas bouger.

— Maman nous a dit pourquoi tu ne venais plus.

— Ah oui ?

— Parce qu'elle a pris ton argent.

Un long silence douloureux s'étira.

— Elle a dit qu'elle a fait une grosse erreur et qu'elle ne veut pas qu'on fasse pareil.

Nouveau silence.

— Tu es venu chercher ton argent ?

— Non. Ce n'est pas du tout pour ça que je suis venu. Est-ce qu'elle est là ? demanda-t-il en se retournant.

Elle ne pouvait y échapper. Jess descendit une marche. Puis une autre, la main sur la rampe. Et elle resta debout dans l'escalier avec ses gants en caoutchouc et attendit qu'il lève les yeux vers elle. Ce qu'il dit alors fut la dernière chose à laquelle elle aurait pu s'attendre :

— Il faut qu'on emmène Tanzie à Basingstoke.

— Quoi ?

— L'olympiade. Il y a eu une erreur dans l'énoncé la dernière fois. Et ils organisent une deuxième session aujourd'hui.

Tanzie se tourna vers elle, les sourcils froncés. Puis, comme si une ampoule venait de s'allumer au-dessus de sa tête, elle demanda :

— C'était la question un ?

Ed hocha la tête.

—Je le savais !

Elle sourit, d'un sourire aussi immense qu'inattendu.

—Je savais bien qu'il y avait quelque chose qui n'allait pas !

—Ils veulent qu'elle repasse tout ?

—Cet après-midi.

—Mais c'est impossible !

—Ce n'est pas en Écosse. C'est à Basingstoke. C'est faisable.

Jess ne savait pas quoi dire. Elle avait déjà détruit toute la confiance en elle de sa fille en la poussant à faire cette olympiade la première fois. Elle songea à ses projets fous, à toute la souffrance que leur unique voyage avait causée.

—Je ne sais pas…

Ed était toujours accroupi. Il leva la main et la posa sur le bras de Tanzie.

—Tu veux essayer ?

Jess pouvait lire l'incertitude dans toute l'attitude de sa fille. Celle-ci, le poing serré sur le collier de Norman, dansait d'un pied sur l'autre.

—Tu n'es pas obligée, Tanzie, dit-elle. Ce n'est pas grave si tu n'as pas envie.

—Mais tu dois savoir que personne n'a eu bon, affirma Ed d'une voix calme et assurée. Le monsieur m'a dit que c'était impossible. Il n'y a pas un seul candidat dans la salle qui a réussi la question un.

Nicky était apparu derrière lui avec un sac en plastique plein de fournitures de bureau. Jess n'aurait su dire depuis combien de temps il était là.

—Alors, oui, ta maman a parfaitement raison, tu n'es pas obligée d'y aller, dit Ed. Mais je dois admettre que, personnellement, j'aimerais beaucoup te voir défoncer ces sales gosses en maths. Je sais que tu peux le faire.

—Vas-y, Titch, dit Nicky. Montre-leur ce que tu as dans le ventre !

Tanzie se tourna vers Jess. Puis elle rajusta ses lunettes réparées.

Tous les trois retinrent leur souffle.

—D'accord, dit-elle. Mais seulement si on emmène Norman.

—Tu as vraiment envie de le faire ? insista Jess.

—Oui. Je pouvais répondre à toutes les autres questions, maman. J'ai seulement paniqué quand j'ai vu que je n'arrivais pas à résoudre la première. C'est après ça que tout est allé de travers.

Jess descendit deux marches de plus, le cœur battant. Ses mains s'étaient mises à suer dans ses gants en caoutchouc.

—Mais on n'arrivera jamais à temps…

Ed Nicholls se redressa et la regarda droit dans les yeux.

—Je vous emmène, dit-il.

Il n'est pas facile de conduire quatre personnes et un gros chien dans une Mini, surtout s'il fait très chaud et que la voiture n'est pas climatisée – et surtout si les problèmes intestinaux du chien sont encore plus gênants qu'auparavant et que l'on doit dépasser les soixante kilomètres-heure avec les inévitables conséquences que cela implique. Ils firent route toutes fenêtres ouvertes, dans un silence presque complet, Tanzie murmurant toute seule en essayant de se rappeler les choses qu'elle pensait avoir oubliées, ne s'arrêtant que pour enfouir son visage dans un sac en papier placé en un endroit stratégique.

Jess lisait la carte, car la nouvelle voiture d'Ed n'était pas équipée de G.P.S., et se servait de son téléphone pour tenter de trouver un itinéraire à l'écart des embouteillages et des centres commerciaux engorgés. En une heure et quarante-cinq minutes, ils parvinrent à destination : un immeuble en verre et en béton des années 1970, avec une feuille de papier marquée « Olympiade » battant au vent scotchée à un panneau « Pelouse interdite ».

Cette fois, ils étaient prêts. Jess inscrivit Tanzie et lui tendit une paire de lunettes de rechange (« Maintenant, elle ne va jamais nulle part sans une paire de rechange », expliqua Nicky à Ed), un stylo, un crayon et une gomme. Puis tous l'embrassèrent en lui assurant que ça allait être du gâteau et la regardèrent entrer dans la salle afin de mener bataille contre une horde de nombres abstraits et, peut-être, ses propres démons.

Jess resta près du bureau pour finir de signer les papiers, consciente que Nicky et Ed discutaient au bord de la pelouse, derrière la porte ouverte. Elle les observait subrepticement : Nicky montrait quelque chose à M. Nicholls sur l'ancien téléphone de celui-ci ; de temps en temps, M. Nicholls secouait la tête. Jess se demanda si l'adolescent lui faisait lire son blog.

—Elle va tout déchirer, maman ! s'écria joyeusement Nicky lorsque Jess sortit à son tour. Pas de quoi paniquer.

Le jeune garçon tenait la laisse de Norman. Il avait promis à Tanzie qu'ils ne s'éloigneraient pas de plus de 150 mètres du bâtiment pour qu'elle puisse sentir le lien qui les unissait à travers les murs de la salle d'examen.

—Ouais. Elle va être géniale, dit Ed, les mains profondément enfouies dans ses poches.

Le regard de Nicky passa de l'un à l'autre, puis se posa sur le chien.

—Bon. On va faire une pause pipi. Pour le chien. Pas pour moi. Je reviens dans dix minutes.

Jess le regarda s'éloigner lentement le long de la pelouse et combattit l'envie subite de l'accompagner.

Et ils furent seuls tous les deux.

—Voilà voilà, dit-elle.

Elle frotta une tache de peinture sur son jean. Elle regretta de ne pas avoir eu le temps de mettre une tenue plus élégante.

—Voilà.

—Une fois encore, tu nous as sauvés.

—Vous aviez l'air de vous débrouiller très bien tout seuls.

Ils se turent. De l'autre côté du parking, une voiture s'arrêta en dérapant et une mère accompagnée d'un jeune garçon en sortirent à la hâte pour courir vers l'entrée du bâtiment.

—Comment va ton pied ?

—Mieux.

—Plus de tongs ?

Elle baissa les yeux sur ses tennis blanches.

—Non. Plus de tongs.

Il se passa une main sur la tête et regarda le ciel.

—J'ai trouvé tes enveloppes.

Elle fut incapable de répondre.

—Je les ai trouvées ce matin. Je n'avais pas décidé de t'ignorer, tu sais. Si j'avais su tout ça… Je ne t'aurais pas laissée traverser ces épreuves toute seule.

—Ça va, dit-elle sèchement. Tu en as fait assez pour nous.

Un gros morceau de silex était encastré dans le sol à ses pieds. Elle donna des coups de pied dans le sol, essayant de l'en déloger.

—Et c'était très gentil de ta part de nous amener à l'olympiade. Quoi qu'il arrive, ce sera toujours…

— Tu vas arrêter ?

— Quoi ?

— Arrête de donner des coups de pied. Et arrête de parler comme si…

Il se tourna vers elle.

— Viens, reprit-il. On va s'asseoir dans la voiture.

— Quoi ?

— Pour parler.

— Non… merci.

— Quoi ?

— J'ai juste… On ne peut pas parler dehors ?

— Pourquoi on ne pourrait pas s'asseoir dans la voiture ?

— Je ne préfère pas.

— Je ne comprends pas. Pourquoi on ne pourrait pas ?

— Ne fais pas semblant de ne pas savoir.

Des larmes lui montaient aux yeux. Elle les essuya furieusement du plat de la main.

— Je ne sais pas, Jess.

— Alors je ne peux pas t'expliquer.

— Oh, ça devient ridicule ! Viens t'asseoir dans la voiture.

— Non.

— Pourquoi ? Je ne vais pas rester debout ici si tu ne me donnes pas une bonne raison.

— Parce que… parce que c'est là qu'on était heureux. C'est là que j'étais heureuse. Plus heureuse que je l'ai été depuis des années. Et je ne peux pas faire ça. Je ne peux pas m'asseoir là-dedans, rien que toi et moi, maintenant que…

Sa voix se brisa. Elle se détourna de lui. Elle ne voulait pas qu'il voie ce qu'elle ressentait. Elle ne voulait pas qu'il voie ses larmes. Elle l'entendit s'approcher d'elle. Plus il s'approchait, plus elle avait le souffle court. Elle voulait lui dire de s'en aller, mais elle savait qu'elle ne le supporterait pas.

Il parla à voix basse dans son oreille.

— J'essaie de te dire quelque chose.

Elle regarda le sol.

— Je veux être avec toi. Je sais qu'on a tout gâché, mais je me sens mieux avec toi à faire n'importe quoi que tout seul à essayer de faire les choses bien.

Il s'interrompit, puis :

— Merde, je ne suis vraiment pas bon pour ça.

Jess se retourna lentement. Il regardait ses pieds. Puis, soudain, il leva les yeux.

— Ils m'ont donné l'énoncé de la mauvaise question de Tanzie.

— Quoi ?

— C'était sur la théorie de l'émergence. Une émergence forte signifie que la somme d'un nombre peut être supérieure à ses constituants. Tu vois ce que je veux dire ?

— Non. Je suis nulle en maths.

— Ça veut dire que je ne veux pas revenir là-dessus. Ce que tu as fait. Ce qu'on a fait tous les deux. J'ai seulement… J'ai seulement envie d'essayer. Toi et moi. Ce sera peut-être une erreur monumentale, mais je veux essayer.

Il tendit la main et attrapa doucement le passant de ceinture de son jean. Il l'attira contre lui. Elle ne pouvait détacher les yeux de ses mains. Puis, quand elle leva enfin le visage vers le sien, il la regardait droit dans les yeux et Jess se rendit compte qu'elle pleurait et souriait à la fois.

— J'ai envie de voir ce que donne notre équation à deux inconnus, Jessica Rae Thomas. Ce que ça donne si on s'additionne. Qu'est-ce que tu en penses ?

41

TANZIE

L'uniforme de Sainte-Anne est bleu roi avec des coutures jaunes. Impossible de se cacher, dans un blazer de Sainte-Anne. Des filles de ma classe les enlèvent pour rentrer à la maison, mais moi, ça ne me gêne pas. Quand on a travaillé dur pour entrer quelque part, c'est bien de montrer aux gens où on va. Ce qui est drôle, c'est que quand on croise un autre élève de Sainte-Anne en dehors de l'école, on est censés se faire signe. Des fois, c'est un grand signe, comme avec Sriti. C'est ma meilleure amie, et elle a toujours l'air d'être sur une île déserte, en train d'essayer d'attirer un avion qui passe. Des fois, on lève juste un peu les doigts qui tiennent le cartable, comme avec Dylan Carter, qui est très gêné pour parler à tout le monde, même à son propre frère. Mais tout le monde le fait. Même quand on ne connaît pas la personne qui fait signe, on lui répond si elle porte l'uniforme. C'est comme ça depuis toujours. Apparemment, ça sert à montrer qu'on est tous comme une grande famille.

Je fais toujours signe, surtout quand je suis dans le bus.

Ed vient me chercher le mardi et le jeudi, parce que j'ai club de maths et que maman travaille tard pour ses bricolages. Maintenant, il y a trois personnes qui travaillent pour elle. Elle dit qu'ils travaillent « avec » elle, mais elle leur montre tout le temps comment faire les trucs et leur dit quels travaux ils doivent faire. Ed dit qu'elle n'est pas très à l'aise avec l'idée d'être un patron. Mais il dit qu'elle finira bien par s'y faire. Il fait une grimace quand il dit ça, comme si maman était son patron, mais ça se voit qu'il aime ça.

Depuis le début de l'école en septembre, maman ne travaille plus le vendredi après-midi. Elle vient me chercher à l'école et on fait des biscuits ensemble, rien qu'elle et moi. C'est sympa, mais je vais devoir lui dire que je préfère rester tard à l'école, surtout depuis que je sais que je vais passer mon bac au printemps. Papa n'a pas encore eu le temps de venir, mais on se voit sur Skype toutes les semaines et il dit qu'il va sûrement passer. Il a vendu la Rolls à un monsieur de la fourrière. Il a eu deux entretiens d'embauche la semaine dernière, et il a encore des tas de projets.

Nicky est en terminale dans un lycée du Southampton. Il veut aller en école d'art. Il a une copine qui s'appelle Lila, et maman a dit que c'était une surprise sur tous les plans. Il met toujours beaucoup d'eye-liner, mais il laisse pousser ses cheveux avec leur couleur naturelle, une espèce de marron foncé. Il a au moins une tête de plus que maman, et parfois, quand ils sont dans la cuisine, il trouve ça drôle de poser son coude sur son épaule, comme si elle était une sorte de comptoir. Il écrit toujours un peu dans son blog, mais la plupart du temps, il dit qu'il est trop occupé et il préfère Twitter. C'est pour ça que je peux prendre sa place un moment. La semaine prochaine, je parlerai moins de trucs personnels et plus de maths. J'espère que beaucoup d'entre vous aiment les maths.

On a remboursé 77 % des gens qui nous ont envoyé de l'argent pour Norman. 14 % ont dit qu'ils préféraient qu'on donne la somme à des œuvres de charité, et on n'a jamais pu retrouver les 9 % restants. Maman dit que ce n'est pas grave. Elle dit que le plus important, c'est d'avoir essayé, et que parfois, c'est bien d'accepter simplement la générosité des gens, du moment qu'on dit merci. Elle m'a dit de vous dire merci si vous êtes l'un d'entre eux, et qu'elle n'oubliera jamais la gentillesse des inconnus.

Ed est ici presque tout le temps. Il a vendu sa maison de Beachfront pour acheter un appartement minuscule à Londres. Quand on y va avec Nicky, on doit dormir dans le canapé-lit, mais la plupart du temps, Ed vit chez nous. Il travaille dans la cuisine sur son ordinateur portable en parlant avec son ami de Londres dans un casque à micro vraiment cool, et il prend sa Mini pour aller en réunion. Il n'arrête pas de dire qu'il va bientôt s'acheter une nouvelle voiture, parce que c'est vraiment très dur de nous caser tous dedans quand on veut aller quelque part, mais bizarrement, aucun de nous ne le veut vraiment. C'est plutôt marrant d'être tous serrés comme des sardines, et puis dans cette voiture, les filets de bave du chien me paraissent moins redoutables.

Norman est heureux. Il fait tout ce que le vétérinaire a dit qu'il ferait, et maman dit que c'est bien assez pour nous. La loi des probabilités combinée à celle des grands nombres dit que pour l'emporter sur les probabilités, il faut parfois répéter un événement un nombre croissant de fois pour obtenir le résultat voulu. Plus on le répète, plus on s'en approche. Autrement dit, comme je l'ai expliqué à maman, il faut parfois savoir persévérer.

J'ai emmené Norman dans le jardin et je lui ai lancé la balle quatre-vingt-six fois cette semaine. Il ne la rapporte toujours pas.

Mais on va bien finir par y arriver.

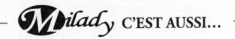 **C'EST AUSSI...**

... LES RÉSEAUX SOCIAUX

Toute notre actualité en temps réel:
annonces exclusives, dédicaces des auteurs, bons plans…

 facebook.com/MiladyFR

Pour suivre le quotidien de la maison d'édition
et trouver des réponses à vos questions!

 twitter.com/MiladyFR

Les bandes-annonces et interviews vidéo sont ici!

 youtube.com/MiladyFR

... LA NEWSLETTER

Pour être averti tous les mois par e-mail de la sortie de nos romans.

... ET LE MAGAZINE NEVERLAND

Chaque trimestre, une revue de 48 pages sur nos livres
et nos auteurs vous est envoyée gratuitement!

Pour vous inscrire à la newsletter ou au magazine Neverland,
rendez-vous sur :

www.bragelonne.fr/abonnements

Milady est un label des éditions Bragelonne.

Achevé d'imprimer en mai 2015
Par CPI Brodard & Taupin - La Flèche (France)
N° d'impression : 3011523
Dépôt légal : juin 2015
Imprimé en France
81121495-1